암바라와
Ambarawa

이태복 장편소설
암바라와 Ambarawa

인쇄 | 2022년 7월 10일
발행 | 2022년 7월 15일

글쓴이 | 이태복
펴낸이 | 장호병
펴낸곳 | 북랜드
　　　　06252 서울 강남구 강남대로 320, 황화빌딩 1108호
　　　　대표전화 (02)732-4574, (053)252-9114
　　　　팩시밀리 (02)734-4574, (053)252-9334
　　　　등록일 | 1999년 11월 11일
　　　　등록번호 | 제13-615호
　　　　홈페이지 | www.bookland.co.kr
　　　　이-메일 | bookland@hanmail.net

책임편집 | 김인옥
교　　열 | 배성숙 전은경

ⓒ 이태복, 2022, Printed in Korea
저자와 협의하여 인지를 생략합니다.

ISBN 979-11-92096-90-2 03810
ISBN 979-11-92096-91-9 05810 (E-book)

값 20,000원

암바라와
AMBARAWA

이태복 장편소설

북랜드

암바라와 성

위안부 수용소 서동

위안부 수용소 내부

북문 앞 암바라와 성과
위안부 수용소

사산
자바문화연구원

암바라와 성루의 경비초소

네덜란드가 건설한 화려한 성 내부의 흔적

암바라와 기차역

찌마히의 일본군 요새

반둥의 감옥

손양섭 노병한 열사가 서로 방아쇠를 당겨 자결하여 어깨동무를 하고 죽었던 위생 창고 자리

위안부들의 식당

위안부 수용소 천장

암바라와 성의 북문

인도네시아 마지막 위안부 스리 수깐디의 병석에 있는
2017년 12월 13일 마지막 모습

인도네시아 마지막 위안부 스리 수깐디 할머니의 장례식

당가를 부르고 손가락을 잘라 혈서를 쓰며 혈맹했던 취사장 뒷편

이억관을 비롯한 열사들이 혈맹 항일조직 고려독립청년당을 조직했던 취사장

수모워노 훈련장의 관사

수모워노 연병장 입구

손양섭 민영학 노병한 열사가 말레이로 발령받고 환송식을 받던
스마랑 제2분견소 성요셉 성당

암바라와 의거 생존 증인 위나르디 옹(1935년~)과 필자

2004년 2월 돌아가신 故 정서운 할머니의 생전 모습

암바라와 위안부 수용소 동동

조선인이 근무했던 찔라짭 연합군 포로 수용소

사산
자바문화연구원

스리 수깐디 인도네시아 위안부 수용소 중부자바 쁘로워다디 그둥 박빡

인도네시아 위안부 수용소 중부자바의
쁘로워다디 그둥 박빡도 조선위안부 수용소와 같이 시멘트 침대

암바라와 성 미니어처

암바라와 성

가룻의 양칠성 장군 묘역을 찾은 필자

일제가 게릴라전을 위해 파 놓은 반둥 동굴

일제가 게릴라전을 위해 파 놓은 웅아랑 산 동굴

수모워노 취사장 외부 전경

암바라와 성 북문

조선인 포로 감시원 숙소가 있었던 위생 창고 앞 현 암바라와 초등학교

고려독립청년당 결성 전 조선 포로 감시원들이 사상개조 훈련을 받았던
스마랑 수모워노 연병장

민영학 열사가 의거 후 쫓기며 일제의 총탄에 맞고 나뭇가지에
방아쇠를 걸고 가슴에 총구를 당겨 자결한 옥수수밭이 있던 자리

사산
자바문화연구원

손양섭 민영학 노병한 세 열사가 의거를 위해 부켄 기관총 2점과 3,000발의
총탄을 탈취한 제2분견소인 성요셉 성당 내의 무기고가 있던 자리

스리 수깐디 인도네시아 위안부 수용소
중부자바 쁘로워다디 그둥 박빡 사령관 건물

소설 「암바라와」 요약본

● 지은이: **이태복**(시인, 사산자바문화연구원장)

● **소설의 배경과 중심인물**

> 태평양전쟁 당시, 인도네시아 중부 자바의 작은 도시, 암바라와 (ambarawa)를 중심으로 종군위안소와 조선인 포로감시원들의 이야기가 전개된다. 패전 후, 위안부 소녀들은 고달픈 삶을 살고, 포로감시원은 전범으로 재판을 받거나 인도네시아 독립전쟁에 가담하게 된다. 모두 역사적 사실의 토대 위에서 고증하였다.

◆ 도형과 리사 : 도형의 자바 팔레스 호텔 위안부 세미나 참석으로 이야기의 전반부를 끌어낸다. 리사의 외할머니가 위안부로 끌려온 조선 소녀 '끝놈'이라는 사실로 '암바라와' 이야기가 시작된다.

◆ 서영 : 경상도 예천에서 일본순사의 샌닌바리 공장으로 갈 수 있다는 이야기를 듣고 지원했다가, 중부자바의 암바라와로 끌려온다. 그곳에서 3년 가까이 위안부 생활을 마치고 해방을 맞았으나, 귀국길이 막막하자 자바 청년 다르요노와 함께 자바에 정착한다. 이후, 자카르타에 한국인이 많이 와서 공장을 운영한다는 이야기를 전해 듣고 남편, 다르요노와 함께 자카르타에 갔으나 그곳에서 한국인에게 위안부라고 무시당하는 수모를 겪고 다시 암바라와로 돌아온다.

◆ **김성일** : 황해도가 고향이며, 서대문수용소 간수로 근무하며 식민지 배 시절의 처절함과 일본인의 잔악함과 모순을 목하한다. 이에 만주로 가 있던 중, 조선인 포로감시원 모집 소식을 듣고 자원한다. 그리고 원하던 남 방의 나라, 인도네시아 자바에 배치된다. 이후, '고려독립청년당'을 조직하 고 포로수송선인 '수미레'호를 탈취하고자 하나 실패하고 옥살이를 하게 된 다. 이후, 서영과도 연락이 끊어지고, 근황은 알 수 없다.

◆ **조선인 포로감시원** : 암바라와 의거를 일으킨 민영학, 노병학, 손양섭 의 이야기와 일제가 인도네시아 전역에 비행장을 건설하기 위해 연합군 포 로와 조선인 포로감시원을 투입하는 과정을 그려내고 있다. 후일, 이 일로 조선인 포로감시원은 전범으로 재판을 받고 총살형을 당하거나, 이를 피해 잔여 일본군과 함께 인도네시아 독립군을 도와 네덜란드와 다시 전투를 벌 이는 비극적인 장면을 보여주고 있다.

◆ **스리 수깐디** : 자바의 소녀이며 다르요노의 누나이다. 일제가 자바를 점령하고 폭압적으로 자바소녀들을 끌고 가 성노예로 학대한다. 해방 후, 스리 수깐디는 신덴가수로 활동하며 서영과 함께 자바 전역을 다니며 다양 한 자바문화를 소개한다.

소설 『암바라와』를 읽는 이들에게

적도의 나라 인도네시아에 징용으로 끌려왔으나 대한독립을 위해 목숨을 바친 혈맹 항일운동 조직이 있었다는 사실이 늦게 밝혀졌다. 그러나 그 누구도 기리지 않았고 역사책에서도 다루지 않았다. 이 항일 조직원 중에서 세 열사가 의거를 일으켜 일본군 지휘부 12명을 사살하였다. 또한 이역만리 적도의 땅에 150명의 조선 소녀들이 위안부로 끌려와 성착취를 당하고 무참히 버려졌지만 한을 달래주는 이도 없다.

이 역사는 인도네시아 한인 진출사이다. 하와이 사탕수수밭에 노예로 끌려가 미국 이민사가 되었듯 인도네시아 한국인들의 가슴 아픈 이민사다. 이에 태평양전쟁 중 적도의 나라 인도네시아에서 일어난 전쟁 이야기를 소설로 그려냈다. 그들은 연합군 포로감시원으로 끌려와 독립 열사가 됐다. 역사책에 기록되지 않고 그 공훈마저도 60년 이상이 지난 후에야 서훈되었다. 목숨 바쳐 세운 대한민국 선열들의 정신을 유산으로 받지 못하니 안타까운 후손들이다.

일제에 대한 개인적 입장도 밝힌다. 나의 부친도 일제 징용 피해
자다. 부친은 일생 동안 반일 감정을 가지기보다 일제를 능가하는
부국으로서의 극일을 기원하다 돌아가셨다. 적도에서 벌어진 일제
의 잔혹함이 부족한 소설로나마 진상이 밝혀져 민족의 교훈이 되
고 다시는 대한민국의 역사에 불행이 반복되지 않길 바란다. 과거
에 머무는 감정적 반일이 아니라 일제의 잔악상을 철저히 기억하
여 강한 국력이 바탕이 된 극일을 이루어 다시는 나라를 빼앗기는
비극은 없어야 될 것이다. 나라를 위해 목숨을 바친 선열의 희생 정
신을 자손들이 부디 유산으로 받아 주길 바란다. 돈과 바꿀 수 없는
값진 민족적 자산이다. 뿌리 없는 나무는 열매를 맺지 못한다.

소설은, 그들의 숭고한 애국 정신을 이어받고 일제의 잔악상을
알리고 이역만리 타국 땅에 살다 간 위안부 소녀들의 한을 그리고
자 노력했다. 그분들의 값진 이름과 애환이 부디 역사책에 기록되
길 바란다.

2022년 6월

중부자바, 살라띠가의 시신자바문화연구원에서

이 태 복

인도네시아, 초록의 자바에 흩뿌려진 '한恨'의 연대기

김 호 운 (사)한국소설가협회 이사장

소설 『암바라와』는 우리 민족 '한恨'의 정서를 이역만리, 적도의 나라 자바에서 헤쳐내고 있다. 이태복 작가는 조선 포로 감시원과 위안부의 흔적을 찾아 동티모르에서 자바 섬 수라바야까지 오지를 뛰어 다녔다. 채록한 세월만 5년이 넘고 소설을 쓴 횟수만 25번이란다. 부분적 퇴고까지 합하면 30번은 족히 될 것이다.

자신은 부끄럽게도 컴퓨터 자판을 못 두드리는 젬병이라면서 암바라와 소설을 처음부터 끝까지 모두 스마트폰으로 썼다면 믿어줄까? 스마트폰 화면을 얼마나 눌러댔던지 갤럭시8 기종의 아래 자판 문자 자리가 양각으로 보일 정도로 화면이 튀어나와 보였고 화면도 옛날 무성영화 스크린처럼 빗줄기가 내리더니 기어코 꺼져 버려 갈아야만 했다. 스마트폰에서 문자가 쳐지게 되는 것은 손가락 끝이 화면을 터치할 때, 마치 용접봉이 쇠에 닿으며 스파크가 튀듯 손끝과 화면이 닿을 때 감전이 일어나며 문자가 나타난다. 독수리 타법으로 쓴 것이다. 엄지와 검지로 수없이 화면을 터치하다 보니 아무리 약전이라도 손끝에 화상을 입게 될 수밖에 없었던 것이다. 급기야 장지 중지 새끼 손가락까지 동원했고 결국 열 손가락 모두 화상을 입었다고 한다. 혹시 박물관에 두게 될지 몰라 맛이 간 액정 화면의 갤럭시8 스마트폰은 잘 보관해 두었단다. 지독한 산고 끝에 태어난 작품이다.

소설의 주 무대가 되는 암바라와 성은 어떤 곳인가? 인도네시아 자바 섬의 허리라고 할 수 있는 스마랑에서 한 시간 남쪽 내륙으로 들어가면 3천 미터의 고산으로 둘러싸인 평원에 육각의 성냥갑 모양으로 지은 인공의 요새이다. 네덜란드인들이 식민통치 시절, 암바라와를 통해 인도네시아 중부자바를 지배하기 위해 건설하였다. 하지만 1942년, 일본군이 이곳을 점령하면서 사정은 달라진다. 일본군은 인도네시아 전역에 남아 있던 유럽인들을 이곳 암바라와 성으로 집결시키고, 그들이 지은 거대한 요새를 포로수용소로 개조하여 그곳에 가두었다. 가족을 포함한 수용인원이 3만 명을 넘었다 하니, 자신들이 건설한 요새에 스스로 갇히게 되는 그 비통함을 어떻게 이해할 수 있을까.

그렇다. 여기까지는 2차 세계대전 전후 식민지 시대의 여느 나라에 있을 수도 있는 이야기다. 그저 남의 나라 전쟁사 정도로 묻힐 수도 있겠다 싶었는데, 애석하게도 우리 민족, 조선 소녀들의 피우지 못한 꽃이 거기 있었다. 또한 우리나라, 조선을 지배하던 일제는 유럽 포로들을 수용하고 이를 지키고 감시할 감시병이 필요했다. 이를 위해 조선에서 강제로 또는 그럴 싸한 꾐으로 3천여 명을 모집해서 일본 군무원 신분으로 동남아 전역에 배치하였다. 소설의 제목이 된 암바라와를 중심으로 중부자바의 근무지에는 우리 조선인이 7백에서 천여 명가량 배치되었다. 이곳에서 대한민국 근대사에서 간과한 '항일운동조직'과 '암바라와 의거', 그리고 조선인 위안부에 대한 잔혹사가 남아있다.

암바라와 성에는 일본인 군속을 위해 전개된 조선인 위안부의 거처가 요새와 6~7미터 거리를 두고 연립으로 배치되어 있었다. 이태복 작가는 '이런 일도 있었던가'라는 끔찍한 역시적 사실을 현장에서 자세히 그렸다. 조선인들은 협박과 유혹에 의해 철저히 기만당해 전쟁에 끌려갔지만, 조선 청년들은 일본인을 대신해서 유럽인 포로들을 감시해야만 했었다. 나라를 빼앗긴 설움도 모자라 일본군의 악행을 대행해야만 하는 또 하나의 잔혹사를 소설 암바라와가 그려내고 있다. 하지만 조선 청년들은 꿈꾸었던 '고려독립청년당'을 결성하고 조선의 독립을 위한 거사를 도모하였다. 조직이 계획한 1,200명이 탄 싱가폴행 연합군 포로 수송선 '수미레 마루호 대탈취거사'는 실패로 끝났지만 혈맹당원 손양섭, 민영학, 노병한 열사가 일으킨 '암바라와 의거'로 일본인 간부 12명을 사살하고 장렬히 산화했다. 조선 청년들의 독립에 대한 염원과 열사들의 애국정신이 소설에 담겨있다.

그러나 1945년, 일본이 패전했지만 어느 누구도 조선인 일본 군무원에 대해서는 책임을 지지 않았다. 조선인들에게 광복의 기쁨은커녕 비극의 역사는 시작됐다. 연합군 측에서는 조선인 일본 군무원을 일본군으로 간주해 전범으로 심판하고 처형하기 시작했으니, 그 억울함과 애통함을 어디에도 표명할 수조차 없었다. 전쟁이 끝나자 일본군은 전범재판을 의식해 신속하게 철수했고 남겨진 무국적자 조선인들은 일본인 전범으로 몰리는 비극을 맞은 것이다.

한편 일본이 항복하기 무섭게 연합군의 한 축이었던 네덜란드군은 인도네시아 재점령을 시도했다. 인도네시아가 네덜란드를 상대로 전쟁에 돌입하였다. 소설에서는 인도네시아의 한국인 독립영웅, 양칠성의 이야기도 함께 그려내고 있다. 그들은 일본군 무기고를 개방하여 인도네시아 군인들에게 무기를 공급해 네덜란드 군인들과 혈전을 벌였다고 전한다. 이윽고 연합군은 완전 철수하였으며 인도네시아는 오랜 식민통치를 마감하고 마침내 독립을 이루어 냈다.

그러나 돌아갈 바다를 건너지 못한 이방인 조선인 청년들과 위안부 소녀들은 이곳 자바 섬에서 갇히게 되며 한인진출사가 된다. 이태복 작가는 이들의 슬프고도 긴 생을 특유의 자바 정서와 문화를 통해 잘 녹여 내고 있다. 무관심 속에 다 피지 못하고 스러져간 조선 소녀의 엷은 자취는 반세기가 더 지난 지금도 이곳 자바 곳곳에 바람처럼 떠돌고 있음을 알 수 있다.

작가는 우리에게 삶의 화두 같은 질문을 소설 속에서 던진다.

"나는 지금 인도네시아 자바 땅, 초록의 암바라와 평원에 서 있다. 누가 나를 이곳에 세웠는가? 당신은 어디에서 왔는가? 더 이상의 일본군도, 조선인도, 소녀 위안부도 없다. 포로가 된 유럽인들도 없다. 남겨진 것이 있다면 어두운 적막으로 초록의 긴 그늘이 그날의 요새를 덮고 있을 뿐이다. 암바라와의 넓은 분지에는 끝없이 맑은 물이 솟아난다. 저 물이 암바라와 들녘을 살찌우고 있다. 아무도 알지 못하지만 그것은 숭고한 희생의 열매다. 작가는 슬프다. 이 생명의 땅에서 생을 마감해야 했던 이방인들에게는 솟구쳐 오르는 저 물은 마치 마르지 않는 그들의 눈물처럼 여기지는 않았을까?"

어느새 나도 이태복 작가가 묘사한 자바의 석양으로 빨려들고 있다.

작열하던 태양이 지고 가빴던 숨을 고르고서야 맞이하는 고즈넉한 밤, 이방인은 홀로 자바의 숨결을 느낀다. 자바의 밤 검푸른 하늘에서 달무리의 물보라는 신의 은총처럼 내리고 서영의 젖은 눈망울은 대지의 이슬로 떨어져 이방에 떠도는 원혼들의 한을 달랜다.

아! 자바에는 잠들지 않는 신神들과 잠들지 않는 비밀이 갇혀 있다.

– 소설 「암바라와」 8장에서

샛별의 기도

김 준 규

사랑하는 조국을 등지고

청춘을 유린 당한 채

꿈도 없이 살았지

그날의 암바라와

여기는

숱한 울분을 삭히며

꽃다운 영혼이 머물던 자리

남루한 육신은 빗물에 젖고

섬돌에 앉아 바라본 처마 끝

반짝이던 샛별은

감기는 눈꺼풀을 일깨우며

조국이 해방되던 날의

열화 같은 함성을 들으라 한다

* 암바라와 위안부의 영혼을 기리며

Contents

6장

7장

8장

1 장

아사녀

#1 자바 팔레스 호텔

아침 일찍 광장 자리인 듯한 호텔 앞 넓은 공터를 한 바퀴 돌아왔다. 한국의 상가 같은 현대식 건물들이 공터 주위로 빼곡히 들어서 있다. 영문과 함께 '토목건설 (주)태승건설'이라는 한글 간판도 걸려 있다.

호텔 옆에 또 큰 호텔이 있고 자바 팔레스 호텔 내 레스토랑과 별개로 '고주몽'이라는 한글 간판을 단 한식 갈빗집도 있다. 호텔 객실은 한국으로 착각할 만큼 잘 정리되어 있다.

나체족이 사는 파푸아 뉴기니, 죽은 조상의 시체와 함께 사는 술라웨시의 토라자, 외부인을 점심 도시락 정도로 생각하는 식인종이 살고 나무가 자라는 모습이 눈으로 보인다는 정글 보르네오, 코끼리 호랑이가 사는 수마트라, 억만 년 전부터 자바원인이 살았고 작년에도 머라삐 화산이 터졌던 자바, 화산이 터지자 공룡이 알을 안고 도망가는 꿈을 꾸었었다.

아직 교외를 못 벗어나서 그런지 발리에서 본 깜보자 꽃이 호텔 정원 앞에 피어 있고, 날씨만 후덥지근할 뿐 어제의 한국과 달라진 게 없다. 자바 팔레스 호텔은 작년에 '인도네시아 한인 100년사' 발행을 주관한 한인회장이 운영한다. 오늘은 자바 팔레스 호텔에서 한인회가 주관하는 세미나가 열린다. 인니 위안부 연구원과 한국 근대사 학자들이 '암바라와에서 의거를 일으킨 고려독립청년당과 인도네시아 그리고 조선인 위안부에 관한 세미나'에 참석했다.

도형이 전설처럼 들었던 78년 전, 자바 섬 위안부의 실상을 듣는 날이기도 하다. 인도네시아 자바 섬에는 도형의 할아버지가 할머니를 만나기 전, 사랑했던 서영이라는 여인이 있었다고 들었다. 서영 할머니는 태평양전쟁 당시, 할아버지가 연합군 포로감시원으로 인도네시아에 올 때 조선 위안부로 끌려온 여인이었다.

1942년부터 있었던 자바 섬 위안부의 애환을 듣는 날이다. 자바 땅을 밟았으나 도형이 전언으로만 듣고 상상했던 비극적인 이야기들이 아직 실감 나지 않는다. 애국열사 할아버지가 사랑에 빠졌던 여인은 어떤 여인일까를 생각하며 아침 일찍 호텔에서 식사를 마치고 커피숍에서 리사 양을 기다린다.

리사 양은 인도네시아의 한인 진출 역사를 한인보다 더 많이 알고 있다고 들었다. 도형은 할아버지가 항일운동조직 고려독립청년당을 창당한 당수라는 사실과 고려독립청년당이 '암바라와 의거'를 일으켜 일본인 12명을 죽이고 1,200명을 태운 '연합군 포로 수송선 탈취의거'를 계획한 대단한 항일조직의 당수였다는 것 외에 할아버지가 구체적으로 어떻게 조직을 운영했으며 또 무슨 일이 있었는지 아는 게 없다. 인도네시아의 한인사회 원로들이 오히려 할아버지 이야기를 더 많이 알고 있었다. 도형은 부끄러웠다. 이번 기회에 리사 양에게 할아버지가 창당한 고려독립청년당 이야기는 물론 할아버지가 사랑에 빠졌다는 서영이라는 여인의 이야기도 들었으면 좋겠다.

리사 양이 올 시간이다. 설레는 가슴으로 기다렸다.

"어머! BTS의 뷔 같아요."

리사 양이다. 어릴 때 헤어진 동창을 만나기라도 한 듯 유창한 한국말로 탁자를 바짝 당기며 도형 앞에 다가앉았다.

"헉! 리사 양 맞으시죠?"

'외국인이 한국말을 한들 얼마나 잘하겠어.'라고 생각했던 도형의 선입감은 잘못이었다.

"리사 씨는 인도네시아 사람이 아니라 한국의 걸그룹 멤버 같아요."

도형도 의자를 끌어 탁자에 붙이며 리사 양의 얼굴로 한 뼘 더 나아갔다.

"아무렴요. 할머니가 한국 사람인데…. 하하하하!"

리사 양이 얼굴을 물리며 격의 없이 말을 이어간다.

"네에? 할머니가 한국인이라고요?"

도형이 보기에도 리사 양 얼굴은 한국 사람이었다. 머리에 쓴 질밥이 어색할 만큼 한국적인 얼굴이었다. 문득 코흘리개 옛 친구를 만난 듯 반가웠다. 그런데 왜일까? 갑자기 도형의 심장이 마구 쿵쾅거리기 시작했다.

"저희 할머니가 조선인이었어요. 어머니를 당신이 배 아파 낳으셨다 했는데 어머니와 저는 딴판이거든요. 제가 말썽 피울 때마다 어머니는 나를 다리 밑에서 주웠다고 하셨는데, 정말 저를 한국에서 주워서 키웠는지 어머니 아버지를 닮은 데가 없어요. 하하하! 할머니를 외탁했나 봐요."

도형은 불현듯 리사 양의 할머니가 할아버지의 연인이었던 서영 할머니일지도 모른다는 생각이 들었다.

"그럼 할머니가 암바라와에서…."

"네 맞아요. 할머니가 암바라와의 조선인 위안부였대요."

"아…."

도형의 가슴이 마구 뜀박질을 했다.

"저기요! 여기 커피요!"

도형이 애써 마음을 진정하며 깜빡 잊었던 커피를 주문하려고 종업원을 불렀다.

"도형 씨! 세미나 시간이 됐어요. 마치고 도형 씨 궁금증을 풀어 드릴게요."

#2 서영 할머니 1

"도형 씨! 오늘 세미나 어땠어요?"

"저는 다른 발표작품보다 리사 양 발표가 실감 났어요. 아니, 조선인 포로감시원의 디테일한 역사를 학생이 어떻게 알아냈는지 대단하다는 생각을 합니다. 한국말도 한국 사람보다 더 잘하시네요."

"저의 할머니는 위안부가 된 것이 당신 잘못도 아닌데 부끄러워하시며 위안부 이야기는 통 안 했어요. 다른 조선 할머니들도 마찬가지였을 거예요. 남몰래 울기만 한 것을 나는 알아요. 할머니 아픔을 알아보려고 인도네시아 각 섬 위안소가 있던 곳을 찾아 다녔지요. 처참했어요. 한 곳을 탐방하면서 새로운 사실을 듣고, 연결되지 않는 이야기를 찾아 또 다음 장소를 여행하게 됐지요."

"근데 3세라면서 한국말을 어떻게 그렇게 잘해요?"

"아따 고것이라, 그랑께 아부지, 엄니가 돈 벌어 보것다고 징하게 자바 섬까지 왔당께. 아부지 엄니가 돈 쪼까 벌어 보것다고 거시기 응 직장 나가고 할무이 밑에서 자동빵으로 배웠지라우!"

리사 양은 정말 초등학교 개구쟁이 친구를 다시 만난 듯 사투리까지 구사하며 분위기를 뒤집어 놓는다.

"하하하! 사투리는 또 어떻게 배웠어요?"

도형이 배꼽 잡고 자빠진다.

"후훗! 할머니께 배웠죠. 할머니께서 나하고 말할 때는 한국말만 했죠. 할머니 말이 표준말인 줄 알았는데 K-드라마를 보면서 내가 너무 웃기고 있다고 생각했죠. 그래서 K-드라마 보고, K-팝을 부르면서 표준말을 다시 배웠죠."

"와! 대단합니다."

서영 할머니는 경상도 사람인데 리사 양이 전라도 사투리를 쓰고 있다. 행여 서영 할머니의 손녀였으면 했던 도형의 기대는 희망 사항이었는지 모른다.

"혹시 리사 양의 할머니 성함이?"

"호호 그보다 위안부 할머니들이 조선에서 어떻게 오시게 됐는지부터 듣고 싶어요! 그럼 조선 할머니들이 여기서 어떻게 사셨는지 알려 드릴게요."

"네, 그럼 서영 할머니의 조선 집과 끌려온 이야기를 해 드릴게요."

"헉? 서영이라 했나요?"

서영 할머니는 리사의 할머니가 3년 동안 암바라와에 함께 있었던 친구다.

"왜 그래요?"

도형이 다그쳤다.

새끼 순사의 콧수염과 일자 눈썹이 더 짙어지고 있다.

"영감! 진즉에 순순히 바치시지 그랬소? 천황께서 만홀히 여김

받을 줄 아셨소?"

주재소에서 네 명의 일본 순사가 말을 타고 서영의 집에 들이닥쳤다. 서영의 할아버지가 살아 계실 때, 아비 콧수염을 따라와서 아버지에게서 용돈을 얻어가던 아들 콧수염은 이제 더 이상 귀여운 맹수 새끼가 아니었다. 그 나물에 그 밥 아니랄까 봐 콧수염도 하는 짓거리도 분명 아비를 닮아 가고 있다. 아니 아비보다 야수성이 더 강해지고 있다. 그간 아비를 따라다니며 배운 대로 콧수염이 첫 사냥을 나온 것이다. 하이에나같이 더러운 인상의 형벌 되는 부하 순사들까지 대동하고 나왔다. 아비 콧수염의 뒤를 따라다니며 배운 것을 오늘 부하들에게 보여주겠다는 듯하다.

말 잔등에서 내리지도 않고 아버지를 마주했다. 눈꼬리를 가늘게 찢는 조소로 대문 앞에 떡 버티어 여유를 부렸다. 평소 같으면 아버지에게 예를 갖추는 척이라도 했을 텐데 이번엔 달랐다.

"다 알고 왔소이다! 하하하하!"

"이놈들! 무슨 꼬투리를 잡으려 하느냐?"

서영의 아버지가 거친 말로 내뱉었다.

"푸하하하하하! 변함없으시군."

함께 온 부하들이 파안대소하며 비웃는다. 서영의 아버지는 내심 당황스러웠다. 어제 부하 순사들이 와서 간을 보듯 찝쩍거리기에 서영의 할아버지가 그랬던 것처럼 호통을 쳤더니 줄행랑쳤다. 오늘은 그게 아니다. 순사들이 한꺼번에 네 명이나 온 것도 석연찮다. 게다가 서영의 집에 놋그릇이 많다는 일급정보가 접수됐다는 것이다.

착잡하고 불안했다. 어제 큰소리친 것이 공연히 후회스럽기도 하다. 방금도 습관처럼 소리를 질렀다. 그렇다고 엎질러진 물을 다시 주워 담을 수도 없는 일.

서영의 집은 종가이자 대를 이은 한의사 집안으로 부자였다. 일 년에 기제사만도 열네 번이나 지냈기에 제기로 쓰는 목기 그릇이며 놋그릇이 많다.

어느새 순사 세 명이 벌써 곡간으로 들어가고 콧수염은 아버지를 운신하지 못하게 부지깽이보다 긴 일본도 손잡이를 만지작거리며 세 순사가 돌아오면 보자는 듯 벼른다. 이놈이 아비보다 사나운 맹수로 변해가고 있다. 전에 느끼지 못한 살기까지 느껴졌다.

서영의 아버지는 여느 때처럼 눈빛 하나 변하지 않았다. 사골국이 식어가며 소기름 덩어리가 생기듯 둘 사이는 우지 피막 같은 게 생기고 딱딱하게 굳어 가는 듯했다.

일제가 태평양전쟁을 일으켰다. 총알을 만들려고 조선의 모든 놋그릇을 강탈했다. 모든 제기를 목기와 사기그릇으로 바꾼 지 오래다. 그런데 서영의 집에 놋그릇이 많다는 걸 어떻게 알았을까? 누군가 밀고한 것이 틀림없다.

아버지는 오래전부터 놋그릇을 곡간 안쪽에 쌓아 가마니때기로 가린 채 새끼 타래를 얹어 위장하였기에 하인들도 모른다.

"없는데요."

돌아온 놈들이 콧수염에게 보고했다.

"교활한 영감이군."

콧수염의 눈썹이 심하게 찌푸려져 일자를 그렸다. 집 안 어디에도 놋그릇은 없었다. 부엌에 몇 개, 겨울에나 쓸 무쇠 화로만 있을 뿐이었다. 그 많은 놋그릇을 못 찾았던 것이다.

'못 찾았다고?'

아버지는 일단 안도하면서도 못 찾았다는 말에 놀랐다.

"이놈들아, 여기가 어디라고 함부로 들어와 횡포냐?"

아버지가 도리어 호통을 쳤다. 일제에 쌓인 증오와 자존심이었다. 콧수염도 믿을 수 있는 놈의 밀고로 덮쳤는데 허탕을 쳤으니 물러설 분위기가 아니었다. 주재소에는 할아버지 때부터 심어 놓은 사람이 있었다. 어젯밤, 어머니는 이놈들이 들이닥칠 것을 이미 알고 있었다. 아버지도 모르게 집 뒤 솟을대문 밖에 땅을 파고 묻었던 것이다.

일제가 조선을 30여 년 지배하면서 조선의 수많은 지주들을 몰락시켰지만 서영의 아버지는 가문을 지켜냈다. 대부분의 지주들은 집안 사람의 고자질과 소작인들로 인해 망했지만 서영의 집안은 달랐다. 하인들은 가족 같았고 소작인들은 친척 같았다. 주재소의 일본 순사들도 대부분 아버지의 손아귀에 있었고 문제가 될 놈들은 모두 뇌물을 먹였기에 대부분이 낚싯바늘에 끼운 미끼를 물고 있는 것 같았다. 할아버지 때부터다.

그리고 할아버지는 부자였지만 혐오감을 줄까 봐 누구에게든 조심했고 옷차림도 언제나 무명적삼이었다. 당신의 일상은 호

의호식보다 일제에 억압당하는 불쌍한 이웃이나 하인들을 챙기기에 바빴다. 할아버지는 하인의 식솔뿐 아니라 어쩌다 가난한 이웃이 억울하게 주재소에 끌려가는 날이면 돈 밝히는 친일파 동네 이장을 찾아가 어르고 달래 적당한 돈을 주어 어떻게든 풀려 나오게 하였다.

서영의 할아버지가 자신을 위해서는 얼마나 지독했는지, 한번은 그 시절 창궐했던 폐결핵에 걸리셨지만 자신을 위해서는 모든 걸 아꼈다. 창고에는 녹용이며 홍삼 등 귀한 약재들이 가득 쌓여 있었지만 당신을 위해서는 쓰지 않았다. 비싼 약재 대신 집에서 키우는 염소젖을 끓여 먹었다.

할아버지의 인품은 일제의 순사들도 알고 있었다. 서영은 돈 많은 할아버지가 그러시는 건 궁상맞은 것이라 생각했다. 서영의 집에는 날마다 돈이 들어왔지만 며느리인 어머니에게 모두 맡겼고, 할아버지가 챙기는 돈은 무지 큰돈뿐이었다. 할아버지는 돈을 은밀히 보관하셨다가 오일장이 서는 날 달구지의 쌀가마니 밑에 싣고 갔다. 그 돈이 어디로 갔는지는 할아버지만 알고 있었다.

서영은 할아버지가 돌아가신 일을 똑똑히 기억하고 있었다. 돌아가시기 전날 콧수염 아비 순사가 갑자기 할아버지를 찾아왔다. 독립자금 운운하면서 꼬장거리더니 조사할 게 있다며 주재소로 소환했다. 할아버지는 주재소에 다녀오신 후, 하인들이 모두 들에 나가자 집 안을 정리했다. 그리고 다음 날 오후에 달구지 한가득 오래되고 빛바랜 묵직한 가마니 여럿을 쌀가마니 밑에 숨겨 읍내에 다녀왔다. 그리고 그날 밤에 돌아가셨다.

할아버지가 돌아가시던 날 밤이었다. 아버지께서 어머니께 당신도 독립운동에 함께해야겠다며 할아버지와 의논한다고 할아버지 방으로 갔다. 아버지께서는 이내 돌아와 가슴을 쥐어뜯으며 망연자실해 소리도 못 내고 우는 것이었다.

"서영 아버지! 왜 그래요?"

"아버님이 청산가리를 드셨어요."

"네에? 뭐라고요? 청산가리라고요?"

어머니가 깜짝 놀라 펄쩍 뛰었다.

"쉿! 누가 듣겠어요!"

서영의 아버지는 어머니의 입을 손으로 막고는 함께 할아버지 방으로 갔다. 시신의 입에서 흘러나온 거품을 닦고 옷을 갈아입히고 왔던 것이다.

사인을 아는 이는 서영의 아버지와 어머니 외에 또 있었다. 서영이 잠든 줄 알고 나누는 대화를 서영이 들은 것이다. 서영은 이불속에서 소리도 못 내고 울었다. 할아버지는 콧수염 아비 순사에게 호출을 받아 주재소에 다녀온 후 세상을 달리했다. 무슨 큰 비밀을 지키려는 것이 분명했다.

"영감, 주재소에 같이 가셔야겠어요."

콧수염이 본성을 드러냈다. 새끼 콧수염은 주재소에서 유일하게 할아버지의 손길에 길들여지지 않은 놈이었다.

"무엇이라고?"

서영의 집에 놋그릇이 많다는 것을 알고 덮쳤던 것인데 허탕을 친 것이었다. 아비처럼 물러설 놈이 아니었다. 주재소에 가자는 말에 아버지는 평소와 달리 흔들리는 듯했다.

"우리 부친이 영감의 부친을 제대로 조사하지 못한 것을 후회하고 있소."

아비 콧수염은 할아버지가 자살하는 바람에 놓쳤다. 새끼가 자라 첫 사냥감으로 아버지를 택했는데 실패했다. 콧수염의 자존심이 상했던 것이다. 끌려가시는 아버지가 떨고 있는 듯했다. 얼마 전까지도 꼼짝 못 하던 콧수염의 간땡이가 애비보다 크다.

"마님! 아무래도 이번은 나오기 힘들 것 같습니다."

이장의 염장 지르는 소리다.

"자네 조선 사람 아닌가? 어찌 그리 쉽게 단정한단 말인가?"

어머니는 미간을 찌푸리며 쏘아대듯 말했다.

"헤헷, 마님! 걱정하지 마세요. 제가 길을 알아보겠습니다요."

이장은 콧수염한테 들었는데 벌써부터 아버지를 소환할 계획이었단다. 놋그릇 문제가 아니더라도 부친이 살아 계실 때 독립자금을 댔다는 정황과 제보도 있고 아버지도 관여되어 빨리 나오기는 어렵다는 것이다. 이장은 콧수염과 친분을 과시하듯 한술 더 떴다. 자신에게 일정한 돈만 주면 아버지 석방을 도울 수 있다며 주재소에서 아버지에게 일어나는 상황을 부지런히 서영의 어머니께 중계

했다.

'아니, 아니 저놈이었어?'

서영의 어머니는 대문을 나가는 이장의 뒤통수에 날카로운 시선을 꽂으며 주먹을 쥐고 부르르 떨었다. 가슴을 쥐어뜯으며 혼잣말을 흐렸다.

세상모르는 서영은 이장이 멋쟁이로 보였다. 이장은 지저분한 동네 사람들의 상투머리, 떠꺼머리와는 달리 단발을 했고 일본 사람보다 키도 크고 하얀 피부에 헤어스타일이나 패션이 일본 청년보다 멋있다. 오늘은 귀밑에 면도까지 깔끔한 최신 상고머리다. 새까만 머리색에 하얀 피부의 면도선이 더 하얗게 드러난 뒷모습은 서영을 또 울렁거리게 했다. 이장은 보수적 어른들에게는 가십거리지만 서영 친구들에게는 화젯거리였다.

서영이 보기에도 생각이 깨어 있는 데다가 잘생기기까지 했다. 서양 사람들이 쓴다는 영어도 잘했다. 젊은이들이 동경하는 신식 사람이었다. 어머니는 이장이 올 때마다 아이들이 바람 든다며 늘 못마땅해하셨지만 이장은 부모님이 안 계신 날이면 곧잘 서영을 찾아와 부모님에게서 듣지 못하는 신문물에 대한 소식을 전해 주었다. 서영은 이장을 통해 다른 세상에 눈을 뜨게 됐다. 서영이 서당과 소학교에서 배우지 못하는 것을 가르쳐 주었다. 이장이 들려주는 것은 학문이 아니라 새로운 세상의 신문물과 문화에 관한 것으로 서영의 동경심에 불을 붙였다.

아버지가 잡혀가자 어머니는 속이 끓으면서도 겉으로는 담담한 척했다. 서영의 마음이 조급해졌다. 서영은 눈이 통통 붓도록 울다가 만류하는 어머니의 손을 뿌리치고 이장에게 달려갔다. 이장을 설득해 아버지가 계신 주재소에 갔다.

"서영아! 여기가 어디라고 네가 온단 말이냐? 이제 네가 와도 내가 보지 않는다. 다시 오지 마라!"

아버지는 다짜고짜 펄펄 뛰시며 호령했다. 아버지가 서영에게 이러는 모습은 처음이었다. 서영은 아버지의 호통에 위로의 말은 커녕 쫓겨나듯 주재소를 나와야만 했다. 서영은 아버지가 무서운 게 아니라 남은 잘도 빼내 주시던 아버지가 정작 당신은 철창 안에 갇혀 있는 것이 마음 아팠다. 이장의 자전거 뒤에 타고 돌아오면서 펑펑 소리 내어 울었다. 서영이 이장에게 하소연했다. 아버지를 꼭 나오시게 해 달라고…….

서영의 아버지가 한의사였기에 집에는 언제나 손님으로 시끌벅적했는데 돌아오니 하인들마저 모두 풀이 죽어 있고 집안이 적막강산이었다.

#3 서영 할머니 2

"아뿔싸! 도형 씨! 서영 할머니의 아버지는 어찌 됐습니까?"

"아버지를 구하려다 서영 할머니가 위안부로 오게 되는 걸요."

"뭐라고요? 어째서 그렇게 되죠?"

리사 양은 할머니가 그렇게도 애틋해하던 서영 할머니가 어떻게 인도네시아로 오게 되는지 궁금했다.

아버지가 주재소에 끌려간 이틀 후, 어머니가 주재소 직원을 몰래 만났다. 아버지의 석방 방도를 찾으려고 꼭두새벽에 묵직한 보따리를 들고 안동의 친척집에 가신다며 나가셨다.

서영은 무서웠다. 주재소에 끌려가서 오래 있다가 나온 사람들은 반신불수가 된 사람들이 많았다. 어떤 이들은 죽어 나오기도 했다. 하지만 서영은 아버지를 위해 할 수 있는 게 없었다. 하인들이 모두 들에 나가고 서영 홀로 있다. 뒤뜰 솟을대문 밖에 여치들이 요란하게 울어대고 있었다.

"조용 못 해!"

서영이 돌을 던지며 소리 질렀다. 너무 시끄럽게 울어대니 혼이 빠지는 듯했다. 서영은 방 안에서 기가 빠지고 나른해 한 발짝도 움

52

직이기 싫었다. 방바닥이 꺼져 내리고 나락으로 떨어지는 듯했다.

"으아아아앙!"

서영은 끝이 없는 동굴로 떨어지는 자신을 보고 엉엉 소리 내어 울고 말았다.

"아가씨?"

누가 불렀다. 눈물도 닦기 전에 이장이 성큼 방 안으로 들어서더니 신발을 벗어 방 안에 놓고 문을 닫았다. 어머니가 안 계시는 걸 알고 왔던 것이다. 평소 아버지가 계실 때는 머리도 못 들고 쭈볏거리던 이장이 기척도 없이 들어섰다. 가까이서 보니 더 잘생겼다. 서영을 바라보는 젊은 이장의 눈빛은 초롱초롱하다 못해 은빛 구슬이 떨어지고 있었다.

"아가씨! 아버지가 풀려 나오는 길이 생겼습니다."

"아버지가 나오실 방법이라니요?"

서영은 이장의 입술만 바라보고 있었다.

"일본에서 샌닌바리 만드는 사람을 모집하는데 응모자가 부족합니다. 거기서 2년에서 2년 반만 고생하고 오십시오. 아가씨가 자원하면 돈도 벌고 아가씨가 가시는 순간 아버지까지 나오시게 됩니다."

이장은 일급 비밀이라는 듯 누가 들을까 검지를 자신의 입에 댄 채 말을 빨리 했다. 샌닌바리는 일본 여인들이 천에다 천침 자수를 놓은 것이다. 전장에 나간 남편과 자식들이 샌닌바리를 품으면 전투 중에도 총탄을 맞지 않는 영험이 있어 무고하게 돌아온다고 했다. 이장은 서영이 귀가 쫑긋해 듣고 있자 입에 거품을 물었다.

"말을 안 해 그렇지, 사실 아가씨같이 예쁘고 똑똑한 분이 이런 시골에 있는 것도 아깝습니다."

샌닌바리 공장에서 일을 하면 돈도 벌고 신문물도 접하고, 또 거기서 잘하기만 하면 이름까지 일본식 '아끼코'라 고쳐 금의환향한 이웃 동네 명자 아가씨처럼 될 수 있다며 샌닌바리 공장 지원자 마감마저도 임박하다고 상세히 귀띔해 주었다.

'그래 나만 결심하면 집안이 원상 복귀된다.'

기회를 준 이장이 고마웠다. 이장의 말이 맞다. 사실 서영은 이제까지 이장이 아니었음 세상 돌아가는 것도 몰랐을 것이다.

이틀 후면 안동에 가신 어머니가 돌아오신다. 어머니께 샌닌바리 공장 이야기를 말씀드려 봐야 무조건 반대하실 게 불을 보듯 뻔했다. 아버지를 위해서라도 어머니가 오시기 전에 서둘러야 했다. 이장에게는 용궁에 있는 이모 댁에 가서 이종사촌 을순이와 작별인사를 하고 내일 동사무소에서 떠나겠다고 약속했다. 어머니가 돌아오실 때면 아버지도 풀려나와 계실 것이다. 이장은 어머니가 혹 묻더라도 서영에 관해서는 모르는 일이라고 말해주기로 약속했다. 고마웠다. 서영에게 샌닌바리 가는 일은 효도도 하고 꿈을 이루는 기회였다. 샌닌바리 공장에 가는 일을 이모에게는 말씀 드릴 것이다. 이모는 분명 잘 생각했다고 칭찬해 주실 것이고 어머니께 서영을 잘 대변해 주실 것이다. 이모는 늘 서영 편이었기 때문이다.

서영은 내일 떠날 보따리를 미리 챙겨 이장에게 맡겼다. 이제 가면 이모와 을순이를 2년 반 동안 못 본다. 칠월은 마침 참외 수확 철이다. 오늘은 날씨도 좋다. 작년 이맘때 을순이와 원두막에서 바라본 여름 밤하늘이 생각났다. 서영은 하인에게 용궁에 사는 이모 댁에 참외 수확을 도와주러 간다고 일러두었다.

용궁으로 가는 길, 칠월의 하늘에는 서영의 들뜬 마음만큼이나 뭉게구름이 온갖 모양을 그리며 꿈으로 피어오르고 있었다. 일본이 닦아 놓은 신작로가 예천읍에서부터 상동 고개를 지나 유천면과 개포면, 용궁면, 산양면 그리고 멀리 문경 탄광까지 시원하게 이어져 있었다.

마을 앞, 별 등을 지나고 봄이면 종달새 높이 떠 지저귀던 유천보통학교 다니는 길을 뛰었다. 논두렁 밭두렁 길을 나비가 춤추듯 날아 지나갔다. 먼지가 풀풀 나는 토치마을의 신작로를 들어섰을 때는 뙤약볕에 숨이 턱턱 막혔다. 토치의 신작로 길섶 조씨가 운영하는 막걸리 양조장에서 밥 찌는 냄새와 지게미 냄새에 취할 듯했다. 양조장을 지나면 능수버들이 운동장 가에 늘어진 유천보통학교다.

"웅장한 국사봉 기슭 밑에서 수양버들 시냇물로 단장을 하고 우리의 놀이터…."

새삼 교가가 생각나서 신작로를 달리며 흥얼거렸다. 용궁 가는 길은 돌이 많아 돌고개, 사람이 벼락 맞아 죽어 벼락고개 등 전설이 없는 곳이 없다. 낮인데도 귀신이 제일 많은 공동묘지를 혼자 지나는 거 싫었다. 어릴 때 이모랑 다니며 들은 이야기로는, 부슬부슬 밤비 오는 날이면 파란 불빛이 꿈틀거리는 것을 이모 두 눈으로 보고 걸음아 나 살려라 도망쳤다는 것이다. 일제가 서낭당도 헐고 힘겹게 넘던 고갯길도 깎아 신작로를 만들었다. 많은 귀신들이 살 곳이 없어 도망쳤다. 멀대같이 자란 미루나무 가로수 잎들이 반짝반짝 손까지 흔들어 주었다.

서영은 아버지도 구하고 신문물도 배우기 위해 샌닝바리 공장이 있는 일본으로 간다고 생각하니 날아갈 듯했다. 구름을 타고 달리는 듯한 15살 서영의 발걸음은 두 시간 이상 걸리는 길을 단숨에 달려 이모 댁에 도착했다. 서영이 보따리를 안고 이모네 사립문으로 들어섰다.

"아이고, 이놈들아! 차라리 나를 잡아가라!"

'아니, 무슨 일이야.'

이모가 마당에서 두 다리를 뻗어 무명 저고리 옷고름을 풀어헤친 채 가슴을 치며 허우적거리고 있었다. 을순이는 두 명의 일본 순사에게 양쪽 겨드랑이를 낚인 채 버둥거리며 끌려 나오고 있었다.

'이게 무슨 일일까?'

이모가 허공에 허우적거리듯 손짓을 하며 하소연하는데 순사는 날이 시퍼런 일본도를 뽑아 울며불며 하소연하는 이모 앞을 가로막고 있었다. 서영이 사립문을 들어서는 것을 보자 을순이 필사적으로 순사의 팔을 뿌리치고 서영의 품에 달려와 와락 안겼다.

"언니! 나, 가기 싫어!"

"무슨 일이야?"

열세 살 을순의 얼굴이 눈물로 범벅되어 있었다. 엉겁결에 안긴 을순이의 어깨너머로 순사들과 눈이 마주쳤다. 순사가 칼을 빼 들고 혐오스럽게 다가왔다.

"오호! 이렇게 예쁜 아가씨는 누구야? 안 그래도 한 년이 튀어 어쩌나 했는데…. 천황의 도움이구먼!"

"비키세요!"

서영이 소리쳤다.

"퍽!"

순사가 서영을 을순이에게서 떼어 내려고 밀치는 순간, 서영이 팔을 휘젓자 순사의 턱에 맞은 것이다.

"얼씨구! 예쁘게도 생긴 년이 당돌하기까지 하네!"

순사가 느끼한 미소를 지으며 어느새 서영의 젖가슴에 손까지 넣었다.

"아! 아악!"

서영이 자신도 모르게 순사의 팔을 이빨로 물었다. 서영이 정색을 하며 순사를 밀어내자 예상치 못한 서영의 행동에 순사가 멈칫했다. 그때 이모를 가로막았던 순사가 달려와 서영의 얼굴 앞에 칼을 들이대며 싸늘한 냉소를 지었다. 서영도 순간 멈칫했지만 물러설 생각이 없었다.

"빠가야로 년들! 아무나 못 가는 샌닌바리 공장에 취직까지 시켜 준다는데 세상모르는군! 흐흐흐!"

화가 난 순사가 에둘렀다.

"참견 마세요! 샌닌바리 공장은 아저씨가 안 도와줘도 가요."

서영이 겁도 없이 순사를 제치고 나아가자 기다렸다는 듯 을순이 와락 안았다. 둘을 칼로 잘라 나눌 수도 없었다. 당황한 순사가 칼을 칼집에 물리고 서영과 을순이 껴안은 어깨를 풀려고 한 사람씩 잡아당기는 진풍경이 연출됐다.

"하하하하! 야마모토 순사! 이거 무슨 무례요!"

멀찍이서 지켜보던 한 콧수염 순사가 타이르듯 눈으로 찡긋 신호를 보내며 말했다.

"아이쿠! 서영 아가씨 오셨군요? 몰라 뵙고 무례하게 굴었던 점 사과드립니다."

서영임을 알아차린 순사가 능글맞게 다가왔다. 이상하게 전개된 상황을 수습하려고 애써 예를 갖추었다. 때리는 시어머니 순사를 말린 시누가 된 콧수염이 서영을 추켜세우며 정중히 사과했다.

"이 아가씨는 유천면에서 오신 대지주님 따님으로 샌닌바리 공장에 자원한 분입니다. 멀리서 오신 분을 잘 모셔야지 그러시면 됩니까?"

서영이 용궁 이모 집으로 출발하자 이장이 벌써 용궁의 주재소에 전보를 친 것이었다. 콧수염의 맞장구에 서영은 기세가 등등해 말리던 순사의 손을 당당히 뿌리치고 을순이를 안아 등을 토닥였다. 이모는 봉당의 댓돌 앞에 허탈하게 주저앉아 이를 지켜보고 팔을 허우적거리고 있었다.

"이모!"

서영이 이모에게로 달려가려 하자 순사들이 서영 앞을 정중하게 가로막았다.

"아가씨! 잠깐만요. 시간이 촉박해 출발해야 할 시간이오. 유천 주재소에서 전보가 왔는데 차량 운행 일정이 변경되어 지금 용궁 주재소에서 부산으로 출발하시랍니다. 보따리는 부산에서 전해 받기로 했습니다."

"이모님께 할 말도 있고, 내일 갈 겁니다."

하지만 콧수염 순사는 다른 아가씨들도 기다리고 있어 모두의 일정을 바꿀 수 없다는 핑계로 서영의 어깨를 돌려 세우며 떠나 줄 것을 강권했다.

"서영아! 가면 안 돼."

이모가 서영의 등을 향해 외쳤다.

"어머님! 을순이만 의지하고 사셨는데 어리지 않습니다. 걱정하지 마십시오. 샌닌바리 공장에 도착하는 대로 소식 전해 드리겠습니다."

일본 순사들은 서영과 을순이를 반강제로 분리시켜 차에 태우고 이모에게 정중히 예를 갖추듯 허리 굽혀 인사하며 용궁면 주재소로 향했다.

"먼저 가네. 자네는 곧 을순이 보따리 좀 챙겨오게."

콧수염이 오토바이로 온 순사를 남기고 차를 출발시켰다. 서영은 떠밀려가는 것이 못마땅했지만 샌닌바리 공장 가는 일만은 잘 선택했다고 생각했다. 을순이가 어리긴 해도 아이는 아니었기에 샌닌바리 공장에 가면 이내 적응할 것이라고 서영은 생각했다. 이

모와 함께 마지막 밤을 보냈어야 했는데 생이별을 한 듯해 내심 야속하고 아쉬웠다. 이모는 이모부도 돌아가시고 을순이와 단둘이 살고 있었다. 이모는 서영이 돈도 벌면서 신문물을 배우러 가는 한편, 주재소에 갇힌 아버지를 구하기 위해 가게 된 것을 몰랐다. 순사들이 전해 주겠지만 서영이 지원하게 된 자초지종을 들었어야 했었다. 이장이 말한 대로 샌닌바리 공장에 대해 잘 설명해 주었으면 더 좋았을 것이다. 을순이의 장래를 생각하면 오히려 잘된 것이기에 저렇게 애타게 말리지는 않았을 텐데 말이다.

어머니와

2 장

#4 조선의 가난

"일제 강점기 조선은 매년 보릿고개라 부르는 배고픈 시절을 넘겨야 할 때가 있었다고 들었는데 도형 씨 할아버지의 어린 시절은 어땠어요?"

"그때 인도네시아는 부자였다면서요?"

"네. 6·25전쟁 때 인도네시아가 대한민국을 도울 정도였지요."

"허어, 헉 헉! 성일아! 너는 농사일을 할 사람이 아니다."

작은아버지는 숨가쁘게 거름 바지게에 지게 작대기를 고이며 말했다.

"작은아버지, 농사일이 어때서요?"

성일도 작은아버지 옆에 거름이 가득한 바지게에 지게 작대기를 고이며 말했다.

"헉 헉! 우린 지금 이 산골에서 너와 나 둘만 일하고 있지?"

"작은아버지와 둘이 있으니 한학도 배우고 좋은데요."

"세 사람이 길을 가면 그중에는 반드시 나보다 나은 스승이 있어 배울 게 있지만, 둘만 있으면 더 배울 게 없단다."

"삼인행 필유아사三人行必有我師를 말씀하시는 거잖아요. 네 알고 있어요. 작은아버지."

"좋은 스승을 만나려면 사람을 많이 만나야 하는데, 이 촌구석에서 배울 것도 없는 나한테만 배운다는 게 미안하구나. 형님만 살아계셨어도……."

작은아버지가 말끝을 잇지 못했다. 한학자인 작은아버지는 농사일을 하고 있는 성일을 보면 마음이 짠했다.

"작은아버지! 풀, 나무, 새들과 자연의 이치, 삼라만상이 모두 배움인 걸요."

성일이 말을 이어갔다. 작은아버지는 성일의 싹수를 보고 한학을 가르쳐 주었다.

"그래, 큰 배를 만들어라! 언젠가 큰물이 밀려올 때 배 띄워라."

성일은 산골에 태어나서 줄곧 작은아버지 손에서 자랐다. 작은아버지는 돈이 없어 성일을 읍내 학교에 보내지 못한 게 늘 미안했다. 자라면서 성일도 가난한 작은아버지에게 있는 것은 짐이라 생각했다. 막노동이라도 해서 가계에 보태 보려 생각했지만 작은아버지가 허락지 않았다. 작은아버지는 한학에 박학다식한 분이었다. 바깥세상에서 이런 스승을 어디서 만나랴?

성일은 작은아버지에게 배운 한학의 영향으로 무엇보다 나라에 대한 충성을 배우고 주체성을 확실히 세웠다. 작은아버지는 성일이 아비 없는 자식이란 소리를 들을까 봐 친아버지 이상 엄하게 대하면서 지기주장을 뚜렷이게 교육했다.

일본 제국주의 식민통치가 장기화되면서 등골이 부서져라 일해도 농촌의 살림은 점점 어려워졌다. 경술국치庚戌國恥 이후, 성일의 아버지에게 활발했던 동네의 활동이 축소됐을 뿐 아니라 생계마저 어려워졌다. 성일의 아버지는 가을걷이가 끝나고 먼 도시로 막노동을 나갔다. 아버지는 숙박비를 아끼려고 한겨울 철도공사 현장에서 자다가 동사했다고 한다.

성일이 두 살 때였다. 아버지가 어떤 분인지 몰랐다. 이웃들은 의좋은 형제였고 작은아버지가 성일의 아버지를 무척 따랐다고 한다. 아버지가 계실 때에 작은아버지는 형님 그늘에서 가난과 관계없이 한학에만 몰두했었다.

갑자기 두 집의 가장이 된 작은아버지는 코딱지만 한 땅에서 사남매에 성일 어머니와 성일까지 여덟 식구를 책임져야 했다. 일제 강점기가 길어지면서 조선의 농가는 점점 힘들어져 갔다. 그러나 일본 순사들은 상부의 지시를 마을에 시행하기 전에 먼저 작은아버지와 의논했다. 작은아버지는 마을에서 받아들이기 어려운 일들을 걸러 주셨다. 성일의 마을만은 일제의 폭정에도 큰 마찰이 없었다. 작은아버지에 대한 신뢰는 팥으로 메주를 쑨다 해도 일본 순사들이 믿었다.

"성일아!"

"네! 작은아버지!"

"이제 성일이도 어른이 됐고 작은애비의 품이 좁다는 생각이 드는구나! 허허허."

"하하하하! 원, 참. 작은아버지, 갑자기 별말씀을 다하세요."

작은아버지의 품이란 말이 성일의 마음에 파장을 일으켰다. 성일은 열다섯 살 때 어머니마저 잃었다. 부지런하고 공부를 잘했던 김성일은 어머니가 살아 계시는 동안 보통학교를 다니다가 일본인 교장 우보우치의 추천에 의해 농업학교까지 다니게 됐다. 하교 후 집안일을 돕고 밤에는 작은아버지로부터 한학을 배웠다. 어머니는 몸이 약한 데다 그 시절 유행병처럼 흔했던 결핵을 앓고 있었다. 약은 엄두도 못 냈고 오히려 집안에 누가 될까 봐 늘 괜찮다고 하시더니 어느 날 갑자기 피를 토하고 돌아가셨다. 어머니의 품을 떠났다. 품을 떠나려니 아팠다. 하지만 이런 성일의 모습은 작은아버지에게 실망만 안겨 줄 뿐이었다. 어머니를 잃은 아픔은 성일을 소년에서 청년으로 자라게 했다.

성일을 좋아했던 우보우치 교장이 소개해 준 농업학교에는 기숙사가 있었다. 식사가 무료로 제공되는 기숙사에 들어갔다. 작은아버지의 짐을 덜어주는 기회가 됐다. 차분하고 군말이 없어 일본인들과도 잘 어울렸다. 일본말도 잘해서 사랑을 독차지했다.

성적은 일취월장하여 늘 상위권이었다. 농업학교를 졸업한 그는 농사시험장, 축산시험장, 누에고치를 원료로 실을 만드는 견잠사 제조소, 임업시험장 같은 곳에 불려 다니며 일했다. 한학을 바탕으로 중국어도 곧잘 했다. 성일은 말이 없었지만 옳은 일에는 거침이 없었고 솔직한 성격이었다. 부지런했던 그는 안정된 후에도 주경야독하여 농업전문가로 성장해 갔다.

성일은 윗사람들에게 인정받아 황해도 도청 농무과에 잠시 일하다가 연안 군청에서 실무책임자로 근무하게 되었다. 맡기는 일 뿐 아니라 필요하다고 생각되는 일은 시키지 않아도 소신껏 했다. 잡일마저도 소사처럼 해냈다. 잘 키우기만 하면 일제의 훌륭한 일꾼이 될 성일이었다. 맡은 업무 외에 농어촌진흥계획에 기반을 둔 기술 지도까지 해내자 상관들이 서로 눈독을 들였다.

그 시절 조선의 농촌은 피폐할 대로 피폐했다. 농민의 80%를 차지하는 소작농들은 겨울이면 식량이 바닥나 초근목피로 보리 수확 때까지 겨우 목숨을 이어갔다. 보리 수확을 기다리기 힘들어 농가에서는 보리가 미처 익기도 전에 푸른 이삭을 쪄서 말리고 그것을 갈아서 죽을 쑤어야만 했다. 성일의 작은아버지 집도 마찬가지였다.

그날도 성일이 군청에서 일하여 모은 돈으로 금만큼 값진 쌀 한 말을 사서 고향의 작은아버지 댁에 갔다. 보리가 익기 전이라 작은어머니는 낫으로 앞산의 딱딱한 소나무 껍질을 벗겨 내어 연한 속살을 절구에 찧어 소나무 껍질 죽을 쑤고 있었다.

"작은어머니, 쌀 한 말 사 왔어요. 저 요즈음 돈 잘 벌어요."
성일은 작은어머니가 미안해할까 봐 미리 너스레를 떨었다.
"하하하! 그래 우리 성일이 여전하구나. 아들이 장하다."
작은어머니도 성일을 알기에 반색보다 마음 편하도록 웃음으로 대신했다.

보릿고개에 쌀 한 말은 가족의 생명을 구한다. 아직 보리가 피려면 한참을 기다려야 한다. 작은어머니는 성일이 가져다준 쌀 한 말

66

을 식구들 비상식량으로 옹기에 고이 보관해 아껴 먹기로 했다. 그리고 소나무 껍질 죽에 성일이 갖고 온 쌀 두 줌을 넣어 끓였다. 식사 때 성일은 늘 작은아버지와 겸상을 했다. 작은아버지가 친자식보다 성일을 편애했지만 사촌 동생들은 개의치 않았다. 성일도 식구이고 장남으로서 아버지와의 겸상은 당연한 것이라 생각했다. 사촌 동생들은 성일과 밥을 먹으며 더 끈끈해졌다.

아침은 소나무 껍질 죽과 소금에 참깨를 볶아 으깬 깨소금 반찬이었다. 소나무의 진한 향기와 참깨 향이 사촌 동생들의 코를 벌름거리게 했다. 성일 형 덕택에 오랜만에 쌀죽을 먹었다. 성일이 죽 주발에 숟가락을 넣자 부드럽게 움직여야 할 멀건 죽의 주발 바닥에 밥 덩어리가 걸쭉하게 깔려 숟가락이 회전하지 않았다. 작은어머니가 쌀죽 덩어리를 성일의 그릇 바닥에 특별히 넣은 것이었다. 성일은 기쁨보다 작은어머니 사랑을 독차지한 듯하여 마음이 죽덩이처럼 무거웠다.

성일의 장난기가 발동했다. 성일이 실실 웃으면서 걸쭉한 밥 덩이 두 숟갈을 떠서 동생들이 눈치채지 않게 작은아버지 주발에 슬쩍 옮기고 자기 주발을 손바닥으로 가려 담을 쳤다. 작은아버지 숟가락이 못 넘어오게 했다. 풍년 때의 넉넉한 밥상 같았으면 작은아버지는 '이러면 안 되지', 큰 소리로 거절하며 숟가락으로 무협지의 소설처럼 '쨍쨍' 칼싸움 흉내라도 내며 장난을 걸었겠지만, 오늘은 아내의 마음을 아이들에게 들키게 할 상황이 아니었다. 당신의 주발에 담장을 칠 순간도 이미 놓쳤다. 설사 순간을 포착했다 하더라도 작은아버지의 동작이 컸으면 사촌 동생들이 눈치챘을 것이다. 성일은 작은어머니의 사랑을 작은아버지에게 고스란히 돌려주어 내심 통쾌했다.

작은아버지는 친아들 같은 성일의 마음에 짠하여 눈가에 이슬이 맺혔다. 울컥한 마음에 넘어가지 않는 죽 덩이를 가마우지 새가 물고기를 넘기듯 억지로 목젖으로 밀어 넘겼다. 성일은 곁눈질로 보다가 과장된 동작으로 후룩후룩 그릇을 비우고 작은아버지에게 씩 웃어 주었다.

어느새 동생들은 오랜만에 쌀 냄새 나는 소나무 껍질 죽을 게 눈 감추듯 먹더니 식사가 끝나자 우르르 밖으로 뛰어 나갔다.

성일도 후다닥 동생들을 따라 나갔다.

"아니 저놈이……."

작은아버지가 성일의 뒤통수에 대고 한 말이다. 작은어머니는 무슨 일이 일어났는지 영문도 모른 채 남편을 쳐다보다가 씩 웃는다. 아이들과 오랜만에 논두렁 밭두렁으로 신나게 뛰어다녔다. 가난해도 아이들은 자연을 놀이터 삼아 밝게 자랐다. 마을 사람들은 아무도 가난 때문에 얼굴을 찡그리지 않았다. 산골은 모든 이웃들이 그렇게 살아갔다. 가난한 것이 이상하다고 생각하지 않았다.

성일이 여섯 살 때 일이었다. 다른 해보다 흉년이 심했고 보리가 피기 전이라 모두 굶는 것이 일상이었다. 하루는 성일이 문지방에 앉았는데 성일의 눈에 보이는 하늘이 너무 예뻤다.

"어머니! 오늘은 하늘이 참 예뻐요. 노란색이에요."

성일이 벌써 이틀째 굶은 것이다. 문지방에 앉아서 보는 노란 하늘이 너무 예쁘고 신기했다.

"아들아, 그건 굶어서 그런 거란다. 아버지만 계셨어도……."

어머니는 아들이 바라보는 먼 하늘을 바라보았다. 파란 하늘이 노랗게 보인다는 성일의 말에 어머니의 눈가에 이슬이 맺혔다. 어머니는 성일이 볼까 흐르는 눈물을 닦지도 못하고 얼굴을 돌리지도 못했다. 성일은 어머니의 눈물방울이 역광에 비쳐 보석처럼 보였다.

성일은 직장이 있어 작은아버지 집 식구들에게 작은 기쁨이 된 것에 감사했다. 성일에게 고향은 가난의 기억이었지만 그것 때문에 아프지 않았다. 오히려 고향의 아련한 추억이 마음에 여유를 갖게 했고 그것이 나라를 위해 살도록 마음을 다지게 했다.

봄기운이 돌자 논두렁 밭두렁에는 쑥이 자라고 있었다. 쑥으로 죽을 쑤어야 저녁을 굶지 않기에 아이들은 누가 시키지도 않았지만 쑥을 뜯었다. 밭두렁에는 돗자리나 비옷 도롱이를 만드는 띠풀이 함께 자라고 있었다. 띠풀이 마르면 억새꽃처럼 강아지풀보다 큰 하얀 솜털 꽃을 피운다. 이 띠풀 햇순이 바로 삘기다. 아이들은 삘기를 뽑아 부지런히 입에 까서 넣고 껌처럼 씹었다. 세상 이렇게 향긋하고 달콤한 건 없었다. 찔레 순을 꺾어 먹기도 했다. 찔레 순은 쌈쌀 달콤해서 성일도 좋아했다.

쑥 뜯기가 끝나자 동생들은 양지바른 추가 투담 밑에 앉아 담 밑에 올라오는 족제비싸리 순을 꺾어, 빨간 진물을 봉숭아처럼 손톱에 바르며 소녀가 되는 꿈을 꾸었다. 아카시아 잎줄기를 따서 가위바위보를 하고 이길 때마다 잎사귀를 하나씩 떼어 내고 먼저 줄기만 남긴 아이가 아직 잎이 남아 있는 아이의 이마에 꿀밤을 때리며 깔깔거렸다.

다시 배가 고파 올 때면 앞산에 올라가 솔 순이나 꼬두밥이라는 송화를 따 먹고, 껍질에 물오른 송기를 꺾어 하모니카를 불듯 앞니로 채칼질을 해서 배를 채우기도 했다. 성일은 소나무 죽보다 향긋한 송기를 동생들과 함께 깎아 먹기도 했다. 성일에게 송기는 향긋해서 약처럼 쓴 쑥밥이 나올 저녁을 대비해 미리 배를 채워두기로 했다. 아이들은 산천을 뛰어다니며 더덕, 잔대, 칡 등 무엇이든 먹을 수 있는 것은 다 찾아 배를 채웠다.

황해도 농촌 아이들은 배부르지 못하고 연명만 하였지만 불행이 무엇인지를 몰랐다. 기근이 오래 지속되자 돈은 고사하고 훈장님에게 쌀 한 됫박 갖다 줄 형편이 안 돼 서당에 다니는 아이들의 수도 점점 줄어들고 있었다. 조선 전체가 그랬다. 성일은 학문의 통로인 서당이 비는 것이 안타까웠다. 조선의 백성은 아무리 가난해도 꿈을 꾸고 글을 읽는 것을 좋아했다. 그러나 선비정신과 체통이 사라져 가고 있었다. 아이들에게 배움의 기회가 점점 줄어들고 배고픔에 시달리는 삶이 계속되었다.

#5 성일의 꿈

성일은 공무원이 되고 난 후 조선 농민들의 비참한 삶을 알게 됐다. 조선의 춘궁기는 남부지방도 마찬가지였다. 1933년 조선의 남부 곡창지대인 경기도, 충청남북도, 전라남북도, 경상남북도도 소작 농가 중 63.5%의 백성이 봄철 기근을 겪고 있었다. 자작 농가, 소작 겸업농가를 포함해 전체 농가의 50.8%가 봄이 오기도 전에 이미 먹을 것이 바닥난 상태였다. 어쩌다가 조선의 농가가 이리 됐을까? 성일이 마음으로 자문을 하는데,

"성일 군, 조선의 농토는 천수답이라네. 관개시설을 해야 하고 소득 높은 종자도 개량해야 한다네!"

도청 공무원이 대답하듯 말했다. 일제가 농가갱생계획과 산미증산계획을 시작했다. 하지만 농민들이 이해하지 못했다. 성일에게 농민들을 계몽하라는 임무가 주어졌다. 성일은 한 집, 한 집 방문하여 농업 기술을 지도하는 일에 열정을 쏟았다.

작은아버지도 농민이 잘살아야 나라가 평화롭다고 늘 말씀하셨다. 성일은 끼니도 잊은 채 조선의 '농촌진흥운동'에 몰두했다. 이 정책이 성공하면 조선의 농민들이 잘살 것이라 생각했다.

일제는 1918년의 '도야마 쌀 폭동'에 곤혹을 치렀다. 일본 국내

에 소비되는 쌀을 충당하기 위해 식민지인 조선에서 토지개량과 경작방법 개선 등을 통해 쌀 생산을 늘려 일본으로 반출한다는 계획을 세우고, 조선에서는 그럴듯하게 농촌진흥운동이라고 홍보를 했다.

농촌진흥운동은 전쟁협력체제 확립을 위한 목표였다. 이런 계획을 알 리 없는 성일은 지독한 가난에 허덕이는 조선 농민을 위해 주야를 뛰어다녔다. 성일은 산미증산계획은 자신이 목격한 가난한 조선의 농민들에게 웃음을 찾아주는 것이라 굳게 믿었다.

일제가 홍보한 대로 조선의 농가는 토지개혁, 벼 품종의 개량, 개량품종의 파종, 비료 등을 사용함으로써 생산량이 늘어나기 시작했다.

성일은 일제의 공무원이 된 것이 기뻤다. 1915년에서 1919년까지 5년 동안의 산미증산 결과, 계획을 실행하기 전보다 27%가량 늘어났다. 하지만 이 정책은 애초 일본제국의 식량 문제를 해결하기 위한 것이었으므로 증산되는 쌀 전량이 일본으로 반출되었다.

조선의 농가에는 참으로 기이한 일이 일어났다. 산미증산계획으로 쌀이 증산되었어도 조선 백성들의 생활은 나아질 기미가 없었다. 쌀이 증산될수록 오히려 징수해 가는 쌀은 더 많아졌고 거기다 빚이 더해 갔다. 농민들은 종잣값, 비룟값, 농기구 값, 수리사업 부담금뿐만 아니라 세금까지 내야 했다. 이를 현금으로 내야 했지만 쌀값은 이 경비를 충당할 만큼 오르지 않았다. 거기다가 1930년 일본은 쇼와 공황으로 경제위기를 맞으며 쌀값이 오르기는커녕 떨어졌다.

쌀값 하락은 조선 농가에 폭탄이 됐다. 조선 농민들의 삶은 풍년이지만 찌들어져 갔다. 일제는 조선의 농민 걱정은 안중에도 없었다. 1932년 9월 8일 미곡법을 개정하여 조선보다 싼 타이완 쌀을 수입하면서 조선의 쌀값을 더 폭락시켰다. 이전에 벼 한 섬 가격이 7, 8엔 하던 것이 5엔이 되었다. 수리 조합비마저 현금으로 납부할 수 없었던 농민들은 현물 납부를 인정해 달라고 집단으로 진정을 벌이는 상황에까지 이르렀다. 산미증산계획의 선전구호였던 조선에서 쌀 수요 증가에 대비하고 농가 경쟁력을 도모한다는 것은 기만을 위한 구호였다. 피해는 고스란히 농민들에게 돌아갔다. 조선 농민들은 닭 쫓던 개 지붕 쳐다보는 꼴이 됐다. 토지개량사업이 중단되었다.

성일은 이용만 당한 꼴이 되어 버렸다. 성일은 스스로도 받아들일 수 없는 현실에 망연자실해 주저앉았다. 이제 농민들을 만날 낯이 없었다. 앞길이 막막했다. 성일은 작은아버지 댁에 돌아가기도 부끄러워 알리지도 못하고 관사에서 보수도 없이 소사처럼 일하면서 연명만 하고 있었다. 상심하고 있던 성일에게 조선 총독부로 발령한다는 연락이 왔다. 일제는 성일 같은 인재를 버려두고 싶지 않았던 것이다.

#6 서대문 형무소

　일본인들에게 성일은 충직한 황국신민이었다. 열정도 있고 똑똑해서 이용가치가 있는 쓸 만한 친일 청년이었다. 황해도의 하늘이 무너진 것 같았던 성일에게 경성으로 발령은 감지덕지였다. 보직이 뭔지도 모른 채 성일은 돌파구가 생긴 것만으로도 고마웠다. 경성에 가면 이모도 만나고 학업도 계속할 수 있고 무엇보다 장래에 조선을 위해 일을 할 수 있다는 생각에 가슴이 부풀었다.

　성일이 조선 총독부에서 받은 보직은 서대문 형무소 교도관이었다. 서대문 형무소에 처음 출근하던 날 성일은 아연실색했다. 조선인들의 손톱과 발톱을 강제로 뽑고 면도 칼날을 강제로 투입하고 입에 호스를 연결하여 물을 주입하자 신체의 일곱 구멍으로 물이 쏟아져 나왔다. 달군 쇠로 여성들의 음부를 지지기도 하고 독립 열사들 앞에서 칼로 여자들의 양쪽 가슴을 도려내는 등 인간으로서는 할 수 없는 일들이 눈앞에서 무지막지하게 벌어졌다. 사람이 간신히 들어갈 수 있는 나무상자에 긴 대못을 박아놓고 며칠간 운신도 못 하게 가둬놓았다가 굴리기도 했다. 많은 일본인들이 보는 앞에서 목에 개 줄을 묶은 채 네 발로 기어가게 했다. 이런 가혹행위를 통해 자기 동족에게는 우월감을 가지게 하고 있었다.

형무소의 잔악함은 인간 세계에서는 보지 못했던 외계의 세상이었다. 그런 일제의 잔악함에도 사람들은 굴하지 않았다. 항일열사들의 위대한 정신력에 놀라지 않을 수 없었다. 조국의 독립을 바라는 애국정신은 실로 숭고했다. 인간으로서 감당할 수 없는 가혹함 속에서 조선인들은 눈으로 마음으로 무언의 대화를 하고 있었다. 성일은 말없는 그들의 대화를 들었다. 반만년의 긴 역사 속에서 살아온 한민족의 위대한 연대감이었다.

성일이 상상하지 못했던 세상이 눈앞에 펼쳐졌다. 일제의 정체성을 단번에 알았다. 기만당하고 살았다는 것도 알았다. 성일은 당황하지 않았다. 고문을 감당하는 수감자를 보며 냉정하고 침착했다. 어머니가 돌아가셨을 때 성일은 낙심보다 새로이 가야 할 길을 보았다.

당분간 일상에 충실한 것이 상책이란 생각이 들었다. 연안 군청에 근무하면서 일제 조직사회의 경험이 있던 성일은 당분간 상부 지시에 집중하며 차분하고 성실하게 방향을 찾아야 한다 생각했다. 조선은 현재 일본의 식민지이기에 지금 주도권은 일본에 있다. 교도관이라는 것은 일단 윗선의 방침과 지시에 충직하면 되었다.

성일은 마음이 따르지 않는 일이지만 직책에 충실했다. 시간을 벌어 길을 찾아야 했다. 쇼와 공황 같은 불운에 내선일체 연대감으로 성일 자신이 충성해야 한다는 내면세계는 절대 다시 없을 것이다. 성일은 일단 교두관이라는 일의 충격에서는 벗어났다.

하지만 현실을 쉽게 감내할 수가 없었다. 고초를 당하는 동족들이 너무도 많았다. 고문을 당하는 이는 모두 열사들이었다. 성일은 상부 명령에 충실하면서 수감자들에게 '어떻게라도 뒤로 도움이 될까'라며 길을 찾을 수밖에 없었다. 산미증산계획 때 가난해서 비참했던 농민들을 생각하며 일할 때와는, 이제 나아가야 할 길이 다르고 나가야 할 방향도 확연히 달랐다. 그때는 아무것도 모르고 일제에 기만당했다. 이제 그러지는 않을 것이다. 서대문 형무소 일은 눈앞에서 사람이 죽는 일이었다. 점령자의 형무소에는 그동안 배우며 추구하던 인간의 존엄성이란 없다.

성일은 우선 수감자들이 어떤 부당한 일에 항거하다가 수감됐는지, 어떤 항일운동을 하다가 끌려오게 되었는지 파악하고 몰래 내부에서 도울 길을 찾기 시작했다. 정보를 파악해 수감자들을 도울 것이다. 이곳에서 일하는 조선인들은 지독한 친일 앞잡이가 아니면 성일처럼 길을 잘못 들어서 일하는 이들이었다. 일제 앞잡이들은 눈앞에 벌어지는 동족의 고통을 방관하며 번 돈으로 가족을 먹여 살리고 자신의 배를 불리고 있었다. 성일이 조선인 항일열사 수감자들을 돕겠다고 하지만 현실적으로는 일제의 꼭두각시 간수로서 날마다 조선인들을 고문하는 일에 조력하고 있었다. 성일은 괴로웠다. 방향이 잘못된 레일 위에 놓인 기관차에 화력을 더해 봐야 갈수록 악행의 열매만 단단해져갈 뿐이었다. 성일은 그 기관차에 몸이 실려 있었다.

일본 제국주의는 조선을 강제 합병한 후 조선 총독부를 중심으로 조선의 내면마저도 완전히 통합시키기 위하여 내세운 표어인,

내지(內, 일본)와 조선(鮮)이 한 몸이라는 뜻을 담고 있는 '내선일체'라는 구호를 내걸었다. 처음에 성일은 내선일체가 양국 발전과 미래에 좋은 것이며 동질의 다른 방식이라 생각했었다. 이는 곧 두 나라가 하나가 되어 공영하는 이상적인 대국을 이루는 승화된 하여가라 믿었었다.

특히 일본과 조선 민족이 본래 뿌리가 같다는 일선동조론을 통해 조선 고유의 따뜻한 민족성을 부정한 것 역시 내선일체와 맥락을 같이하였다. 조선의 정체성은 이런 것이 아니었다. 조선인들의 이름을 일본식으로 변경시킨 창씨개명, 천황에 대한 숭배를 강요한 신사참배의 황민화 정책 역시 내선일체 구호의 기만 아래 서서히 행해진 일체화 정책이었다.

성일은 서대문 형무소에서 일제의 정체인 악행을 목도했을 뿐만 아니라 저들의 궁극적 목적을 알게 됐다. 한마디로 일본 제국주의는 조선인의 정체성을 사라지게 하여 일본으로 통일시키려는 비수를 품고 있었던 것이다.

서대문 형무소에서 항일 열사들에게 가해지는 참혹한 광경을 보고 있다. 하루에 수십 구의 시신들이 실려 나갔다. 어떤 이들은 머리에 콜타르를 발려 가발 벗기듯 머리 가죽이 통째로 벗겨진 채 비참하게 죽어나가기도 했다.

그들을 고문을 달게 받아들였고 값싼 동정심을 사치로 여겼다. 어떤 잔혹한 고문에도 조국의 독립을 이루고 후세에게 힘이 되기만 바라며 인고했다. 성일은 조선인의 숭고함을 형무소에서 배웠다. 간혹, 고문을 이기지 못한 수감자들이 실토해 동료들이 무더기로 잡혀왔다. 이들은 여러 형태의 고문을 받다가 결국 죽었다. 혹 고문을 이겨내 살아도 형장의 이슬로 사라졌다. 비극 위에 비극이었다. 나라를 빼앗긴 비극이었다.

고결한 피가 형무소를 적실수록 성일의 애국심은 더해 갔다. 일제가 인간으로 할 수 없는 악행을 저지르는 것을 보면서 성일은 일제에 대해 마음이 얼음장 같았지만 내색하지 않았다. 바위에 새기듯 그들의 악행을 마음속에 새기고 언젠가 되돌려 갚아 주리라는 마음만 다잡을 뿐이었다. 목격한 것 외에도 수많은 독립열사들이 이곳에서 비참하게 죽어간 이야기를 전해 들었다. 이곳에서 죽어간 유관순 열사의 참혹했던 고문 이야기도 들었다. 유관순 열사의 육신은 죽었지만 그 혼이 조선인들에게 영원히 살아 움직일 것이다.

성일에게 서대문 형무소 간수로서의 경험은 망한 조선의 비참함을 처절히 알게 했다. 시간이 지날수록 성일은 무기력함을 느꼈다. 하지만 이대로 주저앉을 수는 없었다. 무기력함으로 무저갱과 같은 나락으로 빠지는 자신의 마음에 날마다 돌을 던져 깨웠다. 그것은 구국에 대한 마음을 반복적으로 깨우는 돌팔매질이었다.

성일은 불같이 일어나는 애국심으로 일본에 대한 적대감을 주체하지 못하여 사고를 칠까 두려워 일어나는 감정을 발바닥으로 내려보냈다. 걸을 때마다 감정을 발로 짓누르듯 하루하루를 살았다. 두고 보자! 감정을 드러내지 않으리라. 그리고 조선의 독립을 위해 무엇이든 하리라. 성일은 어금니를 물며 다짐하고 또 다짐했다.

일제는 이제 자신들의 잣대로 명명한 사상범이라 하는 자들을 수감하기 위해 조선 팔도에 형무소를 늘리고 있었다. 얼마나 더 많은 사람을 죽여야 저들의 광란이 끝날까?

독립열사들은 조선에서 항일 활동이 어려워지자 조선 본토뿐만 아니라 만주, 상해로 나가 활동했고 등잔 밑이나 다름없던 일본의 지하에서 항일운동을 하는 이들도 많아졌다. 동북아에서 활동하던 항일투사들이 서대문 형무소로 와서 수감되었으며 그 수도 점점 늘어나고 있었다. 1930년 5월 30일 간도 농민 봉기 당시에는 많은 농민들도 일본군의 검에 찔려 죽었고 400명이 넘는 농민들이 서대문 교도소에 이송되어 갇혔다. 이 봉기의 주도자였던 주현갑, 이동성 등 21명이 1936년 8월 16일 서대문 형무소에서 교수형 당하는 것을 성일은 목도했다.

이제 타국에서 잡혀 온 동족이 교수형을 당하는 처참한 광경까지 목도한 성일은 적극적으로 민족운동가들과 접촉하게 되었고 외부와의 연락원 역할을 맡았다.

성일은 수감자들을 은밀히 봐주기 시작하면서 어느 때부터인가 자신도 모르게 일제의 곁꾼으로서의 시간보다 수감자들의 일을 봐주는 시간이 늘어나고 있다는 것도 잊었다.

어느 날, 성일이 밀서를 받기 위해 8호 교도소를 가는 중 미행의 그림자가 어른거리는 것을 보았다. 깜짝 놀랐다. 꼬리가 길면 밟히는 법, 꼬리의 그림자가 어느새 직원들에게 드리워져 있었다. 이제 성일을 대하는 상관들의 온도가 차가워졌다. 모든 것을 멈추고 애초의 교도관의 일상으로 돌아가 아무 일도 없던 것처럼 업무에 충실하기로 했다. 하지만 그날 이후로 상부의 일상적 정보도 성일에게는 노출되지 않았다. 눈치챘다는 증거였다. 오히려 유도하듯 다가와 수감인들의 근황을 물어보는 일제 교도관의 교활함마저 역으로 감지되기 시작했다. 누군가 밀고했든지 아님 자신의 꼬리가 길어 의심케 했음을 직감했다.

처음 왔을 때와 다르게 상관들의 호감이 느껴지지 않았고 의심까지 하는 분위기의 서대문 형무소는 성일에게 더 이상 안전하지 못했다. 하루아침에 무슨 일이 일어날지 몰랐다. 꿈을 이루기는커녕 꾸어 보지도 못하고 성일이 저 창살 안에 들어가지 않으리라는 보장이 없었다.

성일은 곧바로 서대문 형무소를 나왔다. 사직서도 쓰지 않았다. 사직서를 썼다가는 그 자리에서 어찌될지 모를 일이다. 지금 잡히면 개죽음이다. 이럴 땐 36계 병법을 택하는 게 최상이다. 성일은 중국 동북 지방으로 도주했다.

인맥도 없기에 형무소 내에서 들은 항일 조직의 거점을 찾아 열사들의 혼이라도 만날까 했다. 독립운동의 현주소를 찾아 압록강을 건넜다. 동만주를 택했다. 한민족의 혼이 살아 있는 민족의 심장이다. 훗날을 준비할 것이다. 일선의 항일 투사들은 못 만났지만 동만주 일대에서 대한독립군단이 게릴라전을 벌이며 투쟁하던 곳들을 찾을 수 있었다.

대한독립군단은 3.1 운동이 일어나던 다음 해인 1920년, 동간도 국민회군을 통솔하고 있던 홍범도와 남만주 군정서의 통솔자인 이정현이 안도현과 삼림지대에서 투합하여 홍범도 부대 600여 명과 이정현 부대 400여 명으로 편성된 독립군 단일부대였다. 이 부대는 그 후 소련 만주 국경을 넘어 소련 땅으로 들어가 소련정부의 도움을 받아 무기를 보충하여 항일전쟁을 전개하였다. 대한독립군단은 간도 대한국민회, 대한신민회, 혈성단 등 여러 조직을 규합하여 서일을 총재로 하는 3개 대대, 3천 5백여 명에 이르는 군대를 조직하기에 이르렀다.

성일은 홍범도 휘하의 군대가 벌인 강계, 만포진, 자성 전투와 독립군이 벌인 봉오동 전투, 보합단의 일본순사 암살사건, 훙춘 영사관 습격사건 등 민족운동의 선봉에 서서 간도지역을 근거지로 삼아 항일전투를 벌인 대한독립군단의 빛나는 무용담을 듣고는 가슴이 벅찼다. 만나는 이들마다 성일의 애국심에 감화되어 그들이 아는 독립운동가들을 소개해 주었다.

성일이 서대문 형무소를 그만두고 은신했던 중국 동북지방은 조선 민족 독립혁명의 근거지로, 1934년에는 조선인민혁명군이 편성되었고 1936년 5월에는 조선 사람들이 많은 지린성 안투현과 통화성 푸쑹현에서 반일 통일전선인 '조선광복회'가 결성되었다. 조선광복회 강령 제1항에서는 '조선 민족의 총동원으로 광범한 반일 통일전선을 실현함으로써 강도국 일본 제국주의의 통치를 전복하고 진정한 조선 인민정부를 수립할 것'이라고 명확한 방향까지 선언했다.

간도지방은 조선 광복을 위한 혁명의 근거지였던 만큼 일제의 탄압도 심했다. 김성일은 간도에서 서대문 형무소를 생각하며 다시 한번 자신의 정체성을 확고히 하고, 어린 시절의 일본의 개혁개방을 배워 조선을 발전시키겠다는 잘못된 인식을 다시금 반성했다. 독립투사들의 정신을 배우며 자주대한독립에 대한 꿈을 이룰 준비를 해 나갔다.

중국어에 비교적 능했던 성일의 소문은 입에서 입으로 간도 사람들에게 소리 없이 알려졌다. 성일이 활동하기 전인데도 일제는 어느새 성일의 뒤를 캐기 시작했다. 소련의 연해주를 비롯한 민족의 한이 살아있는 드넓고 할 일 많은 동북아를 뒤로하고 성일은 다시 거처를 상해로 옮기기에 이르렀다.

상해는 1919년 대한민국 임시정부가 세워지고, 1920년 충칭으로 옮겨가기 전까지 조선 민족의 다양한 독립운동의 본부 역할을 했던 곳이었다. 또 상해에서는 1922년 항일 독립의열단 단원 김익상이 다나카 기이치에게 폭탄을 던진 사건이 있었다. 1932년 천장절, 관병식에서 김구 계열의 민족주의자 윤봉길이 폭탄을 투척하여 시라카와 요시노리 군 사열관이 사망하고 나중에 외무대신이 된 시게미쓰 마모루가 중상을 입는 의거가 일어난 곳이었다.

#8 김구와 장윤원

성일은 상해에서 존경하던 김구를 만났다. 김구는 듣던 대로 혜안과 지략이 있는 독립운동가였다. 독립은 한두 집단의 의지로 하는 게 아니었다. 김구는 벌써 동남아의 필리핀, 말레이 반도는 물론 자바 섬에 살고 있는 화교와도 국제적 네트워크를 구축하는 등항일운동의 넓은 기초를 다져 놓았다. 김구의 항일조직 인맥인 자바 섬의 화상들은 큰 담배 회사와 무역업을 하며 독립자금을 조달하고 있었다. 독립자금의 조달처는 동남아 여러 곳이었다. 김구는 성일에게 동남아는 부유한 나라로 자원이 풍부하여 해외 독립운동을 위한 새로운 보고라고 일러 주었다. 독립운동에는 국민들의 독립의지는 물론 우방국의 협력과 탄탄한 조직, 못지않게 자금이 필요하다는 것을 알았다. 성일은 동남아에 대한 이야기를 듣고 촉각이 곤두섰다. 성일은 김구와의 만남이 기폭제가 되어 상해에서 동남아를 염두에 두고 화상들을 적극적으로 만나면서 인맥을 넓혀갔다. 조선에서 듣지 못했던 동남아란 신천지에 대해 알게 됐다.

김구는 성일이 동남아를 무대로 조선 독립운동에 대한 꿈을 꾸도록 눈을 뜨게 해주었다. 성일은 상해에서 독립운동가의 자질이 어떤 것인가를 공부했다. 무대를 넓히고 자신의 역할이 생기면 언젠가는 다시 김구와 함께하리라 다짐했다. 김구에게 성일은 동남아 거점의 외연 확장의 꿈이 됐고 성일이 준비가 되면 언제든 함께할 것이라고 큰 기대를 했다.

성일은 상해에서 김구를 통해 기개를 높였고 독립정신을 길렀으며 선배들의 수많은 무용담을 들으며 독립운동의 전술을 터득했다. 상해에는 성일을 비롯한 항일운동가들이 많았다. 윤봉길 열사뿐 아니라 이름 없이 빛도 없이 뒤에서 독립자금을 모금해 주거나 일본군 내부에서 위장 근무하면서 정보를 흘려주기도 하는 수많은 애국자들이 있었다.

성일은 새삼 조선 내에서 모아 오는 독립자금으로는 한계가 있다는 것을 알았다. 성일은 드디어 동남아에서 항일운동의 꿈을 꾸기에 이르렀다. 안창호 등 선구자들은 오래전부터 말레이 반도 등 동남아에 눈을 뜨고 국제적 인맥을 넓히고 독립기지를 계획하고 있었다. 동남아를 신천지로 생각하고 있었지만 그게 아니었다.

동남아는 고려 시대부터 우리 조상들이 고려인삼 무역을 하면서 개척해 놓은 곳이었다. 조선의 인삼 상인들이 이어받아 교역하면서 인삼 상인들이 통로가 되어 독립자금의 새로운 조달처가 된 것이다. 상해 여행은 성일의 시계視界를 국제무대로 넓혀 주었다.

동남아를 무대로 독립의 꿈을 꾸고 있다. 김성일은 김구를 통해, 안창호를 통해 독립운동 해외 기지에 관심을 가지게 되었다. 동남아의 섬 중 자바 섬에는 조선인 선각자 장윤원이 항일운동의 조력을 위해 한 발 앞서 진출하여 정착했다. 장윤원은 화교 부인과 결혼해 가정을 이루고 맺어진 화상과 함께 사업에 성공해 물심양면으로 항일운동을 돕고 있었다.

장윤원은 일본 동경제국대학 상과를 졸업한 수재로 조선에 들어와 일본은행에 근무했다고 한다. 그는 대담한 인물이었다. 자신이 근무하던 일본은행의 막대한 자금을 빼돌려 독립자금으로 조달하다가 발각되었고 곧바로 중국으로 피신해서 활동하다가 조국 독립의 원대한 꿈을 품고 1920년 9월 20일 바다를 건너 자바 땅으로 갔다.

바타비아에 정착한 그는 화교 사회의 항일 조직과 연결다리가 되었고, 일본어에 능해 네덜란드 총독부의 일본어 수석 고문관이 되어 명성은 물론 부까지 축적해 조국 독립에 기여했다. 장윤원은 다국적 인맥으로 이국땅에서 정가와 재계에 영향을 미치며 조선의 독립을 위해 말없이 조력하는 선각자였다.

성일의 마음도 벌써 독립운동의 나래를 펴고 자바 섬에 정착해 있었다. 조선에서도 몰랐던 인삼 상인들의 역할은 놀라울 뿐이었다. 인삼 상인뿐만 아니라 조선 초기 태종 때에 자바 섬의 마자파힛 왕국 사신이 조선을 국빈 방문한 사실도 알게 됐다. 자바를 알아갈수록 새로운 것이 많았다.

#9 마자파힛 왕조

공신이 쓴 『서양번국지』에 의하면 중국인들의 자바 섬 진출은 13세기부터 시작되었다. 그리고 15세기 초, 자바 섬은 이미 광동 지방과 복건 지방에서 온 중국인들이 원주민의 중요한 부분을 이룰 정도였다. 중국인들은 자바 섬의 무역을 통해 정착했다. 원元이

자바 섬에 2만 명의 정벌 군대를 파견했으나 패하고 병사들 중 많은 사람이 자바 섬에 포로로 잡혔거나 자바 섬에 머물러 정착한 이들이었다.

또 14세기 중엽에 명나라가 무역 상인들의 활동을 제재하고, 다른 나라와의 무역 관계를 조공 무역에 한정시킨 해금 정책을 실시하자, 자바 섬에 활동하던 중국인들 가운데 귀향을 포기하고 눌러앉아 상업을 시작한 자들이 적지 않았다. 그 시절 자바 섬에서 해상 무역으로 번영하던 마자파힛 왕국은 명의 조공무역 정책에 부응했다. 자바 섬에 정착해 무역을 하던 화상들을 적극 기용하여 중국으로 보냈고, 화상의 조공선의 선장에게 왕실 무역을 대행케 하는 파격적 허락을 했다.

그리하여 자바 섬의 마자파힛 왕국에게 화상은 북상 교역의 물꼬를 트고 왕국의 세를 넓히는 길이 됐다. 이때 중국계 진언상은 조공선의 선장이 왕실무역을 대행하는 분위기에 편승해 마자파힛 왕국의 허락 없이 왕국의 사신이란 이름을 팔아 조선 조정과 연결을 시도한다. 진언상은 태국을 비롯한 여러 나라 왕국의 무역을 대행했다.

조선 개국 1주년이 되던 1393년 6월, 첫 조선 방문으로 섬라곡국(태국 아유타야 왕국)에서 보낸 사절단과 함께 도착했다. 조선이 개국한 이래 외국에서 온 첫 번째 공식 사절단이었다. 장사도를 단장으로 하는 해당 사절단은 각종 특산품과 토인 2명을 조선 조정에 바쳤다. 귀국 일정은 다시 12월로 잡혀 있었기에 그들은 그동안 조선에 머무르게 되었다.

조정은 그해 12월 사절단이 귀국할 때 예빈시의 소경 '배후'를 회례사로 동행시키며 그들을 후하게 배웅했다. 이때부터 진언상도 장사도와 함께 본격적으로 등장한다. 당시 진언상은 서운관의 부정으로 임명되었다고 언급되는데, 정황상 조선 조정이 험한 일을 겪은 외국 사절단을 위로하기 위해 관직을 내려준 것으로 보인다. 조선의 선물을 받은 태국의 아유타야 왕은 다시 답례로 임득장을 단장으로 하는 회례사를 보냈지만, 이들은 나주시 앞바다에서 왜구를 만나 죽거나 일본으로 납치되어 버렸다.

조와국 마자파힛 왕의 진언상이 1393년 말에서 1394년 초 사이에 조선의 군산항에 입항하려 했다. 그때도 군산 앞바다에는 일본 해적들이 득실거렸는데 진언상의 상선을 노략하여 첫 번째 상륙은 실패하였다. 자바로 돌아간 진언상이 마자파힛 왕에게 태국, 조선 상륙을 아뢰고 이듬해 정식 사신 자격으로 와서 태조를 만났다.

태조 3년인 1394년 음력 8월 7일 섬라곡 사람 장사도가 태조 이성계로부터 예빈경 벼슬을 받고, 진언상은 서운부정의 벼슬까지 하사받았다.

1400년 태종이 즉위한 후 진언상이 다시 와 태종을 알현하자 쓰시마 섬의 슈고인 소 사다다케가 1393년 첫 해 약탈한 진언상의 물품들을 사신을 통해 조선 태종에게 보내왔다. 소목과 후추, 토산물과 함께 살아있는 공작새까지 있었다. 쓰시마 섬 사신이 이것들은 남양 오랑캐의 것이라고 폄하하자 태종과 대신들이 대노하며 남양의 오랑캐가 아니라 마자파힛 왕국의 왕이 보낸 선물인 것으로 바로 잡았다. 일본의 해적질임이 만천하에 드러났다. 이에 사간원이 왕에게 아뢰었다.

"폐하, 진기한 새와 짐승은 나라에서 기르지 않는 것이 옛 교훈입니다. 하물며 그것은 약탈한 물건이지 않습니까? 그것을 물리쳐 받지 않는 것이 좋겠습니다."

"아니다! 조와국의 먼 나라에서 보낸 왕의 마음이니라. 공작을 상림원에서 정성껏 기르도록 하라!"

왕은 먼 나라에서 온 것을 소중히 여겼다. 태종실록 12권, 태종 6년 8월 11일 기록이다. '남번의 조와국 사신 진언상이 전라도, 군산도에 이르러 왜구에게 약탈을 당했다. 배에 실렸던 화계·공작·앵무·앵가·침향·용뇌·호초·소목·향 등 여러 가지 약재와 번포를 모두 겁탈당하고, 포로로 된 자가 60인, 전사자가 21인이었으며, 오직 남부를 합해 40인만이 죽음을 면하여 해안으로 올라왔다. 진언상은 일찍이 갑술년에 봉사로 내방하였는데, 우리나라에서 조봉대부 서운부정을 제수하였던 자이다.'라고 기록되어 있다.

마자파힛 왕국의 진언상이 타고 온 상선의 규모 또한 220명을 태울 수 있는 2,200료料로 길이 33m, 너비 10m, 깊이 3m로 220톤이나 되었다. 그 후 16세기 초 자바 섬의 토끼 꼬리에 해당하는 저빠라 항구에서 약 1천 명의 승객을 태울 수 있는 1,000톤 크기의 상선이 제작되어 중국과 교역하였다. 저빠라 항구는 중국과의 교역 영향으로 중국풍의 문양을 조각하는 석조각 도시로 발달하기에 이르렀다. 저빠라 항구가 발달해 네덜란드가 점령하자 왕실 조각 가구를 생산하는 가구 도시로 변모한 것은 자연스러운 일이기도 했다. 저빠라 항구와 인근 월라한 항구는 진언상이 마자파힛의 사신으로 중국과 조선에 교역하는 관문이 되었다.

1406년 음력 9월 16일, 자바의 마자파힛 왕국의 진언상 등이 조선에 다시 와서 한 나라의 사신으로 태종을 만나고 돌아간 접촉 역사가 이루어질 때까지 자바 섬에 고려인삼 상인들의 인삼 무역은 지속됐고 일제가 자바 섬을 침략할 때까지 계속됐다.

고려인삼 상인을 시작으로 조선의 인삼 상인들이 부유한 자바 섬을 드나들며 화상들과 상거래를 통해 남방의 자바라는 나라는 조선에 소상히 알려졌다.

조선에 일제 강점이 시작되던 1900년대를 기점으로 조선 인삼 상인들이 자바 섬을 대상으로 인삼 교역을 활발히 함으로써 '긴생 고려'라는 한반도산 고려인삼 붐이 일어났다. 조선왕조 초기 마자파힛 왕국의 조선 접촉으로 인삼 상인들의 동남아 무역이 더 활발해졌던 것이다.

동남아에서 고려인삼의 인기는 대단했다. 국권 침탈 이전과 이후에도 조선 인삼 상인들은 동남아의 여러 섬나라 및 자바 섬과의 왕래를 계속했다. 1910년대 동남아 인삼 무역상 중에 홍명희 일행인 김진용이 1915년 1월 2일 보르네오 섬 산다칸 항을 떠나, 3일 발리의 쿠타를 거쳐 파도가 높은 남쪽 인도양을 건너서 4일 족자카르타의 빠랑 뜨리띠스 항을 들러 5일 자카르타 안야르 항에 도착하는 등 상업 활동의 경로도 포착됐다. 일제가 조선을 강제 합병한 이후인 1915년 1월 15일 자카르타 서쪽 나부안 항에서 배를 타고 19일 오후 3시에 최종 목적지인 말레이(싱가포르)에 당도하였다.

조선 말기 쇄국정책으로 조정은 세계정세에 어두운 데 비해 1910년대 동남아에서는 조선의 인삼을 파는 민간 상인들이 활발히 움직였다. 자바 섬 사람들은 조선은 몰라도 '진셍꼬레아'는 알고 있었다. 자바 섬에는 '자무'라는 열대 생약 한방약재가 많았지만 인삼의 인기는 이보다 유명했다. 정력제나 만병통치약으로 회자될 만큼 그 약효를 인정받아 유명세를 탔다. 인삼 상인으로 인해 싱가포르를 비롯한 동남아는 독립운동가들의 시계를 넓게 하여 독립운동의 활동무대를 넓혀가는 계기가 됐다. 장경의 경우와 마찬가지로 중국과 만주 등지에서 활동하고 있었던 홍명희, 김진용, 김덕진 등을 비롯한 인삼 상인들의 행로가 독립운동가들에게 구체적인 독립자금 확보의 길을 열게 했다.

교육개혁 운동가이자 독립운동가로 혜안을 가진 도산 안창호도 필리핀을 독립기지로 염두에 두고 동남아의 다른 지역도 독립운동의 기지로 개척하려는 계획을 갖고 있었다. 1924년 1월 31일 조선인 임득산은 보르네오 섬은 물론 남양과 광동 방면을 돌아본 후 필리핀, 싱가포르까지 답사해 기록까지 남겼다.

일제는 태평양전쟁 훨씬 이전부터 동남아에 야욕을 가지고 있었기에 조선인 임득사이 쓴 동남아 탐방기까지 확보하여 태평양전쟁을 일으키기 위한 정보로 삼기도 했다.

이에 1920년대 중반, 독립운동가들은 동남아지역 가운데 화상들이 많은 자바와 마닐라 등지에서 반일운동 단체를 결성하고, 일화배척 운동을 활발하게 벌이고 있는 화교들과의 연계도 모색하였다. 1930년대 들어서며 흥사단 원동위원부에서는 1931년 1월 양우조를 화남 및 남양군도 시찰 특파원으로 임명하여 자바지역에 대한 독립운동기지 개척의 열의를 보였다. 같은 시기 양기탁과 김규식金奎植도 보르네오 섬에 독립운동기지를 개척하려는 노력을 하고 있었다.

동남아 탐방기를 쓴 임득산을 통해 자바지역에 독립군 기지를 개척하려 하였던 양기탁의 계획이 수포로 돌아간 이후에도 보르네오 섬 독립군 기지 개척 계획은 계속적으로 추진되었다. 그는 중국 천진의 북양대학 교수로 있던 김규식과 함께 보르네오 섬에 독립운동기지뿐만 아니라 한인들을 대거 이주시켜서 독립운동의 베이스캠프를 조성하고자 하는 꿈까지 꾸었다. 보르네오 섬에서의 독립운동기지의 구체적 계획은 실로 대단했다. 국내 독립기지와 달리 해외 독립기지는 일제의 감시와 탄압에서 자유롭고 자급 조달도 쉬웠기 때문이다.

양기탁의 또다른 계획은 만주에 있는 수십만 조선동포를 보르네오 섬으로 이주케 하고, 만주의 여러 단체와 협의하여 보르네오에서 이주동포를 중심으로 거대한 독립운동기지를 구축하는 것이었다.

그래서 양기탁은 김규식에게 의뢰하여 보르네오 총독에게 한인

들의 이주문제를 본격적으로 협의하게 하였다. 김규식은 통신으로
보르네오 총독과 교섭하였고, 보르네오에서는 조선인들의 이주를
환영한다는 뜻을 표시하여 왔다. 보르네오의 모든 사정을 기록한
간행물도 보내 주고 우선 시찰단을 보내라고 하였다.

야마토

3 장

청일전쟁이 일제의 승리로 끝난 후 조선이 일제와 합병하면 피를 흘리지 않게 해 준다는 회유와 협박으로 일본은 조선을 1910년 강제 합병했다. 한반도 점령은 태평양전쟁의 신호탄이었다. 그 후 1937년 1월 28일부터 3월 3일까지 상하이 국제 공동조계 주변에서 일어났던 중화민국과 일제의 군사적 충돌이 전초전이 되어 7월 7일에 중일전쟁을 일으켰고, 1941년 12월 7일 진주만을 기습공격하면서 태평양전쟁까지 일으켰다. 일제는 시나리오대로 제작된 영화가 돌아가듯 저항의 소리도 없는 싱가포르, 말레이시아, 파푸아뉴기니, 필리핀, 태국, 타이완, 동인도, 동티모르까지 단숨에 삼키며 동남아를 점령했다.

영국의 웨이블 장군이 지휘하는 영국, 미국, 네덜란드, 호주가 함께한 연합군은 일본군이 유전지대에 접근하는 것을 저지하는 것이 최대의 목적이었지만 파죽지세로 밀고 들어오는 일본군을 막기에는 역부족이었다. 일본군의 상륙을 해상에서 저지하려고 했던 연합군의 함대는 자바 해전, 발리 해전, 수라바야 해전, 바타비아 해전 등 네 차례에 걸친 일본 해군과의 전투에서 지리멸렬하였고, 일본군은 별 피해도 없이 보르네오 섬과 셀레베스(술라웨시) 섬에 상륙했다.

일본군은 1942년 1월 24일에 수마트라에 상륙하여 하루 만인 25일, 완전히 점령했다. 수마트라를 점령한 것은 공수부대인 정진 제2연대와 제38사단의 주력이었다. 정진 제2연대가 중요한 유전 지대로서 네덜란드령 동인도제도에서 가장 큰 정유소가 있던 팔렘방을 점령했고 이어서 보병 제229연대를 기간으로 한 제38사단 주력이 상륙하여 남부 수마트라를 확보했다.

보르네오 북서쪽의 영국령 보르네오는 이보다 앞선 1941년 12월 말에 말레이를 담당한 제25군 소속의 가와구치 지대가 상륙하여 점령했다. 동부 보르네오는 다바오와 홀로 제도를 점령한 사카구치 시즈오 소장의 사카구치 지대(제56혼성여단)가 담당했다. 사카구치 지대는 1942년 1월 12일에 보르네오 북동쪽의 타라칸에 상륙하여 점령한 데 이어 보르네오 동해안을 따라 남하하면서 동부의 발릭파판과 남부의 반자르마신을 점령했다.

보르네오 동쪽에 있는 셀레베스는 해군이 담당하여 제5전대 사령관 다카기 다케오 제독이 지휘하는 동방공략부대가 점령했다. 셀레베스 북쪽의 마나도 점령에는 해군의 공수부대인 요코스카 제1특별 육전대가 참가하여 해안에 상륙한 사세보연합 특별육전대와 함께 마나도를 점령했다. 셀레베스 남서부의 켄다리와 남부의 마카사르는 사세보연합 특별육전대가 상륙하여 점령했다.

자바 섬 전역은 일본 육군 제16군 소속 제2사단 병력이 점령했다. 2사단 병력은 이후 조선인 포로감시원이 자바에 배치되는 시점에서 당시 최대의 격전지인 남태평양의 솔로몬제도 과달카날 섬으로 투입되어 거의 전멸하게 된다.

또한 자바 동쪽의 발리 섬에 대만 보병 제1연대 제3대 대장 가네무라 마타베이 소좌가 지휘하는 가네무라 지대를 투입하여 점령했고 동쪽 끝에 있는 암본과 티모르 섬에는 제38보병 단장 이토 다케오 소장이 지휘하는 보병 제228연대 기간의 동방지대를 투입하여 점령했다. 티모르 섬 남동쪽의 쿠팡 점령에는 해군의 또 다른 공수부대인 요코스카 제3특별 육전대도 참가했다.

네덜란드군의 항복 이후 인도네시아는 점령한 일본군 부대 단위로 분할 통치되었다. 1942년 2월 5일, 연합군의 중요한 보급기지였던 호주 북부 도시 다윈에 첫 폭격을 성공으로 마친 이후, 100여 차례 공습을 가하여 연합군이 다윈을 통해 보급을 받는 모든 것을 완전히 차단했다. 호주인들에게 이 폭격은 진주만 폭격에 견줄 만큼 엄청난 충격을 가져다주었고 일본에 대한 항전 의식이 강하게 일어나는 계기가 된다.

수마트라, 술라웨시 등 자바 열도는 포르투갈, 네덜란드 등 유럽의 국가들에 의해 오랫동안 지배당하고 착취당하면서 백인에 대한 반감과 열등의식에 사로잡혀 있었기에 이들에게 일제가 아시아 주도권을 외친 대동아공영은 자바를 해방시키는 진정한 해방군으로 착각하게 했다. 일본군을 해방군으로 착각한 자바인들은 1942년 3월 5일 자바의 수도 바타비아에서 쌍수를 들어 환영하며 자바 섬을 내어 주었다.

인도네시아를 점령한 일본군은 점령 후 연합군 포로들을 감시하는 데 필수적인 인력난에 부딪혔다. 일본군은 전쟁에 부족한 인력을 조선과 타이완에서 징집하기에 이르렀다. 일제는 병력을 채우기 위하여 우선 조선에서 지원병, 학도병, 군속 등을 대거 모집하였다. 그중에 가장 골치 아픈 것은 26만 1천 명의 연합군 포로였다. 이들을 석방하자니 반군이 될 것이고, 수용하자니 관리, 감독할 인력이 턱없이 모자랐다. 전쟁이라 하지만 대량학살을 자행하기엔 국제적 여론이 무서웠기 때문에 조선에서 일본 육군 소속 군무원 신분으로 포로감시요원을 모집하기에 이르렀다.

일제는 육군성의 계획에 의해 1942년 5월부터 감시원 모집 지시를 내렸다. 이 시기에 상해에서 김구를 만나 막연히 동남아에서의 독립을 꿈꾸던 성일이 경성에서 연합군 포로감시원을 모집한다는 소식을 들었다.

진로를 정하지 못하고 수배에 쫓기던 성일이다. 동남아 포로감시원 모집은 새로운 은신처이며 상해에서 김구를 만나며 품었던 대한독립을 위한 항일운동의 꿈을 펼칠 길임을 확신했다. 일본군 군속으로 위장하고 연합군 포로감시원으로 갈 것이다. 성일이 꿈꾸던 동남아 항일운동의 장이 열리고 있다. 동남아에서 조직이 갖추어지면 김구와 연계하리라.

"월급이 30엔이나 된다니, 우린 지원을 잘 한 거야."

"나는 지금이라도 집으로 돌아가고 싶네."

포로감시원으로 동원된 청년들은 생각도 모두 달랐다. 1942년 6월 12일부터 4일간 부산 서면의 노구치 부대에는 함경남북도, 평안남북도 4개도를 제외하고 전국에서 지원과 징용으로 채운 인원이 3,000명 이상 입영했다. 자원과 강제동원, 동기야 어찌 됐든 포로감시원이란 이름으로 입소한 청년들은 1938년 4월 2일 실행한 조선 총독부령 육군병 지원자 훈련소 생도채용규칙(1938.4.2. 조선총독부령 71)에 따라 17세 이상, 신장 157cm 이상, 체격 등급 갑종, 4년제 소학교 졸업 이상, 행실이 바르고 가족 생계에 이상이 없는 자, 도지사 지령의 신체검사, 면접시험, 학과시험을 거친 자격이었다. 군무원의 연령은 20~25세였다. 해외에서 근무하므로 학력은 대부분 중졸 이상, 전문대 졸업 등 신체 건장하고 성적 우수한 자들만 차출됐다.

성일은 성공적으로 경성에 잠입, 신분 세탁에 성공해 일제의 군무원 신분인 연합군 포로감시원으로 무사히 귀속됐다. 부산의 서면 교육대에 집결하여 보니 지원자 중에는 돈을 벌려고 지원한 사람, 가정환경을 비관하여 지원한 사람, 상급학교에 진학하지 못하자 홧김에 지원한 사람, 성일처럼 일제에 수배당해 갈 곳이 없어지자 위장 지원한 사람 등 다양한 사연을 가진 사람들이 몰려와 있었다.

막사는 말이 군부대 막사지 훈련이 끝나면 방치할 조잡한 임시 건물이었다. 거기다 콩나물시루처럼 한 막사에 180명씩이나 수용하여 한여름 찜통더위에 땀 냄새로 코를 찔렀다. 밤에는 일본 소대장, 분대장들이 조선인들을 감시한답시고 군무원들과 같이 침식을 하고 있었다. 지급품이라고는 훈련용 옷 한 벌과 거지들에게나 줄 법한 치수 제멋대로인 신발 한 켤레가 고작이었다. 노구치 부대는 그야말로 거지 부대였다.

성일은 다짐했다.

'그래 두고 보자. 오늘부터 나는 이 속에서 정체성이 확고한 조선인들을 규합해 조국 독립을 위해 싸우리라!'

교육은 원래 3개월 예정이었다. 그러나 1942년 4월 18일, 미군의 항공모함에서 발진한 둘리틀 공격대가 일본 본토와 도쿄 시내를 폭격하면서 상상도 못 했던 일이 일어났다. 미 해군의 항공모함에서 발진한 폭격기들은 당시의 항속거리로 불가능한 폭격을 해서 본토의 심장을 뒤흔들어 놓고 소련의 극동지방과 중국으로 날아갔다.

이 돌발적 공격에 일본 국민들과 천황은 충격을 받았다. 겁을 먹은 대본영은 또 다른 폭격의 불씨를 없애기 위해 미 해군의 태평양

거점을 완전히 제거하기로 하였다. 일제는 6월 5일 미드웨이 섬으로 진격하였지만 항공모함 4척을 한꺼번에 잃는 오욕의 대참패를 당하고 만다.

작전에 실패한 일제는 미드웨이의 패배를 숨기고, 남태평양을 지배하고 호주를 고립시키기 위하여 파푸아 뉴기니의 포트 모레스비와 솔로몬 제도의 과달카날 섬으로 진격하는 무리수까지 두었다. 그러나 수세에 몰리던 연합군은 미드웨이 해전을 전환점으로 전세를 몰아 반격을 시작했다. 맥아더 장군이 사령관으로 이끈 미군은 오히려 포트 모레스비 방어 및 파푸아 전역에서까지 일본군을 몰아내며 태평양 전선을 제대로 구축하였다. 또 니미츠 제독의 지휘로 8월 7일에는, 미군 해병 1사단이 솔로몬 제도의 툴라기, 과달카날 섬에 상륙하는 등 전세가 급속도로 전환되었다.

급해진 일제는 피교육자에게 양해도 없이 군무원 교육을 군인 훈련으로 둔갑시키며 2개월의 강도 높은 훈련으로 변경시켰다. 포로감시원이라는 군무원은 후방 업무였지만 전천후로 쓰기 위해 사격, 총검술, 소대·분대 단위의 전투훈련, 보초, 경례 등 정규 군인과 다름없는 군사훈련으로 강행했다.

포로감시원은 일제가 월급을 주고 채용하는 고용관계지만 이를 무시한 채 지배자와 피지배자의 관계가 됐다. 훈련이 시작되자 청년들은 군인이나 다름없이 무조건 상관의 명령에 복종해야 하는 군무원 독본에 강제로 선서를 해야 했고 군율인 군인칙유에도 강제 서명케 했다.

훈련이 시작되자 "너희는 아직도 조선인의 피가 흐른다. 지금부터 천황이 기뻐할 훌륭한 일본 군인으로 만들어 주겠다."라며 사상 개조 훈련을 시켰다. 본색을 드러내기 시작했다.

일본인 소좌 중에는 오가타라는 독종이 있었다. 성일이 속한 소대원의 정신 개조가 어느 정도 됐는지 오가타는 교육이 끝나면 성과를 꼼꼼히 적어 상부에 보고했다.

다른 소대에도 같은 일이 벌어졌다. 포로를 감시하는 감시원 양성교육이 아니라, 조선인들의 정신을 세뇌시키는 사상 개조 훈련이었다. 상부의 교육목표는 과하게 높았고 주어진 목표의 결과는 쉽게 나타나지 않았다.

성일은 일제의 목표에 부합한 교육생으로 보이기 위해 훈련 내내 친일파처럼 행세하며 상부의 신임을 쌓아갔다. 이런 성일은 어느새 부대 내에서 영향력 있는 오가타에게 믿음을 주어 가까이 접근하는 결실도 얻었다. 짧은 기간 내에 이수해야 하는 교육으로 감시원들은 녹초가 됐다. 오가타가 상부의 지시를 꼬박꼬박 시행하는 동안 성일은 최선을 다해 도왔다. 오가타의 노력으로 포로감시원 훈련이 점점 성과를 내면서 성일도 오가타의 환심을 산 것 같았다. 오가타는 능구렁이였다.

오가타는 성일의 정체를 알고도 믿어 주는 척했다. 성일은 나를 속이며 살아가는 동안 '무엇 때문에 이렇게까지 해야 하나?'라는 질문을 자신에게 던지기도 했지만 흔들릴 수 없었다. 성일은 오가타와 가까워지면서 왠지 오가타에게 미움보다 연민의 정까지 느끼게 되었다. 조선 청년들은 오가타를 독사 같다고 했지만 성일이 보기에는 아니었다. 참으로 이상한 감정이었다.

"성일 군! 그렇게 일하다가는 자바 섬에 가기 전에 쓰러지겠다."

오가타의 말이 조롱은 아닌 것 같아 여운을 남겼다. 성일은 이미 서대문 형무소에서 많은 것을 보고 들어서 일본군의 습성을 잘 알고 있다. 일본 놈들의 교활함과 이중성을 알기에 오가타의 말에 동요 않기로 했다.

성일은 교육에 순응하면서 철저히 자신의 정체를 감추기 위해 오가타 앞에서는 물론 성일을 모르는 조선 청년들을 대할 때도 얼굴에 일본인의 탈을 쓰고 행동했다. 오가타는 이런 성일을 가까이 두려는 듯 일제의 상관에게 신임을 얻도록 자주 기회를 주었다. 성일이 오가타에게 신임을 얻는 걸 보고 조선 군무원들이 모여들었다. 일제에 잘 보여 한자리해 먹고 싶은 자들이다. 성일은 완벽히 자신을 감추기 위해 친일파 조선 군무원들과의 관계를 더욱 돈독히 했다.

오가타와 성일은 일본인과 친일파 관계지만 시간이 지날수록 오가타는 이상하게 성일을 챙겨 주었다. 오가타의 눈에 성일은 믿음직스러운 데다 외모도 출중하고 리더십까지 갖췄다. 성일이 오가타 소좌의 마음을 파고들고 있었다. 식사 시간에는 오가타가 옆자리에 앉기를 주저하지 않았다. 남들은 눈치채지 못했지만 분명히 성일을 가까이하려는 시도임이 분명했다.

교육의 강도는 점점 심해졌다. 조선 청년들은 그렇게 철두철미

하게 복종했지만 "군인 정신이 부족하다. 아직 멀었다!" 훈련에 있어서 교관들은 엄격했다. 오가타는 조선 군무원들에게 독사였다.

병기 손질이 잘 안 되었다고 '받들어 총' 자세로 몇 시간을 서 있게 했고, 군화 손질 상태가 불량하다며 군화 밑바닥을 혀로 핥도록 했다. 성일은 치욕스러웠지만 잘 버티어냈다. 그래도 그건 그나마 참을 만한 것이었다.

교육 내용 중에는 조선인 두 사람을 마주 세우고 서로 뺨 때리기를 매일 시켰다. 이 치졸한 훈련에 처음에는 응하는 이가 없었다. 이즈음에 대열 내의 친일파들이 한몫했다. 한 사람이 세게 때리면 이내 난타전이 되었다. 조선 청년들끼리의 유대감이 점차 무너져 갔다. 친일파들의 무자비한 공격으로 순진한 청년들의 감정을 자극했다. 화가 난 조선 청년들이 이 친일파 청년에게 증오의 따귀를 날렸다.

한 달 가까이 진행되자 조선인이 조선인을 고자질하는 사례가 늘어났다. 치졸한 것 같은 이 방법은 잘도 먹혀들었고 교육효과도 나타났다.

훈련기간 중에 일제가 원하는 교육목표가 세워지고 하달되면 먼저 친일파가 동조했다. 일제의 주입식, 반복 교육에 조선 군무원들은 점점 정체성을 잃어갔다. 훈련이 하반기에 들어서면서 조선인들은 점점 서로를 감시하고 경쟁적으로 동지들을 밀고하기에 이르렀다. 일제가 시키는 세뇌 훈련은 조선인들의 정체성이 따뜻한 '정'을 말살하여 서로가 물고 뜯게 했다.

일제는 조선인들의 작은 악감정을 키워 분노로 폭발되도록 불을 지피는 방법을 교육으로 택했다. 성일은 조선 청년들이 반복되는 저속한 훈련에 의해 정체성까지 잃어 가는 것이 마음 아팠다.

경술국치 후, 33년간 조선 백성들은 자신도 모르게 그렇게 변해왔던 것이다. 조선 백성들은 어느새 서로 고자질하고 미워하는 감정을 노골적으로 표출하는 데 익숙해져 갔다. 타성에 젖어가던 조선인들은 이제 일제에 아부하다 못해 경쟁적으로 충성하며 일제의 사상과 이념을 동경하기에 이르렀다. 친일파들이 곳곳에 박혀 작은 미끼에 눈 어두워 바람잡이를 하고 있었고, 포로 감시원 안에도 조선과 조선 백성을 사랑하기보다 일제에게 잘 보여 득세, 득명하려는 기회주의자들이 독버섯의 포자처럼 퍼져 있었다.

성일은 꼴통 친일파 청년들을 가까이하며 일일이 기억했다. 앞으로 항일운동 동지들을 포섭하고 조직을 만들려면 철저히 배제해야 하기 때문이었다. 일제는 연합군 포로를 감시함에 있어서 불신과 의심의 기본에 충실하도록 조선인들끼리 불신하도록 훈련했다. 연합군은 백인이다. 대동아공영이라는 아세안의 황인종 우월의식까지 세뇌시키며 일제는 조선인들에게 그럴듯한 명분으로 반백인 정서를 키워갔다. 순진한 청년들은 일제의 대동아공영 구호에 세뇌됐다.

인권이 중요시되어야 하는 포로 취급규정과 방법 등이 교육되어야 함에도 인간의 존엄성 교육이라는 것은 처음부터 없었다. 일제

106

가 조선에서 행해오던 것보다 더 악랄하게 연합군을 감시하도록 교육시킬 뿐이었다. 교육기간 내내 백인 포로를 상대로 동양인 우월의식을 세뇌시켰다.

또 하나, 천황을 중심으로 한 일본이라는 집단의 명예를 중요시했다. 그들은 천황에 대한 절대복종과 충절을 강요했고 천황을 위해 죽는 것을 영광으로 여겼다. 일본 병사들은 할복자살 일사각오를 자랑삼았으며 은근히 강요까지 했다. 이를 반복적으로 되뇌며 길들여지길 바랐다.

성일에게 경멸스러웠던 것은 또 있었다. 7월의 부산은 땀이 삐질삐질 나도록 무더웠다. 조선인, 일본인 할 것 없이 더위에 장사는 없었다. 저녁이 되면 군무원의 교관인 일본 군인들은 군복을 홀라당 벗은 채 훈도시 하나만 입고 등에 칼을 차고 어깨에 힘을 주고 으스댔다. 꼴불견이었다. 체통 없는 이 우스꽝스러운 모습이 경멸스러웠다. 동방예의지국에서 교육 중에 이런 꼴을 바라봐야 하는 것이 고통이었다. 문화적 충격이 아니다. 지배자의 품격이라 생각하니 코웃음이 나왔다. 그렇게 조직의 명예를 중요시한다는 일제의 깡통 같은 면을 보았던 것이다. 이런 야만인들에게 지배받는다는 것 자체가 치욕이다.

민영학이라는 친구는 사상이 불순하다는 죄목으로 서울 불교전문佛敎專門에 중퇴당한 후, 분을 참다못하여 군속에 지원하였다고 했다. 오가타에게서 민영학을 제대로 관리하고 교육하라는 명령이 떨어졌다. 김성일은 민영학에게 다가갔다. 민영학은 다혈질이지만 영혼이 맑은 순수한 청년이었고 훤칠한 키에 이목구비가 뚜렷한 미남이었다. 교육기간 중 자신의 감정과 생각을 솔직하게 드러내는 민영학을 상관들은 사상 불온자라 불렀지만, 성일은 민영학을 만나자마자 가슴이 뻥 뚫어지듯 내심 통쾌했고 큰 소망이고 비전이 되었다.

김성일은 민영학을 동생처럼 아꼈다. 그는 상관 앞에서 일본이 싫다고 노골적으로 대드는 성격이었다. 민영학은 누구보다 용기가 있었다. 순수한 지원자들이 많이 있었다. 성일은 민영학 같은 청년으로 인해 힘을 얻었지만 순수함 한편에 있는 젊은 혈기로 뜻을 펴기도 전에 일제에 의해 꺾일까 불안하기만 했다.

내무반의 1소대 2분대에는 임헌근, 김현재, 김주석, 3분대에는 안승갑과 같이 김성일과 뜻을 같이하는 청년들이 있었다. 훗날을 생각하니 이들은 조국을 살릴 사상적 온상이었다. 훗날 혈맹 동지로 함께해야 할 이들이기에 그들의 이름을 가슴에 새겼다.

포로감시원 훈련이 막 시작되었을 때 일이다.

"구두가 작아서 못 신겠습니다."

신발 문수도 없이 대충 지급된 군화를 받고 민영학의 불만이 여과 없이 분출됐다.

"뭐야? 이 빠가야로, 군대에서 발에다 신을 맞추려고 하는 놈이 어디 있어? 신에다 발을 맞추어! 이 빠가야로!"

민영학의 순진함을 알고 있는 교관이 체벌보다 호된 호통으로 마무리하려 했다.

"뭐야 이 새끼!"

때를 놓칠세라 끼어드는 놈이 있었다. 민영학을 처음부터 간섭하며 사사건건 괴롭히는 이가 있었다. 일본군 중에 나카자와라는 중사는 민영학을 찍어 놓고 괴롭혔다. 오죽하면 오가타도 싫어하는 놈이다.

민영학은 나카자와를 쥐어패고 싶었지만 그럴 수가 없었다. 불만을 참다못해 고향 친구에게 편지를 썼다.

"군속이라면 민간인 대우를 해 주고, 인간으로서 대접하여 주리라 믿었는데 군인 뺨치는 강훈련과 민족정신 말살은 물론 조선인 무시뿐이라 지쳐버렸네."

친구에게 쓴 민영학의 편지는 내무반장 에가미 군조와 고바야시 오장에게 들켜 소대장 스즈키 중위에게 야단을 맞았고 어린 놈 나카자와에게 입이 얼얼하도록 터졌다. 민영학은 분통이 터졌지만 이로부터 다시는 군속 생활의 불평을 토로하지 않았다. 맑은 청년, 고개 숙인 민영학이 안쓰러웠다. 개성까지 말살하는 폭행이 난무한 내무반에서 조선인들은 감히 나서서 반항할 수가 없었다.

성일은 소등 후 동료들이 잠들고 내무반이 조용해지자 민영학을 조용히 불러내어 다독이며 위로했다. 성일은 자신의 포부를 이야기하고 민영학에게 미래에 해야 할 일을 생각해 몸조심하기를 당부했다. 성일과 민영학은 어느새 동지가 되어 일본의 패망을 내다보았다.

"제비가 어찌 봉황의 큰 뜻을 알리오."

둘은 일본의 패망을 예언하며 해방 후 조선의 세계를 꿈꾸었다. 민영학은 고향에서 일본 순사에 꼬여 반 강권에 의해 끌려오면서 그나마 월급을 많이 준다기에 참고 있었지만 열등감이 심한 또래의 일본군 나카자와에게 밉보여 군무원 생활을 시작하기도 전에 벌써 넌더리를 내고 있었다. 전생에 무슨 악연이 있었던지 나카자와는 민영학을 따라다니면서 시비를 걸었다.

#12 브리스 베인호號

1942년 8월 18일 아침, 전방으로 가는 군인처럼 전시를 실감하기 시작했다. 조선 군무원들은 가족에게 남길 머리카락과 손톱을 잘라 한지 봉투에 넣었다.

"끝까지 살아남아서 조선의 독립을 보리라."

죽음이 두려웠으면 여기까지 오지도 않았다. 죽은 사람을 염할 때 삼베 주머니에 손톱을 잘라 넣던 일이 기억나서 헛웃음이 났다. 성일은 아무것도 남기지 않았다. 그리고 웃었다. 일제가 이렇게 하는 것은 조선 청년들에게 천황의 명예를 위해 목숨을 걸고 싸우라는 뜻이 내포되었기 때문이었다. 성일은 포로감시원이지만 포로들은 적이 아니라 조선의 해방을 위해 함께해야 할 동지들이다.

1942년 6월 7일부터 일주일간, 중부 태평양 날짜변경선 부근 미드웨이 섬 인근 해역에서 일본의 주력 항공모함들이 총출동한 사상 최대의 해전이 벌어졌다. 미드웨이 해전에서 미국은 아카기, 가가, 히류, 소류 등 일본의 최신예 항모 4척을 격침시켜 전세를 역전시켰다. 파죽지세이던 일제의 전세를 급랭시킨 패배 소식이다.

미드웨이 해전이 미국의 완승으로 막을 내린 6월 13일, 이승만은 정보국 COI의 요청에 의해 '미국의 소리Voice of America'에서 한국어 단파 방송을 통해 국내외 동포들에게 육성 방송을 내보냈다.

(전략)

우리는 백 배나 용기를 내서 우리 민족성을 세계에 한번 표시하기로 결심합시다.

우리 독립의 서광이 비치나니 일심 합력으로 왜적을 파하고 우리 자유를 우리 손으로 회복합시다.

나의 사랑하는 동포여! 이 말을 잊지 말고 전파하며 준행하시오.

일 후에 또다시 말할 기회가 있으려니와 우리의 자유를 회복할 것이 이때의 우리의 손에 달렸으니 분무하라!

싸워라!

우리가 피를 흘려야 자손만대의 자유 기초를 회복할 것이다.

싸워라!

나의 사랑하는 2,300만 동포여!

이승만의 단파 방송을 듣고 있던 성일의 가슴이 벅차올랐다. 이승만, 김구 등 해외에서 활동하는 위대한 지도자들에게 고개가 숙여졌다. 이제 성일은 항일에 대한 꿈이 더 명확해졌다. 독립의 날이 머지 않으리라 믿었다. 남방은 독립운동가들에게 아직은 불모지이지만 성일이 독립을 위해 해야 할 확실한 역할과 무대가 생겼다. 이제 성일은 그곳으로 간다.

조선 군무원들을 태운 호주산 화물선을 개조한 6천 톤급 수송선 '브리스 베인호'가 부산항의 제3부두를 출발했다. 조선 군무원들은 별 하나 새겨진 누리끼리한 일제의 군복과 군모를 뒤집어쓰고 배낭을 메고 승선했다.

포로감시원 3,000여 명이라는 어마어마한 출항이지만 부두에는 환송하는 사람도 환송 행사도 없었다. 교육대의 해산도 한산했다. 고된 훈련을 끝까지 받으면서도 제외된 300여 명 중 최후까지 승선이 불허된 열대여섯 명만이 그간 함께한 동료들의 무사 귀환을 빌며 부두에서 아쉬움의 손을 흔들 뿐이었다.

브리스 베인호가 대한 해협을 향해 서서히 출발했다. 부두에서 배가 멀어지면서 조선의 산천도 점점 멀어져 갔다. 임진왜란 때, 800여 명의 병사를 이끌고 18,700명의 왜군과 장렬히 싸우다 전사한 정발 장군이 전사한 성터가 아득히 멀어져 가고 있었다. 선조들이 피 흘려 지켜낸 조선의 강토가 수면 위에 부유물처럼 힘없이 떠 있는 듯해 성일은 서글펐다.

'이 한 몸 바쳐 기어코 강토를 되찾으리라.'

성일은 속으로 다짐하고 또 다짐했다.

"뿌우웅!"

긴 뱃고동을 울리며 배가 부두를 떠났다. 일제 강점의 세월이 길어지면서 백성들의 정체성이 희미해져 가듯 부평초처럼 힘없이 떠있는 조국의 강산이 그렇게 멀어져 가고 있었다. 이국에서 이승만, 김구가 바라보는 조국의 모습이었을 것이다. 그러나 그들은 재외동포들과 국내 백성들에게 조국 독립의 꿈을 꾸게 하고, 그들의 열정이 세계 각국의 지지를 받아 독립의 날을 바라는 이들에게 희망과 힘이 되고 있었다.

조선이 백척간두다. 성일은 '아직도 신에게는 열두 척이 남았나이다.'라며 비장했던 이순신 장군의 명량해전을 떠올렸다. 조선은 기어이 독립할 것이다. 성일은 이 브리스 베인호에도 이순신 장군의 12척과 비교할 수 없는 애국동지들이 있다는 것에 감사했다.

성일을 비롯한 포로감시원과 위안부들을 실은 배는 부산에서 출발하여 다음 날 아침, 규수 앞바다에서 일본 군무원을 실은 또 다른 배 '구니타마호' 등 9척, 그리고 구축함 2척과 합류하여 선단을 이루었다. 시속 10노트로 10척의 선단이 동지나해로 남하하기 시작한 때는 8월 20일, 저녁 무렵이었다.

일본군들은 언제 연합군의 공격이 있을지 모르는 상황이라 화물선으로 인식되도록 갑판에 나가는 것도 금했다. '브리스 베인호'는 호주에서 만든 화물 수송선으로 짐칸을 개조해 2층으로 만들었다. 반 평도 안 되는 비좁은 공간에 군무원들을 두세 명씩 쑤셔 넣어 짐짝처럼 실었다.

"제기랄 이게 여객선이야? 화물선이야? 찜통이잖아!"

조선 청년들이 짜증스럽게 상의의 단추를 풀어 수탉의 날갯짓처럼 펄럭이며 불만 섞인 소리로 부채질을 하자 좁은 선실 안은 홀아비 냄새로 코를 찔렀다. 형무소나 다름없다. 브리스 베인호에는 군무원뿐만 아니라, 서영을 비롯한 조선 소녀 150명이 타고 있었다.

수송선은 타이완 북단에 잠시 들러 포로감시원 일부를 배속했다. 8월 말 타이완 해협에 들었을 때 미군이 나타났단 정보가 있었다.

"전원 구명조끼로 갈아입어라."

전에 없던 명령이 떨어졌다.

"구명조끼는 왜? 미군이 폭격이라도 한단 말인가?"

조선 청년들이 술렁이기 시작했다.

"그럼 미군이 화물선도 폭격을 한단 말인가?"

"그럼 우린 어찌 되는 거야? 물귀신이 된단 말이잖아!"

처음 배를 타는지라 안 그래도 갑갑해 폭발 직전이던 민영학이 또다시 불만을 터트렸다. 또 혈기를 부릴 태세였다. 교육 중에 서로를 미워하며 투덜대던 조선 청년들은 죽을 수도 있겠다는 현실 앞에서 위급하면 발동되는 동족 보호 본능이 나오기 시작했다.

"별일 없을 거야, 만약을 생각해서 그래도 갈아입읍시다."

성일이 조선 청년들을 다독였다.

"쪽발이 같은 놈! 너는 입 닥쳐!"

114

김성일을 일제 앞잡이로 오해하는 청년들이 삿대질을 해댔다. 청년들은 평소 일본인들에게 고분고분하기만 한 성일을 오해할 수밖에 없었다. 모두 구명조끼로 갈아입었다. 연합군은 해상으로 운송되는 군수물자를 차단해야 했기에 화물선이든 군함이든 일본 선박은 무조건 표적물이 될 수밖에 없었다.

50엔이라는 월급에 유혹되어 지원한 포로감시원들은 전쟁의 공포를 실감했다. 언제 죽을지 모르는 불안함 속에서 서로를 염려하며 하루하루를 보냈다.

선단은 미군의 공격을 피하기 위해 느려 터진 지그재그 항법으로 운행했다. 포로감시원을 태운 화물선은 포로수용소가 있는 필리핀, 미얀마, 태국, 베트남, 뉴기니, 싱가포르, 말레이시아, 자바로 나아갔다. 부산에서 출발한 배는 15일 만에 베트남 메콩 강 남단에 흙탕물이 흘러내리는 세인트 자크 항에 정박했다. 포로감시원들은 멀리 펼쳐진 남국의 아름다운 풍경에 함성을 질렀다. 처음 보는 남국의 풍취다. 프랑스인들의 번듯한 별장이 보이자 청년들은 감탄했다. 하지만 사이공에 전염병이 돈다는 정보를 듣고 상륙은 꿈도 못 꾸고 식수도 공급받지 못한 채 다시 남쪽으로 향해야 했다.

#13 조선인 소녀위안부

항해가 길어지자 수송선 내에는 환자가 늘어나기 시작했다. 배를 처음 타는 군무원들이 대부분이라 멀미로 인해 내장의 똥물까지 게워내고 의식이 가물가물한 사람도 있었다. 군의관들이 바빠졌다. 군의관들은 모두 조선 청년들이었다. 군의관을 도울 일손이 필요했기에 성일도 거들었다.

"여기 조선 여자, 환자가 발생했어요!"

갑자기 선미에서 환자가 생겼다면서 일본 사람 하나가 허겁지겁 달려오더니 빨리 오라고 독촉했다. 그는 다름 아닌 부대에서부터 민영학을 따라다니며 사사건건 괴롭히던 나카자와 중사였다.

'조선 여자? 조선 여자가 왜 이 수송선에?'

성일은 자신의 귀를 의심했다.

"나도 따라갈 겁니다."

민영학이 나카자와를 주시하고 있었다. 나카자와란 놈이 의무관도 아니면서 여자 환자란 말에 귀를 쫑긋 세우더니 자신이 가지고 있던 개인 상비약까지 챙겨 용수철처럼 튀어나왔다.

"어찌 된 건가? 여기 여자도 승선했어?"

성일이 걸음을 재촉하는 민영학의 팔을 당기면서 물었다.

"며칠 전에 저놈 나카자와 중사가 약품을 타가며 조선 소녀가 있다며 흥분해 있었어요. 저도 가까이서 본 적은 없어요."

민영학이 며칠 전 멀리서 조선 소녀를 본 적이 있었다. 갑갑해 몰래 갑판에 올라갔는데 조선 소녀 하나가 멀미가 심했는지 후미 선실 앞에 쪼그리고 앉아 바람을 쐬고 있었다. 그날 이후 다시 본 적이 없지만 민영학은 왠지 그 소녀가 잊히지 않았다.

민영학의 직감에 나카자와가 말하는 조선 소녀가 혹시 그 소녀가 아닐까. 준비하는 의무관을 재촉했다.

"빨리 가보시죠."

민영학이 소녀 생각에 의무관을 떠밀었다. 성일은 민영학의 이해 못 할 돌발행동에 의아해하며 따라 붙었다.

'쯧쯧쯧 맙소사!'

성일이 혀를 찼다.

'이렇게 많은 여자들이 한 배에 있다니…… 전선의 최남단까지 왜 조선 여자를 수송해 가는 걸까?'

성일은 수수께끼 같은 이 기괴한 광경을 보자 간호사일 거라는 생각 외에 짐작되는 일이 없었다. 하지만 간호사라면 의무관을 부를 리 없다. 환자가 발생했다는 선실은 아래층 후미에 있었다. 선실 문을 열자 엔진 소음과 열기, 기름 냄새로 숨이 막힐 지경이었다. 내부에 화장실까지 있어 아무도 밖으로 나오지 않았으니 누가 생각이나 했겠는가? 여자들의 방은 다른 선실에 비해 조금 크긴 했지만, 엔진실의 소음과 열기로 소녀들은 지쳐있었다. 서로 어깨를 기

댄 채 장시간의 멀미에 시달려 모두 뼈 없는 해파리처럼 금방이라
도 흘러내려 바닥에 붙을 듯했다.

남자 의무관들이 문을 열고 들어가도 소녀들은 삼복더위 목판
에 늘어진 물엿처럼 자세를 풀어 놓고 있었다. 소녀들은 고개만
돌려 문을 바라보았다. 중앙에 10대 초반이나 되었을 여리고 앳된
소녀 하나가 창백한 얼굴로 배를 움켜쥔 채 앉아 식은땀을 흘리고
있고 그 옆에 나이가 좀 더 들어 보이는 소녀가 있었다. 소녀는 등
을 보인 채 어깨를 내밀어 앳된 소녀를 품어 토닥이고 있었다.

"이 아이예요."

나카자와가 애인이나 되는 듯이 앳된 소녀에게서 눈을 떼지 않
고 안타깝다는 듯 안절부절못하며 군의관의 검진을 재촉했다. 분
명 민영학이 본 소녀였다. 그 소녀는 을순이었다. 그때 을순의 어깨
를 다독이던 서영이 고개를 돌리다 성일과 눈이 마주쳤다.

"……."

순간 둘은 서로에게 시선을 고정하고 얼어붙은 듯했다. 아니 서
로의 시선이 고정되어 떼지를 못했다. 둘은 무엇이 통했는지 서로
에게 감전이나 된 듯 온몸에 전율을 느끼고 있었다. 그리고 성일의
가슴이 마구 방망이질하기 시작했다.

"아는 사이인가요?"

심상찮게 고정된 두 사람의 눈빛을 번갈아보던 민영학이 성일의
팔을 흔들며 잠을 깨우듯 물었다.

"아! 으응?"

부처처럼 굳어 있던 성일이 그제야 긍정도 부정도 아닌 아리송한 대답을 했다. 성일은 민영학이 당기는 바람에 그제야 얼음이 해동되듯 천천히 시선을 풀었다. 둘 사이에 정지되었던 시간이 다시 흘렀다. 둘 사이에 오가던 강렬한 시선이 느슨해진 듯했지만 심장의 박동은 점점 빨라지고 있었다. 진정될 기미를 보이지 않았다. 당사실같이 부드러운 소녀의 눈빛에 쏘인 성일은 무엇에 홀린 듯 아무 생각도 나지 않고 횡설수설했다. 서영도 허공에 시선을 그대로 두고 있었다.

"어때요?"

군의관이 서영에게 다가가 물었다. 군의관의 질문에 그제야 놀란 듯 끌어안았던 을순을 다시 당겨 끌어안았다. 군의관이 맥을 짚었다. 민영학이 나카자와 손을 제치고 군의관의 대답을 독촉했다.

"몸도 약하고 기가 좀 약하긴 하지만 괜찮습니다."

군의관이 늘어진 듯 앉아있는 을순의 낮은 가슴 위로 청진기를 댔다.

"큰 병이 아닙니다. 허약한 데다가 멀미로 밥을 못 먹고, 생리통마저 심했나 봅니다. 기관실 옆이라 너무 시끄럽기도 하구요."

군의관은 주사 한 대를 놓아 주고, 서영에게 영양제와 약을 주면서 끼니를 거르지 말고 식후에 약을 꼬박꼬박 먹이라고 일렀다.

"언니 미안해, 걱정 많이 했지?"

을순이 이제야 정신이 드나 보다.

을순의 정신이 돌아온 것을 보고 나카자와가 실실 웃으며 문을 나갔다.

"으응?"

서영도 그제야 정신이 들었다. 서영은 무엇에 감전된 듯 환영처럼 눈에 머물며 떠나지 않던 성일의 잔영을 급히 지우려 애썼다.

성일이 돌아와서 잠을 청했으나 잠이 오지 않았다. 팔베개를 하고 눕자 서영의 모습이 떠올랐다.

'도대체 무엇 때문에 저 소녀들을 남방으로 데리고 간단 말인가?'

간호사는 아니었다. 한결같이 순진한 소녀들이었다. 김성일은 서영에 대한 생각을 지우려 했지만 점점 더 또렷해졌다. 서영이 이유 없이 보고 싶어 미칠 것만 같았다. 기름 냄새에 소음마저 심한 방에 있는 서영은 어떻게 지낼까? 하루하루가 지날수록 서영의 얼굴이 눈앞에 다가왔다. 민영학이 알아본 바로는 샌닌바리 공장에 간다고 전해 왔다. 그럴 리가 없었다. 샌닌바리 공장은 일본에 있었다. 배가 가는 곳은 남방이었다.

쇼난(싱가포르)까지 가는 동안 동남아 여러 나라에 조선 포로감시원들을 배속하고 나니 어느덧 규슈호가 허전하게 비었다. 자바로 가는 조선인 포로감시원 일부가 쇼난에서 9,500톤급 규슈호로 갈아탔다. 구니타마호에 탔던 감시원들은 쇼난에서 상륙 허가를 받지 못해 이틀 동안 앞바다에 정박한 채 배 안에서 지내야만 했다.

"와! 저기 봐요. 쪽배들이 몰려와요."

한 청년이 가리킨 곳을 바라보았다. 까무잡잡한 사람들이 고깔

모자를 쓰고 부지런히 노를 저어 수송선 주위로 몰려들고 있었다. 먹거리를 파는 사람들이었다.

수송선이 정박해 있는 동안 청년들은 장사 나온 사람들의 쪽배에, 지급된 담배를 바구니에 담아 내려 바나나, 망고, 람부탄 등 열대의 진기한 과일들과 바꿔 먹었다. 조선에서 맛보지 못했던 새콤달콤 별난 향의 과일 맛이 새로웠다. 배는 식수만 공급 받고 다시 남으로 향했다.

"우리가 가는 곳에는 저런 과일들이 많이 있을 거야!"

모두들 마음이 들떠 있었다. 조선 군무원들은 싱가포르 항구를 떠나면서 배웅하는 이 하나 없는 이국의 부두를 향해 손을 흔들며 소리를 질러 댔다.

적도를 지나며 일본군은 적도제를 지냈다. 일본 하사관들은 적도제를 지내는 동안 대본영을 자찬하며 그럴싸하게 늘어놓았다. 날마다 똑같은 소리에 진절머리가 난 조선 군무원들은 한 귀로 흘렸고 곧 도착할 신천지에 대한 희망과 기대로 부풀었다.

멀리 보이는 적도의 뭍이 가까워지자 파도가 잦아들었다. 에메랄드빛 바다에는 배가 갈라놓은 하얀 물꼬리가 늘어지고 뱃전에는 하얀 옥양목을 휘감아 놓은 듯한 물거품이 눈부셨다. 3,000명의 군속들 중 1,600여 명은 남방으로 가는 도중 필리핀, 베트남 등 동남아 여러 나라에 배속되었다. 브리스 베인호와 규슈호 두 척에 탄 조선 소녀 150명과 조선 군속 1,408명은 항해 26일 만인 1942년 9월 14일, 서부 자바의 수도 바타비아의 딴중 쁘리옥 항에 도착하였다.

　조선 청년들은 접안하자마자 일본군의 지시에 의해 연합군 포로들을 감시하는 임무를 부여받아 근무지로 떠나기 시작했다. 일본이 자바 섬을 점령한 지난 3월까지만 해도 미국은 전투기의 열세로 속수무책이었다. 일제가 쓰던 제로센 전투기의 비행거리는 1천 킬로미터나 됐다. 미국은 열세를 극복하기 위해 전쟁에 정보전을 폈다. 블랙 체임버라는 암호해독 부대를 가동해 일제가 미드웨이를 공격할 거라는 작전을 알아냈다.

　뿐만 아니라 대본영이 자랑하는 제로센 전투기가 무게를 줄이려고 종이짝 같은 철판을 사용한, 겉만 그럴듯한 깡통 비행기라는 것도 알아냈다. 미국은 미드웨이 해전에서 일제를 초토화시킬 수 있었다.

　브리스 베인호가 딴중 쁘리옥 항에 도착한 때에는 이미 전황이 역전됐다. 대본영이 낙관했던 파푸아 뉴기니와 과달카날 섬의 비행장 탈환이 순조롭지 않았다. 호주를 공격하고 남태평양에 안정적인 방어선을 구축하기 위해서는 일본군은 이 두 거점을 반드시 점령해야만 했다. 그러나 파푸아 뉴기니의 포트 모레스비 항구 점령을 위해 배치된 병력들은 정글의 숲길, 일본은 코코다 트랙에 갇혀 호주군의 공격을 막아내느라 꼼짝 못 하고 있었다. 과달카날에 투입된 병력 또한 무기 공급이 안 되어 '반자이 돌격'이라는 인해전술 방식으로 중화기를 동원한 미군의 조직적인 방어를 뚫기에는 무리였다. 부대는 전멸하기 직전의 위기에 빠졌다. 더구나 제공권을 잃은 상태에서 보급 또한 힘들어 두 섬에 상륙한 일본군은 전투도 시작하기 전에 아사 직전의 상황이 되고 말았다.

이에 대본영은 은밀히 병력 증파를 타진하기 시작했으며, 우선적으로 인도네시아와 동남아 각국에 흩어진 병력들을 뉴스리튼 섬, 라바울 기지로 집결시켰다.

자바 섬은 조선에서 먼 남쪽의 나라였다. 서영이 도착한 곳은 분명 이장이 말한 일본이 아니었다. 배가 정박하자 부두의 긴 해변이 끝나는 낮은 언덕에서 해가 떠오르고 있었다. 아침 하늘이 조선의 저녁노을만큼 붉었다. 부두에는 비린내와 함께 야릇한 향기의 바람이 불어왔다. 부산항의 바다 냄새와 사뭇 다른, 싫지도 좋지도 않은 이국의 바닷바람과 뭍의 바람이 교차하고 있었다.

자바 섬의 9월은 건기였다. 육지에 내리자 부두에는 병사들의 군화가 일으킨 먼지가 말발굽이 지나간 신작로의 먼지만큼 자욱했다. 풀은 날씨만 더우면 아무 데나 잘 자라는 줄 알았는데 이곳 길가의 풀들은 더운 날씨인데도 조선의 겨울 산천의 풀처럼 누렇게 말라 있었고 부두에서 뭍으로 연결된 길은 온통 먼지투성이였다.

조선에서는 볼 수 없었던 새빨강, 샛노랑 강렬한 색의 열대 꽃에는 군화가 일으킨 먼지가 눈처럼 덮여 있었다. 소녀들과 무기를 인수할 트럭이 대기하고 있었다. 성일이 명부를 들고 배에서 내려 소녀들 앞으로 다가갔다. 성일을 다시 보자 서영의 가슴은 다시 방망이질하기 시작했다.

"기~임 성일입니다."

성일도 말을 더듬고 있었다. 분명 서영 때문이었다. 눈을 들지도 못하고 명부를 보고 그냥 읽고 있었다. 조선 소녀 150명 중 서영을 포함한 13명이 가야 할 곳은 스마랑이라는 곳이었다.

"스마랑? 스마랑이 어딥니까?"

서영이 물었다.

"여, 여기는 일본이 아닙니다. 여기는 자바라는 적도의 나라이고 이곳은 딴중 쁘리옥이라는 항구입니다. 이제 13명은 스마랑이라는 도시로 다시 이동합니다."

"스마랑이 어딥니까?"

서영이 다시 물었다.

"그 이상은 저어~ 저도 모릅니다."

서영의 질문에 성일이 더듬거리며 겨우 대답했다. 조선 소녀들이 웅성거렸다.

'자바란 나라에 샌닌바리 공장이 있는가?'

소녀들은 내심 의문들을 던졌다.

"자바가 어느 나라입니까?"

한 소녀가 이해를 못 하겠다는 듯 불안한 얼굴로 물었다.

"말씀드렸듯이 저도 잘 모릅니다. 동남아시아의 적도에 있는 나라라는 것밖에는……."

성일은 자신도 알 수 없게 일어나는 일들을 어떻게 말해야 할지 몰랐다. 성일은 상관들의 신임을 얻어 서부 자바의 수도 자카르타에 있는 본소 제1분견소에 배속되었다. 성일은 제2분견소인 스마랑으로 배속되는 서영과 헤어지는 것이 못내 아쉬워 어쩔 줄 몰랐다.

스마랑으로 호명된 조선 소녀들은 대기하고 있던 트럭에 탑승했다. 150여 명의 순진한 소녀들은 수송선 안에서 멀미에 시달리며 말도 한 번 못 건네 보고 한 달간 얼굴만 바라보았건만 도착하자마자 어디로 가는지도 모르게 뿔뿔이 헤어지기 시작했다.

소녀들의 얼굴이 어두워졌다. 곧이어 반둥이란 곳으로 10명이 배속됐다. 그리고 지명도 생소한 수마트라 섬, 팔렘방, 칼리만탄 섬의 발릭빠빤, 술라웨시 섬, 누사 떵가라 띠모르(NTT) 등으로 흩어졌다. 반둥으로 가는 트럭 한 대가 먼지와 함께 긴 여운을 남기며 출발하고 곧이어 스마랑행 트럭이 출발했다.

서영은 헤어질 때까지 성일에게서 눈을 떼지 못했다. 눈이 마주치자 재회의 약속이라도 하는 듯 다른 소녀들 모르게 성일 쪽을 향해 가슴 높이로 살짝 손을 들었다. 무슨 감정인지 자신도 모르게 핑도는 눈물을 꿀꺽 삼켰고, 성일도 트럭이 멀어질 때까지 눈을 떼지 못하고 손을 흔들고 있었다.

#14 암바라와 성城

어디로 가는 걸까? 서영을 실은 트럭이 덜컹거리는 비포장도로를 힘겹게 달리고 있었다. 흔들리는 트럭은 소녀들의 창자를 다 꼬아 놓는 듯했다. 샌닌바리 공장에 가기나 하는지, 두려움 속에서 소녀들의 마음은 트럭만큼이나 흔들리기 시작했다. 함께 온 150여 명의 소녀들이 어디론가 사라지고 이제 열세 명이 되어 무작정 끌려가고 있었다. 불안한 마음을 감싸듯 소녀들은 보따리를 끌어안고 서로를 바라보고 있었다. 얼굴에 두려움이 가득했다. 상대의 모습이 내 모습에 비쳤다.

트럭이 밀림에 들어서자 밀림의 무질서한 넝쿨들이 이리저리 헝클어진 귀신 머리카락 같았다. 부두에서부터 조수석에 오른 까무잡잡하고 키가 작은 자바 병사가 알아듣지 못하는 말과 앞뒤가 안 맞는 일본말 몇 마디를 섞어가며 트럭의 엔진 소리를 이기려는지 목청을 높이더니 얼마 못 가서 지쳤는지 들리지 않았다. 트럭 행렬은 정글의 파이톤처럼 시뻘건 눈을 하고, 구불구불 길을 따라 꼬리에 꼬리를 물고 주렁주렁 늘어진 음습한 정글을 헤치고 있었다. 짙푸르다 못해 시커먼 정글 속에서 *끄악끄악* 까마귀 같은 새들의 소리는 기분을 나쁘게 했다.

어둠 속에서 한참을 달리던 트럭이 야자수가 줄지어 서 있는 탁

트인 길로 빠져 나왔다. 목화솜 같은 꽃이 가득 핀 까뿍 나무들이 시원하게 펼쳐진 넓은 평야를 좌우 배경으로 달렸다.

잠시 가슴이 탁 트였다. 소녀들은 그제야 꽁꽁 얼어붙은 마음이 녹았는지 보따리를 안고 졸고 있다. 트럭은 가쁜 숨으로 가로수를 뒤로 밀어내며 먼지가 뭉게구름처럼 생산되는 신작로를 달리고 또 달렸다. 넓은 벌판이 나타나고 작열한 태양빛이 소녀들의 하얀 얼굴을 사정없이 내리쬐었다. 소녀들은 보따리를 방패 삼아 막고 또 막다가 녹초가 되어갔다. 가도 가도 끝이 없는 지평선이 시야에 닿지 않는 벌판으로 나타났다가 사라지기를 반복했다. 얼마를 달렸을까? 비췻빛 바다와 하얀 백사장이 나타나고 항구가 보이는 도시에 들어섰다. 성일이 말하던 스마랑에 도착했나 보다.

트럭이 샌닌바리 공장이 있을 법한 고딕건물들이 늘어선 웅장하고 화려한 도심으로 들어섰다. 고풍스러운 가로등이 있는 거리가 펼쳐졌다. 소녀들이 두루미처럼 하나둘 트럭 너머로 머리를 드러내기 시작했다.

하지만 아직도 목적지는 아닌 듯 잠시 트럭을 세우더니 군인들과 잠깐 접선을 하고는 쉬지도 않고 차가 무겁게 다시 움직였다. 스마랑 시내를 벗어나 구불구불한 능선을 타고 달렸다. 길 좌우에는 건기에 가지까지 마른 앙상한 티크나무 숲이 펼쳐졌다. 능선을 오르자 기온이 서서히 떨어진다. 트럭이 헉헉대며 비탈길을 기어오르고 있었다. 분위기가 가라앉았다.

깡촌으로 들어서자 서영을 비롯한 조선 소녀들은 안색이 다시 어두워지더니 트럭 바닥에 털썩 주저앉고 만다. 스마랑이라더니 도대체 어디로 가는 걸까? 풍경이 바뀔 때마다 가슴속에 돌덩이가 하나씩 쌓였었는데 첩첩산중으로 들어서자 소녀들은 도살장으로 끌려가는 짐승처럼 떨기 시작했다. 목적지가 가까워 오는지 긴 여행에 지친 소녀들과 달리 앞차로 가던 조선 청년들은 들뜬 소리로 고래고래 고함을 질러댔다. 트럭이 갈대숲을 헤치듯 잡목 숲의 좁은 길로 빠져나와 암바라와라는 곳에 도착했다. 트럭 행렬이 멈춰 선 눈앞에는 거대한 산들이 앞을 막고 있었다.

"여기가 어딜까?"

펼쳐진 장관에 소녀들의 눈이 휘둥그레졌다. 해발 3,142m의 머르바부 산, 2,915m 머라삐 활화산, 1,726m 안동 산, 1,910m 뗄레모요 산, 그리고 머르바부 산의 발등상 같은 코끼리 산과 끈딜 산이 라우쁘닝 호수 주변에 병풍처럼 웅장하게 펼쳐졌다. 스마랑 항구를 등에 진 해발 2,050m 웅아랑 산이 호수를 마주하고 있었다. 웅아랑 산 중턱의 언덕엔 전통가옥 '리마산' 민가들이 한옥처럼 군락을 이루고 있고 그 앞에 들판과 호수를 정원으로 둔 네덜란드 식민지 시절에 축조한 암바라와 성이 우뚝 자리 잡고 있었다. 사방이 고산으로 둘러싸인 드넓은 분지 한가운데 2,716헥타르의 라우쁘닝 호수가 있었다.

26일간 화물선을 타고 태평양을 건너온 조선 소녀들은 뱃멀미에 내장에 있는 것까지 모두 게워 내며 샌닌바리 공장에 온다는 믿음으로 버텼다. 그런데 소녀들 앞에 펼쳐진 풍경은 전쟁 요새다. 소녀들은 아직도 샌닌바리 공장이란 막연한 믿음뿐, 무엇 때문에 이 곳까지 왔는지를 모르고 있었다.

여기가 어딜까? 두려움이 몰려왔다. 분명 샌닌바리 공장은 아니다. 트럭의 엔진이 멎자 일본 병사 하나가 트럭 위로 뛰어 올라왔다.

"이년들아! 빨리 내려!"

"으아악! 사람 살려!"

병사는 소녀들의 보따리를 발길질로 떨어뜨리고 트럭의 짐들을 부려놓듯 소녀들을 몰아 내렸다. 소녀들이 내린 곳은 콜로세움 같은 아치문의 건축물이 웅장하게 버티고 서있는 성문 앞이었다. 성의 육중한 철문이 감옥 문처럼 위협적이다. 곧이어 소녀들을 성문 바로 앞 한 시골집으로 몰아넣었다. 실로 오랜만에 집이란 곳에 들어섰다.

아궁이 불을 지펴 큰 알루미늄 솥에 밥을 지은 흔적이 있고 나무 주걱 몇 개와 조그만 돌절구 하나가 조리기구의 전부인 허름한 식당이다. 조선 소녀들을 맞이하기 위해 막 지은 듯한 집에 음식들이 준비되어 있었다. 벽은 페인트를 칠한 지가 그리 오래되지 않았고 건물의 바닥은 조선의 시골집 부엌과 같은 딱딱한 흙바닥이었다. 지붕은 천장도 없이 서까래 위에 바로 가름대를 대고 기와를 얹어 틈으로 빛이 새고 있었다. 샌닌바리 공장이었으면 들떠야 할 소녀들이건만 느닷없이 호통치는 일본 병사의 겁박에 모두들 흙바닥의 거실 모퉁이에 쪼그려 앉아 겁 먹은 생쥐처럼 두려움에 떨고 있었다.

일본 병사가 소녀들을 내팽개치고 식당 문을 나갔다. 부엌과 거실 사이에 있는 나무판자 위의 토기 접시에 반찬이 준비되어 있고 대소쿠리에 찐 밥이 포슬포슬 담겨 있었다. 공포 속에서도 음식을 보자 소녀들의 배가 꼬르륵거렸다. 익숙지 않은 이국의 음식 냄새지만 배가 고픈 터라 식욕을 자극했다.

그때 얼굴이 까무잡잡한 늙은 아주머니 한 사람이 들어왔다. 무엇이 그리 좋은지 연신 자상하고 부드러운 미소를 지으며 알아듣지 못하는 말로 무어라 말을 걸었다.

소녀들은 방금 나간 일본 병사의 공포가 가시지 않아 웃음에 답할 분위기가 아니었다. 이어 10살쯤 되어 보이는 눈이 큰 한 아이가 나타났다. 다리를 절뚝거리며 다가오더니 누나들을 만나기나 한 듯 생글생글 웃으며 일일이 악수로 인사를 하고 차려놓은 음식을 가리키며 밥 먹는 시늉을 했다. 식사를 하라고 했다. 이곳 식당 일을 돕는 소년인가 보다. 소년은 그중에 서영이 편했는지 손을 잡아 끌어 접시에 밥과 반찬을 담아 내밀었다. 순박한 시골 소년이었다.

그나마 아주머니와 소년의 순한 미소에 마음이 가라앉아 소녀들은 재빨리 음식 앞에 섰다. 안남미 밥에 풋양대의 콩대 같은 것에 생메주를 썰어 볶은 것 같은 반찬과 향이 진한 나물을 넣어 끓인 국이 전부였다. 숟가락, 젓가락이 없어 머뭇거리자 소년이 토기 접시에 밥과 국 반찬을 담더니 손으로 밥을 먹기 시작했다. 먹는 방법을 가르쳐 주는 것이었다. 이곳 사람들은 손으로 밥을 먹나 보다. 배가

너무 고파 허겁지겁 먹긴 했지만 손으로 먹고 나니 각설이가 생각
나 수치스러운 생각이 들었다.

식당 밖을 보니 일본 군인들이 거대한 성 앞에 열을 맞춰 다녔다.
공포감이 감돌았다. 무기를 소지한 살벌한 일본 군인들, 소녀들을
가로막은 절벽 같은 성벽, 샌닌바리 공장은 아니었다. 서영과 조선
소녀들이 꾸었던 샌닌바리 공장의 환상이 사라졌다.

방금 전 그놈의 일본 병사가 다시 들어왔다. 공포스러웠다. 눈앞
이 캄캄했다. 갑작스런 충격에 아무것도 보이지 않았다. 공포에 질
려 소리도 들리지 않았다. 서영은 정신을 차리려고 안간힘을 썼다.
공포감과 혼미함으로 정신이 가물가물하고 몸이 쓰러질 듯한데 방
을 배정하는 소리가 깜빡깜빡 끊기면서 환청처럼 들렸다.

"8번 방 명옥, 9번 방 을순, 11번 방 서영, 12번 방 끝놈!"

12번 방이란 소리가 들려오고 14번 방, 옥자란 소리로 방 배정
이 끝났다. 서영은 무슨 마수에 끌리듯 을순이를 따라 배정된 방에
당도해 바닥에 주저앉았다.

방은 새 건물인데도 어느새 곰팡이가 피어 있었다. 그리고 감옥
같은 방의 뒷벽 위로 목창살이 박혀 있고 그 밑에 차가운 시멘트 침
대가 있었다. 목창이 있지만 기능을 못 해 벽과 구석에는 벌써 이끼
마저 끼어있다. 가재도구라고는 입구 쪽 통문 목창 앞에 조그만 탁
자 하나와 두 뼘 높이의 둥근 앉은뱅이 의자 하나가 전부다. 천장은
서까래 위에 얹은 적토 기와 사이로 구멍이 숭숭 나 있다. 비가 오
면 빗물이 샐 것 같았다. 거미줄이 폐가처럼 여기저기 널브러져 있

었다. 이런 곳에서 무슨 일이 벌어질지 공포스러웠다.

#15 첫 점호

　암바라와 성은 샌닌바리 공장이 아니었다. 1,000명이 넘는 일본 병사들과 새로 온 조선인 포로감시원이 주둔하는 군부대였다. 암바라와 성 부대 북문 코앞에 조선 소녀들을 위해 급작스레 지어진 숙소가 있고, 50미터 거리 허허벌판에는 창도 없는 방호벽 건물에 연합군 포로 수백 명이 쓸모없는 전리품처럼 버려져 있었다. 서영은 앞으로 무슨 일이 일어날지 두려웠다. 조선 소녀들 숙소의 복도 예닐곱 걸음 앞에는 철옹성 같은 암바라와 성이 있고 안에는 수많은 일본 군인들이 주둔하고 있었다. 왜 여기로 끌고 왔을까? 조선인 포로감시원과 조선 소녀들이 도착했다는 소문은 성 안의 일본 병사들에게 퍼졌다. 성안에서 일본 병사들이 하이에나 떼처럼 킬킬대는 소리가 들려왔다. 암바라와에서 첫 밤이 두려움과 공포 속에 지나갔다.

　둘째 날이 밝자 일곱시도 안 된 이른 아침, 일본 병사가 복도를 오가며 점호를 알리듯 고함을 질러댔다.

"종군 위안부들은 들어라! 몸을 씻고 10분 안에 문 앞에 대기하라! 신상 파악이 있다."

'종군 위안부? 이게 무슨 소리야? 종군 위안부라니?' 서영이 귀를 의심했다. 서영은 차가운 시멘트 침대에서 벌떡 일어났다. 소피가 마려웠다. 방 안에 물도 없고 화장실도 없어 생리현상도 해결 못하는 곳이었다.

문을 나서기가 무서웠다. 문 앞 바로 예닐곱 걸음 앞은 어젯밤 하이에나 떼처럼 떠들어 대던 일본 병사들의 병영 테라스다. 오금이 저려도 참고 있었다. 복도에서 떠들어 대던 병사가 다시 돌아와 서영 방을 지나가자 서영은 더 이상 참을 수 없어 살금살금 복도로 나가 두 방 건너, 공중 화장실에서 급히 뒤를 해결하고 돌아왔다. 다른 소녀들은 어떻게 해결해야 하는지 몰라 모두들 방 안에서 꼼짝하지 않았다.

"모두들 문 밖으로 나와라!"

군인 어투의 명령조다. 아침 7시, 조선 위안부 책임자라면서 타쿠야 소좌가 파충류처럼 냉기 가득한 눈빛으로 독기를 내뱉더니 손에 든 명단의 이름을 부르기 시작했다. 치부책 같은 표지에 '조선 위안부'라고 쓰여 있다. 타쿠야가 첫 방에 있는 명옥 앞으로 다가왔다.

"어디 보자 제법 크군."

신상 파악을 한다더니 타쿠야가 명옥의 가슴에 불쑥 손을 넣었다. 지켜보던 소녀들이 눈이 휘둥그레져 있는데,

"퉤!"

명옥이 타쿠야의 얼굴에 걸쭉한 가래침을 뱉었다.

"헉?"

갑작스런 명옥의 반격이다.

"이 씨발년이!"

타쿠야가 적을 제압하듯 자동반사로 명옥의 뺨을 후려치고 머리채를 당겨 자신의 정강이로 명옥의 안면을 가격했다.

"읍!"

순간에 명옥이 꼬꾸라졌다.

"엄마야아!"

소녀들이 놀라 비명을 질렀다.

"이 개 같은 년들아! 조용 안 해?"

순간 소녀들은 눈이 휘둥그레져 손으로 자신의 입을 막았다. 타쿠야의 잔악함과 명옥의 반격에 소녀들은 입을 막고도 다물지 못했다. 명옥은 헝클어진 머리를 다시 들더니 타쿠야를 독하게 째려보며 저주를 하고 있었다. 명옥이 꿈쩍도 않는다. 타쿠야의 가격이 다시 시작되었다.

"헉? 으읍!"

비명 소리와 함께 소녀들이 놀라 손으로 다시 입을 막았다. 명옥의 코에서 붉은 피가 한 주먹 터져 나왔다.

"하하하! 이년은 내가 알고 있던 조센징년과 다르군."

주먹질이나 머리채 잡기로 명옥을 다루기가 쉽지 않음을 인식했는지 타쿠야가 한 발 물러섰다. 명옥을 제대로 상대해 주겠다는 듯이 비릿한 미소를 흘리며 천천히 칼을 빼 들었다. 눈에 살기가 돈다.

"벗어! 이년! 너라는 년 제대로 점검해 주지!"

명옥의 몸이 화석이 되어 가고 있는 듯했다. 하지만 정신을 가다 듬더니 타쿠야를 향한 알 수 없는 적개심을 내보였다. 예사의 명옥이 아니었다. 어디서 나오는 힘인지 눈빛이 흔들리지 않았다. 명옥을 공포로 몰아넣으며 타쿠야의 예리한 칼끝이 명옥의 젖가슴 위에서 아래로 향했다. 횟감 껍질 벗기듯 옷만 베어 칼 솜씨를 자랑하려는 듯했다.

"으윽!"

살을 베고 말았다. 검 솜씨를 보여 주려던 타쿠야가 실수한 것이다.

"하하하하하!"

그의 잔인함을 명옥이 제대로 비웃어 준 것이다. 명옥의 옷이 다 벗겨질 즈음 명옥의 아랫부분에 지네처럼 기워진 흉터가 있었다. 흉터 주위에 지옥을 방불케 하는 푸른색의 문신까지 새겨져 있었다. 타쿠야가 당황했다.

"이년 상판대기와 다르게 아다라시가 아니잖아!"

명옥은 눈썹 하나 까딱 않는다. 타쿠야가 잠시 주춤하더니 잔인함을 드러냈다.

"하하하! 빠가야로, 조센징년! 쓰레기 하나가 섞여 들었군."

명옥은 말이 없다.

"으악!"

순식간에 타쿠야의 칼이 명옥의 흉터를 오려내듯 난도질했다. 그리고 명옥의 중요한 부분을 쿡쿡 찔렀다.

"네년이 천황의 성군을 능욕한 결과가 어떤지 오늘은 조금만 보여 주었다."

명옥은 유혈이 낭자해 무너지듯 쓰러졌다. 위안소 좁은 문 앞에서 순간적으로 일어난 일이다. 점호를 받던 소녀들은 처음 보는 일본 군인의 잔악한 행동과 명옥의 대담함에 넋을 잃었다.

"오늘만은 이년을 다시 꿰매 주겠다."

타쿠야가 부하들에게 눈짓을 하자 들것을 가지러 간다. 명옥 때문일까. 다음 방과 그다음 방은 점호가 쉽게 끝났다. 점호가 먼저 끝난 앞방의 소녀들이 달려가 명옥을 안았다. 이어서 달려온 병사가 소녀들을 발길질로 밀어내더니 명옥을 들것에 싣고 성안으로 들어갔다.

명옥은 평안도 출신이다. 2년 전이었다. 모내기 하시는 부모님께 새참을 날라 주고 집에 돌아왔다. 부모님이 집에 안 계신 걸 알고 일본 앞잡이 동네 이장과 순사 일곱 명이 몰려와 명옥을 이장 집에 끌고 가 마루에서 눕혀 놓고 속된말로 돌림빵을 한 것이다. 아직 어린 명옥에게 순사 한 놈이 먼저 달려 들었지만 어린 명옥에 그 짓이 될 리 없었다. 순사들이 명옥의 아랫부분을 칼로 찢고 마루 닦는 걸레로 입을 틀어막은 뒤 못할 짓을 하고 말았다. 유혈이 낭자한 것을 일곱 명이 변태적으로 갖고 놀았던 것이다. 그리고 얼굴이 반반하다며 차에 태워가 윤락가에 팔아넘겼고 포주가 다시 위안부로 팔아 버린 것이다.

명옥의 거기에 새겨진 문신도 일본놈들의 짓이었다. 저들의 만행을 조선에서 수없이 겪었다. 명옥은 소녀들에게 저들의 정체를 보여 주고 당당히 죽고 싶어 때를 기다렸던 것이다.

#16 성노예의 시작

정오에는 이른 아침 명옥이 실려 간 동문 밖에 있는 검진소에서 알몸으로 신체검사를 받았다.

"벗으라면 벗어!"

군의관도 아닌 일본인 군의관 보조원이 소녀들이 감추려는 부분에 지휘봉을 넣고 주리를 틀듯 하체를 벌리고 있다. 성병을 검사하겠다는 것이다. 조선인이 군의관이건만 위안부 진료소만 신출내기 일본인 보조원이 담당하고 있었다. 신체검사를 핑계로 새파란 군의관 보조원이 성희롱을 하고 있었다.

서영은 그날 밤 일찍 암바라와 성 안에 있는 오가타 소좌의 방으로 불려 갔다. 북문으로 들어서면 아치형 성문 터널이 끝나는 지점 좌우에는 2층으로 올라가는 계단이 있고, 그 가파른 계단을 오르면 3미터나 되는 넓고 긴 복도가 있다. 왼쪽 계단을 올라 동쪽으로 긴 복도를 지나면 건물이 끝나는 지점에 다시 1층으로 내려가는 계단이 있다. 그 계단 왼쪽 1미터쯤 되는 복도로 연결된 통로의 막다른 곳에 오가타의 방이 있다. 1층 2층 복도를 지나면서 안을 볼 수 없는 방들은 두터운 현관문이 달려있는 연립이다. 일본 병사들의 방이다. 네덜란드 식민 시절 고관들이 쓰던 이 방들은 계급이 높은 순으로 방을 선택하여 일본 병사들이 쓰고 있었다.

다른 고관들의 방과 달리 오가타 소좌의 방은 끝에 있어 조용했다. 오가타의 방에서 내려와 남문을 나서면 좌측에 네덜란드 식민 시절, 카페 겸 연회장으로 쓰던 식당이 있는데 조선에서 보지 못했던 화려한 샹들리에가 환히 켜져 있었다. 이 식당은 유럽의 어느 사교장을 방불케 하는 넓은 공간이지만 일본이 점령하면서 제대로 관리를 못 했는지 벽면에는 갈라진 적벽돌이 그대로 보였다. 계단을 내려가 열댓 걸음 바로 옆인 성 끝에 동문이 있다. 오전에 신체검사를 받던 위안부 진료소 가는 길이다.

서영이 오가타 방에 들어서자 유럽풍 작은 샹들리에가 달린 화려한 거실이 펼쳐졌다. 거실 안쪽에 조용한 침실도 있다. 거실에는 서영이 태어나서 보지 못했던 유럽풍 소파와 장식장 등 화려한 조각 가구들이 놓여있다. 색은 바랬지만 중후했고 장식장에는 이름

모를 양주들이 가득 채워져 있었다. 거실을 지나 침실로 들어가는 입구의 우측 콘솔 위에는 손때 묻은 아코디언이 장식품처럼 놓여 있었다. 거실 한가운데 제법 큰 4인용 탁자 위 커피 잔에는 방금 커피를 내린 듯 향이 피어오르고, 오가타가 탁자와 비스듬히 마주하고 의자에 다리를 꼬고 앉아 서영을 기다리고 있었다.

"서영이라고 했나?"

서영은 말이 없었다.

"앉으시지."

아침부터 온갖 악한 말만 듣던 서영은 오가타의 예상치 못했던 부드러운 어조가 의아했다. 안개처럼 싸여있던 공포감은 사라졌지만 두려움을 떨쳐 버릴 수 없었다. 서영은 정신을 차리고 오가타를 살폈다. 차분한 말씨에 여유 있는 어조가 다른 병사들과 무언가 달랐다.

오가타는 검은 눈썹에 부처 얼굴이었다. 조선의 선비처럼 지적이며 순하고 총명해 보이는 40대 중반이었다. 서영을 특별히 배려하여 불러온 목적이 있음을 직감했다.

오가타는 별나라에서 온 사람 같았다. 이전의 험악한 분위기는 어디 가고 다른 세상에 온 듯했다. 하지만 오가타가 친절한 건 서영의 마음을 사려고 하는 것인 듯했다. 오가타는 빈틈이 없어 보였다. 오가타가 자신의 지위를 이용해 서영을 혼자만의 노리개로 갖고 싶어한다고 생각했다. 서영은 스스로를 고무하듯 꼼짝 않고 서 있었다. 그 시간이 길어지자 현기증이 날 것만 같았다.

"앉으시지!"

부드럽고 자상하던 처음 어조와 달리 오가타의 목소리에는 힘이 들어갔고 자상한 듯하면서도 명령조다.

"험한 세상에 너무 일찍 나오셨군!"

무슨 말인지 알아듣지 못할 소리를 했다. 서영은 무슨 말인지 이해도 안 갔고 이해하고 싶지도 않았다. 이제 일본 사람들의 말은 귀에 담지 않았다. 서영의 할아버지와 아버지가 일본 사람들에게 그랬던 것 같다. 순간 서영은 위안소에 두고 온 을순이, 끝놈이, 옥자 언니가 생각났다. 지금 소녀들에게 무슨 일이 일어나고 있는지가 걱정됐다. 아침에 명옥이 난도질을 당했고, 낮에 건강검진이라는 이름으로 소녀들을 치욕스럽게 조사했다. 그들이 서영에게만 특별했던 건 오가타 때문이었다. 지금쯤 저들이 목적한 일이 소녀들의 방마다 일어나고 있음이 분명했다. 서영에게는 장소만 다를 뿐이었다.

오가타는 대화가 불가능함을 깨달았는지 갑자기 서영을 번쩍 들고 방으로 들어가 침대에 던지듯 내려놓았다. 서영에게 어떻게 할 여유도 주지 않고 고지를 점령하듯 서영의 몸에 올라타 자신의 체중을 서영의 아랫부분에 실었다. 그리고 어느새 서영을 꼼짝 못 하게 누르고 있었다. 서영의 얼굴 위로 오가타가 얼굴을 들이댔다. 순식간이다. 그리고는 여유를 부렸다.

'이러려고 여기까지 끌고 왔구나!'

서영의 몸에서 영혼이 빠져나가고 있었다. 서영의 피는 차갑게 돌고 육체는 차가운 화석이 되어 가고 있었다. 서영은 아무것도 생각나지 않아 눈을 감았다.

"싫더라도 얌전히 내 것이 되면 너를 돕고 싶다."

오가타가 강제 흥정인지 협박인지 서영의 귓볼에 대고 속삭였다. 서영에게는 몸뚱이를 차지하기 위한 협박으로 들려 가증스러웠다. 역겨웠다. 수치스러웠다. 아니 무서웠다. 서영이 얼굴을 돌려 피하려고 몸부림쳤지만 어느새 맷돌에 눌린 두부처럼 몸이 점점 굳어져 가고 있었다. 서영은 앞이 캄캄했다. 오가타의 그것이 벌써 서영의 아래를 파고들고 있었다.

서영은 샌닌바리 공장이 거짓말이었다는 사실 앞에 그 이상 아무것도 생각할 수가 없었다. 하염없이 눈물이 흘렀다. 몽롱한 의식 속에 두고 떠나온 고향이 생각났다.

수치스러운 악마의 첫 의식이 끝났다. 목숨만은 빼앗기지 않은 의식에 희생되고 얼마를 누워 있었을까? 오가타는 스스로 악마가 아니라는 듯 무슨 고민이 있는지 상념에 빠져 있는 듯하다. 탁자에 앉아 식은 커피를 마시더니 담배를 연신 빨아댔다. 밖에 기척이 있는 걸로 보아 의식을 돕는 수하 병사가 대기하고 있는가 보다. 오가타가 자고 새벽에 가라며 혼자 중얼거리듯 말했지만 서영은 부하 병사를 따라 방을 나왔다. 2층의 긴 복도를 지나 위안소로 돌아왔다. 복도를 지나는 동안 위안소를 다녀온 병사들이 배를 채운 하이에나 떼처럼 음담패설을 늘어놓으며 킬킬대고 있었다. 방 안 병사들이 서영을 몰래 훔쳐보고 있음이 느껴졌다. 오가타 소좌를 의식해서인지 말을 거는 사람은 없었다.

위안소에 돌아왔다. 아수라장이었다. 잔여 하이에나 떼가 벌이는 욕정 풀이가 아직도 끝나지 않았다. 오늘 순번에 없었던 몇 명의 병사들이 파장에 들어와 도둑질을 하듯 풀린 바지춤을 두 손에 쥐고 방을 기웃거리다가 들어가고 나왔다. 어떤 놈은 발에 밟히는 바지를 끌어올리면서 군화를 한 손에 들고 성안으로 줄행랑을 치듯 사라지기도 했다.

방마다 쓰러진 소녀들이 신음하며 널브러져 있다. 한 소녀를 50명 이상의 병사가 무참히 짓밟고 갔다. 위안소의 방은 어린 소녀들이 흘린 피로 강이 되어 있었다. 끝놈이는 악을 쓰다가 팔이 꺾이고 얼굴과 가슴에 피멍이 들었고, 옥자 언니는 군홧발에 차여 정신을 잃었다.

을순이 방문은 잠겨있었다. 기척을 했지만 조용했다. 상상하기가 끔찍해 지나쳤다. 밤이 깊도록 배부른 하이에나 떼의 소리가 위안소 기왓장 사이로 검은 모래 비처럼 퍼부어졌다. 조선 소녀들을 몸서리치게 했다.

4 장

#17 자바인 위안부 모집

"서영 할머니는 이종사촌 을순이까지 데리고 와서 죽였다고 생각했으니 그 맘이 오죽했겠어요. 아까 저희 할머니 성함 물었죠? 저희 할머니 성함은 촌스럽게 끝놈이었어요. 해방이 되고 할머니의 고향 오라버니가 귀국을 도와준대서 자카르타까지 따라왔는데 그분이 전범으로 끌려가고 자카르타에 홀로 남았다가 수마트라 섬의 바탁 족인 저희 할아버지를 만나 결혼했어요. 할머니는 위안부 이야기를 가끔 하셨는데 서영 할머니 얘기할 땐 자주 우셨어요. 서영 할머니는 살라띠가에 살 거라고 했어요."

리사 양은 조선 포로감시원 역사에 박사 수준이었으나 자신의 할머니인 끝놈이 할머니에 대해서는 오히려 아는 게 없었다.

"서영 할머니의 인도네시아 삶은 제가 잘 알아요. 인도네시아 위안부 동생인 살라띠가 사람과 결혼했어요. 위안부들이 대부분 그렇듯 자식도 없었어요. 있었다면 재작년 암바라와 탐문 때 만날 수도 있었을 텐데요."

도형의 눈에 눈물이 그렁그렁했다. 서영 할머니가 살아온 애환의 세월은 전래동화도 소설도 아니었다. 할아버지는 조국 사랑과 연인 사랑이라는 선택의 기로에서 조국 독립을 위해 몸과 마음을 바쳤다. 종내에는 사랑한 여인을 지키지 못했다고 마음 아파했었다.

"리사 양! 내일부터 암바라와랑 살라띠가에 다녀오고 싶어요. 같이 가 주실래요? 서영 할머니가 눈물로 살아온 세월, 넋이라도 찾아 달래 드리고 싶어요."

"제가 함께 가자고 하고 싶었는데……. 5년 전 위안소 탐방을 시작하고 살라띠가에 처음 갔을 때, 인도네시아의 마지막 위안부 스리 수깐디 할머니가 아직 살아 계시다는 얘기를 들었어요. 그때 편찮으셔서 못 만났거든요. 스리 수깐디 할머니에게 인도네시아 위안부 애환도 듣고 싶어요. 같은 살라띠가에 살고 있으니까 서영 할머니에 대해 몰랐던 이야기를 더 들을 수 있을지 누가 알아요?"

아침이면 머르바부 산 동쪽 허리에서 안개를 걷어내며 해가 뜨고, 저녁이면 밥 짓는 연기와 밤안개 속 나뭇가지 사이로 달을 그려내는 태평연월의 마을. 바뚜르는 시어머니의 시어머니가 살았고 손자의 손자가 살아갈 마을이다. 문화와 전통이 끊어지지 않고 '까위'라는 고유 문자도 있다. 마을이 언제 생겼는지 아무도 모른다. 알려고도 하지 않았다.

문자는 조상 대대로 마을 어르신 몇 분만 알고 있지만 1945년 태평양전쟁이 끝난 후, 인도네시아가 연합국이 되면서 알파벳으로 표기하는 바하사 인도네시아를 국어로 채택했다. 자바문자 까위 호노쪼로꼬는 이제 보기조차 힘들어졌다. 마을에는 한 주일이 멀다 하고 열리는 문화공연행사가 있다. 불교, 기독교, 힌두교, 이슬람교 등 가정마다 신앙을 가진 사람들이 종교를 자신의 목숨보다 소중히 여긴다. 서로의 종교를 존중하면서도 관계에서는 종교보다 문화와 전통을 우선으로 하여 갈등 없이 어우러져 사는 곳이다.

바뚜르의 땅은 아주 먼 옛날 화산이 토해 낸 분토 위에 일 년 내내 낙엽이 쌓여 옥토가 됐고 무엇이든 심으면 잘도 자랐다. 좋은 흙과 썩은 나뭇잎이 옥토를 만들어 내듯 사람들도 화산의 분토만큼 순하고 착해 어떤 아픔도 나누어 잘 삭여 낸다. 자바 사람들의 얼굴에는 미소만 있을 뿐 근심, 고통의 그늘이라고는 찾아볼 수 없다.

사람들은 네덜란드의 350년 통치 시절보다 더 악랄했던 일본군의 강제 점령 3년 반을 겪으며 그 아픔이 낙엽처럼 쌓였다. 누구를 미워하기보다는 고통과 슬픔의 역사를 삭여 내어 자바인들의 아름다운 전통문화로 승화시켜 춤과 노래에 담아낸다. 아픔을 아픔으로 갖지 않는 것은 자바 사람들의 천성이다. 속이 썩어 텅 빈 고목 같은 식민지 역사 속에서도 문화는 꽃을 피워 냈다. 자바 사람들은 과거에 매이지 않는다. 아픔은 지난날의 일일 뿐이다.

일제 침략 전, 스리 수깐디가 여섯 살 되던 해 어느 날, 아버지를 따라 살라띠가 시내에 있는 산또마끼 성당에 갔다. 산또마끼 성당은 바뚜르 마을의 분소와 달리 예뻐서 스리 수깐디는 이슬람 사원보다 성당을 좋아했다. 신부님은 바뚜르 마을에 자주 미사를 집례하러 오셨다. 어린 스리 수깐디는 동네 꼬맹이들과 성당에 놀러 갔다가 멋진 가운을 입은 요한 신부님을 보고 반했다. 어린 스리 수깐디의 눈에 요한 신부님은 멋쟁이였다. 스리 수깐디는 요한 신부님을 졸졸 따라다니며 애교와 재롱을 떨었고 요한 신부님의 사랑을 받게 되었다.

그 후 신부님은 스리 수깐디의 재롱을 핑계로 바뚜르 마을에 아버지를 만나러 더 자주 오셨다. 자바 커피를 마시며 아버지와 신부님은 밤늦도록 이야기를 나눴다. 아버지의 정향을 섞은 자바의 쌈지 담배와 요한 신부님의 네덜란드산 필터 담배를 서로 바꾸어 피우면서 둘은 종교와 상관없이 격의 없었다. 아버지가 살라띠가 시내에 가는 날이면 산또마끼 성당의 신부님을 꼭 만나셨고 아버지를 따라다니던 스리 수깐디는 수녀가 되는 꿈을 꾸었다.

1942년 3월 5일 일본군은 서부자바의 바타비아에 무혈입성하고 중부자바인 스마랑, 암바라와, 살라띠가까지 점령해 네덜란드군의 모든 시설을 장악해 콩 놔라, 팥 놔라 간섭하기 시작했다. 성당도 예외는 아니었다.

일본군이 1942년 4월 둘째 주일, 스리 수깐디 누나가 다니는 산또마끼 성당 미사에 친일 앞잡이를 대동하고 들이닥쳤다. 요한 신부님과 암바라와 성에 근무했던 네덜란드군 출신은 물론 관료들까지 모조리 잡아갔다. 포승줄에 묶이고 옆구리에 총부리를 찔리며 잡혀가는 사람들은 모두가 성당에서 신망 있는 분들이었다.

신도들이 일본군과 앞잡이를 가로막았지만 '타아앙', 한 군인이 쏜 총 한 방에 성당의 벽 등이 떨어져 모두들 뒤로 물러섰다. 한 명, 한 명 호명된 성당의 지도자들이 모두 체포되었고, 마지막에 요한 신부님을 참고인으로 모시고 간다 했지만 포박만 없을 뿐 강제 연행이었다.

스리 수깐디가 일본군 앞을 가로막으며 울었다. 일본 군인이 스리 스깐디와 눈을 마주쳤다. 스리 스깐디의 예쁘고 고운 눈에 고인 눈물은 막 필 듯한 장미 꽃봉오리에 맺힌 이슬 같았다. 일본 군인이 멈칫했다. 요한 신부님은 스리 수깐디와 신도들에게 곧 돌아올 거라며 안심시키고 막는 길을 스스로 여셨다. 일본군이 돌아보며 스리 수깐디를 주시했다. 눈부시도록 아름다운 소녀에게 묘한 미소를 남겼다. 스리 수깐디는 주일 오후 내내 수녀님들과 함께 끌려가신 분들이 무사히 돌아오도록 천주님께 기도했다.

저녁이 되자 일본 헌병이 신부님을 모시고 왔다. 신부님은 말이 없으셨다. 그다음 주에 성당은 아무 일 없었던 것처럼 미사를 드렸지만 신도들이 반으로 줄어들었다. 성당 뒤에는 두 명의 군인이 꼿꼿이 서서 감시하고 있었으나 미사에 대한 참견은 없었다. 지난주에 스리 수깐디와 눈이 마주쳤던 일본 군인이 드나드는 소녀들을 주시하고 있었다.

성당 문을 들어설 때 군인과 스리 수깐디가 마주쳤다. 모르는 채 성전에 들어섰지만 뒷머리에 꽂히는 그의 시선을 느꼈다. 갑자기 무서운 생각이 들었다. 미사를 마치고 스리 수깐디가 신부님을 찾아가 지난주에 있었던 일과 그날 일본군의 시선을 미주알고주알 말씀드렸다. 신부님이 그날로 스리 수깐디와 몇몇 소녀들에게 성당 일을 그만두게 하고 집으로 돌려보냈다. 스리 수깐디는 무슨 연유인지를 이해할 수 없어 헤어지는 게 싫었지만 오래지 않을 거라는 신부님의 종용에 순종하기로 했다.

#18 스리 수깐디

바뚜르 마을로 돌아오자 누구보다 스리 수깐디를 반기는 건 두 살 아래 남동생 다르요노였다. 다르요노는 누나가 좋아하는 성당 일을 하고 있어 좋았지만 누나와 떨어져 있는 건 솔직히 싫었다. 누나가 돌아오자 문 앞까지 달려와 품에 안겼다. 다르요노는 누나를 기쁘게 해 주고 싶었다. 다르요노는 물고기 키우는 것을 좋아했다. 윗마을 떼끌란에서 내려오는 물길을 마당으로 돌려 염소 여물통보다 조금 큰 연못을 만들고 밥풀과 먹다 남은 싱콩으로 메기를 키웠다. 메기를 잡아 엄마가 하던 대로 짜베 세탄이라는 매운 고추를 절구에 갈아 매콤한 메기튀김 양념인 삼발을 만들고 뚬바르라는 후추도 준비했다. 요리는 스리 수깐디 누나에게 맡겼다. 오랜만에 식구들이 모두 모여 메기튀김 잔치를 벌였다.

스리 수깐디 아버지 '루라'는 면장에 버금가는 지역유지다. 할아버지도 루라였다. 스리 수깐디 아버지는 바깥일을 좋아해 농사일을 한 적이 없다. 사람들은 스리 수깐디 아버지를 부자라고 했지만 어머니처럼 채소를 심는 일도 염소를 길러 파는 일도 없어 부자라는 게 이해가 되지 않았다. 아버지는 천주교 신자도 아니면서 살라띠가 성당에 가는 날이면 헌금이라면서 뭉칫돈을 요한 신부님께 전해 주었다. 바뚜르의 작은 공소에도 교회에도 이슬람 사원에도 절에도 돈이 귀했지만 각 종교의 절기마다 아버지는 편견 없이 기부하셨다.

스리 수깐디는 그간 소아마비 동생 다르요노에게 못 해준 것이 너무 미안했다. 스리 수깐디 자신이 행복하자고 맏딸이면서 동생들을 남겨두고 살라띠가로 갔던 것이 한편에는 죄책감이 들었다. 집으로 돌아온 스리 수깐디는 먼저 어머니의 짐부터 덜기로 했다. 어머니가 새벽부터 밭에 나간 후에는 다리를 저는 다르요노와 여동생 아홉 살 스리 까르띠니, 일곱 살 수기안또를 챙기고 학교까지 바래다주었다.

건기로 접어든 구름 한 점 없는 머르바부 산 비탈 능선에서 아침 해가 붉게 떠오르고 있다. 학교 가는 시간이다. 다르요노의 학교는 가까웠다. 500m 정도로 걸어가는 짧은 등굣길이지만 다르요노가 애처로워 보였다. 다르요노는 동정이 싫어 무엇이든 혼자 해결했다. 오른쪽 어깨에 로딴 가방을 메고 왼손으로 무릎을 짚고 허리를 굽혔다 폈다 절뚝거리며 등교했다.

다르요노는 스리 수깐디 누나가 학교까지 바래다주는 게 좋았지만 누나가 안타까워하며 도와주는 것보다 잘한다고 칭찬해 주는 것이 더 좋았다. 다르요노는 친구들에게도 도움을 받지 않았다. 학교에서 돌아올 때면 착한 친구들이 다르요노와 보폭을 맞추어 주었다. 다르요노는 친구들의 따뜻한 마음을 알고 있다. 그나마 학교가 집에서 가까운 것이 다행이었다.

생떼도 쓰고 응석도 부리면 좋으련만 속 깊은 애어른이 되어있는 것에 마음이 짠했다. 하교 후 동생들의 오후는 따분했다. 스리 수깐디와 다르요노는 어린 동생 스리 까르띠니와 수기안또 친구들을 불러 '빠사란'이라는 소꿉놀이를 했다. 토기 그릇 조각으로 그릇을 준비하고 브로콜리국도 끓이고 생강과 강황을 찧어 자무도 만들었다. 어린 스리 까르띠니와 그의 친구들은 다르요노 오빠가 마시면 다리가 낫는다며 만든 자무를 마시게 했다. 다르요노는 자무를 맛있게 마시는 시늉을 하면서 다리에 힘이 생긴다고 칭찬했다. 동생들이 예뻤다.

다르요노의 여자 친구들은 공기놀이, 땅따먹기 놀이도 했다. 한참을 왁자지껄 놀던 아이들이 금세 시들해졌다. 배가 고플 때쯤이다. 스리 수깐디는 아이들을 부엌에 데리고 가서 아침에 먹던 밥과 뗌뻬 고랭, 따후 고랭(두부 튀김)으로 배를 채워 주었고 빠원 아궁이에 불을 피워 싱콩과 고구마도 구웠다. 스리 수깐디는 꿈꾸던 수녀가 되어 고아원 아이들을 돌보는 환상에 빠지곤 했다. 모든 것이

풍족해 먹고 자고 입는 것 걱정 없는 바뚜르 마을의 아이들은 빠사란을 하면서 어른이 되는 꿈을 키워갔다.

"언니, 나는 커서 말이야, 옆집 시티 언니같이 얼굴에 멋진 화장을 하고 춤을 추는 또뺑이렝 춤꾼이 될 거야."

스리 까르띠니 친구가 말했다.

"나도!"

남자아이가 말했다.

"난 아빠같이 젖소를 키울래."

아이들의 꿈은 소박했다. 다르요노도 거들었다.

"누나! 내 꿈은 장가 안 가고 누나랑 사는 건데 누나는 수녀가 될 거잖아? 그럼 내가 누나랑 같이 살려면 신부님이 돼야 하는 거야?"

다르요노는 누나와 헤어지는 게 섭섭한지 의미심장한 농담을 했다. 스리 수깐디가 빙그레 웃었다. 스리 수깐디는 꿈꾸는 동생들과 있는 것이 행복했다. 다르요노가 누나와 눈을 마주치자 찡긋 웃었다.

아버지는 바뚜르 마을은 물론 이웃 동네까지 궂은일을 찾아다니며 하셨다. 욕심 부릴 게 없었기에 사원을 증축한다든지 공연을 준비한다든지 남을 위한 일을 벌였고 동네의 공적인 일은 무엇이든 도와줘야 직성이 풀리는 게 아버지의 성품이었다. 어머니는 아버지를 위해 양배추며 브로콜리 채소를 심어서 아버지가 살라띠가 시장에 자주 나갈 기회를 만들어주었다. 채소를 판 돈으로 아버지가 누군가를 돕고 오는 게 어머니의 행복이었다.

1942년 6월, 둘째 주일이 지난 월요일이다. 아버지가 수라카르타에 가시고 없는 오전이다. 10시쯤 스리 수깐디 집에 일본군 세 명과 장교 한 명이 일제 앞잡이 주마르노 아저씨를 앞세우고 들이닥쳤다. 느닷없이 황국신민으로서 대일본 천황의 황군을 위해 이 집에서 여자 한 명을 데려가겠다는 것이다. 일본 군인 중 한 명은 살라띠가 산또마끼 성당에서 스리 수깐디에게 음흉한 눈빛을 흘리던 그 군인이었다. 이 집에 여자라고는 어머니와 스리 수깐디 그리고 아홉 살 스리 까르뜨니밖에 없다.

누구를 데려간단 말인가? 어머니와 스리 수깐디, 그리고 다르요노가 긴 일본도를 차고 서 있는 장교를 보고 놀라 서로 얼굴을 번갈아 보며 떨고 있었다. 아무것도 모르는 어린 동생들은 어머니의 바띡 치맛자락을 붙들고 눈을 동그랗게 뜬 채 어머니만 쳐다보고 있었다. 군인들의 살기 어린 눈빛이 금방이라도 누구를 죽일 것만 같았다. 스리 수깐디의 직감에, 불응하면 분명히 어머니를 먼저 죽일 것 같았다. 스리 수깐디를 끌고 갈 것이라는 것을 안다.

"그래, 내가 가지요."

스리 수깐디가 성큼 앞으로 나아갔다. 어머니의 얼굴이 석고처럼 굳어지며 스리 수깐디의 행동에 소스라치게 놀란다.

"안 돼요! 우리 누나! 누나 없으면 우리 가족은 못 살아요. 나를 잡아가세요."

다르요노가 스리 수깐디 앞을 가로막아 섰다.

"이 병신 새끼가 천황 폐하의 일에……."

교활한 눈빛의 일본군이 칼을 빼 스리 수깐디와 다르요노 얼굴 사이에 집어넣었다. 잠시 무성영화의 필름이 멎은 듯 모든 것이 멈췄다. 시퍼런 칼날은 조금만 움직여도 스리 수깐디의 부드러운 손과 다르요노의 얼굴을 벨 것이다. 스리 수깐디가 한 발 물러서 일본군 앞으로 나갔다.

"그럼, 가야지요."

스리 수깐디의 행동을 지켜보던 일본 장교가 입을 열었다.

"좋은 따님 두셨네. 따님 걱정은 하지 마세요. 따님은 우리가 책임지리이다."

스리 수깐디는 얼마 전부터 일본군의 악행을 들은 바 있었다. 말을 듣지 않으면 아무나 그 자리에서 파리 목숨처럼 죽이는 것을 보았다는 사람이 많았다.

"이놈, 병신 아이도 우리가 데려가 책임져 주겠소. 이놈을 암바라와에서 일하게 하고 월급도 주겠소."

"싫어요! 나는 집에서 어머니를 도울 거예요."

다르요노가 거절하자 일본 군인은 본색을 드러냈다.

"만약 따님이 도망이라도 가는 날이면 이 병신 아들도 온전치 못할 것이지만, 이 모든 건 누이 좋고 매부 좋은 것이요."

그날부터 스리 수깐디 누나는 쁘르워다디 군디의 그둥 박빡에 성노예 수용소로 끌려갔다. 다르요노는 암바라와의 조선 위안부 수용소 식당에서 꼼짝없이 볼모로 일하게 되었다.

#19 무궁화 머리핀

아수라장이 된 위안부 수용소 안에서 휘몰아치던 광풍도 잦아들고, 언제 그랬냐는 듯 새소리, 바람 소리, 멀리 닭 우는 소리로 적도의 아침은 고요히 밝아왔다.

서영에게 자바의 셋째 날은 세상 전부가 부정인 보색 대비의 환영으로 열렸다. 서영에게 수용소의 아침은 온통 검은빛이었다. 조선 소녀들은 말초신경을 위해 사용되는 하나의 전리품 이상도 이하도 아니었다. 식민국 조선 소녀들은 인간도 아니었다. 서영은 이제 순수한 한 소녀로 꿈꾸는 사람이 아니었다.

을순은 배정된 수용소의 방에 들어섰다. 서영 언니가 자랑하던 샌닌바리 공장이 아니었다. 서영 언니를 원망한들 무슨 소용일까? 그래도 떠나올 때 보았던 낙동강 가의 금모래가 마음속에 반짝였다. 향석리의 모래밭에 열린 다 따지 못한 참외가 눈에 아른거렸다.

금방이라도 귀신이 나올 것 같은 방이었다. 보따리를 풀고 싶지 않았다.

"오늘 조선 아다라시를 맛보는 거야? 에이 씨발!"

"자네 순서는 내일이라네. 크하하하하!"

을순의 방에서 열 발걸음도 안 되는 성벽의 방, 테라스에서 짐승들 소리가 확성기처럼 크게 들렸다.

"너는 9번방, 너는 7번 너는……."

을순은 시멘트 침대 모서리 벽에 오금을 절이며 떨고 있다. 방문 앞 복도가 우루루루 군홧발 소리로 요란스럽더니 을순이의 방문이 열렸다.

"음! 을순이구나!"

그는 다름 아닌 브리스 베인호에서부터 추근거렸던 나카자와 중사였다. 돈을 썼는지 첫 번째로 을순에게 온 것이다.

"흐흐흐! 민영학, 지가 감히 어디라고!"

나카자와가 민영학을 들먹이며 을순에게 다가왔다.

"아저씨 안 돼요!"

나카자와가 기괴한 미소를 흘리며 겁에 질린 을순이를 사정없이 덮쳤다. 반항할 틈도 힘도 없었다.

"아악아!"

나카자와가 젖가슴을 가린 섬섬옥수 을순이의 두 손을 잡아 시멘트 침대 바닥에 팽개치듯 내동댕이치고 을순이의 블라우스를 찢어 벗겼다. 나카자와는 한 마리 야수가 되어 먹이를 물듯 거친 숨을 헐떡이며 거구의 체중으로 을순을 덮쳤다. 을순이 소리 지르자 악취가 나는 입으로 을순이의 입술을 틀어막았다.

열세 살, 을순이는 있는 힘을 다해 몸을 빼 보았지만 허사였다. 을순이의 다리 사이로 나카자와의 무릎이 순식간에 끼어들어 쐐기를 박듯 밀고 들어왔다. 우악스런 손이 가죽을 벗기듯 을순이의 아래위를 모두 벗겨 버렸다. 그리고 나카자와가 낄낄댔다. 아직 꽃봉오리도 못 된 열세 살 을순이에게 불가능한 일들이 일어나면서 을순의 모든 것이 망가지는 순간이었다.

"으아아악!"

찢어지는 비명이 밖으로 메아리쳤다. 떡메만 한 나카자와의 손이 을순의 입을 다시 틀어막았다. 비명도 지를 수 없었다. 방의 창문과 입구 위의 목문은 곡간 문 같아 내부에서 일어나는 일을 알 수가 없지만, 입구 위 창살 사이로 죽어가는 듯한 비명이 새어 나갔다. 복도의 병사들은 이 방, 저 방에서 터져 나오는 비명 소리에 흥분돼 아랫도리를 잡고 미쳐 발광하고 있었다.

세상천지에 이런 곳이 있다니 악의 극치였다. 옆방에도 그다음 방에서도 비명 소리가 들렸다. 매 맞는 소리, 욕지거리, 우는 소리. 소녀들의 방은 아수라장이 되었다. 짐승들의 욕정이 채워져 갔다. 입이 막힌 을순이가 고통의 신음을 낼수록 나카자와는 자신이 무슨 천황의 자랑스러운 황군이나 된 듯 더 미쳐가고 있었다. 열세 살 꽃봉오리가 피기도 전에 짓밟히고 있었다. 을순은 식물인간이 되어 가는 듯했다. 두 눈에서는 자신도 모르는 눈물이 비처럼 흘렀다. 을순의 배꼽 아래에서 흘러나온 피가 시멘트 침대와 바닥에 흥건했다.

피를 보자 나카자와가 세상을 다 얻은 듯 야릇한 희열의 미소를 지었다. 을순이의 블라우스를 찢어 자신의 하체만 닦고는 밖으로

157

나갔다.

"아다라시야. 우하하하하!"

을순이를 기다리는 다음 병사에게 인계했다. 나카자와는 자랑스레 바지를 올리며 어슬렁어슬렁 성안으로 사라졌다. 다음 순번 병사가 을순의 방에 들고 나갔다. 병사들이 끊이지 않았다. 다닥다닥 붙은 수용소 방에서 비명이 끊이질 않았다. 좁은 위안소 복도는 벌집을 쑤신 것 같았다.

을순이 기절한 듯 늘어졌지만 어느 병사 하나 예외가 없었고 시체를 범하듯 아랑곳하지 않았다. 방마다 쉰 명 이상이 들고 나왔다. 을순은 끝내 기절하고 말았다. 기절한 을순을 몇 명이 범하고 나갔는지 모른다. 마지막에 을순은 피범벅이 된 블라우스로 덮인 채 뒷벽을 향해 누워 있었다.

다음 날 아침,

"으아악! 누나아!"

9번 방 앞에서 들리는 소년의 비명 소리였다. 을순이의 방이다. 시체처럼 누워 있던 서영은 을순이의 방 앞에서 나는 소년의 소리에 정신이 번쩍 들었다. 콜타르에 붙은 듯 떨어지지 않던 몸을 반사적으로 일으켰다. 을순의 방 앞으로 달려갔다. 아침밥을 먹으라고 소녀들을 부르러 왔던 다르요노가 을순이의 방문을 열어 놓은 채 입이 벌어져 있다. 조선 소녀들이 을순의 방 앞으로 달려왔다.

모두들 입을 벌린 채 말이 없다. 을순이가 매달려 있었다. 블라우스 소매를 찢어 목창살에 목을 매었다. 창으로 새어 든 아침 햇살이 먼지를 뚫고 을순이의 머리에 쏟아지고 있다. 을순의 머리카락이 역광의 아침 햇살이 비쳐 선명하다. 고이 가르마를 탄 머리에는 서영이 브리스 베인호에서 준 무궁화꽃 머리핀이 꽂혀 있다. 좋은 곳에 가고 싶었는지 얼굴에는 새하얀 분까지 발랐다.

을순의 가녀림이 고요해 모두들 입만 벌린 채 아무 말이 없었다. 이 무슨 청천벽력이란 말인가? 시멘트 침대 위에는 소매가 찢어져 나간 을순이의 피 묻은 블라우스가 개어져 있었고 침대에는 댓돌 위의 신발처럼 하얀 코고무신이 가지런히 얹어져 있었다. 서영은 넋이 나갔다. 시간이 멎고 바라보는 소녀들의 모습 또한 흑백 무성영화가 멈춰진 한 장면처럼 굳어 있었다. 보고를 받은 타쿠야 소좌가 병사들과 함께 달려왔다.

"뭣! 미친년, 어떻게 데려온 건데……."

타쿠야가 욕지거리를 하며 죽은 을순의 얼굴에 침을 뱉었다. 소녀들이 바닥에 주저앉았다.

"뭐해! 이 새끼들아! 끌어내야지."

타쿠야가 을순이 목에 매인 끈을 일본도로 내리치자 머리가 시멘트 침대에 쿵 하고 한 번 곤두박질치더니 다시 흙바닥에 나뒹굴었다. 타쿠야가 죽은 것을 확인이나 하려는 듯 군홧발로 을순이의 머리를 걷어찼다. 을순이가 뒤집히면서 눈이 반쯤 떠졌다. 세상을 저주하기라도 하는 것처럼 흰 눈자위가 한 번 보이더니 이내 몸이 비닥에 떨어진다. 병사들은 눈 하나 깜짝 않고 을순이를 죽은 개 끌듯 끌고 방을 나갔다. 을순의 시신이 바닥에 질질 끌리자 피 묻은 하얀 무명 저고리가 뒤집어져 을순이의 얼굴을 가리고 머리카락은 풀어져 산발이 되었다. 바닥을 쓸듯 을순이의 몸이 식당 뒤에 있는 밭으로 끌려갔다. 무궁화꽃 머리핀이 떨어졌다. 서영이 주워 가슴에 품었다. 열세 살 을순이가 남기고 간 건 이것뿐이었다. 끌려가는 동안 건기에 말라 버린 길바닥의 먼지들이 을순이의 온몸에 떡고 물처럼 범벅이 됐다.

"뭐 하고 있어? 이 새끼들아! 어서 묻어!"

건기의 논바닥이 돌처럼 딱딱해 파지지 않았다. 병사들이 구덩이를 파는 시늉만 했다. 소식을 들은 민영학이 달려와 보고선 넋이 나갔다. 조선 포로감시원들이 모여들었다. 서영을 따라온 13살 을순이는 사흘 만에 이 세상을 떠났다.

아침 식사 시간이 됐다. 위안소에서 서른댓 걸음 되는 식당이지만 밥을 먹으러 걸어올 수 있는 소녀들은 반밖에 되지 않았다. 끝놈이가 보이지 않았다. 옥자 언니도 보이지 않았다. 졸지에 을순을 보낸 서영은 방에 가지도 못하고 넋이 빠진 사람처럼 멍하니 흙바닥에 앉아 멀리 머르바부 산만 바라보고 있다. 병사들이 을순이의 시신을 끌고 가던 마지막 모습이 머릿속에서 어지럽다.

네덜란드 소녀들도 놀라 사색이 되긴 마찬가지였다. 네덜란드 소녀들이 조선 소녀들을 부축하여 식당에 데리고 나왔다. 다섯 명이나 보이지 않았다. 처음 대면하는 네덜란드 소녀들은 조선 소녀들을 바라보며 할 말을 잊었다.

북문 앞 왼쪽으로 조선 소녀 수용소와 같은 거리에 마주하고 있는 서쪽 위안소에는 네덜란드 위안부 수용소가 있었다. 며칠 전, 위안이란 명분으로 야전 성노예로 끌려 나갔다가 어젯밤 늦게 돌아와 조선 소녀들의 참상을 목격했다. 식당 바닥에 앉자 미치코로 개명한 네덜란드 소녀 얀루 오헤론과 리사가 조선 소녀들에게 음식을 가져다주었다. 말은 통하지 않았지만 네덜란드 소녀들은 이미 거쳐 온 일이라는 듯이 동병상련으로 부지런히 조선 소녀들을 챙겼다. 어떻게든 해방 때까지 살아남아야 한다며 조선 소녀들에게 정성을 다했다.

네덜란드 위안부 소녀들은 스마랑에서 끌려왔다고 했다. 일제가 자바를 점령하고 인도네시아인들과 언어 소통이 잘되는 네덜란드 여자 사무원을 채용한다는 공고를 냈다. 스마랑 공관 건물에서 약간의 심사 후 서른다섯 명이 채용되어, 암바라와 외에 중부자바의 또 다른 3곳 수용소에 배치되었다. 혹독한 성노예 생활을 하면서도 도망가면 가족과 친척이 몰살당한다는 협박 때문에 어찌할 수가 없다고 했다. 두 달 전 일이었다.

저녁이 되자 제일 먼저 서영이 오가타의 방에 불려 갔다. 명옥을 생각하며 마음을 굳게 먹었다. 다시 보니 오가타는 잘생긴 사람이었다. 어제보다 서영을 향한 오가타의 눈빛이 더 애절했다.

"서영 씨를 지켜 주고 싶습니다."

밑도 끝도 없이 서영을 보호하고 싶다고 했다. 점잖게 말했지만 무슨 뜻인지 알아들을 수 없다. 알아듣고 싶지도 않다. 아침에 을슈이를 그렇게 보냈다. 오가타가 가증스러웠다. 오가타는 힘 있는 일본인으로서 수하를 맘대로 주무르는 자였지만 우수에 젖은 듯한 그의 눈빛은 안쓰러워 보였다.

하지만 서영의 마음은 요동하지 않았다. 서영은 오가타에게 지난밤 이상도 이하도 아니었다. 그냥 몸만 갖고 놀면 될 것이지 이 참혹한 현실에서 사치스러운 사랑 타령하는 오가타가 경멸스러웠다. 서영이 보기에 오가타는 전쟁 중에도 자신이 좋아하는 사람과 로맨틱한 사랑을 하면서 자신의 욕정을 풀고 욕심까지 채우려 하는 것 이상으로 보이지 않았다. 거기다가 오가타는 서영이 자신의 애인으로 있으면 큰 특혜가 된다며 흥정하고 있는 것이었다. 특혜의 반대급부가 서영의 몸일 뿐이었다. 오가타는 서영의 몸을 빼앗고 마음까지 주기를 바랐다. 어이가 없었다.

서영은 이제 일본인이라면 그 누구도 용서할 수가 없었다. 더구나 오늘 새벽에 을순이를 저세상으로 보냈다. 위안부 수용소에 자신 혼자라면 오가타를 죽이고 자신도 죽고 싶은 마음이었다. 아직 진료소에서 회복을 기다리고 있는 명옥에게 저지른 일제의 만행은 더욱 용서할 수가 없었다. 서영은 무조건 살아남아야 한다는 생각이 들었다. 돌이켜 보면 할아버지는 일제에 대해 복수를 다짐하며 살아왔던 것이다. 그래서 아무도 모르게 독립자금을 대고 비밀을 지키려고 청산가리를 먹은 것이다. 서영은 생각했다. 내 몸은 빼앗아 갈지 모르지만 내 영혼이 살아 있는 한 마음까지는 어림없었다. 서영이 오가타 방에 있어도 위안소에서 치욕을 당하고 있는 옥자 언니와 조선 소녀들에 대한 염려뿐이었다. 죽은 을순이가 눈앞에 아른거렸다. 서영에게 오가타 따위는 보이지 않았다. 오가타는 그 다음 날도 서영을 불렀지만 변하는 건 없었다. 서영의 몸뚱이만 장 난감처럼 갖고 놀 뿐이었다.

넷째 날에도 여전히 불렀다. 하지만 웬일인지 몸에 손을 대지 않 았고 차나 마셔본 적도 없는 커피를 권했다. 서영은 아무것에도 관 심이 없었다. 다섯째 날에도 오가타는 마찬가지였다. 서영은 일제 의 만행을 익히 알고 있는 터라 오가타의 이런 짓들에 역겨움만 느 낄 뿐이었다.

닷새째 날, 오가타는 헤어지면서 그간의 자신을 용서해 달라, 몸 간수 잘해 달라, 여러 부탁의 말을 끝으로 다시 서영을 부르지 않았 다. 암바라와 성 안에는 서영이 오가타에게 버려졌다는 소문이 금 세 퍼졌다.

엿새째 날 저녁이 되자 서영의 방으로 제일 먼저 온 타쿠야가 욕 정을 채웠고 복도에는 병사들이 줄을 섰다. 서영에게도 올 것이 오 고 말았다. 달은 대낮같이 밝았다. 서영이 흔들렸다. 어제까지 다짐 했던 살아야겠다는 꿈과 희망, 모든 것이 사라져가고 있었다. 달빛 이 훤히 비치는 암바라와의 빈 들판에 날갯죽지 부러지고 온몸에 상처투성인 새처럼 버려진 것 같았다. 서영은 달 밝은 그날 밤을 평 생 잊을 수가 없었다.

#20 금계락

어느덧 서영이 암바라와에 온 지 석 달이 되어 갔다. 우기가 다가왔다. 암바라와는 산간지역이라 오후가 되면 매일 비가 내렸다. 장대 같은 비가 한 번 내리면 천장의 기와가 무용지물이었다. 양동이로 쏟아붓듯 내리는 비는 기왓장 사이로 흘러 내려 벽을 적셨고 방바닥부터 문턱 없는 방과 바깥이 하나가 되었다. 위안소 앞 썩은 도랑에서 올라온 물이 방에 가득하여 코를 찌르고, 옷가지와 작은 책상마저 물에 젖어 소녀들은 시멘트 침대 위에 쪼그리고 앉아 물이 빠질 때를 기다리고 있어야 했다. 이런 날도 일본 병사들은 물에 빠진 생쥐처럼 온몸에 무럭무럭 김을 뿜어 대며 위안소를 찾았다.

병사들이 가고 나자 먹을 것을 챙겨 곧장 옥자 언니 방으로 갔다. 며칠 전 옥자 언니는 아픔을 참을 수 없어 동문 밖 신체검사를 했던 진료소에서 사흘 입원했다. 조금의 차도가 있자 언니는 한사코 그곳에 있기를 거절했다. 죽어가는 사람을 생체 실험한다는 마루타 이야기를 들은 적이 있어 죽어도 방에서 죽겠다며 위안소로 돌아왔다.

그런데 오늘은 서영이 오질 않았다. 혹 몸이 아픈 게 아닌가? 옥자가 서영의 방문을 두드렸다. 대답이 없었다.

164

"서영아!"

"……."

문을 두드리다 밀어 보았지만 꿈쩍을 않았다. 안쪽이 단단히 잠겨 있었다. 문을 밀고 발로 차도 반응도 없고 꿈쩍 않았다. 식당으로 내달렸다. 식당에 있던 다르요노가 주방에 있던 절구통을 들고 네덜란드 소녀들과 함께 달려왔다. 소년이 돌 절구통으로도 쳐 보았지만 두터운 원목의 출입문은 부서질 기미가 없었다.

"창문요!"

소년이 출입문 옆 목창문으로 다가갔다. 복도로 난 원목의 창문은 말이 창문이지 유리도 없었다. 일제가 유사시 소녀들이 달아날까 밖으로 장석을 달아 자물쇠로 잠가 놓았다. 감옥문 기능을 했지만 안쪽으로는 가볍게 걸도록 되어 있었다. 소년이 돌 절구통으로 목창 위쪽을 사정없이 내리쳤다. 드디어 걸고리가 휘어지고 소년이 뛰어 넘어가 출입문을 열었다.

서영이 침대에서 자는 듯 누워있고 입과 코로 거품이 부글부글 삐져나오고 있었다. 우기 초부터 위안부 소녀들에게 금계락이라는 말라리아 예방약이 하루에 두 알씩 지급됐다. 서영은 금계락을 먹지 않고 모았다. 어지럽게 널린 약봉지로 보아 족히 마흔 알은 털어넣었던 것이다. 소년이 서영의 가슴에 귀를 댔다.

"누나의 심장이 뛰어요!"

소년이 재빠르게 서영을 들쳐 업다가 함께 땅바닥에 나뒹굴었다. 소아마비를 앓은 다리로 서영을 업을 수 없었다. 옥자가 화난

듯 소년의 어깨를 밀치고 서영을 업은 채 진료소로 달렸다. 다른 소녀들도 부축하며 따라붙었고 소년도 절뚝거리며 뒤를 따랐다. 진료소는 너무 멀었다. 누구에게 사정할 시간이 없었다. 둘은 땀이 범벅이 되어 진료소에 간신히 도착했다. 업혀가는 동안 서영의 코와 입 그리고 두 귀에서 피가 흘러나왔다. 하혈도 있는 듯 아랫도리까지 피로 흥건하다. 때마침 밤 산책을 하며 성을 돌던 오가타 소좌가 진료소로 업혀 가는 서영을 발견하고 병사를 불러 진료소 안으로 급히 옮겼다.

일주일 후, 서영이 눈을 뜬 곳은 어느 조그마한 자바의 전통가옥 리마산의 거실이었다. 서영의 몸은 시멘트 침대가 아닌 푹신한 매트리스에 누여 있었다. 소년 다르요노가 서영 옆에 쪼그리고 앉아 있었다.

"아! 누나가 눈을 떴다!"

소년은 폴짝폴짝 얼른 안으로 들어가 사람을 불러왔다. 머리를 양파 모양으로 올려 묶은 백발이 성성한 노파가 구부정한 허리를 펴며 다가왔다.

"우리 외할머니예요."

다르요노가 외할머니를 소개했다. 서영은 노파를 가만히 바라보았다.

"누나! 오가타 아저씨에게 내가 우리 집에서 치료하면 안 되냐고 물으니, 너 그러면 쫓겨난다기에 누나와 쫓겨나도 된다고 했어요. 그랬더니 버럭 화를 내면서도 아저씨가 몰래 여기까지 태워줬

166

어요. 오가타 아저씨는 무서운 것 같아도 좋은 사람이에요. 이럴 때 보면 누나랑 마음이 닮은 조선 사람 같기도 해요. 누나가 다 나으면 데리러 온댔어요."

소년은 아이답지 않게 차분한 어조로 자초지종을 설명했다. 서영은 얼굴을 찌푸렸다. 오가타 소좌에 대해서는 더 이상 생각하기 싫었다. 듣고 있던 할머니는 소년이 기특하다는 듯 말이 끝나기를 기다렸다가 흰죽을 서영의 입에 떠 넣기 시작했다.

서영이 죽을 삼키자 주르륵 눈물이 쏟아졌다. 뭐라 형언할 수 없는 눈물이었다. 오랜만에 느끼는 따스함이었다. 할머니는 숟가락질을 멈추고 갈퀴같이 억세고 주름진 손등으로 서영의 눈물을 닦아 주었다.

그리고는 외손녀 스리 수깐디 생각에 할머니의 눈에도 이슬이 맺혔다. 할머니는 몸을 일으켜 조용히 리마산 뒤에 딸린 외양간으로 나갔다.

"음매 애애해!"

염소 울음소리가 들렸다. 리마산 나무 벽 틈으로 조명처럼 핀 아침 햇살이 스며들고 있었다. 새소리, 멀리 닭 우는 소리, 이웃집 아이들의 보채는 소리도 들렸다. 소년이 고마웠다.

#21 재회

　지옥 같은 날은 언제 끝날까? 한 점 희망도 없었다. 오늘도 숱한 놈들이 다녀가고 차가운 시멘트 침대에 누워 천장을 보니 늘어진 거미줄에 걸린 하루살이가 속이 파 먹힌 채 날개만 걸려 있다. 자신의 모습이었다. 벽을 향해 몸을 돌리려는데 누가 문을 열고 헐떡이며 들어온다. 어떤 미친놈이 이 밤에 또 온단 말인가? 한숨을 내어쉬자 어깨가 절로 내려앉는다.

　"서영 씨!"

　'누구의 소리지? 성일 아저씨?'

　늘어지려던 몸이 다시 긴장했다.

　'꿈을 꾸는가?'

　귀를 의심했다.

　이 늦은 밤에 믿어지지 않는 소리였다.

　"서영 씨!"

　분명 성일 아저씨였다. 서영은 자신의 모습을 보여 주기 싫어 돌아보지 않았다. 성일은 사람이 들어와도 돌아보지 않는 서영의 축 처진 뒷모습을 보니 가슴이 미어지는 것 같았다.

　"서영 씨!"

성일의 목소리에 서영의 멈췄던 심장이 뛰기 시작했다.

'어찌 하다 이런 모습으로…….'

서영이 조용히 고개를 돌렸다. 훤칠한 키, 떡 벌어진 가슴과 이글거리는 눈이 브리스 베인호에서 본 그대로였다. 성일이 서영 앞에 턱 버티고 서 있었다. 초췌한 자신의 모습 앞에 나타난 성일, 또다시 방망이질하는 가슴을 어떻게 해야 할지 몰랐다.

성일 아저씨와 헤어진 후 지난 2년 동안 암바라와에서 자신에게 일어났던 일들이 눈앞에 어지럽게 떠올랐다. 서영이 성일과 눈이 마주치자 뜨겁게 뛰던 심장이 마비될 것만 같았다. 한편에는 위안부 생활의 기억이 떠올라 어찌 해야 할지 안절부절못했다. 서영의 동공이 멍하니 허공에 멎었다 눈을 감았다.

성일은 말을 잃고 어깨가 처진 채 눈을 감고 있는 서영에게 다가갔다. 가련한 여인, 여전히 곱고 아름다웠다. 이 비련의 여인을 어찌하면 좋단 말인가? 잠을 깨우듯 서영의 어깨를 흔들었다.

"서영 씨 정신 차려요!"

성일이 다가와 서영의 목을 어긋 안았다. 서영은 생각 없이 성일에게 몸을 맡기기로 했다. 성일이 서영의 어깨를 감싸며 토닥였다. 시체처럼 차갑던 서영의 몸이 따뜻해지기 시작했다. 서영의 가슴이 다시 뛰기 시작했다. 마음 한편에 자리 잡고 있는 자신에 대한 부끄러움과 죄책감이 손과 발 그리고 온몸을 꼼짝 못 하게 얼려 놓으려 했지만 성일의 온기에 녹아 내리고 있었다. 서영은 자신을 위로했다. 자신을 여전히 사랑하고 있는 성일의 마음이 느껴졌다. 성일의 입술이 다가왔다. 거친 호흡으로 다가온 성일의 입술은 뜨거웠다. 하염없는 눈물이 서영의 볼을 타고 흘러 내렸지만 개의치 않고 있는 힘을 다해 성일을 끌어안았다. 그리고 그대로 있었다. 서영은 어느새 성일의 품에 얼굴을 파묻고 있었다. 성일은 자신의 품에 얼굴을 묻고 흘리는 서영의 눈물이 옷에 흥건히 배도록 그냥 두었다. 서영이 흘리는 눈물을 성일이 닦아 주면 통곡할 것 같아서였다. 서영이 성일의 품속으로 더 깊이 파고들었다.

서영은 꿈인가 하여 성일의 품에서 떨어져 바라보았다. 성일이 서영의 볼을 만지고 있었다. 성일이 서영의 목을 다시 힘껏 안았다. 서영이 눈을 뜨고 보니 성일의 어깨너머로 보이는 곳에는 빛도 안 드는 목창 앞에 먹고 버린 파파야에서 파릇한 싹이 돋아나고 있었다. 곰팡이가 피었기에 썩어 죽은 줄만 알았던 씨에서 파릇파릇 움이 트고 있었다. 아무것도 없었던 서영에게 성일이 다가와 희망의 씨를 뿌렸다. 파파야의 싹은 성일이 준 희망의 싹이었다.

"서영 씨 사랑합니다."

성일이 서영에게 속삭이듯 말했다.

"늦게 와서 미안합니다. 서영 씨, 희망을 버리면 안 됩니다."

서영은 말을 못 하고 가슴만 뛰었다.

"서영 씨, 힘내야 합니다. 머지않아 해방이 됩니다. 곧 '고려독립 청년당'이 결성되면 구출하러 오겠습니다. 해방 전에 제가 구하겠습니다."

서영이 그제야 돌아앉아 시멘트 침대를 의자 삼아 김성일과 나란히 앉았다. 둘은 말없이 오누이처럼 한참을 그렇게 앉아 있었다. 성일은 서영이 세상을 떠나려 했다는 사실을 알고 있었다. 자바의 어느 산속에 아무도 모르게 데려다 놓고 광복이 되면 함께 조선으로 가고 싶었다.

5 장

#22 비행장 건설

　포로감시원이라면 교도소에 갇힌 포로들이 도망 못 가도록 지키고 먹고 자는 것만 관리하면 되는 것 아닌가? 일제의 포로감시원은 그게 아니었다. 일제의 전쟁 기반은 모두 포로들의 인력에 의해 건설되었다. 그중 가장 잔악한 것이 비행장 건설이었다. 일제의 포로감시원이 하는 일은 포로 관리 감시가 아니라 학대였다.

　일제가 인도네시아의 수도 바타비아를 점령한 뒤 전황과 상관없이 그들의 욕심대로 1942년 12월 14일 반다 해, 말루쿠에 비밀리에 제7비행단 사령부를 편성하여 1943년 2월 10일 수라바야에서 합동훈련을 시작했다. 합동훈련 사흘 전인 2월 7일, 일본군은 미군의 공세에 밀려 과달카날에서 완전히 철수했다. 이로 인해 남태평양의 전세는 급격히 미군 쪽으로 기울어졌다. 태평양전쟁에서 공중전이 강세인 일제는 이를 만회하고자 3월 초부터 할마헤라, 암본, 하루쿠, 세람, 띠모르, 숨바, 플로레스, 숨바와 섬 등에 22개에서 27개의 비행장 건설을 강행하는 무모한 짓을 시작했다. 이를 위해 연합군 포로들을 조선 포로감시원에게 맡겨 비행장 건설을 하게 했다.

　1943년 4월 26일 자바 섬의 동쪽 항구 수라바야에서 조선인 군무원 2백여 명과 일본인 장교·부사관 30명, 그리고 연합군 포로 6천여 명을 세 척의 배에 싣고 1942년 6월 29일 대본영이 지시한 리앙(암본 섬), 아마하이(세람 섬), 하루쿠(하루쿠 섬), 마우메레(플로레스 섬) 등 네 곳에 비행장 건설을 위해 출발했다. 전황으로 보면 무모하기 그지없는 계획이었다.

일제의 목표는 비행장 100개 건설이었다. 전쟁에 미친 일제의 천하통일을 꿈꾸는 허황된 욕심이 비행장 건설로 집착됐다. 포로들의 생명을 비행장 건설에 쏟아붓기로 했던 것이다.

전투기를 통해 천하통일을 꿈꾸는 일제는 해양국 인도네시아의 동부(누사 펑가라 띠모르)에 넓게 분포된 즐비한 섬들이 비행장 건설만 하면 중요한 요충지가 될 수 있다고 생각했다. 포로들과 감시원이야 죽든 말든 비행장을 지어야 했다. 이들 비행장 건설에 동원된 연합군 포로들은 부사관과 하급 병사들로 암본 섬 출신을 비롯한 네덜란드인과 인도네시아 혼혈인이었다. 이들을 관리 감독할 인력은 조선 군무원들이었다. 누가 희생되든 말든 상관이 없었다. 이 오지의 섬에 비행장 건설을 위해 참여할 지원자는 없었다. 여기에 배속된 일본인들은 쉽게 세뇌된 저학력자들로 천황을 위해서라면 쉽게 목숨을 바칠 자들이었다. 그럴듯하게 직책을 붙여 영웅심을 부추기고 이들의 사기를 위해 오지에 위안부 수용소를 만들어 주었다. 그들은 말초신경을 자극해 주자 타죽는지도 모른 채 달려드는 불나방 같았다. 많은 포로들이 희생된 참혹한 비행장 건설이었다.

●리앙 비행장

리앙 비행장 건설을 위해 용케도 현장에 상륙했지만 미군의 공세로 해상 보급로가 차단되어 보급품이 끊긴 상태가 되고 말았다. 암본의 비행장은 반기계화로 건설해야만 하는 처지가 됐다. 견인차 2대, 화물 자동차 15대, 10톤 규모의 땅 다지는 롤러 차 2대로 3개 중대, 648명이 동원되어 주로 삽과 괭이로 건설해야 했다.

기계작업 부대는 대장 이하 149명의 최저의 임금만 지불하는 현지 노무자로 이루어졌다. 도조 육군 대신으로부터 "미군은 비행장을 일주일 만에 건설한다. 우리 대본영은 3일 만에 완공할 것을 검토해라."라는 소설 같은 명령이 떨어졌다. 삶은 소대가리를 웃기는 말이었다. 미군이 건설하는 비행장 건설 장비와 환경은 알바 아니었다.

리앙 비행장 건설의 지휘관은 수라바야에서 포로감시원을 관리하던 야마모토 상사가 맡았다. 그리하여 수라바야 제3분견소에서 조선 포로감시원과 연합군 포로를 리앙으로 옮겨왔다. 폭 220m 길이 2,000m의 비행장을 건설해야 했다. 5월부터 3개월 동안 자바의 제3분견소와 제4분견소인 수라바야에서 일본군과 조선 포로감시원 70명, 그리고 영국군 포로 900여 명이 동원됐고, 아카자와 부대 현지 노무자 240명이 동원됐다.

숙소라는 것은 아예 없었다. 포로에게는 목표와 명령만 떨어질 뿐이었다. 포로들은 죽지 않으려면 일해야 했다. 일본 상관의 명령과 총을 든 조선인 포로감시원의 완력에 의해 3일 만에 대나무와 니파 잎으로 원시인 움막 같은 숙소를 지었다. 아카자와 부대가 해상 수송 중 폭격을 맞아 건설장비는 침몰됐고 식량마저 끊겼다. 남은 것은 비행장 건설 목표와 포로들의 목숨뿐이었다.

거기다가 리앙 비행장의 토질은 산호초였다. 땅은 돌처럼 딱딱해 샘마저도 팔 수 없었다. 모든 작업은 포로의 노동력에 의지해야 했다. 공사기간을 맞추라는 지시로 포로들 노역으로 죽어갔다. 식량은 옥수수와 감자 잎, 카사바 잎이 전부여서 이것으로 죽을 끓였다. 고기라고는 구할 수가 없어 감시원들은 가끔 수류탄으로 물고기를 잡았다. 포로들은 뱀이나 도마뱀 등 먹을 수 있는 건 모두 잡아먹어야 했다. 환자가 속출해도 약이 없었다. 말라리아가 걸리면 그나마 몇 개 있던 키니네 한 알을 물에 타 여러 명이 나눠 마셔야 했다.

본부에 포로의 기본 식량 보급으로 보고되는 것은 모두 거짓이었다. 자바 섬과 수마트라 섬은 육군 담당인 데 비해, 이곳은 해군 담당이고 식량의 공급처인 수라바야로부터 1,800km 거리가 떨어져 있어 식량 수송이란 불가능했다. 거기다 해상수송로에는 연합군이 매복하고 있어 식량 보급이란 있을 수 없었다. 포로와 감시원들은 비행장 건설이 끝나고도 연합군의 감시망으로 인해 항로가 차단되어 자바 섬 복귀도 불가능한 곳이 리앙 비행장이었다.

●하루쿠 비행장

암본 섬 동쪽 지도상에 겨자씨처럼 작은 섬이 있다. 이곳에 폭 65m, 길이 1,500m의 하루쿠 비행장을 건설해야 했다. 8개월에 걸친 기간에 작업인원은 군인과 포로감시원이 75명, 마나도 출신 네덜란드 포로 1,500명이 강제 동원되었을 뿐이었다. 이 공사의 장비로는 불도저 2대, 스크레이퍼 1대가 고작이었다. 숙소 역시 부사관, 포로감시원, 포로 할 것 없이 니파 야자수로 원시인이나 살 듯한 움막이었고 이마저도 마련되기 전에는 맨땅에서 자야만 했다. 하루쿠도 리앙과 마찬가지로 채소와 단백질 섭취원이 부족해 영양실조에 걸린 포로들이 속출했다. 눈부시게 하얀 산호초의 백사장을 바라볼 수 없어 대나무를 쪼개어 둥근 안경테를 만들고 셀로판지를 붙여 색칠해서 선글라스로 쓰기도 했다.

소금물에 빠져 죽어야 할 바닷가임에도 부족한 건 소금이었다. 소금을 만들려고 바닷물을 드럼통에 담아 해변에 흩어진 나무로 온종일 끓이면 한 움큼의 시커먼 소금이 만들어질 뿐이었다. 염분이 부족해지자 포로들은 오줌이 자주 마렵다고 했다. 영양도 부족한데 염분마저 부족하니 자체 치유력이 떨어져 영양실조에 걸린 포로들이 대부분이었다. 포로들의 몸에서 물이 뚝뚝 떨어졌다. 이 참혹한 광경을 조선 포로감시원들은 지켜봐야만 했다.

일본 군인들은 사람이 죽어 가든 말든 관심도 없었다. 시체를 매장할 구덩이도 산호초 때문에 깊이 팔 수 없을뿐더러 동료들이 죽

178

어도 묻어 줄 구덩이조차 팔 힘이 없었다. 비가 오면 겉만 묻힌 시체에서 썩는 냄새가 진동했다. 밤이 되면 포로들의 영혼이 떠나지 못하고 시체 주변에서 배회하는 것 같았다.

리앙, 하루쿠, 아마하이 비행장은 수많은 포로의 피를 뿌려 1943년에 완성됐다. 하루쿠 비행장을 완성했지만 일본군의 태평양 방위선은 이미 뉴브리튼 섬의 라바울과 마셜제도의 트럭 환초로 물러났다. 이 비행장을 활용해 재기하려는 일본군의 전략은 무용지물이 됐다.

●마우메레 비행장

4월부터 10월까지 인도네시아 전 열도는 건기다. 자바의 동쪽 플로레스는 자바 섬과 대조적으로 원래 강수량이 적은 곳으로 분류된다. 1943년 4월부터 10월까지 플로레스는 특히 가뭄이 극심했다. 플로레스의 마우메레에는 일본 부사관 4명, 통역원 1명과 기독교인이었던 최창선 외 조선인 포로감시원 70명이 동원되어 연합군 포로 3천 명을 이끌고 비행장 건설을 강행했다. 조선인 포로감시원 중 한 명인 최창선은 미션스쿨에 다니면서 신사참배를 거부하다 학교가 폐교당하고 징집당했다. 연합군 포로 또한 대부분이 기독교인이었다.

시상 최고의 열악한 환경인 플로레스 비행장 건설 명령이 떨어지고 최창선이 포로감시원으로 배속되었다. 최창선은 이스라엘

179

의 광야만큼이나 메마른 이곳에서 신앙적으로 형제자매인 포로들을 처참히 죽도록 학대해야 하는 감시원이 됐다. 마우메레에 온 최창선 역시 포로감시원이 아니라 포로 같았다. 그의 내면 신앙으로는 감시자가 아니라 형제로서 포로와 함께 고난을 감당해야 한다고 외치고 있었다. 하지만 일제가 준 목표를 달성해야 했다. 공사장은 가만히 서 있으면 발이 익을 만큼 뜨거웠다. 숨 쉬기조차도 힘들었다. 최창선은 형제 포로들에게 해줄 수 있는 것 없는 것 고사하고 가혹하게 해야만 했다.

최창선은 내면의 소리를 무시하고 점점 외적 상황에 길들여져 가고 있었다. 가톨릭 신자가 많은 이곳 플로레스에서는 그나마 교회의 십자가가 어디든 있어 포로들은 밤마다 십자가를 바라보며 기도했다.

연합군 포로들에게 정착해 있던 포르투갈 신부의 가슴에 지닌 성경책이 없었다면 포로들은 더 많이 죽었을지도 몰랐다. 마우메레에서 인간이 할 수 있는 것은 하나님을 부르짖는 길밖에 없었다. 최창선은 교회 첨탑의 십자가를 바라볼 수 없었다.

땅에 재배할 것이라고는 옥수수밖에 없는 건기의 마우메레에서 정찰기용 활주로 두 곳과 폭격기용 활주로 한 곳을 건설하면서 장비라고 해야 고작 괭이가 전부였다. 산악이 온통 메말라 딱딱한 카사바 밭을 파서 흙을 옮기고 활주로를 만든다는 것은 그야말로 생지옥이었다.

쌀은 구경도 못 했고 옥수수 외에 부식이라고는 없었다. 일본인 부사관도 먹을 게 없기는 마찬가지였다. 포로들은 살아남아야 한다는 일념뿐이었다. 고기는 생각도 못 했고, 인슐린도 없는 곳에서 당뇨병으로 발가락이 썩어가는 사람들로 문둥병 환자촌을 방불케 했다. 썩어가는 사지를 잘라야 하는 상황에 가해자 입장에 있는 최창선은 자신이 저주를 받은 것이라 생각했다. 먹지를 못했으니 비타민 B1 결핍으로 생기는 각기병이 심장까지 번져 포로들은 부들부들 떨면서 경련을 일으키다 죽어갔다. 하루에 열 명이 넘었다.

포로감시원이라고 총검을 들고는 있었지만, 동료들을 묻어 줄 힘도 없어 쓰러지는 백인 포로들을 바라봐야만 하는 조선인 군무원들도 괴로웠다. 이를 무시한 채 비행장 목표 달성 수치만 요구하는 일본이었다. 영혼이 없는 짐승들과 같았다. 시체를 묻을 때에는 총검을 포로에게 맡기고 도와주어야 했다. 감시하던 포로의 시체를 묻어 주어서라도 일말의 사죄를 해야 했다. 누가 감시원이고 누가 포로인지 그 비참함을 어떻게 말할 수 있을까? 감시원도 포로도 어떻게든 살아남아야 한다는 한 가지 생각뿐이었다. 조선 군무원들도 일본인 부사관에게 늘 포로들처럼 문책과 학대를 당해야만 했다.

일본군 부사관들은 매일 땅을 파야 하는 목표 수치를 정하고 할당량을 메모해서 조선 감시원에게 내렸다. 조선 군무원들은 이를 다시 포로에게 전달해야 했고 중요한 건 결과를 보고했다. 최창선은 십자가를 바라보지도 못한 채 눈을 감고 하나님께 기도밖에 할 수 없었다.

경악할 일이 목격됐다. 어느 날 이곳의 소년들이 최창선을 찾아왔다. 그나마 일본인과 성정이 다르다는 조선인들의 이야기를 들은 듯했다. 가족과 형제들의 아픔을 하소연했다. 자신들의 누나들이 성노예 위안부로 끌려갔다는 것이다. 실로 충격이었다. 수많은 포로들이 죽어 가는 오지에 일본 군인들은 위안부 수용소를 짓고 현지 소녀들을 끌고 와 말초신경을 자극하는 쾌락을 즐기고 있었다.

'빨간 집'이란 의미의 '루마 메라'라는 곳에는 어린 소녀들이 위안부라는 이름으로 하루에 일본인 몇십 명에게 성을 착취당하고 있었다. 수천 명의 포로가 죽어 가는 곳에서도 일본군 부사관과 일본인 군무원들은 소녀들을 끌어다 놓고 밤마다 희희낙락 즐기고 있었다. 일본 놈들은 이 오지에서 사람이 죽어 가는데도 소녀들을 성노예로 삼으면서 천황의 배려라면서 즐기고 있었다. 천인공노할 일이었다.

소녀들은 일본인들 모르게 이런 사실을 최창선에게 알려 주었다. 그러나 그들의 하소연을 듣고도 도와주지 못하는 것이 분하고 원통했다. 최창선은 살아남아 먼 훗날 고소하리라 각오했다.

최창선은 처참했던 마우메레 비행장 현장의 역사와 위안부 사건들을 글로 남기다가 부사관에게 들켜 곤욕을 치르기도 했다. 하지만 마음에 새긴 것은 지울 수는 없을 것이다.

많은 목숨을 희생시켜 마우메레 비행장이 건설되고 1944년 9월 최창선은 우여곡절 끝에 자바로 복귀했다. 그러나 태평양전쟁의 전세는 이미 미군에게 넘어간 상태였다. 그해 6월, 미군은 사이판에 상륙하여 일본 본토 폭격의 전초기지를 확보했다. 8월에 괌을 점령했고 필리핀, 오키나와 점령은 시간문제였다. 태평양전쟁이 막바지에 치닫고 있음이 느껴졌다. 일제가 극단의 방법으로 모든 인력을 강제동원 체제로 전환했지만, 미군의 진군을 막을 묘책은 없었다.

기억하기 끔찍했던 비행장 건설이 끝나고 최창선이 자바 섬에 복귀했을 때는 일본과의 2년 포로감시원 계약이 끝났다. 고향에 가서 지옥 같은 포로감시원 생활을 잊고 살고 싶었다. 조선으로 돌아가야 했지만 상황은 달라져 있었다. 일본군은 불리한 전황을 숨겼다. 조선 군무원들과 계약은 온데간데없었다. 일제가 연합군 포로에게 저질렀던 악행을 조선인에게도 행하며 조선도 점령국의 하나라며 계약을 강제로 연장시켰다.

조선 청년들이 기만당했다. 조선 청년들이 동요하기 시작했다. 불만은 점점 반일감정으로 변해 항일운동을 시작하고 있었다. 급기야 일제는 이런 조선인들을 사상 불량자라는 이름으로 색출하고 있었다. 계약관계를 스스로 깨고 무력을 사용하기 시작했으니 일제의 이중성이 그대로 드러났다. 일제는 자신들을 도운 친일파마저도 배신했다. 최창선은 마우메레에서 연합군 포로들을 도운 것으로 자카르타에 거짓 보고되었고 사상 불량자로 분류되어 있었다. 최창선은 지독한 친일파로 일제의 충신이 되어 신임을 얻고 있다고 알려진 김성일에게 사상개조 교육 대상자라 통고를 받았다.

성일은 최창선의 마우메레 이력과 애국심을 전해 듣고 이 기회에 동지로 포섭하기로 했다. 얼마 후에 스마랑의 수모워노 훈련장에서 있을 조선 포로감시원 사상개조 필수 대상자로 최창선을 지목하고 상부에 보고했다. 이를 알 리 없는 최창선은 김성일에게 동족으로서 배신감을 느꼈다. 일제에 충성하고도 내면에 이를 갈고 있던 최창선은 성일의 낙인으로 사상교육 대상자가 되어 스마랑의 수모워노 훈련장에서 또다시 고된 사상개조 훈련을 받아야 했다. 동족에 대한 실망감으로 억장이 무너졌다.

최창선이 바타비아로 돌아온 후 마우메레의 위안부 소녀들의 이야기를 기록하며 동료들에게 폭로 고발하다가 동티모르에서 돌아온 동료에게 충격적인 또 다른 사실을 듣게 되었다. 그에 의하면 자바 섬 전역에는 200군데가 넘는 위안부 수용소가 있다고 했다. 심지어 일제는 위안부를 자바 섬에서 동티모르까지 강제 징용하기도 했다. 일본이 동티모르를 점령하고 아프리카계인 떼뚬 족 원주민 소녀들을 성노예 위안부로 징집했지만 동티모르 원주민 떼뚬 족은 그 수가 많지 않았다. 일제는 내륙 깊은 산중 싸메나와 동쪽 끝 해변 로스팔로스 등에서 소녀들을 닥치는 대로 끌고 와 낮에는 잡일을 시키고 밤에는 성노예를 시켰다. 하지만 그 수가 일본 주둔군에 비해 턱없이 부족해 소녀들이 감당 못 하고 죽어 나가자 급기야 자바 섬에서 위안부를 징집해 끌고 왔다.

자바에서 위안부를 실은 수송선이 일장기를 달고 딜리 항구에 도착했을 즈음, 해로를 봉쇄하던 연합군이 위안부 수송선인 것을 모른 채 딜리 앞바다에서 침몰시켰다. 자바의 소녀들이 모두 딜리 앞바다에 수장되는 참사였다.

최창선은 마우메레에서 목격했던 위안소가 동티모르는 물론 자바 섬에 셀 수 없이 존재하고 조선 소녀들까지 150명이나 끌려왔다는 사실을 뒤늦게 듣고 아연실색했다. 수마트라 팔렘방과 암바라와에 조선 소녀위안부가 일본군의 성노예로 있다고 생각하니 억장이 무너졌다. 성일 놈이 일본인들과 암바라와 조선 소녀 위안소를 드나든다는 사실도 듣게 되었다. 무엇보다 최창선은 자바에 와서 이런 일제의 악함에 동참해 친일 행동을 하는 성일을 보면서 동족에 대한 배신감에 치를 떨었다.

성일의 깊은 속을 알 리 없었지만, 성일은 최창선의 의분과 애국충정을 알고 있었기에 수모워노에서 혈맹하리라 믿었다. 저녁이 되자 성일이 최창선을 바깥으로 불러냈다. 최창선과 성일은 그날 밤 항일투쟁과 조선 독립의 꿈을 나누며 동지가 됐다. 하지만 최창선은 안타깝게도 상부가 결정한 사상개조 대상자에서는 제외되어 있었다. 수모워노 교육은 김성일과 뜻을 같이했던 동지들이 조직을 결성할 수 있는 절호의 기회였지만 많은 애국 동지들이 함께하지 못해 큰 꿈을 꾸고 있는 성일에게는 아쉬운 일이 되었다.

#23 자바 병사

　오늘은 한 소녀의 방에 다녀간 병사가 마흔 명이 넘는 것 같다. 블로라 지역 등 지방에 배속되어 근무하던 병사들이 교육을 받으려고 오랜만에 암바라와에 왔다. 자바 소녀들의 위안부 수용소만 드나들던 일본군들이 암바라와 성에 오는 날이면 피부가 하얀 조선 소녀들에게 미친다. 위안소에 병사들이 들이닥쳐 아수라장을 만들고 갔다. 그뿐만 아니었다. 어제부터는 이제까지 드나든 적이 없던 인도네시아 병사들까지 다섯 명이나 수용소를 찾아왔다. 자바 병사들의 세계에서 암바라와의 조선 위안부 수용소는 선녀들이 갇힌 곳으로 전설처럼 떠돌아다니는 이야기였다. 자바 병사들이 조선 소녀들을 만난다는 것은 선녀를 만나는 것처럼 특별한 일이었다. 조선 위안부 수용소에 자바 병사들이 드나들도록 한다는 것은 이들의 신분을 상승시켜 조선인 포로감시원을 견제한다는 뜻이다. 일제에 있어 조선 군무원들은 골칫거리가 되어갔고 견제가 필요했다.

　"실례합니다."

　"???"

　서영의 방에 어설픈 조선말 어투로 누군가 문을 두드렸다. 일본

말과 자바말로 떠들며 복도를 지나가는 병사들의 군화 소리가 시끄러웠다.

"실례합니다."

"???"

서영의 방에 두 번이나 문을 두드려 허락을 받고 들어오는 일본군이 있을 리 없었다. 일본군 발음이 아니었다. 들어오거나 말거나 서영은 개의치 않았다. 조심스레 문을 여는 사람이 있었다. 서영의 방에 얼굴이 시커멓게 탄 자바의 늙은 병사가 얼굴을 들이밀었다. 시커먼 얼굴에 놀라 서영은 멈칫 뒤로 물러앉았다. 서영의 반사적 행동에 자바 병사가 멈칫했다.

방 앞에 서 있는 자바 병사의 얼굴에는 자상한 미소가 흘렀다. 다르요노 소년처럼 선해 보였다. 이 자바의 노병사는 손님이 예를 갖추듯 조용히 합장 인사를 하고 한 발 더 들어와 등으로 문을 살며시 밀어 닫더니 호기심 어린 눈빛으로 서영의 반응을 살폈다. 그리고 합장한 손끝을 내밀어 인사를 청했다. 악수를 청하는 것이 자바의 인사인가 보다. 무섭지 않았지만 서영에게 이런 곳에서 예절 인사가 당황스러웠다. 서영이 어쩔 줄 몰라서 다시 뒤로 물러나자 노병사는 나무 탁자 앞에 놓인 앉은뱅이 의자에 앉아도 되냐고 허락을 받고 조용히 앉았다.

서영이 무서워한다고 생각했는지 자바의 병사는 멀찌감치 떨어져 담배를 꺼내 불을 붙였다. 인자한 미소에 서영을 민망히 여기는 눈빛이었다. 서영을 보고는 한숨 같은 담배 연기를 방 안 가득 내뿜었다. 그리고 어떻게 왔느냐, 힘들지 않냐, 이름이 무어냐, 나이가 얼마냐, 나직나직이 묻기를 좋아했다. 서영이 말문을 열기를 기다렸다. 옆집 아저씨 같았다.

서영이 상상하는 다르요노 소년의 아버지같이 느껴져 묻는 말에 편안히 대답했다. 노병사는 서영의 사연을 듣고는 혀를 차면서 자신의 동네에서도 위안부로 끌려간 소녀들이 있었다며 서영을 친구처럼 대했다.

많은 질문에 서영이 묻는 말에만 짧게 대답하자 노병사는 본의 아니게 취조하는 듯했던 자신이 미안했던지 어쩔 줄 몰라 하며 말을 멈췄다. 더 이상 할 말이 없자 노병사는 애꿎은 담배만 피워댔다. 벌써 세 개비째였다. 노병사가 주머니 속에서 닭고기를 튀겨 말린 달콤하고 짭짤한 아본을 서영 앞에 내놓았다. 그리고 들어올 때처럼 가볍게 합장하여 인사하고 정중히 뒷걸음으로 물러 방을 나갔다. 노병사가 나가자 서영의 마음에는 미안함이 남았다.

어느 때부터인가 일제는 병력이 모자랐는지 인도네시아 보조병으로 조선 군무원들의 자리를 조금씩 대체해 가고 있었다. 그리고 일제가 자바 병사들에게 일제의 충견이 되라고 위안부 수용소를 드나드는 특혜를 주기 시작했던 모양이었다.

오늘도 마글랑에서 일본군 병사들과 자바 병사들이 왔다. 그중에 젊은 자바 병사 한 명이 금희의 방으로 들어갔다. 금희는 이곳에 와서 처음 대면하는 자바 병사들이 무서워 비명을 질렀다. 금희의 괴성에 자바 병사가 어쩔 줄 몰라 하더니 급기야 합장하고 조용히 물러 나갔다.

그다음 날도 금희가 소리를 지르자 타쿠야 후임으로 부임한 늑대라는 별명의 아베 부사관이 문을 차고 들어와 금희의 머리채를 잡아채어 시멘트 침대 바닥에 처박았다. 금희의 헝클어진 머리에 피가 흐르기 시작했다. 아베는 성이 안 찼는지 군홧발로 금희의 엉덩이를 사정없이 걷어차고 돌아갔다.

금희가 시멘트 침대 바닥에 엎드려서 엉엉 울며 일어날 기색이 없었다. 이를 지켜보던 자바 병사가 당황해서 멍하니 서 있다가 금희의 머리에 난 피를 닦아주고 상처를 싸매 주었다. 그리고 안아주고 위로해주며 친구가 되어 주었다. 그날 이후로 금희는 자바 병사들을 맞으면서 자바인들을 알아가기 시작했다.

자바인들은 무섭게 생각했던 것과는 달리 착하고 순했다. 일본 군인처럼 폭행도 없었고, 자기 것이라며 먹물과 송곳을 가져와 소녀들의 몸과 음부에 이름과 문신을 새긴다든지 별 이상한 물건들을 가지고 와서 변태 짓을 하는 일도 없었다. 자바 병사들은 싫어하면 몸에는 손도 대지 않았다.

자바 병사들에게 얼굴이 백옥같이 곱고 마음 착한 조선 소녀들을 만나는 일은 전설 속 나무꾼이 되어 감옥에 갇혀있는 선녀를 만나러 오는 것과 같았다. 그들은 소녀들에게 나무꾼이 되어 편히 마음을 나누는 친구가 되었다. 조선 소녀들은 아무나 만날 수 없었기에, 자바 병사들 세계에서 조선 소녀들을 만난 이야기를 해도 믿는 이가 없었다.

조선 소녀들 이야기는 자바에 전설처럼 떠돌아다녔다. 현지인들은 현장을 본 적이 없기에 암바라와 사람들 사이에는 감옥에 갇힌 불쌍한 연합군들에게 밤마다 선녀들이 나타나 위로해 주고 간다는 전설로 승화되어 떠돌아다녔다.

자바 병사들은 올 때마다 군복 주머니에 바나나 말린 것과 카사바 튀김 등 주전부리를 가득 가져와 함께 먹다가 주고 가기를 좋아했다. 자바 병사들이 다녀가고 나면 조선 소녀들은 며칠간 간식거리가 넉넉했다.

가끔은 태어나서 처음 먹어보는 귀한 열대과일까지 들고 오는 날도 있었다. 하루는 주머니에서 '살락'이라는 열대과일을 꺼내놓았는데 껍질이 뱀 비늘 같았지만 떫은 감 맛이 살짝 나는 특별한 과일이었다. 금희는 자바 병사들을 만나 이야기를 들으면서 자바가 살기 좋은 곳이라는 것을 알았다.

#24 탈출

금희는 문득 이 지옥 같은 위안소를 벗어나고 싶었다. 자바 병사들을 만나면서, 자바에서 사는 것이 어떨까 생각했다. 자바인들이 사는 어느 산골에 가서 살아도 이곳보다는 좋겠다는 생각이 들었다. 왜 그 생각을 못했을까?

금희에게는 조선으로 돌아가는 길만이 살길이었고 실낱같은 희망이었다. 마음 착한 자바 병사들을 만나고 자바 사람의 사는 이야기를 들으면서 먹을 것도 많고 인심도 좋은 자바에 살고 싶어졌다. 눈 뜨는 아침이면 바라보이는 암바라와 동남쪽, 라우쁘닝 호수 건너편에는 높고 골이 깊은 머르바부 산이 그림처럼 펼쳐져 있다. 식당에서 바라보는 산은 조선의 산보다 훨씬 높았고 그 품이 넉넉해 보였다.

자바 병사들에게 전해들은 자바의 시골은 일 년 내내 이름도 들어보지 못한 과일과 채소 등 먹거리가 지천으로 널려 있다고 했다. 금희는 생각했다. 그래 저 산마을 어디에 가서 숨어 살리라. 사람 사는 곳인데 이보다 더한 지옥은 없으리라. 언젠가는 일본이 망할 것이다. 전쟁이 끝나면 조선으로 돌아갈 것이다. 이 지옥 같은 곳에 있을 이유가 없었다.

금희는 보따리를 쌌다. 보따리라고 해봐야 조선에서 갖고 온 이빨 빠진 참빗 하나에 신줏단지처럼 모셔 놓은 버선 한 켤레, 그리고 무명 치마저고리가 전부였다. 아니 '끄뜨릭'이라는 자바 병사가 가져다준 네덜란드 시대의 예쁜 손거울 하나가 더 있었다. 성 북문 외벽 곁에 있는 소녀들의 수용소는 외부로 가는 길도 가까웠다.

위안부 수용소에서 식당까지 10여 미터, 식당에서 50여 미터 거리에 연합군이 감금된 포로수용소가 있고, 을순이가 묻혀 있는 연합군 포로수용소에서 30여 미터만 지나면 철조망이 있는데, 밖으로 나가는 작은 구멍이 있다. 철책의 구멍만 지나면 바로 큰길이고 그 길을 따라가면 머르바부 산 쪽으로 갈 수 있다. 얼마 전 서영에게서 머르마부 산 중턱에 사는 다르요노의 외할머니 집 이야기를 들은 적이 있다. 그곳으로 가리라. 철책에서 나갈 수 있는 개구멍 이야기는 조선 소녀들이 익히 알고 있었다. 다르요노가 암바라와 시장에서 라디오를 구해 연합군 포로수용소로 몰래 들여보냈던 전설적 무용담이 있는 개구멍이다. 위안부 수용소에서 개구멍의 위치는 어렴풋이 짐작할 수 있었다.

때마침 그믐이다. 적도의 그믐은 조선의 칠흑 같은 밤이 아니기에 철책만 빠져나가면 길 잃을 염려도 없을 것이다. 모두가 잠든 새벽 2시 반, 금희는 가슴에 보따리를 안고 도둑고양이처럼 살금살금 수용소를 나왔다. 복도를 따라 나가서 북문 앞 식당으로 가면 지름길이지만 북문을 24시간 지키는 경비와 10여 미터밖에 떨어지지 않아서 불가능했다. 복도를 지나 위안소 맨 마지막 방 뒤로 돌아가면 첫 번째 방 뒤편이다. 뒤편은 밭이라 북문에서 최대한 먼 거리에서 식당으로 길 건너는 것이 가깝다. 보따리를 챙겨 까치 발걸음으로 복도를 지났다. 수용소 맨 끝, 옥자 언니 방에 도착하니 풀숲의 귀뚜라미 소리가 요란했다. 금희가 발자국을 뗄 때마다 귀뚜라미가 울음을 멈추었다.

'귀뚜라미야, 그냥 울어 주렴.'

안타깝게도 금희가 지날 때면 귀뚜라미들은 작은 발자국 소리에도 울음을 멈춰 정적을 더했다. 귀뚜라미들이 야속했다. 위안부 수용소 마지막 방, 옥자 언니 방 모퉁이를 돌아서자 멀리 동문 쪽의 성벽 위에 검푸른 하늘을 배경으로 한 보초의 실루엣이 선명히 보였다. 끄프릭 병사가 들려준 와양극의 그림자처럼 한 명뿐인 보초는 졸고 있는지 실루엣이 정지되어 있었다. 하기야 동문 성벽 초소에서는 평상시에도 이쪽은 잘 경계하지 않았다. 보초들에게 위안부 수용소 방향은 감시라기보다는 그저 아랫도리의 말초신경이 살아날 때만 주시하던 곳이었다.

위안소를 한 바퀴 돌아 첫 번째 방 뒤쪽 파파야 밭에 섰다. 파파야 나뭇잎들이 몸을 가려 주었다. 북문에서 위안부 수용소 뒤 금희가 서 있는 파파야 나무까지는 25미터 정도로 확실히 멀어져 있어 다행이었다. 15미터쯤 더 멀어진 거리였다. 기회를 잘 잡아 건너편 식당에 가야 개구멍까지 가는 길에 노출이 덜 되었다.

금희가 식당까지 건너야 하는 길은 북문 경비에게 노출되어 있지만 거리가 짧았다. 그래도 북문 경비의 가시거리였다. 길 폭은 5미터밖에 안 되지만 노출된 거리는 족히 7미터는 넘었다. 첫 번째 고비였다. 어차피 죽을 각오를 해야 했다. 스르르 단숨에 건넜다.

"휴!"

떨려서 발걸음을 어떻게 옮겼는지도 모르겠다. 금희는 가슴을 쓸어내리며 식당 앞에 섰다. 식당 앞에 놓인 평상을 돌아가 북문 반대편 다르요노 소년의 방 외벽에 웅크리고 앉아 심호흡을 했다. 앞에는 바나나 나무가 검은 어둠의 군락을 만들어 놓고 있었다. 행여 이곳에서 순찰병에게 들키면 재빨리 보따리를 바나나 숲속에 던지고 바람 쐬러 나왔다 하면 그럴듯한 이유가 되었다. 아직은 도주자가 아니다.

사방을 둘러보았다. 바나나 나무 사이로 보이는 성의 북서편, 옥탑 감시초소에 두 명의 감시병이 총을 들고 서로 마주 보며 서성였다. 그 모습이 그림자 극의 공포스러운 장면을 연출하는 듯했다. 평상 위로 보이는 시커먼 야자수 잎 위로 맑고 검푸른 암바라와 밤하늘에는 별들이 쏟아지고 있었다. 바나나 나무 둥치 사이로 보이는 연합군 포로수용소 앞에 보초병 둘이 건물을 돌며 순찰하고 있었다.

문제는 연합군 포로수용소 감시원보다 성의 북서편, 첨탑 초소의 감시병이었다. 북서쪽 첨탑 위 보초가 주시하는 방향은 금희가 탈출하려는 길의 방향이었다. 동문, 남문과 달리 북문은 큰길과 가까이 있어 보초들이 눈을 떼지 않고 감시하는 곳이었다.

보초가 오늘따라 경계를 풀지 않고 있었다. 두려움에 가슴이 뛰기 시작했다. 하지만 금희의 마음은 벌써 자바의 산골에 있었다. 순간 돌아갈까 하는 생각도 들었다.

그러나 지옥 같은 방, 다시 보기도 싫다. 금희는 연합군 포로수용소 감시병들이 한 바퀴 순찰하고 수용소 뒤로 이동하기를 기다렸다. 을순이 무덤이 있는 큰길로 통하는 길 쪽은 북서쪽 첨탑 보초들이 예의 주시하므로 포로수용소 감시병들은 의례적으로 한 바퀴를 돌 뿐이었다. 평상시 감시원은 연합군 수용소 뒤편 동쪽 사각지대에 멈춰 오랫동안 철조망 너머를 감시하는 게 일상이었다.

잠시 후, 금희의 예상대로 연합군 포로수용소 감시병이 뒤편 사각지대로 가서 나오지 않고 있었다. 이때였다. 북서쪽 성벽 첨탑 위에 있는 감시병의 시선만 잘 피하면 되었다. 철책의 개구멍까지는 50여 미터 남았으나 북서쪽 감시원 시야에 너무 많이 노출되어있다. 하지만 금희에게 이 길밖에 없었다.

북서쪽 성벽 첨탑의 두 감시병이 반대 방향으로 천천히 몸을 트는 것이 보였다. 금희는 최대한 몸을 낮춰 살금살금 나아갔다. 을순이가 묻혀있는 돌무덤을 지나고 연합군 포로수용소까지 오니 철책이 이제 20여 미터 남았다. 50미터가 왜 이리 멀기만 할까? 아무리 걸어도 뒤로 물러나는 것만 같았다. 오금이 저리고 거리가 줄지 않았다. 용기 내어 속도를 내는 수밖에 없었다.

"사사 사삭!"

걸음을 재촉했다.

"타앙!"

북서쪽 첨탑 초소에서 총알이 날아왔다. 금희의 다리에 힘이 풀렸다. 앞이 캄캄했다. 총탄을 맞지 않았지만 온몸에 힘이 빠져 거품이 사그라지듯 그 자리에 털썩 주저앉았다. 금희의 이 세상이 끝나는가 보다.

"탕! 탕!"

옥탑에서 두 발이 더 날아왔다. 한 발이 금희의 오른쪽 어깨를 스쳤다. 순간 연합군 포로감시병이 사각지대에서 달려오고 이어 북문의 경비병이 달려왔다. 성 안에서 병사들도 우르르 몰려왔다. 위안부 수용소 소녀들도 모두 잠에서 깼다. 식당에서 잠자던 다르요노 소년도 잠에서 깼다. 웅성웅성 보초들이 모였다. 서영이 놀라 복도에 나오자 금희가 성안으로 들것에 실려 가고 있었다.

#25 금희의 죽음

다음 날 어둠이 몰려오는 밤, 아베의 명령에 따라 위안부들은 식당 앞 공터에 소집됐다. 네덜란드 위안부, 일본 병사들, 조선 군무원들도 모두 소집됐다. 금희가 타쿠야 후임 아베의 지휘 하에 두 일본 병사의 어깨에 상체가 반만 걸쳐진 채 끌려 나왔다.

금희의 총상은 깊지 않았다. 모든 것을 체념한 듯했다. 처음 암바라와 성에 오던 날 칼로 난도질당해도 눈 하나 깜짝 않던 명옥처럼 장작 불빛에 비친 얼굴에 두려움 따위는 없었다. 결연해 보였다.

아베가 도대체 무슨 짓을 하려는지 사백여 명이 모인 식당 앞 공터에는 땅에 박은 대나무 위에 마닐라 밧줄이 철봉처럼 묶여 있었다. 드럼통에 물을 담아 끓이고 있고 장작불이 훨훨 타오르며 어두움을 밝혔다. 캠프파이어를 하듯 병사들이 모여들었다.

드럼통 앞에 판자가 있고 물 호스가 놓여 있다. 아베는 얼마 전 이곳에서 스마랑 항일화교조직과 내통하던 자바 병사의 사지를 자르는 잔악함을 보였었다. 타쿠야와 다르게 아베는 얼굴은 호인처럼 생겼지만 그의 행동은 상상을 초월할 정도로 잔인했다. 소녀들은 공포에 떨며 아베가 무엇을 하는지 지켜볼 수밖에 없었다. 무슨 일이 일어날지 예측할 수가 없었다.

"어제 이년이 도망가다 붙들린 년이다. 이런 년은 어떻게 해야 하는지, 이년이 보여 줄 것이다. 거꾸로 달아!"

아베의 입에서 명령이 떨어지자 두 병사가 눈 하나 까딱 않고 마닐라 끈을 들더니 금희의 손발을 묶고 다리를 거꾸로 철봉에 매달려 했다. 순간! 금희의 눈에 불꽃이 튀었다. 어디서 나온 힘인지 밧줄을 만지는 병사의 낭심을 걷어찼다. 금희는 연약한 소녀가 아니라 죽음을 앞에 두고 싸우는 여전사였다. 곱게 죽어 줄 수는 없다고 하는 눈빛이었다. 맺힌 한과 분노가 불시에 폭발하는 머라삐 화산 같았다.

금희의 원한이 어땠는지 소녀들은 잘 알고 있었다. 금희의 분노는 소녀들 모두의 분노였다. 모두들 어금니를 물었다. 병사가 낭심을 잡고 벌러덩 자빠졌다. 서영은 부질없음을 알고 눈을 감았다. 예상치 못한 금희의 반격을 본 아베의 졸개 병사가 전장의 적을 제압하듯 군홧발로 금희의 젖가슴을 가격했다. 금희는 땅바닥에 꼬꾸라지면서도 용문사 절간 입구 사천왕상의 왕방울만 한 흰 눈자위를 부라렸다. 또 한 병사가 드럼통 옆에 쌓아 놓았던 장작을 들더니 자빠지는 금희의 등을 후려쳤다. 금희의 등이 현이 끊어진 활대처럼 뒤로 휘어졌다. 순하디순한 소녀 금희가 아니었다. 눈이 불빛을 발하고 있었다. 조선 소녀들도 이를 악물었다. 언제고 이 치욕을 갚아 주리라 다짐했다.

아베는 눈알도 움직이지 않고 냉혈 동물처럼 금희를 차갑게 주시하고 있었다. 휘어진 금희의 몸이 허물어지며 조용히 아베와 시선이 마주치자 금희의 마지막 눈빛은 아베를 향해 저주를 퍼붓는 듯했다. 금희는 아직 정신을 잃지 않았다. 금희가 장작을 휘둘렀던 병사의 발을 필사적으로 끌어당기자, 무방비의 병사가 금희의 다리에 얼굴을 부딪치며 넘어졌다. 병사가 돌아서 금희의 목을 누르려 했다.

금희는 사력을 다해 손을 뻗어 무엇이라도 잡으려는 듯 병사를 향해 손을 휘저었다. 휘젓는 금희의 팔 때문에 병사가 금희의 목을 헛짚는 순간, 금희가 병사의 군복 자락을 움켜잡고 끌어당겼다. 금희가 잡은 군복을 놓지 않으려 손아귀에 사력을 다했다. 순간 병사의 입술과 금희의 입술이 맞닿아 무성영화의 한 애정 장면이 멈춘 듯했다.

"우하하하하하!"

악행 중에 연출된 이상한 장면에 일본 병사들이 킬킬 웃어대며 괴성을 질렀다. 죽어가는 사람을 두고 웃어대는 저들은 더 이상 인간이 아니었다. 금희가 마지막 힘을 다해 귀를 당겨 물어뜯었다. 웃음도 잠시였다. 뒤에 섰던 다른 병사가 군홧발로 금희의 머리를 걷어찼다. 금희의 입에서 화염처럼 시뻘건 피가 튕겨 나왔다. 무중력의 공간을 날아가듯 휘청거리며 금희의 머리가 잠시 공중에 떴다. 그리고 땅바닥으로 내동댕이쳐졌다.

병사들이 몰려와 금희의 몸을 도리깨질하듯 장작으로 머리부터 발끝까지 두드려 댔다. 타작하듯 내리치던 매질이 멈추었다. 잠시 정적이 일었다. 금희의 육체가 해파리처럼 늘어져 흙과 가까워지고 있었다. 흙에서 온 금희가 흙과 입을 맞추자 영혼이 육체에서 이탈하고 있었다. 한 세상의 허무함이 암바라와의 대지에 깔렸다. 금희는 눈을 허옇게 부라려 뜬 채 일본 놈들의 꿈에라도 나타나겠다는 듯이 세상 험상궂은 모습으로 지옥 같은 이 세상을 떠나고 있었다.

금희의 혼은 결코 암바라와 성을 떠나지 못하고 밤마다 원귀로 저들에게 나타날 것이다. 서영은 또다시 일제의 만행을 목도했다. 금희의 한을 가슴에 품었다. 정적도 잠시 망나니들의 광기가 시작되었다.

병사들이 금희의 시체를 대나무 철봉에 거꾸로 다리를 접어 걸고 묶었다. 장작불을 용광로처럼 지폈다. 금희의 허벅지가 불빛에 뽀얗게 드러났다. 무리를 지으며 꽥꽥대는 하이에나 떼처럼 일본 병사들이 괴성을 질러 댔다. 하이에나가 짐승 가죽을 물어뜯듯 거꾸로 달린 금희의 옷을 아래로 찢어 내자 병사들은 인간으로서는 낼 수 없는 짐승들의 괴성 지르기를 멈출 줄 몰랐다. 차마 볼 수 없는 광경에 서영과 조선 소녀들, 그리고 네덜란드 소녀들이 혼비백산해 눈을 감았다.

한 병사가 호스로 금희의 입에 물을 주입하기 시작했다. 광기가 발동한 두 병사가 합세하여 시체놀이를 벌이고 있었다. 금희의 배가 풍선처럼 부풀어 올랐다. 또 다른 병사가 거꾸로 달린 금희의 다리에 묶었던 끈을 칼로 끊자 시신이 바닥에 머리를 박고 나뒹굴었다. 개구리 배처럼 부푼 금희의 몸이 바닥에 떨어지자 두 병사가 금희의 배를 하늘로 향하게 뒤집더니 널빤지를 배에 올려놓고 시소 놀이를 했다. 입에서 물이 뿜어져 나왔다. 다시 금희의 입에 호스를 넣고 물을 주입하고 빼는 시소 놀이가 반복됐다.

괴물들의 괴성은 멈출 줄 몰랐다. 시체놀이를 즐기고 있었다. 시체놀이는 전쟁 통에 병사들의 사기 진작의 수단이라고 생각하는 것이었다. 악의 끝은 어디인가? 한 병사가 금희의 시신에 물을 뿌리고 짐승을 씻을 때처럼 피와 먼지를 씻자 금희의 하얀 우윳빛 피부가 드러났다. 그들은 이제 금희를 거꾸로 들어 펄펄 끓는 드럼통에 넣고 있었다. 소녀들은 넋이 나갔다. 엽기적 시신 놀이를 멈추지 않았다.

저들의 변태적 행위는 일상이었다. 소녀들을 희롱하는 밤에도 잉크와 바늘을 들고 와 찌르며 고통의 신음을 내도록 하여 변태적 성욕을 올렸다. 소녀들의 음부에 문신을 새기는 짓을 하는 놈들도 있었다. 처음 이곳에서 아침을 맞는 날, 명옥과 을순이에게 어떠했는가? 저들의 악행은 지옥을 수십 번 가도 용서가 안 될 일이다.

"위안부들은 보아라! 황국의 자랑스러운 신민이기를 거부하고 도망가는 년의 최후가 어떻다는 것을……. 너희들이 앞으로 어찌해야 할지 알아서 하라."

지옥의 악마고수 아베의 소리가 저음의 하울링으로 사라지기도 전에 다나카라는 또라이 병사가 끓는 드럼통에서 금희의 다리살을 베어 소녀들에게 가져왔다. 소녀들은 모두 경악하여 나자빠졌다. 다나카는 기괴한 웃음으로 살점을 뜯으며 킬킬댔고 국물을 퍼서 병사들과 돌려 마셨다. 소녀들에게도 강제로 먹이기 시작했다. 언제 나타났는지 한 병사가 국물을 퍼 들고 가서 오가타에게 권했다.

"영원한 제국의 천황을 위하여!"

오가타가 국물을 높이 들자 병사들은 암바라와 성이 떠나가도록 환호했다. 오가타는 눈 하나 까딱 않고 들이켜고 있었다. 조선 소녀들은 오가타의 이해할 수 없는 두 얼굴에 소름이 돋았다.

일제의 악이 극에 달했다. 어둠이 깊으면 새벽이 온다. 조선의 해방은 곧 올 것이다. 서영은 기억하고 싶지 않은 악행을 기억에 심었다. 일제는 대동아공영의 구호를 걸고 평화를 상징하는 해방군을 자칭했었다. 하지만 일제의 이중성은 시간이 지나자 정체를 드러냈다. 보잘것없는 한 동족의 좀비 나부래기들이 잘못된 위정자들에게 세뇌되어 하는 짓들은 그들이 소위 말하는 저질의 황국 신민다웠다.

그날 이후로 전쟁이 사탄의 승리로 끝나고 연합군 포로수용소와 제2분견소, 그리고 암바라와 성은 그들이 말하는 평화의 긴 정적이 한동안 이어졌다. 그것은 극악의 절정인 지옥의 긴 정적이었다.

6장

아라녹아

#26 독보엽전

지난 3년 동안 겨우 3,016명의 조선 군무원이 관리한 연합군 포로는 9만 명이 넘었다. 거기다 인도네시아의 열도에 파병해야 할 현지인 병사들까지 훈련을 시키기에는 조선 군무원의 수는 절대 부족이었다.

이런 환경에서 어느덧 일본과 계약한 2년 기간이 종료됐다. 인간으로서는 할 일이 아닌 끔찍한 세월이었다. 조선 청년들은 계약이 만료되었으니 귀국할 날만 기다리고 있었다.

포로감시원 일을 시작하자마자 조선 청년들은 발을 잘못 들였다는 때늦은 후회로 귀국할 날을 기다리며 시곗바늘을 돌렸다. 2년 계약이 지난 지 오래다. 지금쯤은 벌써 조선에서 새로 모집한 군무원들이 와 있어야 했다. 하지만 일제는 조선에서 새로 군무원을 모집하지도 않았고 애당초 돌려보낼 계획도 없었다. 그렇다고 조선 군무원들에게 양해를 구하거나 재계약도 하지 않았다. 일제에게 조선은 하나의 점령국일 뿐이었다. 일방적으로 계약을 무시했다.

정체가 드러나자 조선 군무원의 이반이 시작되고 반발이 일었다. 일제는 반발하는 자를 탄압하기 시작했다. 예견한 일이었다. 성일은 이런 날이 오리라 준비하고 기다렸다. 조선 군무원들의 불만이 시작되고 한층 더 나아가 반일감정의 심지에 불이 붙기 시작했다. 이런 때를 기다린 독립운동가 성일이었다.

조선 청년들의 마음은 다이너마이트의 심지와 같아 빠르게 치관을 향해 타들어 가고 있었다. 곧 폭발할 것이다. 성일과 동지들이 움직이기 시작했다. 확실히 이반된 사람을 찾아 뜻을 나눴다. 조선 청년들의 반발은 급속도로 빨라져 성일과 교감이 닿지 않은 군무원들까지 곳곳에서 집단적으로 반발하여 객기를 부리기 시작했다.

산발적이었다. 성일의 손길이 이들과 닿아 어서 교감하고 애국심으로 항일조직을 만들어야 했다. 조직이 없으면 오합지졸이 된다.

서부자바 보고르 농장의 조선인들의 반발이 특히 심했다. 무리까지 형성됐다. 하지만 일제가 다독이기는커녕 조센징이나 한토진, 엽전 그리고 독보엽전獨步葉錢이라 하며 비하하고 무시하기 시작했다.

조선 청년들은 독보엽전이라 불리는 것을 개의치 않았다. 일제가 독보엽전이라는 조선인 비하로 선을 긋자 독보엽전이라는 구심점은 분명한 정체성을 찾아가게 했다. 이를 계기로 일본인과 차별되는 정체성이 명확해져 갔다. 그리고 뭉쳤다.

독보엽전들은 조선인들이 어떠한지 보여주겠다며 행동으로 옮기기 시작했다. 일제는 조선인 없이 전쟁을 할 수 없으면서도 조선인들을 무시했다. 독보엽전들은 밤이면 부대 철책을 넘어 병영을 이탈했다. 일제는 밤마다 이어지는 독보엽전들의 이탈을 통제할 길이 없자 철책에 고압전기를 흘리고 철책에 닿으면 사무실에 설치한 벨이 울리게 했다. 독보엽전들이 누군가? 고압전기가 흐르는 철책에 쇠붙이를 걸쳐 놓아 밤새 벨이 울리게 해 골탕을 먹였다. 지난 2년 동안 기만당한 것을 통쾌하게 갚아 나가기 시작했다. 독보엽전들의 기발하고 거침없는 반항을 물리적으로 통제할 길이 없었다. 녹두 꼬투리처럼 틀어진 마음은 회유되지 않았다.

일본군 장교가 이런 조선 군무원들을 연병장에 모아 뽕개 훈련을 시키기도 했다. 그리고 조선 군무원들에게 악담을 퍼붓기 시작했다.

"너희 조센징은 역시 개만도 못하단 말이야! 개도 '워리' 하면 오고 '저게!' 하면 가는데 너희들은 개만도 못하지만 그래도 오늘은 너희들을 개 다루듯 해주는 거야. 지금부터 시작하지."

일본 군인들은 조선 군무원들을 개돼지 취급할 것을 공언하고 노골적으로 골탕 먹이기 시작했다. 일제는 조선 군무원들을 연병장에 집합시켜 온종일 체벌하며 조선인들을 개 다루듯 했다.

이것이 인도네시아인들에게 노출되자 수치심까지 느껴 민족적 자존심에 불을 붙였다. 조선 청년들은 자존심을 짓밟히며 희망 없이 무작정 기다려야 했다.

조선 군무원들은 화풀이할 길이 없어지자 바나나 나무를 발로 차고 파파야 나무를 부러뜨리기도 했다. 연병장에 심어 놓은 망고 나무의 설익은 열매를 다 털어 온 연병장에 흩어 뿌렸다. 그렇게라도 해야 분노가 풀어졌다.

다음 날 아침에 조장이 벼르며 점호를 받으러 왔다.

"차렷! 우로 나란히! 바로! 경례!"

반장이 열을 세웠지만 열은 이리 비뚤, 저리 비뚤, 제식 훈련을 한 번도 받지 않은 병사들처럼 엉망이었고 얼굴은 모두 심드렁해져 있었다. 근드렁거리는 독보엽전들에게 다시 명령이 떨어졌다.

"똑바로 해라!"

칼자루는 자신들이 쥐고 다음에는 체벌이 있다는 듯 부사관은 여유롭게 뒷짐을 진 채 거만을 떨며 목에 힘을 주었다. 그렇다고 독보엽전들의 객기가 쉽게 사그라질까?

"제대로 안 하면 어제와 같이 개 취급을 할 줄 알아라! 알았나!"

반장이 엄포를 놓았다.

"깨갱, 캥!"

"왕왕~"

"컹컹~"

"멍멍~"

독보엽전들은 아랑곳하지 않고 제멋대로 개 흉내는 물론 개소리를 내며 객기를 부렸다. 조장이 점호를 받을 수가 없었다. 독보엽전들의 통쾌한 복수였다. 반장은 그제야 심상찮음을 느꼈는지 뒷짐을 풀고 무슨 일이냐고 물었다.

"우리가 개만도 못하다기에 개만큼이라두 해 보려고 개소리를 내 보는 겁니다."

독보엽전들 중 한 사람이 능글맞게 비아냥거리자

"우하하하하하하!"

모두들 큰 소리로 웃어주었다.

반둥에서는 일본군 무라이 경부가 곱상하고 착하여 순종 잘하는 박상준을 언젠가부터 '집오리'란 뜻의 '아히루'란 별명을 붙여 여자 다루듯 희롱하고 있었다. 밤이 되면 무라이 경부는 일본 친구들과 조선 군무원들을 불러 놓고 여성처럼 술시중을 들게 하며 박상준을 희롱하였다. 집오리처럼 순종하는 착한 박상준을 바보 천치로 생각하는 처사였다. 계약 위반을 계기로 조선 군무원들 머릿속에는 그동안 하나하나 쌓였던 일제의 오만과 거짓이 보이기 시작했다.

"아히루 양 오늘따라 아름답기도 해라. 다리 좀 살짝 걷고 다소곳이 술 좀 따라요."

그날도 무라이 경부가 친구들을 불러놓고 박상준을 희롱했다.

"조선인이 우습게 보여요?"

무라이 경부가 도를 넘자 박상준이 바른말을 하며 방문을 차고 나와 버렸다.

"이 조센징 새끼가 까라면 까지 말이 많아."

박상준이 웃었다.

무라이 경부는 자신에게 모욕을 주었다는 이유로 동석시킨 억류 서양인 부녀자 앞에서 박상준을 발로 찼다.

"무라이 경부! 너 잘 걸렸다."

이를 지켜보던 박창원, 임헌근을 비롯한 조선인들이 우르르 달려들어 무라이 경부를 끌어냈다. 침을 뱉고 뺨을 때리고 발로 차 마당에 내팽개쳤다. 쌓였던 감정이 집단 폭발했다. 오랜만에 쌓인 감정을 맘껏 풀었다. 괘념치 않았다.

다음 날 무라이가 붕대를 감고 병원에 입원했다. 무라이가 칼자루를 쥐고 있었다. 구타한 조선 군무원들이 단체로 무라이 경부에게 사과하러 갔다. 하지만 무라이 경부가 가만두지 않겠다고 오기를 부리고 으름장을 놓았다. 을이 갑을 폭행했으니 뒷감당이 쉽지 않았다. 조선 군무원들의 심기가 다시 불편해졌다. 그때까지도 의분이 가라앉지 않은 반둥의 무법자 박창원이 병상 옆에 놓아둔 무라이 경부의 칼을 뺐다.

"어디 두고 보자!"

무라이가 병상에서 창문을 넘어 도망치며 말했다. 조선 청년들은 순진했다. 일제가 반강제로 연합군 포로감시원을 모집할 때도 자의 반 타의 반 끌려와 가난에 허덕였던 조선으로 금의환향하겠다는 일념으로 2년 동안 온갖 수모를 견디며 악착같이 일한 것이 전부였다.

청년들은 귀국의 꿈이 물거품이 되자 서러움과 허한 마음을 달랠 길이 없어 뒷일도 생각 못 하고 밤마다 외출했다. 일본인들이 가는 술집도 찾았다. 일제의 고위급들은 물론, 전쟁에 동원되었던 일본 병사들은 직책만 그럴듯했지 대개가 무식했다. 월급도 쥐꼬리만 했다. 그들의 한 달 월급은 고작 7엔밖에 되지 않았다. 고학력

출신인 조선 군무원들은 30엔에서 많게는 50엔까지 오른 사람도 있었다. 직책만 아래였지 주머니는 조선 군무원들이 두툼했다. 반둥에 있던 박창원은 무라이 사건 이후로 외출할 때마다 늘 주머니에 돈을 두둑이 넣고 나갔다. 일본 놈들을 엿 먹이기 위해서였다. 외출은 공식적으로 일주일에 한 번이었지만 돈도 많겠다, 박창원은 하루가 멀다 하고 밤마다 무단 외출을 했다.

하루는 동료들을 대동하고 중국인이 운영하는 식당에 들렀다. 일본인 병사들은 '나시고렝'이라는 인도네시아 서민음식 볶음밥 하나에 '떼 마니스'라는 싸구려 홍차 한 잔을 시켜 놓고 식당 문을 닫을 때까지 자리를 차지하고 점령자의 위세로 꼴사납게 거들먹거렸다. 장교들이라 해야 그나마 '깡꿍'이라는 조금 비싼 채소 볶음요리 한 접시와 비르 빈땅 끄찔(작은 병맥주) 한 병을 시켜 놓고 여자 종업원들의 엉덩이만 만지며 놀다 갔다.

그날도 반둥의 무법자 박창원은 사복 차림이었다.

"아줌마! 여기 최고 큰 구라메 고렝 사우스 마니스, 그리고 비르 빈땅 브사르(큰 병맥주)!"

박창원이 옆에 앉은 일본 장교가 들으라는 듯 폼나게 꽤 비싼 생선요리와 큰 병맥주를 시켰다.

"하이! 하이!"

일본인 장교가 들으라는 듯 중국인 가게 주인이 특유의 시끄러운 톤의 일본말로 주문을 받았다. 얼마 전까지만 해도 중국인 식당 주인이 조선 근무원들을 미심쩍어했지만 두툼한 지갑을 슬쩍 보여

주자 대우가 달라졌다. 잇속에 밝은 중국인이었다.

술판이 벌어지자 이를 본 일본 병사의 심사가 꼬였는지 심심치 않게 시비를 걸어주었다. 바라는 바였다. 시비를 걸어 주어야 다음 작업에 들어간다. 이런 식으로 싸움이 일어나면 체력적으로 아래인 일본인들이 아작난다.

발동이 걸리자 조선 군무원들이 장교에게 다가가 슬슬 시비를 걸었다. 그러나 싸가지 없고 냉기 풍기는 영관급 장교들은 말단 조선 군무원들과 말을 섞으려 하지 않았다. 시비를 걸면 끝장을 보고 마는 근성이 있는 조선인들이 물러날 리 만무했다. 조선 군무원 중에 재주꾼이 있어 정중한 말로 장교를 유인해서 좋은 좌석으로 모시고 갔다. 돈도 넉넉하겠다, 맥주를 권해 잔뜩 마시게 했다. 장교님, 장교님, 치켜세우며 맛있는 고급 요리도 새로 내어오게 했다. 이쯤 되면 장교는 취기가 오르고 기분이 째지게 좋아진다.

"사실 저희는 조센징입니다."

취한 것처럼 슬쩍 뱉어 보았다.

"그래! 자네들이 조센징인가?"

어느새 기분이 좋아진 장교는 군무원의 말에 응수하면서 은근히 조선 청년들을 무시하기 시작했다.

"그 대단한 조선이 대일본의 속국이 되었단 말이야! 하하하!"

오랜 역사 속에서 조선의 영향을 받았던 사실을 알고 있는 장교는 조선에 대한 열등의식이 있던 터라 지금 일제가 조선을 지배했다는 자부심이 발동한 듯 차츰 하지 않아도 될 조선인 무시하는 말을 늘어놓게 됐다.

조선인들을 비하하기 시작했다. 조선 청년들이 노리는 것은 바로 그 하지 말아야 할 말을 하게 만드는 것이었다.

"장교님 지금만 그렇지, 제가 알기로는 일본은 조선의 문화적 영향을 많이 받는데요. 하하하! 일본은 조선의 문화도 훔쳐갔잖아요. 도둑들이잖아요? 깡패고!"

장교에게 작정하고 청년이 슬쩍 건드려 주었다.

"이 빠가야로 놈들! 상당히 건방지군! 조센징 주제에!"

"무슨 소리야, 너도 그렇고 나도 그렇고 똑같은 인간인데!"

청년은 드디어 반말로 약을 제대로 올려놓았다. 홧김에 장교는 칼을 뽑으려 들지만 취기에 벌써 다리는 후들거리고 공격 자세조차 취하지 못했다.

"우하 하하하! 꼴좋다!"

옆 좌석의 조선 군무원들이 야유를 퍼부었다. 그러는 사이 어느새 군무원은 장교의 칼을 빼앗아 콘크리트 바닥에 내리쳤다. 칼날이 망가져 엉망진창이 되었다. 장교는 고주망태로 취한 상태이고 군무원들은 말짱한 상태였다. 거기다가 장교는 칼까지 뽑아 들었지만 한 것도 없기에 이 일을 공개적으로 문제 삼을 수도 없었다. 박창원과 동료들은 기회만 생기면 지능적으로 일본 놈들 골탕 먹이기가 일쑤였다. 자카르타 본소나 반둥의 제16군 사령부는 계속되는 조선 군무원들의 지능적 반항에 골머리를 앓았다.

조선 군무원들의 반발이 시작되자 성일은 반둥, 암바라와, 족자카르타 등을 비롯해 그동안 비밀리 접선했던 동맥을 가동해 이들을 조직으로 끌어들였다. 뜻을 품고 때를 기다리던 동지들도 적극적으로 움직이기 시작했다. 성일은 철저히 자신의 정체를 숨기고 친일파 행세로 일본군의 신임 하에 출장 계획을 자주 만들어 조선 포로감시원들을 만났다. 일본군의 조직을 이탈하지 않았다. 상부에서는 성일을 믿고 흔쾌히 출장을 보내 주었다. 성일은 제한된 틀 속에서 일본 군무원 신분으로서 활동해야 했기에 마음이 바빠졌다.

겨울철에 뿌려 놓은 씨들이 봄날이 되자 움트기 시작했다. 그간 성일과 접촉했던 동지들이 각자 세포 분열하듯 동지 포섭의 세를 확장해 나갔다. 항일의 뜻을 가진 조선의 동지들을 규합하는 일이 일제의 감시망에 포착되지 않도록 더 엎드렸다. 그리고 똘마니 친일파로 출장 기회를 만들어 나갔다.

자타르타에는 장윤원이 가까이 있어 항일 화교들의 협조도 쉽게 받을 수 있었다.

혈맹을 앞두고

위안부 수용소의 밤이 깊어갔다. 오늘은 내일부터 시작될 수모워노의 조선인 재교육 훈련을 위해 자카르타와 반둥에서 온 일본 교관과 조교들이 떼거지로 들이닥쳤다.

'조선인 재교육이라니? 그럼 혹시 성일 아저씨도……'

이 시간이면 생각나는 성일 아저씨다. 오늘은 왠지 오겠다는 예감이 든다. 지난번 성일이 다녀간 후 하루도 잊은 적이 없다.

"휘이익! 쿵!"

잠잘 준비를 하는데 누군가 기척도 없이 문을 불쑥 열었다. 성일이었다. 전에는 형무소장에게 보고하고 왔다더니 오늘은 몰래 온 것 같다. 긴장한 얼굴, 성일은 얼른 문을 닫는다.

서영은 헝클어진 머리를 다듬고 부랴부랴 매무새를 고쳐 자리를 정리했다. 성일은 일제의 신임 하에 수모워노에서 재교육을 받게 될 사상개조 대상인 조선인 명단을 지참하고 이틀 전에 암바라와로 온 것이었다.

성일은 오래된 친구처럼 서영의 옆에 털썩 앉는다. 자카르타를 비롯해 외부에서 일본군들이 많이 왔던 날이라 서영은 지칠 대로 지쳤지만 내색하지 않았다. 성일의 손을 당겨 옆에 앉혔다. 일 나가

시는 아버지의 옷깃을 만지며 흐트러진 것이 없나 챙기시던 예천의 어머니처럼 성일의 얼굴을 바라보았다. 성일의 긴장한 마음을 녹여주고 싶었다. 성일이 서영의 얼굴을 만지며 말했다.

"아픈 데는 없어요?"

"네, 없어요."

서영이 눈을 지그시 깜빡이며 대답했다. 둘은 나란히 앉았다. 어떻게 오게 됐나를 묻지 않고, 자식을 다 출가시킨 노부부처럼 서로를 걱정하며 얘기를 주고받았다. 밤은 깊어 조용했다. 뒤편 목창살 밖에서 풀벌레 소리가 들렸다. 둘은 대화를 멈추고 눈을 마주쳤다. 성일이 두 손을 서영의 어깨에 얹었다. 서대문 형무소에서 상해로 자바 섬까지 이어온 지난 세월, 언제 한 번이라도 편안히 쉬어 본 적이 있었던가? 서영 앞에 앉자 긴장 속에 살아온 지난 시간들이 고독했지만 서영이 있었기에 외롭지 않았다는 생각이 들었다. '이 여인은 내게 누군가?'란 생각이 들었다. 성일은 오랜만에 긴장을 푼 채 서영을 안고 낮은 숨을 거푸 쉬었다. 성일의 한숨이 서영의 가슴에 느껴졌다. 마음이 아렸다. 성일의 품에 안기자 가슴이 뜨거워졌다. 끓어오르는 감정을 달래며 서영은 성일을 조용히 밀어 눈을 맞추고 성일이 서영의 마음에 쉬게 했다.

성일을 마주하자 지나온 세월이 생각나 펑펑 울고 싶었지만 성일의 마음이 흔들릴까 감정을 감추고 고쳤던 매무새를 편안히 풀며 성일의 품으로 다가갔다. 서영은 자신의 감정보다 성일에게 힘과 용기가 되고 싶었다.

"서영 씨, 기도해 주세요. 이번 교육이 끝나면 한동안 바쁠 것 같습니다."

성일이 서영의 품에서 차분히 말했다.

"알고 있어요. 요즈음 조선 사람들이 일제에 대해 예민하게 반항하고 있다고 들었어요. 하셔야 할 일들이 힘들 텐데……."

때가 가까워 온 것일까? 얼마 전, 성일이 다녀갔을 때 말했던 '고려독립청년당'이 조직되면 위안부 소녀들을 구하러 온다는 말이 기억났다. 성일이 가는 길이 위험한 길임을 안다. 여자의 직감으로 무슨 일이 일어날 것 같은 불길함도 있었기에 성일의 마음에 평안을 주고 싶었다. 성일은 서영의 머리를 빗으로 빗듯 굵은 손가락으로 빗어 주었다.

"서영 씨! 무조건 살아남아야 합니다."

성일의 손길이 울고 싶었던 서영의 속을 달랬다.

"네, 성일 씨도 몸조심하시고요."

서영은 자신의 말 한마디가 성일에게 용기가 되기를 바라는 마음밖에 없었다. 성일도 서영의 마음을 알기에 긴 말을 하지 않았다.

"교육 끝나면 들르리다."

꼬리가 길면 밟힐까 성일은 주머니에서 생강젤리를 한 줌 꺼내 놓고 자리를 떠났다. 서영은 성일이 앉았던 자리의 온기를 손으로 더듬으며 또다시 만날 수 있을까 생각했다.

#28 취사장의 밤

일제가 2년의 계약을 어기자 조선 군무원들의 반항은 반둥, 바타비아, 족자카르타 등 자바의 전역으로 브레이크 터진 차처럼 어디를 들이받을지 몰랐다. 단순 반항이 아니라 사상적 대립과 민족적 자존심 대립으로 치닫고 있었다. 조선 군무원들은 일본 군무원 조직 속에서 친일파와 중도파 등이 조직의 중요 자리에 있었다. 말썽꾼들, 독보엽전들은 차치하더라도 이런 상황에서 중도가 반일로 돌아선다면 문제가 될 수 있었다.

일제가 조선인들에게 머리 숙여 사정하고 매달릴 리는 없다. 일제는 조선인들을 매로 다스려야 한다고, 개돼지처럼 훈련시켜야 먹혀 들어간다고 생각했다. 일제의 지휘부가 생각한 것이 바로 조선 군무원들을 개돼지처럼 훈련시켜 생각을 바꾸는 교육이다.

밤이 깊어지면 새벽이 가까워지는 법, 전황도 일본군에게 절망적이었고 1차세계대전 중에 미국의 윌슨이 주장한 민족자결주의가 3·1운동을 기점으로 조선에 불었다. 미·영·중이 이집트에 모여 조선을 비롯한 점령 국가의 독립을 인정하는 카이로선언도 발표되었다. 이제 연합군 포로들도, 조선인 군무원들도 연합군이 내보내는 단파방송을 듣고 전세를 알고 있었다. 연합군 비행기가 뿌리는 삐라를 보면 전세가 급박하게 변화하고 있음이 느껴졌다.

일본군의 불안은 커졌다. 연합군이 곧 상륙할 것이다. 조선 군무원들이 현지 항일조직과 연계해 후방을 교란하거나, 포로들과 연합해서 반란을 도모하고 게릴라전이라도 펼칠 경우를 우려했다.

하지만 조선인을 대하는 일제의 태도는 바뀌지 않았다. 오히려 반항하는 조선 군무원들을 색출했다. 명단을 작성하고 스마랑의 반띠르, 수모워노에 있는 교육장에 집합시키기로 했다. 힘으로 조선 군무원들의 사상을 복귀시켜 보겠다는 것이었다.

이때를 놓치면 안 된다. 성일을 비롯한 항일운동을 준비해온 자바의 조선 청년들은 이전부터 맺어 놓은 중국계 항일조직과 전황 정보를 공유하며 움직이기 시작했다.

일제가 불온하다고 지목해 놓은 백여 명의 조선 군무원들을 수모워노로 강제 집결시켰다. 1944년 9월부터 석 달간 강제 훈련이 시행되었다. 성일과 뜻을 같이하며 준비했던 이들이 몰래 숨어들었다. 멀리 있어 뭉칠 수 없었던 조선 군무원들에게 모일 기회를 주었다.

교육이 시작됐다. 일제는 부산 야구치부대에서 하던 대로 군인 칙유반복에 의한 교육을 재현해 조선인들끼리 뺨 때리기, 난타전 등 이간성 훈련의 농도를 더 강하게 했다.

스마랑의 제2분견소 수모워노 보병 훈련장은 얼마 전까지만 해도 조선 군무원들이 일본 군무원의 신분으로 자바에서 징병된 병사를 훈련시키던 곳으로, 자바 병사들이 조선 군무원들에게 벌벌 떨던 곳이다.

자바인들 보라는 듯, 연병장에 머리박기와 굴리기 등 일제의 개로 보이게 망신을 주었지만 개의치 않았다. 자바에 오면서 일제의 본성과 기만을 제대로 안 조선 군무원들이다. 조선인의 정체성도 찾았다. 조선 군무원들에게 민족적 자존심을 제대로 구겨놓았고 개인적 자존감도 제대로 밟아 놓았다. 이제 조국의 독립이라는 방향이 주어졌다. 목표가 있기에 참을 수 있었다.

김현재 동지는 훈련기간 동안, 조선 군무원들이 뜻을 모은 병영에 숙식하지 않고 취사장의 별실에 기거했다. 동네 주민 중에서 주방장 도우미를 고용해 음식도 준비했다. 3개월 교육기간에 소등 취침 후 의기투합한 동지들이 병영에서 나와 일본인 숙소와 떨어진 취사장의 김현재 동지 방으로 모였다. 동지들이 모이기 전에 김현재 동지는 보병 훈련장 언덕 위 길가에 있는 와룽이라는 작은 가게에서 달걀과 오리 알을 사다가 삶았다. 매트리스 밑에 감추어 두었던 위스키도 내어왔다. 감시원들은 '저룩 니삐스'라는 자바의 레몬을 위스키에 섞어 마시며 교육기간 내내 쌓인 분을 풀었다. 교육기간 내내 신세 한탄으로 한숨만 쉬었지만 이를 통해 이심전심 마음이 통하고 동지의 유대관계는 점점 깊어져 갔다.

밤마다 뜻을 같이하는 동지들이 하나둘 늘었다. 취사장은 항일 정신을 투합하는 장소가 되어 결의를 다져갔다.

1944년 12월 29일 재교육 훈련이 끝나는 날, 성일을 비롯한 동지들에게 드디어 기회가 왔다. 일본군 교육대의 교관과 조교, 부사관들은 3개월간의 교육이 성공적으로 끝났다고 기뻐하며 조선 훈련병들을 팽개치고는 쾌재를 부르며 형무소 억류소장의 숙소가 있는 암바라와의 관사로 떠났다. 네덜란드 시절부터 고관들이 즐겨 이용하던 살라띠가의 장교 클럽으로 가서 자축연을 하겠노라고 킬킬댔다. 피교육자인 조선 청년들을 쓰레기처럼 버려둔 채 저희들끼리만 떠난 것이다. 당직 사관을 맡아 그 패거리에 끼지 못한 일본 부사관 하나만 남았다. 당직 사관은 분을 참지 못해 술을 진탕 마시고 훈도시 하나만 걸친 채 취사장과 한참 먼 정문 옆 일본인 교관 임시 숙소에서 코를 골며 나자빠졌다.

1944년 12월 29일 훈련기간 동안 뜻을 모은 동지들이 드디어 결집했다. 12월은 우기다. 비가 거세게 내리기 시작했다. 사흘 후면 해가 바뀌는 쓸쓸한 연말의 밤이었다. 동지들을 제외한 모든 이들에게 이국의 동지섣달 수모워노의 밤은 허무하게 넘어갔다. 오늘 이곳에 모인 조선의 동지들은 이제 더 이상 일본군의 군무원이 아니었다. 조선 독립이라는 결의에 찼다. 하나의 방향을 두고 여러 방법이 모색됐다.

"그렇다면 차라리 적극적인 투쟁으로 나가자, 뜻이 맞는 우리끼리 혈맹을 맺는 것이 어떤가?"

김현재 동지가 말문을 열었다. 내 한 몸 바쳐서라도 조선의 독립을 바라던 이들이기에 김현재 동지의 제의에 모두 이의가 없었다.

드디어 성일이 기다리던 때가 온 것이다. 성일이 오래전, 조선에서 그리고 상해에서부터 꾸던 꿈이었다. 동지들의 공감 속에 대의가 정해졌다.

주저할 것도 없었다. 성일의 청사진에 의해 당명은 '고려독립청년당'이라 정했다. 당명이 선포되자 모두들 숙연했다. 우기인 수모워노의 고원에 먹구름이 몰려왔다. 고산의 비구름이 취사장 주위에 안개처럼 몰려들어 을씨년스러웠다.

김현재가 취사장 가마솥에 소금과 생강, 마늘 그리고 월계수 잎을 넣고 닭을 삶았다. 취사를 위해 쌓아 두었던 장작을 무더기로 꺼내 옹기굴 가마 같은 아궁이에 처넣었다. 우기의 스콜 빗줄기가 장대처럼 내려 추웠지만 아궁이의 불길처럼 타오르는 청년들의 애국심을 끌 수는 없었다.

장작을 너무 많이 지폈나 보다. 활활 타오르는 아궁이의 열기를 감당 못 해 대여섯 걸음 취사장 뒤편으로 자리를 물렸다. 취사장 뒤편은 식재료를 다듬기 위해 만들어진 세 평 남짓한 곳이었다. 성일이 고려독립청년당의 강령 선언문을 준비하고 있었다. 김현재가 큰 소리로 낭독했다.

〈고려독립청년당 강령선언문〉

1. 아세아의 강도, 제국주의 일본에 항거하는 폭탄아가 돼라.

2. 만방에 우리의 지의를 소통하고 유대할 수 있는 최단의 길을 가라.

3. 민족을 위함이요, 조국에 이로운 행동이면 결코 주저하지 마라.

구체적 활동계획이 정해졌다. '고려독립청년당'은 본부 김성일 총령을 중심으로 군사부장에 자카르타 본소 김현재, 조직부장에 자카르타 본소 임헌근, 스마랑 책임자에 이상문, 암바라와 지부장에 손양섭, 암바라와 부지부장에 조규홍, 자카르타 지부장에 문학선, 자카르타 부지부장에 백문기, 반둥 지부장에 박창원, 반둥 부지부장에 오은석 혈맹 동지 외 16명의 당원으로 자카르타 본소에 본부를 반둥, 스마랑, 암바라와에 지구당을 두었다.

김성일은 목적을 이루기 위해 무엇보다 혈맹 당원 모두가 일본군 간부의 신임을 얻어 기밀이 누설되지 않도록 당부했다. 고려독립청년당 군호는 '높다'와 '푸르다'. 새 당원 포섭 후 당원끼리 접선은 군호를 사용해야 한다.

자카르타 화교들과 연합한 동맹 통신사는 신경철 특파원을 중심으로 배후에서 뜻을 같이하고 네트워크 구축을 위한 세력 확산을 도와주기로 했다. 카이로선언으로 미국, 영국, 중국이 우리의 독립을 인정했으니 이제 독립을 이룰 일만 남았다.

혹 활동 중에 비밀이 누설되어 고문당하더라도 혼자 책임지고 모두 지하로 숨을 것이다. 행여 발각될 때는 당사자 자신이 책임지고 다른 당원 이름은 누설하지 않기로 맹세했다. 당원들은 조선의 독립을 위해 기꺼이 한 몸 바치기로 했다.

동지들은 취사장에 있던 식칼로 새끼손가락을 베었다. 적강낭콩보다 더 붉은 피가 뚝뚝 떨어졌다. 동지들이 모여 한마음 한 뜻으로 흘리는 애국의 피는 아궁이의 불길보다 뜨거웠다. 당기가 그려진 고려독립청년당 강령 선언문에 '대한독립 만세'라고 쓰고 동지들 각자의 이름을 썼다. 술잔에 피를 섞어 나눠 마시며 조선의 독립을 위해 목숨 바칠 것을 맹세했다.

취사장 추녀에서 비가 억수같이 쏟아졌다. 당기는 준비하지 못했지만, 김성일이 도안을 내놓았다. '투쟁의 기초 위에 광명을 획득한다. 희생 없이 광명을 볼 수 없다'라는 의미로 백지 왼쪽 위에 붉은 별과 칼을 그렸다. 군무원의 완장도 붉은 별이었기에 의심받지 않을 것이다.

김성일이 꿈꾸던 '고려독립청년당'은 그가 군무원으로 지원하기 전 중국에서 준비했던 일이다. 이제 그의 원대한 꿈이 실현되고 있었다. 김성일이 작사하고 김현재가 작곡한 당가를 김성일이 선창했다. 모두 가슴에 손을 얹고 목청을 높여 뜨겁게 당가를 불렀다.

반만년 역사에 빛이 나련다.
충위의 군병아 돌격을 해라.
피 흘린 선배들의 분사한 동지들의
원한을 풀어주자 창을 겨눠라.
몸부림 발부림 강산이 뛴다.
옛 주인 찾고자 호랑이도 운다.

독립을 갖겠다고 자유를 찾겠다고
질곡을 깨트리자 칼을 들어라.
삼천만 민족에 광명이 온다.
무궁화동산에 꽃도 피련다.
우리는 고려독립 우리는 청년단원
해방의 선봉이다 피를 흘려라!

장작불에 비치는 동지들의 얼굴은 긴장과 열정으로 더 붉게 타올랐다. 급기야 동지들은 목이 메어 실룩거리기 시작했고 뜨거운 눈물이 볼을 타고 흘러내렸다. 별천지로 기대했던 자바에서의 3년은 조선 청년들에게 지옥이 아니었던가! 내 한 몸 바쳐 오로지 조국의 독립을 이루리라. 만감이 오가는 숭고한 결의로 울먹이며 당가를 부르는 동지들의 목청이 점점 높아졌다. 거센 빗소리가 혈맹 동지들의 외침과 섞이고 수모워노를 뒤덮은 구름은 화염검이 되었다.

#29 웅아랑 산 雄我郎山

스마랑 수모워노의 훈련은 조선 군무원들의 애국심에 불을 지피는 항일운동의 뇌관이 됐다. 고려독립청년당 혈맹 전사가 된 손양섭은 2일 암바라와로 업무 복귀를 준비하고 있었다. 수모워노 연병장에서 훈련이 끝나고 특별한 일정이 없던 스마랑 제2분견소는 연말연시인 다음 달 1일까지 연휴였다.

손양섭은 연휴 동안 암바라와의 혈맹 동지들을 재소집하여 수모워노에 함께하지 못한 동지들을 규합하기로 했다. 연병장 숙소에서 쉬며 고향 친구 박승욱이 빌려준 책, 니체의 『짜라투스트라는 이렇게 말했다』를 다시 읽었다.

'행동하지 않으면, 생각이 바뀌지 않는다. 어제보다 더 나은 삶을 살기 위해서는 매일 그 마음을 지니고 살아야 한다'라는 니체의 명언처럼 행동하며, 날마다 새로이 사고를 바꿔 나갈 것을 다짐했다. 고려독립청년당의 1차 거사 계획인 1월 8일 '수미레 마루호 탈취 의거'가 행동으로 나타나는 첫 실행이 될 것이었다.

소설을 쓴 니체는 모든 신들은 죽었다는 역설로 사람들이 신을 의지하여 매너리즘에 빠지는 인간들을 경계했다. 니체는 인간이 못나서 신을 의지하는 것이 못마땅해 죽일 수 없는 신을 죽였던 것이다. '행동하는 인간은 늘 초인으로 살아야 한다'라는 말은 죽느냐 사느냐 늘 기로에 서 있는 혈맹 당원들이 명심해야 할 말이었다.

지난날, 혈맹 당원들의 초인적 삶은 허무할 뿐이었다. 손양섭은 며칠 후 있을 수미레 마루호 탈취 거사를 앞두고 자신이 할 수 있는 건 한계가 있다고 생각했다. 신이 죽은 것이 아니라 조국을 위해 초인으로 살면서 전능한 신의 도움을 구해야 할 때였다.

숙소 바닥에 앉아 무릎을 꿇었다. 하나님의 도움이 절실했다. 그분의 도움을 바라며 나라 위해 목숨 바치는 초인으로 살 것이다. 조선 포로감시원들은 태어날 때부터 니체가 걱정하는 매너리즘이라는 건 없었다. 오직 조국 독립에 대한 열망만이 뚜렷했다. 조국을 위해 죽음을 각오하고 싸우다가 죽으리라. 이 한 몸 조국을 위해 바친다 생각하니 조선의 사나이로 태어난 것이 자랑스러울 뿐이었다.

3년 전 브리스 베인호에서 '제비가 봉황의 뜻을 어찌 알까'라며 민영학 동지와 다짐하고 꿈꾸었던 봉황의 뜻이 수모워노에서 이루어지기 시작했다.

내일은 브리스 베인호에서부터 김주석과 함께 봉황의 꿈을 나눴던 민영학을 만나 고려독립청년당 결성을 알리고 함께 갈 것이다.

이심전심일까? 저녁이 되자 민영학이 수모워노로 달려왔다. 민영학은 3개월의 긴 훈련기간 동안 손양섭이 돌아오기만 오매불망 기다렸다. 일찍 암바라와 숙소에서 기다렸지만, 휴일을 훈련소에서 보낸다는 소식을 듣고 단숨에 달려온 것이다. 민영학은 훈련하느라 고생했다며 암바라와에서 보드카와 닭튀김, 뗌뻬 튀김 등 먹을 것을 잔뜩 싸 들고 왔다. 손양섭은 민영학이 챙겨온 것을 들고 가 볼 곳이 있다며 취사장으로 데리고 갔다.

"이곳이 우리가 조선의 독립을 위해 죽기를 맹세한 곳이라네."

민영학이 취사장 뒷편 혈맹 자리에 서자 피가 끓어올랐다. 때는 1944년 12월 30일, 이국땅에서 허무하게 연말연시를 맞고 있었다. 기분도 꿀꿀하겠다, 둘은 술판을 벌였다.

"함께 못 한 것이 아쉽습니다. 나도 가입하겠습니다. 이 한 목숨 조국을 위해 바치지 않으면 조선의 사나이가 아닙니다."

투계가 목깃을 세우듯 민영학이 치밀어오르는 반일 감정으로 벌떡 일어났다. 당장 혈서를 쓰겠다며 조리대에서 식칼을 들고 왔다. 김성일 총령이 계획한 수미레 마루호 거사까지 밝히며 스마랑 지부장으로서 입당을 허락하자 싸움닭처럼 퍼덕대는 민영학이 당장이라도 일본놈의 목을 따서 올 것 같았다. 민영학은 당원 가입에 감격해 눈물을 흘렸다.

"손양섭 동지! 수컷 웅雄에 아랑我郎."

"웅아랑ungaran/雄我郎, 웅아랑을 한자로 써 보니 지명이 정말 영웅스럽지 않습니까? 김성일 총령이 고려독립청년당을 조직한 이 자리 수모워노는 수모simo, 호랑이와 워노wono, 숲이란 뜻이니 고려독립청년당은 호랑이들의 숲임이 틀림없습니다. 조국을 위해 살기로 했으니 사나이 대장부 웅아랑의 도원결의를 합시다!"

"도원결의는 유비 관우 장비 셋인데 둘이서?"

"하하하하! 내일 당장 관우로 데려올 놈이 있습니다요."

민영학은 장비가 될 것처럼 거침없었다.

"기대가 되는군요. 민영학 동지! 그러고 보니 수컷 웅雄에 아랑我郎, 웅아랑! 영웅호걸스럽습니다그려!"

손양섭이 장비를 치켜세우며 분위기를 띄웠다.

"손양섭 동지가 입당 선배님이시니 웅, 저는 아랑, 내일 한 놈이 입당하면 나를 쪼개 그놈이 랑이 되도록 하겠습니다."

민영학은 함께할 당원이 있다며 들떠 있었다.

"우리가 웅아랑, 자! 건배를 합시다!"

손양섭이 잔을 높이 들었다.

"웅!"

"아랑!"

"짜앙!"

두 동지의 잔이 힘껏 뻗은 손 위에서 부딪히자 민영학은 혈맹 당원이 된 것에 감격해 거수경례를 했다.

"충, 성!"

민영학의 눈빛이 사뭇 엄숙했다. 31일 민영학과 손양섭은 수모워노에서 조국 독립을 위해 몸 바칠 것을 다짐하며 하루를 보냈다. 몇 시간 있으면 1945년 을유년이다. 민족의 태양은 조선의 동해와 웅아랑 산 위에서 동시에 뜨겁게 떠오를 것이다. 1945년은 고려독립청년당의 해였다. 두 동지가 다시 찾은 취사장 굴뚝에는 조선 청년들의 불타는 애국심이 연기 되어 모락모락 피어올랐다. 조선 청년들의 애국심에 붙은 불이 뜨겁게 타기 시작했다. 조국을 사랑하고 독립을 꿈꾸는 雄我郎웅아랑의 밤이 깊어만 갔다.

대망의 을유년 새해가 밝았다. 해발 2,050미터의 웅아랑 산이 두터운 구름 모자를 이불처럼 덮었다. 두 동지의 뜨거운 애국심이 밤새 회오리가 되어 정상을 우산처럼 둘러 덮었고 라우쁘닝 호수 맞은편 머르바부 산에서 붉게 떠오른 태양이 웅아랑 산의 구름을 비추었다. 1945년 대망의 새해 두 동지를 감싼 웅아랑 산 정상의 구름 화염검은 숭고하고 거룩해 보였다. 웅아랑 두 동지가 산 정상을 향해 가슴을 폈다.

"조선이여! 영원하라!"

민영학이 목청 높여 외쳤다.

"저 조센징 또라이놈! 술이 덜 깨도 한참 덜 깼군!"

민영학의 소리에 일본 당직 병사가 깬 것이다.

"야 이 빠가야로! 주둥아리 안 닥쳐!"

당직 병사가 병영 창을 열고 짜증을 냈다. 두 동지가 당직 병사를 뒤로하고 내려가려 하는데, 김현재 동지를 돕던 취사 보조병이 김현재 동지를 잊을 수 없다며 야자수 잎에 이것저것 주전부리를 챙겨 주면서 만나면 수모워노 자기 집에 놀러 오라고 부탁을 했다.

두 동지는 지프를 타고 해발 1,000미터 수모워노 고원 훈련소를 내려왔다. 일제가 조국의 강토를 짓밟고 피로 물들였다. 하루 빨리 조선이 독립을 맞는 것을 보고 이 땅을 떠나야 한다. 우리가 일제의 이름으로 이 땅에 점령자로 와서 이들의 피를 흘리게 할 이유가 무엇인가? 인도네시아도 나라를 빼앗겼다. 두 동지의 마음은 오직 조국의 독립에 있었다.

훈련소를 나와 마글랑 쪽으로 산허리를 휘감는 듯 들어섰다. 자바의 에덴동산이라 일컫는 디엥 고원에서 시작된 분지가 해발 3,150미터의 신도르 산과 해발 3,300미터 숨빙 산을 지나는 워노소보 재를 넘고 머르바부 산, 머라삐 산을 거쳐 족자카르타까지 풍요롭게 펼쳐져 있다. 이곳은 신라의 경주와 백제의 부여를 잇는 것보다 더 문화가 발달한 고도가 있었던 곳이다. 자욱하게 싸인 아침 안개는 번창했던 고도를 덮어놓은 이불 같았다.

사슴같이 순한 사람들이 천국처럼 살아가던 이 축복된 땅에 일제가 지옥을 만들어 놓았다. 자바 사람들은 인류의 시조 자바원인을 조상으로 억만년 문화를 즐기며 살아온 문화민족이다. 자바의 아름다운 혼들이 아침 안개처럼 자욱하게 깔려 있다. 시야가 닿지 않을 만큼 펼쳐진 산들, 그 산들이 그려낸 능선, 그 너머의 능선이 점점 엷어져 산수화처럼 펼쳐지고 있었다. 조선이 해방되면 이 민족도 해방될 것이다. 민영학은 가슴이 울렁거렸다. 반둥안으로 들어서자 솟아오른 머르바부 산, 뗄레모요 산, 안동 산이 웅아랑 동지의 포부를 숭고하게 했다. 머르바부 산을 중심으로 뗄레모요, 안동 산으로 구름이 감쌌다가 벗어지고 웅아랑 산 정상에서 빙빙 도는 구름이 소리 없는 전운처럼 느껴졌다.

반둥안 시내에서 바라보는 라우쁘닝 호수와 농민들이 그려내는 평화로운 풍경, 큰 웅아랑 산은 당신의 품과 자락에 사는 모든 사람

230

들의 행복을 지켜내고 있었다. 평화를 지켜내는 웅아랑은 영웅이었다. 웅아랑 산처럼 조국의 큰 산이 되리라.

라우쁘닝 호수는 그 직경이 10km 이상인 2,716헥타르의 거대한 호수로 쟁반을 뒤집어 놓은 듯했다. 호수는 전쟁으로 뒤집어진 속을 감추고 고요했다. 그 쟁반 가에 네덜란드가 만들어 빼앗긴 빵 조각 같은 암바라와 성이 있었고 그 안에 세상이 알지 못하는 악행의 현장이 있었다. 조선 소녀들과 네덜란드 소녀들이 끌려와 위안부란 이름으로 일본군의 성노예가 되어 있었던 곳이다. 자바 땅은 일제가 떠나야 평화가 이어질 것이다.

7 장

#30 전출 명령

자카르타에서 전속 명단을 전국으로 보냈다. 암바라와의 제2분 견소의 시무식 첫날, 집행부는 근무지를 바꾸는 조선 군무원 전출 명단을 발표했다. 1월 4일 자로 민영학, 손양섭, 노병한의 말레이 전속 명령이 떨어졌다.

"아니! 이럴 수가? 당원 가입 이틀 만에?"

민영학의 입이 떡 벌어졌다.

발각된 것인가? 그럴 리가 없었다. 이건 암바라와에서 발령하는 것이 아니었다. 우연이라도 당황스러웠다.

일주일 후 8일이면 수미레 마루호 탈취 거사가 있다. 어찌해야 하나? 고려독립청년당의 거사가 허사가 될 수는 없다. 황당하기만 했다. 조국의 독립을 위해 한 몸 바치기로 한 것이 물거품이 되다니? 손양섭은 아무리 생각해도 혈맹 동지 중에 밀고할 사람은 없었다. 우연일 것이다. 애써 침착했다. 어떤 상황에도 행동해야 했다.

발령 소식을 듣자 민영학은 바로 나카자와 중사를 지목하며 그놈 짓이라고 방방 뛰었다. 도리를 빼앗길까 봐 손을 쓴 것이라 믿었다. 도리는 불쌍한 아이다. 그녀의 아버지는 포로로 갇혀 있었다. 나카자와 놈이 일본 이름으로 강제 개명하여 리사로 부르지 못하게 했다. 민영학도 애인 도리를 두고 떠날 수는 없었다. 도리는 나카자와의 협박으로 아버지에게 문제가 생길까, 진절머리를 내면서 나카자와를 만나주긴 했지만 민영학을 사랑했다. 도리도 민영학이 없으면 사는 의미가 없었다. 민영학은 잘생긴 데다 패기도 있고 순수하며 따뜻했다. 그리고 일편단심 도리밖에 없었다.

독보엽전 이후로 조선 군무원들의 외출이 잦아지면서 도리와 민영학의 사랑은 더욱 뜨거워졌다. 나카자와 중사가 도리를 만나러 갔다가 허탕 치는 횟수가 잦아졌다. 얼마 전부터 도리가 집에 있으면서도 여러 가지 핑계로 나카자와를 만나주지 않은 적도 있었다. 민영학은 나카자와 놈이 압력을 넣어 자신을 발령시킨 것이라며 방방 뛰었다.

을순이의 순결도 나카자와 놈이 먼저 짓밟아 죽음으로 몰아넣었다. 민영학의 손이 닿기 전에 자기가 차지한 것이라고 떠들고 다니며 민영학의 염장을 뒤집어 놓는 놈이었다. 을순이가 나카자와 때문에 죽은 걸 생각하면 뼈를 갈아 먹고 싶은 심정이었다. 전생에 무슨 악연이기에 부산에서 암바라와까지 따라다니며 괴롭히는 것인가. 민영학이 리사와 사귀자 리사에게까지 뒷다리를 걸친 놈이었다. 민영학이 무슨 사고를 칠지 몰랐다. 손양섭이 그건 아닐 거라며 민영학을 달랬다. 그날 밤 도원결의했던 셋이 모였다. 그리고 셋은 맹세했다.

1월 4일이다. 대외적으로는 말레이로 가는 날이었지만 세 동지에게는 결전의 날이었다. 오후 3시 그날따라 우기의 암바라와 하늘은 폭풍이라도 불 것 같은 검은 먹구름이 몰려와 순식간에 3천 미터가 넘는 머르바부 산을 덮었다.

웅아랑 산에서도 산자락까지 내려온 구름이 제2분견소를 가렸다가 벗기며 세 동지의 마음을 더욱 착잡하게 했다. 불안했다. 손양섭과 민영학, 노병한이 꾸었던 꿈이 말레이 발령으로 허상이 됐다. 떠난다고 하니 이 강산의 추억은 아름다움보다 억울하고 원통한 기억밖에 없었다. 일제에게는 배신감과 증오심밖에 없었다. 세 동지의 마음은 암바라와 제2분견소 연병장에 내려앉은 먹구름보다 무겁고 어두웠다. 사나이 목숨이 헛되게 죽을 수는 없었다. 조국을 위해 이 한 목숨 값지게 바칠 것이다.

환송식이 거행됐다. 세 동지는 꿋꿋하게 환송식을 치렀다.

억류소장이 자랑스럽다는 듯 잘 가라고 관저에서 성당 마당까지 나와 거수경례를 했다. 세 동지도 엄숙히 거수경례로 답했다. 죽기를 각오해서 그런지 민영학은 스스로에게 놀랐을 정도로 의연했다. 그동안 함께하며 괴롭혔던 일본인들을 용서하고 진심으로 천사같이 환하게 답례를 했다. 눈가에 맺힌 이슬이 햇살에 반짝였다. 일본 군무원, 조선 군무원 할 것 없이 이 착한 민영학 동지가 짠해 아쉬워하며 진심 어린 손을 흔들어 주었다. 나카자와는 보이지 않았다.

스마랑 제2분견소인 성 요셉 성당에서 군무원들의 환송을 받으며 트럭이 출발했다. 드리워졌던 먹구름 사이로 햇살이 쏟아졌다. 뜨거운 환송을 받으며 차가 출발하자 만감이 교차했다. 세 동지에게는 작별이 아니라 세상의 모든 걸 내려놓은 성결한 출발이었다. 민영학은 이 세상에 미련도 없는 자신이 고마웠다.

세 동지가 탄 차가 성당 밖을 나와 스마랑 방향의 국도에 접어들었다. 사진관 스튜디오의 배경 같은 먹구름이 맞은편 드막 마을 쪽 하늘을 더욱 어둡게 했다. 먹구름이 드리워진 바닷속으로 빨려 들듯 트럭은 회색빛 지평선을 향해 무겁게 나아갔다. 순간 하늘이 갈리듯 구름 속에서 쏟아지는 오후의 햇살이 천상 가는 길처럼 열려 환히 비추었다. 시커멓게 내뿜는 배기관의 연기가 꼬리를 감출 때까지 동료들은 손을 흔들었다.

차가 멀어지자 지난 3년간 있었던 일들이 주마등처럼 지나갔다. 도로 우측 편 1km 남짓 거리에 호수를 배경으로 암바라와 성이 웅장하게 자리 잡고 있었고 북문 앞에 있는 조선 소녀들의 위안소가 가로수를 지날 때마다 언뜻언뜻 스쳐 보였다.

3년 전, 이곳에 와서 사흘째 되던 날, 13살의 어린 을순이 피지도 못하고 짓밟혔다. 말라리아 열병에 걸려 앓다가 회복되기도 전에 변태스러운 일본 놈의 성욕에 시달려 죽은 옥자, 성노예 생활을 못 견디어 야반도주하다 붙들린 금희는 조선 청년들이 보는 앞에서 짐승처럼 죽임을 당했다. 그러고도 모자라 그놈들은 시신을 삶아 먹으며 시체놀이를 벌였다. 생각하면 이가 갈렸다. 말라리아 치료약인 금계락을 먹고 세상을 떠나려 했던 서영은 지금 저곳에서 한 가닥 희망도 없이 성노예 생활을 하고 있다.

일제의 2년 군무원 계약은 처음부터 기만이었다. 전출되는 이

시각에도 밀린 월급은 말레이에서 지급한다고 둘러대었다. 말레이로 가는 배에서 무슨 일이 일어날지 몰랐다. 손양섭은 딴중 쁘리옥에서 연합군 포로수송선을 탈취하는 거사를 나흘 앞두고 발령된 것이 원통했다. 성일이 이끄는 고려독립청년당 거사에 함께하지 못함이 분하고 원통했다.

차가 웅아랑 산자락을 휘감아 암바라와를 빠져나와서 머락마띠 마을을 지나고 있었다. 출발한 지 얼마 되지 않았는데 인솔을 담당한 야마자키 중사가 벌써 졸음을 이기지 못하고 눈꺼풀을 껌벅였다. 운전수는 고려독립청년당 조직을 알지 못하는 조선 군무원 김인규였다. 맨 앞 좌측 조수석에 민영학이 앉았고 조수석 뒤 의자에 야마자키 중사가 탔다. 야마자키 옆에 앉은 노병한이 바짝 긴장해 있다. 야마자키 뒤에 손양섭, 그 옆에 역시 고려독립청년당 조직을 모르는 낯선 조선 군무원 한 명이 동행했다. 머락마띠를 지나는 길은 한적했다. 웅아랑 산을 지날 때까지 서행하던 차가 시야가 탁 트인 직선 도로가 나타나자 속도를 높이려고 부웅 페달을 밟는다. 민영학의 머리에는 온통 애인 도리 생각뿐이었다.

손양섭이 갑자기 작은 기침을 했다. 민영학이 아차 하고 정신을 차렸다. 운전 중인 김인규 옆에 있는 총을 슬쩍 잡았다. 이때다. 손양섭이 숙지시킨 고려독립청년당의 군호를 외쳤다.

"높다! 차 멈춰!"

민영학이 떨리는 목소리로 고성을 지르며 김인규에게 총구를 겨누었다. 군호가 떨어지자 손양섭이

"푸르다!"

화답 군호와 동시에 뒤에서 야마자키의 목을 졸랐다. 고려독립 청년당의 존재를 알 리는 없는 김인규이지만, 평소 손양섭의 애국심을 잘 아는 터라 눈치 빠르게 브레이크를 밟았다. 차가 잠시 비틀거렸으나 안전하게 멈추었다.

"탕!"

노병한이 어느새 야마자키 놈의 총을 뺏어 사타구니 사이에 넣고 방아쇠를 당겼다.

"우욱!"

총을 맞은 야마자키가 목을 조이고 있는 손양섭 동지에게 팔을 풀어 달라고 발악하는 신음을 냈다. 당황한 김인규가 노병한을 돌아보다가 야마자키의 목을 계속 조이며 자신을 주시하는 손양섭과 눈이 마주쳤다. 손양섭이 도망가라는 눈짓을 했다. 옆에 앉았던 청년도 떨고 있었다. 손양섭이 무릎으로 툭 치며 도망가라는 눈짓을 했다. 김인규와 청년은 뒤도 돌아보지 않고 허겁지겁 길가의 웅아랑 산 언덕을 기어 올라가 잠깐 도로 쪽을 뒤돌아보더니 산꼭대기 쪽 반둥안 동네 방향으로 달아났다.

손양섭이 야마자키의 목덜미를 잡아 차에서 끌어내렸다. 야마자키의 엉덩이가 '쿵' 하며 도로에 내동댕이쳐졌다. 노병한이 차를 돌리는 동안 웃지 못할 진풍경이 벌어졌다.

사무라이 정신으로 천황에게 목숨을 바치겠다던 항복정신은 어디 가고, 야마자키가 길바닥에 무릎을 꿇은 채 두 손을 머리 위로 올리고 싹싹 비비며 '구다사이'를 반복했다. 꼴이 천생 똥파리였다. 야마자키는 허리에 샌닌바리를 두르고 있었다. 고향에 있는 가족만 생각하며 무사안일주의로 조선 군무원들처럼 돌아갈 날만 기다리는 종자였다. 손양섭이 뒷목을 당수로 갈기자 야마자키가 기절했다. 손양섭은 군홧발로 야마자키를 길섶 낭떠러지로 밀어 넣었다. 죽이지 않았다. 일본인에 대한 마지막 자비였다.

#31 무기고 습격

"가자! 일본 놈들은 다 죽여 버리자!"

손양섭이 차에 뛰어오르며 전사의 기개로 소리 지르자 엉거주춤하던 민영학과 노병한은 정신이 번쩍 들었다. 조선인들을 살려 보내고 불쌍한 야마자키에게 자비를 베풀며 여유 있고 침착한 손양섭의 행동에 민영학과 노병한은 용기를 얻어 날아오르듯 차에 올랐다. 침착한 노병한이 노련하게 운전대를 잡고 개선장군처럼 제2분견소인 성당으로 향했다.

정문에 도착했다. 먼저 무기고로 가야 했다. 분견소 정문 진입은 경사가 있는 데다가 턱까지 있었다. 경사진 입구를 덜커덩 오르니 갑자기 트럭의 시동이 꺼졌다. 다시 열쇠를 돌려보았지만 시동이 걸리지 않았다. 배터리 전원까지 끊어진 듯 엔진이 아예 돌아갈 기미가 없었다. 큰일이었다. 당황하면 안 되었다.

"저기!"

외치는 소리와 함께 손양섭의 손이 가리키는 곳을 보았다. 마침 성당 옆 사무실 앞에 출동 준비가 된 지프차 한 대가 시동이 걸려 있었다. 누가 외출을 하려는지 운전병이 시동을 걸어 놓고 사무실 안에 무엇을 챙기러 들어간 모양이었다. 저 차를 놓치면 죽는 것이었다. 셋은 트럭을 포기하고 달려가 지프에 올라탔다. 뒤쫓는 이도 없이 유유히 무기고로 올라갔다.

시끌벅적한 환송식이 끝나고 오랜만에 모두 여유를 즐기려나 보았다. 목요일이라 성당 본당도 조용하고 무기고 가는 길에도 사람 하나 없었다. 스마랑 제2분견소가 있는 성당 앞마당은 일반인들이 드나들 수 있었기에 외부에서 보면 그저 평화로운 교회였다. 행사 시 필요할 때만 안내하던 성당 경비도 오늘은 전출식 행사가 있어 나오지 않았다.

스마랑 제2분견소의 무기고는 성당 뒤편, 일제가 학교 기숙사를 차지해 병영으로 쓰는 곳 옆에 있었다. 일제는 암바라와 성을 비롯한 네덜란드의 군 시설과 요새를 점령하고도 군 부대 분견소로 사용하지 않고 굳이 종교시설인 성당을 이용했다. 그리고 모든 무기고는 성당 가까운 곳에 두고 장교급들도 성당 내의 관사와 기숙사 시설에 거주케 했다. 성당은 미사를 허락하고 신자들을 드나들게 했다.

전황이 일제에게 불리해지자 내란의 불안요소로 볼 것은 조선 포로감시원만이 아니었다. 네덜란드인 포로 가족들까지 잡아와 성당 교실에 억류시켰다. 무기고 위 소운동장 앞의 교실에는 볼모로 잡혀온 가족들이 억류되어 있었다. 시설은 열악하기 그지없었다. 한 교실에 포로 가족들 80명씩을 가두고 수도꼭지 한 개를 사용케 하고 있었다. 교실마다 포로 가족들이 차고도 넘쳤다.

일제가 무기고를 성당 뒤에 두는 것은 포로 가족들과 천주교 신 자들이 인질이 되어 연합군이 폭격 못 할 것이라고 믿었던 것이다. 찔라짭, 찌마히 등 자바의 모든 성당도 암바라와와 다를 바 없이 교 실이며 체육관 등은 가족 억류소로 사람들이 차고 넘쳤다. 네덜란 드가 축조한 요새 내의 창고는 연합군 포로수용소로, 성내 네덜란 드 무역 사무실이나 숙박시설들은 일본 병사와 포로감시원 병영으 로 사용했다. 성당 내의 숙박시설은 원래 가톨릭이 운영하는 학교 의 교사와 간부, 수녀들의 숙소였지만 일본군이 장교 관사로 사용 했던 것이다.

세 동지는 순식간에 성당 뒤에 있는 관사를 지나 무기고 앞에 도 착했다. 차를 세우고 손양섭과 민영학이 무기고를 지키는 보초 앞 으로 다가갔다. 보초병은 자바 병사였다. 노병한이 시동을 켠 채 대 기해 있고 손양섭과 민영학이 소장 관사 문 앞을 지나 당당히 걸어 갔다. 불과 반 시간 전에 이들의 환송식이 있었다. 무기고를 지키던 보초병은 두 동지가 걸어오자 잊어버린 물건을 챙겨 갈 것이 있어

온 걸로 알고 부드러운 미소로 두 동지를 맞이했다. 반가웠는지 손양섭과 민영학이 다가가자 보초병은 생글생글 웃으며 부동자세로 거수경례를 했다. 손양섭도 거수경례로 답하고 가까이 갔다.

이제부터는 죽이지 않으면 내가 죽는 전투다. 민영학이 무방비의 보초에게 무자비하게 급소를 한 방 지르자, 보초가 컥 소리와 함께 고꾸라졌다. 손양섭이 생명에 지장 없도록 목덜미 위 뒤통수를 한 번 더 가격하자 보초병은 바람 빠진 튜브처럼 털썩 주저앉았다. 보초를 관사에서 보이지 않게 무기고 안의 벽 뒤로 옮겼다. 순간 노병한이 달려오고 세 사람은 무기고에서 부켄 기관총 3정과 탄환 2천5백 발을 빠르게 차에 옮겨 실었다.

차를 돌려 성당 옆 분견소 사무소로 내려갔다. 자바 운전병이 고장 난 트럭 앞에서 사라진 지프를 찾느라 두리번거리다가, 자신이 운전해야 할 차에서 손양섭이 내려 사격 자세로 다가오자 두 손을 번쩍 들었다. 일본인이 아니면 죽일 이유가 없었다. 손양섭이 총구를 성당 뒤로 가리키며 달아나라는 눈치를 했다. 운전병이 허둥지둥 사라졌다.

사무소 앞에 노병한이 대기하고 손양섭과 민영학이 사무실 문을 박차고 들어섰다. 사무실에는 자바 병사 몇 명만 있었고 모두 자리를 비웠다. 돌아 나와서 다시 차에 탔다. 분견소를 나오면 스마랑 방향 300m 오른쪽 길가에 억류소장 스즈키 대위의 관사가 있었다. 부켄 기관총에 탄환이 줄을 서 있었다. 손양섭이 조수석에서 전방 거총자세로, 민영학이 뒷좌석에서 후방 거총자세로 유유히 나아갔다. 스즈키 대위 소장의 관사 앞에 차를 멈췄다. 베란다에서 가정부가 청소하고 있었다.

"빵! 빠아앙!"

손양섭이 손을 뻗어 노병한이 잡은 핸들의 경적을 꾹꾹 눌렀다. 외출할 일이 있었는지 억류소장 스즈키 대위가 군모와 군복 차림으로 밖으로 나왔다. 운전병이 울리는 경적으로 알고 차를 보지도 않고 여유롭게 군화 끈을 조였다. 손양섭과 민영학이 조준하고 있는 것도 모른 채 군화 끈을 매고 머리를 드는 순간,

"타~앙!"

민영학이 방아쇠를 당겼다. 순간 혼비백산한 스즈키가 본능적으로 바닥에 엎드렸다. 민영학이 조준한 건 이마인데, 총알이 빗나가 군모만 스쳤다.

"타~앙!"

손양섭이 한 방을 더 날렸다. 스즈키가 일어나지 못했다. 죽은 게 확실했다. 다음 목표는 옆 관사에 있는 교도소장이다.

"빵! 빠앙! 빵! 빠아앙!"

교도소장의 대문 앞에서 신경질 내듯 경적을 더 울렸지만 아무 기척이 없었다. 하기야 안에 누가 있어 총성을 들었다면 벌써 움직였을 것이다. 교도소장의 집에 기생충처럼 빌붙어 살면서 장부 조작으로 온갖 도적질을 다 해 온 어용상인도, 포로들과 조선 군무원들에게 온갖 나쁜 짓을 다 해 온 교도소장도 없었다.

"이 쪽바리 새끼!"

교도소장이 없자 세 병사는 공분했다. 노병한이 차를 움직이자

"타타타타! 타앙!"

"이 새끼들! 당장 찾자고요."

방금까지 총성을 아꼈던 민영학이 감정이 폭발해 고함을 질러대며 기관총을 난사했다.

"동지! 이제 시작이야!"

손양섭이 민영학을 말렸다. 민영학이 피를 봤던 것이다. 흥분하기 시작했다. 민영학은 을순이가 생각났다. 암바라와 성에 있는 조선 소녀들을 구해야 한다며 위안부 수용소로 가자며 닦달했다. 노병한은 민영학과 달리 차분했다. 암바라와 성을 향해 차를 몰았다. 조선 소녀들이 있는 위안부 수용소까지는 교도소장 관사에서 1km 거리였다. 암바라와 역을 지나는 길은 일본군들이 많이 움직이는 방향이었다. 그리고 위안부 수용소로 가는 길은 내리막길이었다.

노병한이 정신을 차리고 다혈질의 민영학이 가리키는 대로 암바라와 성으로 향했다. 조선 위안부 수용소는 1km 거리로 멀지 않았다. 암바라와 광장을 지나면 우측에 조선 군무원 숙소가 있다. 지난 3년 동안 침식을 함께한 오은석, 조규홍 등 사랑하는 고려독립청년당 혈맹 동지들과 조선 군무원들이 있다. 오늘 이곳에서 함께 아침식사를 하고 다시 만날 기약 없이 헤어졌던 동지들이 있는 곳이다. 저들 중에는 갑자기 의기투합한 세 동지의 거사 계획을 아는 이가 없다. 싱가포르에 무고하게 도착했다는 소식을 기다리고 있을

것이다. 차가 숙소를 지나려 하자 민영학은 지난 세월의 감정을 억제하지 못해 오열하는 듯했다.

대로의 왼쪽 직각으로 꺾이는 지점에서 직진하면 위안부 수용소가 있는 암바라와 성의 북문으로 들어서는 길이었다. 대로 우측 모퉁이 한 길가에는 군인병원이 있었다. 일본 군인들이 이용하는 병원이라 일본 군무원이 있었다. 노병한이 차를 병원 앞에 멈추자 약속이나 한 듯 손양섭과 민영학이 뛰어내려 병원 문을 열고 들어갔다.

민영학은 이미 이성을 잃고 있었다. 눈에 보이는 게 없었다. 이제 엎질러진 물, 이성을 찾는다 해도 세 동지들에게는 죽음만 기다리고 있을 뿐이었다. 일본놈들을 한 놈이라도 더 처단하는 것 외에 다른 선택은 없었다.

노병한은 탄환을 장착한 채 군인병원으로 들어간 두 동지를 엄호해야 했다. 두 동지가 들어가자 노병한이 생각했다. 마음 같아서는 당장 암바라와 성으로 쳐들어가 조선 위안부 소녀들을 구출하고 싶지만 소녀들을 구출한다 해도 그다음 어떻게 할 것인가? 잘못하다간 소녀들의 목숨이 위험했다. 일본인 사살이 목적이라 해도 암바라와 성은 높고 사대문이 철통같았다. 난공불락의 철옹성이었다. 일본인 저격을 위해 무데뽀로 들어갔다가는 독 안에 든 쥐가 될 것이었다.

억류소장 스즈키가 죽는 것을 가정부가 목격했다. 지금쯤 제2분견소에서 비상연락망이 가동됐을 것이다. 다음 목표는 교도소장이다. 지금 상황에서 소녀들 구출은 무모했다. 교도소장부터 제거하고 다시 계획을 세워야 했다. 조금 있으면 많은 병사들이 무장하고 움직일 것이다. 노병한은 우선 안전한 곳으로 피신부터 하고 다음 계획을 세워야 한다고 생각했다.

"탕! 타, 다다다다, 타앙!"

병원 안으로 들어간 손양섭과 민영학은 신속했다. 짧은 시간 안에 총성이 그치고 두 동지가 나왔다.

"두 놈 보냈어!"

민영학이 지프에 날아오르며 말했다. 일본군들이 몰려올 일만 남았다. 노병한이 "암바라와 성은 불가."라며 짧게 말하고 차를 다시 교도소장의 관사 방향으로 몰았다. 조선 군무원 숙소를 다시 지나오는데 벌써 총성을 들은 조선인 군무원들이 우왕좌왕 움직이고 있었다. 코앞에서 터진 총성이었다. 광장을 되돌아올 즈음 민영학이 왼쪽으로 나 있는 살라띠가 방향의 제6억류소로 가자고 했다. 민영학의 애인, 도리의 집이 있는 곳이다. 딱히 갈 곳도 없었다. 전열을 가다듬고 다음을 준비해야 했기에 노병한은 제6억류소 방향으로 가속페달을 힘차게 밟았다.

지프를 도리의 집 방향으로 돌리자 민영학은 나카자와 놈이 생각나서 기관총에 총탄을 거칠게 장전하기 시작했다. 손양섭이 민영학의 손을 꼭 잡았다.

사람들의 눈에 띄지 않으려고 속도를 내어 광장을 질풍노도 하자 풍경이 바뀌었다. 무슨 일이 있었냐는 듯 좌측 라우쁘닝 호숫가에는 아이들이 대나무 끝에 실을 묶어 지렁이로 낚시를 하고, 우측

평야의 넓은 논에는 벼가 푸르게 자라고 있었다. 농부들이 괭이로 논둑길을 푹푹 찍으며 들판의 무법자 두더지를 찾고 있었다. 일본 군이 주둔해 있는 암바라와 부대와는 다른 세상인 듯 평야 위로 비 추는 오후의 햇살이 무기를 내려놓고 손차양을 해야 할 만큼 눈부 셨다. 평화로운 전원 풍경은 한 폭의 그림이었다.

도리의 집이 있는 제6억류소는 연합군 포로들의 가족이 살지만 억류 등급이 아래여서 그런지 제2분견소와 달리 비교적 자유로웠 다. 도리의 집으로 가는 동안 주민들에게 혐오감을 주지 않도록 무 기를 드러내 보이지 않았다.

도리의 집에 도착했다. 도리의 집은 라우쁘닝 호수가 반쯤 보이 는 논 가에 있었고, 집 앞에는 느티나무보다 높은 '산야'라 불리는 불꽃나무가 살구꽃 피듯 잎 하나 없이 온통 빨갛게 피어 있었다. 도 리를 향한 민영학의 마음 같았다. 불꽃나무 앞에 서자 민영학의 가 슴은 터질 것만 같았다.

도리의 집에는 아무도 없었다. 이 시간이면 도리는 도로 건너편 의 멀지 뗄레모요 산 중턱에 있는 외갓집에 가 있다. 제6억류소가 가까운 도리의 집은 안전하지 못하다. 불꽃나무의 꽃이 피는 계절 에는 그 화려함이 지나가는 사람들의 눈길을 사로잡고, 억류소에 계신 도리 어머니의 이웃들이 종종 들르기도 하는 곳이었다. 또 집 이 도롯가에 있어서 노출이 많이 되어 이 시간은 안전치 못했다. 민 영학의 주문에 따라 차를 도리의 외갓집으로 몰았다.

#32 암바라와 역驛

　민영학이 애인 도리의 외갓집에 도착했지만 민영학이 떠난다는 충격에 신변에 변화라도 있었는지 도리는 없었다. 도리와 뜨거운 밤을 보냈던 방에는 나카자와의 부적인 샌닌바리가 걸려 있었다. 샌닌바리를 보자 민영학은 머리끝까지 피가 솟구쳤다. 불꽃나무보다 더 뜨거웠던 도리에 대한 열애의 불꽃이 나카자와에 대한 증오심으로 옮겨 붙었다.

　"이 죽일 놈의 새끼를⋯⋯. 당장 갑시다! 일본 놈들은 다 죽여 버리고 죽자고요!"

　화를 누르지 못한 민영학이 나카자와의 샌닌바리를 찢어보지만 쉽지 않자 바닥에 팽개치고 침을 뱉고 군홧발로 짓이기기 시작했다. 지금쯤 암바라와 시내에는 세 동지의 일이 알려졌을 것이다. 길길이 뛰는 민영학에게 손양섭이 다가가 진정시키며 어두워지기만을 기다렸다.

　세 청년의 한바탕 소동으로 암바라와 제2분견소가 발칵 뒤집혔다. 이시하라 소장에게 말레이 발령에 반감을 품고 민영학이 난동을 부린다고 보고됐다. 암바라와에 두고 가는 애인인 도리 때문에 손양섭과 노병한을 충동질한 것이라며, 나카자와와의 삼각관계까지 털어 보고됐다.

"미친놈! 조센징은 개새끼들이야! 가라는 말레이는 안 가고 여자를 갖고 싸움질이나 하고, 그러니까 조센징은 개 다루듯 조져야 한다니까."

이시하라는 민영학이 잡히기만 하면 엄중히 다룰 것이라며 펄쩍 뛰었다.

"이 조센징 개새끼들! 무슨 수를 써서든 찾아! 도리 집으로 갔을 거 아냐? 빨리 잡아들여!"

이시하라 소장이 단단히 열 받았다. 이시하라가 걱정하는 것은 상부에 이 사건을 어떻게 보고해야 할지였다. 일본 군인에게 여자 문제는 사기진작과 관계되었기에 태평양전쟁 중에 세계 전쟁사에 없던 위안부 제도까지 만들었다. 이시하라가 여자 문제를 눈감아 준 것이 한두 번이 아니었다. 이 일이 쟁점이 되어 이전에 있었던 문제들까지 들추어진다면 여자 문제에 관대했던 이시하라는 책임을 면치 못할 것이었다. 거기다 이번 사건은 사람까지 죽었다.

일본군은 젊은 군무원들의 배설욕구를 사기와 연관지어 위안소를 운영했다. 조선 군무원들은 조선 소녀들은 동족이라고 암바라와 위안소에는 얼씬도 하지 않았고 은밀히 현지인과 관계를 맺고 있었다.

거기다가 민영학의 문제는 자신의 직속 부하인 일본 병사 나카자와와 삼각관계로 엮인 복잡한 일이었다. 이는 규율을 어긴 것이나, 불문율이 되어있었다. 이 문제가 불거지면 위안소를 옆에 두고

도 생긴 일이라 문제가 클 것이었다. 다행히 민영학의 전출로 문제가 일단락 지어졌다 생각했는데 일이 더 커진 것이다.

도리의 집에 병사들을 보냈지만 민영학은 없었다. 이시하라는 관사에서 꼼짝 않고 재차 보고를 받으며 암바라와 시내를 샅샅이 뒤져 민영학을 찾으라고 명령을 내렸다. 하지만 하늘로 솟았는지, 땅으로 꺼졌는지 종적이 묘연했다. 환장할 노릇이었다.

어느덧 땅거미가 내리기 시작했다. 공분한 세 동지는 바로 교도소장이 있는 관사로 지프차를 몰았다. 그곳에 나카자와도 있을 것이다. 암바라와에서 저녁은 갈 곳이 많지 않았다. 나카자와가 이 시간 숙소에서 잠잘 인간이 아니었다.

도리의 외갓집을 나와서 라우쁘닝 호수를 지나고 교도소장 관사 방향으로 향하자 손양섭은 민영학이 애처로이 여겨졌다. 여자만 보면 환장을 했던 나카자와에게 늘 당하기만 했기 때문이다. 민영학은 3년 동안 일편단심 도리였다.

"뿌우우~웅!"

긴 기적을 울리며 암바라와 역에 일본 병사를 가득 실은 열차가 들어오고 있었다.

"야이! 이 저 개새끼들이!"

민영학이 고래고래 소리를 지르며 기관총을 난사하려고 하자 손양섭이 본능적으로 민영학을 제지했다. 민영학이 열차를 보자 다시 이성을 잃은 듯했다

300미터 앞 건널목에 암바라와 역으로 들어가는 증기 기관차 8

량이 철길 건널목을 지나 역에 들어서며 서서히 멈추고 있었다. 증기 기관차에는 일본 병사들이 웃통을 벗은 채로 짐승처럼 괴성을 지르며 시시덕거리고 있었다. 수모워노 조선 군무원들 사상개조 훈련도 끝났고, 말썽꾼 독보엽전들도 말레이시아로 보냈으니, 이제 조선 소녀들이나 맘껏 갖고 놀자는 듯 조선 위안부 수용소로 가기 위해 떼로 몰려오던 중이었다.

아직 주말이 이틀 남은 목요일인데 일본 병사들이 몰려오고 있었다. 매일 저녁 소녀 방 하나에 30명 이상이 들어갔다. 오늘 저녁은 50명이 넘을 것 같았다.

"그래 저 새끼들부터 조지자고요!"

짐승들을 태운 8량의 열차를 보자 손양섭도 피가 거꾸로 치솟았다. 노병한이 액셀러레이터를 힘껏 밟아 건널목 차단막이 오르기 무섭게 급좌회전을 하고 다시 좌회전을 하면서 역사로 들어섰다. 지프도 화가 났는지 시커먼 연기를 내뿜으며 '부우우웅' 소리를 질러 댔다.

"타, 다다다다, 타앙! 야! 이 개새끼들아!"

"타, 다타다다다 타앙"

"쪽바리 놈들 아랫도리부터 없애주지."

민영학과 손양섭은 기관총 방아쇠에서 손을 뗄 수 없었다. 폭죽을 터트리듯 객차를 향해 기관총을 난사하자 열차가 서기도 전에 괴성을 지르며 뛰어내리려던 일본 병사 하나가 쓰러졌다. 플랫폼에서 열차를 맞이하던 일본 역장도 쓰러졌다. 손양섭은 명사수였다. 역사에 서 있는 자바인들을 피해 역장만 명중시켰다. 플랫폼에서 기다리던 자바 병사들과 주민들이 가오리처럼 바닥에 납작 엎드렸다. 객차에서 고개를 내밀던 일본 병사들이 다시 들어가고 열차의 철판에 튄 탄환 소리가 콩 볶듯 하고 암바라와 역은 아수라장이 되었다.

지프를 멈추고 노병한도 가세했다. 기관총의 총구가 벌겋게 불을 뿜어내고 있었다. 기관차에는 탄환 튀는 소리가 요란했다.

"뿌우웅~! 뿌우웅~!"

기관차가 기적을 울리기 시작했다.

"타앙! 타앙!"

어느새 객차에서 반격의 총탄이 날아오기 시작했다. 노병한이 즉시 사격을 멈추고 운전대를 잡아 역 광장을 한 바퀴 돌자, 손양섭이 사격을 중단했다. 중과부적이다. 두 동지가 잠시 멈춘 틈을 타 플랫폼 아래에서 머리를 처박고 미처 열차로 되돌아 오르지 못한 병사들이 고개를 들고 있었다.

"탕! 타앙!"

손양섭이 이들의 머리통들을 날렸다. 기차 안에서 전열을 갖춘 병사들의 탄환 소리가 하나둘 들리더니 요란해지기 시작했다.

"교도소장 관사로!"

지프차는 유유히 암바라와 역사를 빠져나왔다. 민영학이 그간 쌓인 한을 주체 못 해 또 그래그래 소리를 지르며 돌아서서 기관총을 마구 쏘아 댔다.

#33 붉은 옥수수 밭

지프가 미끄러지듯 관사에 가까워졌다. 군수품 납품업자 어용상인의 집 현관 처마에는 호야등이 켜져 있고, 현관 양옆 정원에는 대나무로 만든 절연 횃불이 켜져 그을음을 피우고 있었다. 손양섭이 베란다를 뛰어 넘어가 문 앞에 섰다. 안에서 인기척이 났다. 이른 저녁인데 불을 환히 켜 놓은 걸 보니 낮에 일어난 억류소장 피살로 오늘 밤에는 경비원이 특별히 오려나 보다. 불과 두 시간 전에 일어났던 일들을 비상 연락망을 통해 모두 알렸을 것이다. 민영학과 노병한이 거리를 감시하고 손양섭이 문을 부수고 안으로 들어갔다.

"탕!"

한 발 총성이 울렸다. 어용상인이 문도 잠그지 않은 채 거실을 서성이며 누군가를 기다리는 듯 차를 마시고 있었다. 불청객의 급습에 놀라 찻잔을 떨어뜨리고 두 손을 번쩍 들었다. 하지만 손양섭이 주저 없이 어용상인의 가슴에 방아쇠를 당겼다. 이어 민영학이 상황을 파악하러 들어갔을 때는 바닥에 넘어져 숨이 끊어지기 직전이었다. 거구의 어용상인은 부들부들 마지막 경련을 일으키고 있었다. 손양섭이 억류소장 사살 때와 달리 총을 잡은 채 넋이 나간 듯 서 있었다.

"손양섭 동지, 정신 차려요!"

민영학이 손양섭의 손을 잡아채서 밖으로 끌고 나왔다. 옆집에서 총성을 들은 교도소장이 급히 문을 잠갔다. 민영학이 손양섭을 따라 들어가는 때에 맞춰 동시에 노병한이 있는 힘을 다해 교도소장의 관사 문을 부서져라 박차고 집 안으로 들어섰다. 교도소장이 집 뒤로 도망가려고 오른손은 허리에 찬 칼을 잡은 채 왼손으로 문손잡이를 돌리려는 순간이다.

"탕! 탕!"

노병한이 교도소장 허리 좌우편에 한 발씩 위협사격을 했다. 교도소장은 자신의 좌우 옆구리에 쐐기 박히듯 꽂히는 총탄에 놀라 손을 번쩍 들었다. 몸은 얼어붙어 사시나무 떨듯 부들부들 떨었고 허리에 찬 일본도가 맥없이 흔들렸다. 교도소장이 돌아서려 하는 순간 노병한이 방아쇠를 당겼다.

"타~앙!"

두 번째 총성과 함께 민영학 손양섭 두 사람이 따라 들어왔다. 총성이 멎자 관사 뒤 뜰에서 인기척이 났다. 뒤 테라스로 이미 도망을 택한 놈이 또 있었다. 민영하의 직감에 나카자와였다. 세 사람은 경계자세로 조심스레 인기척 난 곳으로 다가가 교도소장이 열려던 문을 박차고 나갔다. 손양섭 노병학이 엄호를 하고 민영학이 좌우를 살피며 한 발 두 발 나아갔다. 잠시 정적이 흘렀다.

"타~앙!"

"으윽~"

한 발의 총성으로 정적이 깨졌다. 놀란 손양섭이 바닥에 엎드렸다. 민영학의 좌측 대퇴부에 총알이 날아왔다. 교도소장의 관사 뒤뜰은 제2분견소 방향으로 정원이 넓게 트여 있어 어디서 날아온 총알인지 알 수 없었다.

"후퇴!"

노병한이 소리치며 재빨리 문 뒤로 몸을 숨겼다.

"탕, 탕!"

두 발의 총성이 더 울렸다. 총성과 함께 길에 세워 둔 지프차에 탄환 맞는 소리가 났다. 그리고 후다닥 도망치는 인기척이 들렸다.

"암바라와로 갑시다!"

민영학이 대문으로 나와 총 맞은 다리를 끌며 지프차로 가려 하자 손양섭이 달려가 어깨를 부축했다.

"이놈의 새끼!"

운전을 위해 지프차로 먼저 달려간 노병한이 욕설을 해댔다. 타이어에 펑크가 나 있었다. 조금 전 그놈이 달아나며 바퀴를 쏜 것이었다. 아뿔싸! 차가 없다. 화가 난 손양섭과 노병한이 고함을 지르며 차에서 탄환들을 챙겼다.

"탕! 탕!"

손양섭이 물러서며 남은 두 바퀴에 펑크를 냈다. 세 동지는 차를 버리고 길가 왼쪽, 옥수수 밭으로 들어섰다. 우기의 짙푸른 옥수숫대는 키를 훌쩍 넘었다. 민영학의 바지가 어느새 피로 흥건했다.

"저 어린, 저 소녀들……."

민영학이 고통스러운 얼굴로 조선 위안부 수용소를 가리키며 외쳤다. 차가 없으니 한길로 갈 수는 없었다. 옥수수 밭은 오전에 거사를 한 군인병원까지 이어져 있었다. 세 동지는 정신없이 옥수숫대를 헤치며 조선 위안부 수용소를 향해 나아갔다. 민영학을 부축하여 옥수숫대를 헤치며 400m쯤 갔을까?

"나를 두고 위안부 소녀들을 구해 주구려."

피를 많이 흘린 민영학이 포기한 듯 두 동지에게 조선 위안부 소녀들을 부탁했다.

"기다리구려. 지혈부터 합시다. 그리고 나서 위생 창고를 다녀오리다."

손양섭과 노병한은 옥수수 잎을 벗겨 고랑에 깔고 민영학을 앉혔다. 혁대를 풀어 지혈한 후 옥수수 밭을 빠져 나왔다. 두 동지는 좌우를 경계하며 80m 지점의 병원 뒤, 조선 군무원 숙소 가까이에 있는 위생 창고로 갔다.

억류소장 사살, 암바라와 기차역에서의 일본군 사살, 그리고 군인병원 직원 사살로 인해 제2분견소 지휘부가 발칵 뒤집혔다. 교도소장 관사에서 난 총성을 듣고 비상 대기하던 일본구 소대 병력 30여 명이 중무장을 한 채 교도소장의 관사로 몰려왔다. 교도소장

관사와 어용상인 관사의 거실 바닥은 피바다가 되어 있었고 비린
내가 코를 찔렀다.

"잠깐! 이리로……."

밖에서 일본군 병사 하나가 동료 병사들을 불렀다.

"이곳에 핏자국이……."

핏자국은 옥수수 밭을 향해 연결되어 있었고 밭고랑 안쪽으로
잡초가 쓰러져 있었다. 암바라와 성 방향이었다.

"흐흐흐, 멀리 가지 못했다."

옥수수 밭고랑은 어두웠다. 병사들이 옥수수 밭의 핏자국을 따
라 한 걸음 한 걸음 경계하며 추격했다. 민영학을 향해 병사들이
한 발, 한 발 다가오고 있었다. 민영학은 죽어도 암바라와 성에 가
서 죽어야 했다. 민영학은 젖 먹던 힘을 다해 암바라와 성 방향으
로 옥수수 밭고랑을 기어가고 있었다. 옥수수 밭이 거의 끝나가고
암바라와 성이 500여 미터 앞으로 다가왔다. 70여 미터를 기어
왔던 것이다.

피는 멈추지 않고 흘렀다. 민영학은 정신이 몽롱했다. 일본군
병사들이 옥수숫대를 헤치는 소리가 가까워졌다. 지혈했던 혁대
사이의 피는 도토리묵처럼 시커멓게 엉겨 있었다. 더 나아갈 힘도
없었다. 하늘나라의 음악 소리가 아련히 들리는 듯했다. 민영학은
가물거리는 정신을 가다듬고 마지막 기도를 올렸다.

'하나님, 저 악한 무리들을 불쌍히 여기사 죄를 용서하시고 이제
내 영혼을 받으소서. 저의 마지막 소원은 조선의 독립입니다.'

"스스스슥! 사사사삭!"

병사들이 좀비 떼처럼 다가오며 옥수수 잎 헤치는 소리가 점점 커졌다.

"동지들, 나를 포기하시오! 조선 독립 만세!"

민영학이 온 힘을 다해 외쳤다.

손양섭과 노병한이 위생 창고 앞에서 옥수수 밭을 돌아보았다.

'……'

"타아앙!"

한 발의 총성이 고요한 저녁, 암바라와 하늘에 울려 메아리쳤다. 민영학이 옥수수 밭에 있던 나뭇가지에 방아쇠를 걸고 총구를 가슴에 향해 잡아 당겼다. 검붉었던 암바라와 노을이 시커멓게 어두워져 갔다. 추격한 병사들이 총성이 난 곳을 에워싸고 있었다.

옥수수 밭의 무대가 어두워졌다. 술렁이는 객석처럼 옥수숫대가 스멀스멀 흔들리고 있었다. 민영학은 분노도 한도 가슴에 품고 한 방의 총성에 갔다. 이 한 몸 죽어 대한의 독립이 된다면 나라 위해 기꺼이 바치겠다는 일념뿐이었다. 스멀대는 옥수숫대도 저 멀리 꾸두스 시㹬의 검푸른 하늘의 실루엣도 이제 검은색으로 변해 갔다.

#34 마지막 어깨동무

암바라와 사건은 단순한 반항이 아니었다. 폭동자를 놓친 이시하라 소장은 그들의 경로로 봐서 대로를 따라 살라띠가로 도주했으리라 추정했다. 살라띠가 방향의 모든 초소에 비상연락을 취하고 도주로를 차단했다. 등잔 밑이 어두운 법, 손양섭과 노병한은 조선 군무원 숙소가 지척에 있는 위생 창고로 들어가 문을 걸었다. 암바라와의 1월은 우기의 절정이다. 어두워지자 이내 빗방울이 점점 굵어지더니 장대 같은 빗줄기가 쏟아졌다.

어두운 위생 창고 안에 들어선 손양섭과 노병한이 서류가 꽂힌 탁자에 마주 앉았다. 둘은 말이 없었다. 나라 위해 몸과 마음을 다 바친 거룩한 이들에게 더 이상 할 말이 없었다. 자신을 보듯 서로를 바라보며 숙연했다. 말을 한들 세 동지의 숭고한 선택이 억수의 빗소리를 거스를 뿐이다. 자정까지 요란하게 쏟아졌다.

민영학이 흘린 피가 옥수수 밭을 붉게 적시고 암바라와 성을 지나 드넓은 라우쁘닝 호수로 흘러들고 있을 것이다. 검붉은 피가 조선 소녀들의 위안부 수용소를 지나 흐르고 있다. 민영학이 세상을 떠나면서 흘린 거룩한 피로 소녀들의 한을 조금이라도 씻는다면 민영학은 여한이 없을까? 민영학은 마지막까지 조선 소녀들을 사랑하고 고려독립청년당 조직원들의 비밀을 지키며 조국을 위해 그렇게 피를 흘리며 죽었다. 이 핏물이 내일 조선 역사 속에 흐르지 못하고 라우쁘닝 호수에 고일지라도 언젠가 독립조선의 긴 역사에 뜨겁게 흐를 것이다.

두 동지의 가슴속에 일제에 대한 분노가 다시 끓어올랐다. 어차피 이 세상 짧게 살다 떠난다. 두 동지에게 이제 죽음이 눈앞에 와 있다. 두 동지는 최후까지 일본군 한 명이라도 더 죽이고 저승에서 다시 만나 손잡으리라 다짐했다. 그리고 한 많은 이 세상의 일을 잊고, 적 없고 미움 없는 나라에서 영원히 함께 살리라.

손양섭은 곰곰이 생각했다.

'교도소장 뒤뜰에서 민영학을 쏜 놈이 누굴까?'

그놈은 분명 나카자와 중사가 틀림없다. 그놈을 끌고 함께 가리라. 그리고 민영학 동지 앞에 세우리라!

손양섭의 피가 끓어올랐다. 이제 남은 시간 모든 걸 불태우리라. 노병한 동지와 눈이 마주쳤다.

"일본 놈들은 다 죽여 버리고 죽자고요."

노병한도 결사 각오를 하고 말했다. 노병한의 직감에도 민영학을 쏜 건 나카자와였다. 민영학이 돌아오면 제일 두려워할 놈은 나카자와였기 때문이다.

"나카자와를 찾읍시다."

손양섭이 말했다.

"맞아요, 동지! 그놈이 민영학 동지를 쏘았어요."

노병한이 맞장구를 쳤다. 이제 나카자와도 불안해서 두 폭동자를 찾을 것이다. 두 폭동자가 빨리 죽기를 바랄 것이다. 손양섭과 노병한이 나카자와를 찾기로 했다. 두 동지는 교대로 눈을 붙이며 위생 창고 안에서 밤을 새웠다.

민영학이 죽고 이시하라 소장에게 속속 보고되는 피살 소식에 죽은 자들은 모두 일본인이었다. 이건 단순히 발령에 대한 불만이 아니라 반란이라는 것이 밝혀졌다. 반란이면 이건 세 명만의 사건이 아니었다. 필연 조선 군무원들이 연계되었을 것이다.

이시하라는 사건을 조선 군무원의 반란으로 규정했다. 조선 청년들을 철저히 배제한 채 새로운 비상연락망을 가동하고 조를 짜서 암바라와를 샅샅이 뒤지도록 명령했다. 친일파로 분류된 조선인 군무원들이라도 일본 부사관들의 통제 하에 움직이게 했다. 이들의 밤을 새운 수색은 5일 낮까지 계속되었지만 두 폭동자들의 흔적을 찾을 수 없었다. 사람이 숨을 만한 곳은 다 수색했고 물 항아리, 심지어 쌀독까지 손을 넣어 보았지만 찾을 수가 없었다.

다음 날 새벽, 두 동지는 다음 거사 장소로 암바라와 총 지휘소의 중심인 범 소굴 제2분견소로 정했다. 모든 걸 내려놓았다고 생각했지만 아직도 가슴은 두근거렸다. 위생 창고 창틈으로 밖을 내다보았다. 제2분견소로 침입하기 위해 가는 길은 대로 말고도 쥐들이 다닌다는 뜻의 '잘란 띠꾸스'라 하여 주민들이 다니는 작고 좁은 길이 광장 건너편부터 제2분견소까지 나 있었다. 위생 창고에서 조선 군무원 숙소 담장을 끼고 나 있는 길이었다.

조선 군무원들은 가택연금이나 된 듯 한길로 나오는 이가 없었다. 친일파로서 자타가 인정하는 조선 군무원 몇 명마저 일본 병사들 조에 한 명씩 포함되어 경계근무를 하고 있었다. 넘어지면 닿을 뒤편 병원에는 지프차가 바쁘게 드나들고 있었지만 위생 창고에는 관심이 없었다. 온종일 굶은 채로 갇혀 있었더니 뱃속 또한 전쟁이었다. 삼엄한 경계는 풀릴 조짐이 없었다. 밤을 기다렸다.

저녁 8시나 되었을까? 암바라와는 산간지방이라 높은 산 뒤로 해가 일찍 떨어져 저녁 8시는 한밤중이나 다름없었다. 두 동지가 문틈으로 내다보았다. 건너편 조선 군무원 숙소는 불이 환히 켜져 있었고 소리가 들릴 듯 말 듯 하더니 이내 조용해졌다. 손양섭이 목창문을 열어 고개를 내밀어 보았지만 좌우는 물론 시야에 보이는 사람이 없었다. 두 동지는 무장을 하고 제2분견소로 향했다.

오늘도 밤비가 내리려나 보다. 하늘엔 먹구름이 잔뜩 몰려오고 비가 내리기 전이라 밤공기가 스산했다. 아니나 다를까 이내 우박 같은 빗방울이 툭툭 떨어지기 시작했다. 먹구름과 진회색 밤안개가 몰려오는 어둠 속을 두 동지가 자세를 한껏 낮춘 채 빠르게 이동했다.

위생 창고를 나와 큰길을 택하지 않고 조선 군무원 숙소 왼쪽 담장 옆을 지나서 증기 기관차가 멈춰진 암바라와 역사의 철로를 눈 깜짝할 사이에 가로질렀다. 농부들만 다니는 우기의 질척대는 논두렁, 밭두렁을 지나 좁은 민가 골목을 민첩하게 지났다. 후우두두둑! 빗방울이 굵어져 기와지붕과 양철지붕을 때리는 빗소리가 바람 소리와 섞여 두 동지의 이동 기척이 들리지 않아 다행이었다.

나카자와가 밤마다 노닥거리는 제2분견소 사무소에 도착하자 우박이라도 내릴 듯했던 위세의 빗방울이 갑자기 멈췄다. 민가 골목을 빠져나와 군화에 흙이 묻지 않게 덧신처럼 칭칭 감았던 붕대를 풀었다. 분견소 정문 옆을 택하지 않고 경비실로부터 수모워노 쪽으로 길게 쳐진 성당의 낮은 담장을 뛰어넘었다. 저만치 제2분견소 사무소 앞 화단에다 몰래 방뇨를 하던 자바 병사가 담을 넘어오는 그림자를 보고 화들짝 놀라 바지춤을 올리는 둥 마는 둥 사무실로 안으로 뛰어 들어갔다.

"적이다!"

두 동지의 잠입이 탄로 났다. 담장에서 사무소 출입문까지 불과 30여 미터. 자바 병사가 문을 열고 들어간 후 두 동지가 틈을 주지 않고 뛰어들어 거총 자세로 서자 조선 군무원과 일본 군무원, 그리고 자바 병사를 포함한 아홉 명이 우왕좌왕하고 있었다. 천장에다 기관총을 난사했다. 기왓장에 총 맞는 소리가 요란했다. 모두들 책상 밑에 머리를 숨기고 바닥에 엎드렸다. 있어야 할 나카자와가 보이지 않았다. 그때 바깥에서 도망가는 소리가 사무실에 들렸다.

자바 병사가 놀라 들어오자 뒷문 앞에 다리를 꼬고 노닥거리던 나카자와가 문을 박차고 나가 정문 방향으로 줄행랑치고 있었다. 참으로 쥐새끼 같은 놈이었다. 사무실 뒤 정원을 지나 무기고와 병영으로 가는 길이 있었지만 도중의 한 곳은 장석의 걸고리를 풀어야 하는 시간까지 계산하는 놈이었다.

"조선인들은 가라!"

손양섭이 조선말로 외쳤다. 조선 군무원들이 일어나는 순간 말을 못 알아들은 일본인 두 명과 자바인 세 명이 눈치를 보는 듯했다. 순간, 일본 병사 두 명의 머리에 벌써 손양섭과 노병한의 차디찬 총구가 겨눠져 있었다.

"탕!"

손양섭이 방아쇠를 당기자 노병한도 틈을 두지 않고 방아쇠를 당겼다. 그리고 자바인들에게는 나가도 된다는 사인을 보냈다. 노병한이 총 맞은 놈의 머리통을 군홧발로 걷어차자 허연 눈동자를 뒤집으며 바닥에 나뒹굴었다. 대리석 바닥에 유혈이 낭자하고 피비린내가 코를 찔렀다. 죽은 사람은 후쿠도메 통역원과 시로야마 위생병이었다.

나카자와를 놓친 것이 분했다. 돌아서며 군홧발로 위생병의 머리통을 한 번 더 걷어찼더니 목이 다시 홱 돌아와 두 동지를 향해 멍한 흰자위를 드러냈다. 이제 곧 무기고 뒤 병영에서 병사들이 벌떼처럼 달려올 것이다. 두 동지는 몸을 날려 다시 오던 길을 달렸다. 좁은 민가의 골목을 지나 논두렁에 들어서자 무게에 못 이겨 쓰러질 듯이 매달린 바나나가 밤하늘을 담은 무논에 거울처럼 투영되어 있었다. 바나나를 보자 노병한의 배에 꼬르륵 소리가 났다. 바나나가 고개 숙여 두 동지를 기다리고 있는 듯했다. 대검으로 바나나 한 줄을 땄다. 조선 군무원 숙소 뒷담을 지나려니 안에서 웅성대는 소리가 들렸다. 조금 전 분견소에서 난 두 동지의 총성 때문이었다. 두 동지는 다시 위생 창고로 들어갔다. 그리고 허기진 배를 채웠다.

날이 밝자 스마랑 제2분견소가 다시 발칵 뒤집혔다. 스마랑과 족자, 보요랄리, 블로라, 자카르타, 보고르, 반둥 등으로 암바라와의 반란 상황이 타전되었다. 난리 중의 난리였다. 스마랑에서 암바라와로 들어오는 길이며 마글랑 가는 길, 살라띠가로 가는 길 등 암바라와와 연결되는 모든 길에 대나무 바리케이드를 치고 임시 검문을 시작했다. 이시하라는 이번 일을 조선인들의 반란으로 규정하고 대치 과정을 타전했다. 스마랑 분견소에 요청했던 일본 지원군 30명이 더 도착했다.

수모워노 보병 훈련장에서 훈련된 자바 병사 800명이 출동해 제2분견소를 중심으로 조선인 동향을 수시로 보고받고, 현지주민 통반장에게 조선인이 나타나면 신고하라고 지시하는 등 조직적으로 움직였다. 암바라와 시내를 이 잡듯 뒤지고 있었다. 민가와 관공서를 샅샅이 뒤졌다. 일본군들은 이제 어디서 총탄이 날아올지 몰라 공포에 휩싸였다. 신출귀몰해서 어디에서 나타나 총탄이 머리에 박힐지 몰랐다. 조선 군무원들도 불안하기는 마찬가지였다. 조선 군무원들을 일본 군무원으로 오인할 수 있기에 삼삼오오 함께 모여 있었다.

세 동지의 의거를 반란으로 규정한 저들은 이제 조선 군무원들을 노골적으로 의심하며 연관된 자가 있는지 캐기 시작했다.

모든 조선 군무원들의 외출이 금지되고 철저히 감시됐다. 평소 손양섭과 각별한 사이인 이상문은 마글랑에 출장 중이었으나 이시하라가 둘의 관계를 보고받고 암바라와로 긴급 복귀 명령을 내렸다. 명분은 손양섭과 노병한이 나타나면 이상문을 통해 설득하기를 종용한다지만 사실은 이상문을 인질을 삼으려는 것이었다. 위생 창고 건너편 조선 군무원 숙소는 어둠 속의 바다처럼 무거운 분위기의 하루가 지나갔다.

혈맹 당원 조규홍이 밤새 일어난 일들의 자초지종을 전해 들었다. 조규홍의 직감으로 숙소에서 엎어지면 코 닿을 거리의 위생 창고가 이상하게 느껴졌다. 그리고 보니 위생 창고를 수색했다는 소리는 아직 듣지 못했다. 일본군들이 간과했던 것이다. 조규홍은 아무도 모르게 안뜰을 지나 창고 부근까지 다가가서 문을 흔들어 보았고 인기척을 내보기도 했지만 창고 안에서는 아무런 응답도 없었고 정적만 감돌았다.

위생 창고 뜰에는 파파야 나무가 자라고 있었다. 잎들이 푸르게 자라 휴양지의 파라솔같이 서 있었고 따사로운 햇살이 비추는 이 파리 아래는 때마침 열매들이 알맞게 익어 여인네 젖가슴처럼 탐스럽게 달려 있었다. 한창 맛이 올라 있을 때였다. 아무 일 없다는 듯 바나나 잎에 맺힌 아침 이슬은 영롱했고 박새처럼 작은 새가 지저귀는 상쾌한 아침이었다. 일본군에게 힌트를 줘선 안 되었다.

조규홍은 위생 창고 주위를 기척하며 서성이다 이내 되돌아와야만 했다. 군무원 동료 20여 명이 아침 식사를 위해 모여 있었다. 모두 사태의 심각성을 알기에 긴장하고 있었다. 제대로 잠을 자지 못해 눈에 핏발이 선 사람도 있었다.

바로 그때 위생 창고 쪽에서 손양섭과 노병한이 뚜벅뚜벅 걸어왔다. 두 사람은 소리도 없이 동료들 가까이로 다가왔다. 식당에 있던 동료들은 화들짝 놀랐다. 그러나 소리를 지르는 사람은 없었다. 손양섭은 미소까지 지으며 차분하게 낮은 목소리로 말했다. 조규홍은 다녀온 적이 없다는 듯 태연히 손양섭을 대했지만 혈맹 동지를 보자 격한 가슴은 터질 것만 같았다.

"여러분, 놀라게 해서 죄송합니다. 그러나 저희로서는 마땅히 해야 할 일을 했다고 자부하고 있습니다. 저희가 일으킨 일로 여러분의 처지가 난처하게 된 건 죄송하지만 이렇게 할 수밖에 없었습니다. 저희 희생이 조선 독립운동의 불씨가 되길 바랍니다. 우리는 다시 창고로 돌아갑니다. 만약 총소리가 들리면 모두 놀라는 체하며 달아나 주십시오."

식당에 있던 조선 군무원들은 손양섭과 노병한이 자결을 결심하고 있음을 눈치챘다. 두 사람은 조규홍에게 담배를 청했다. 사형수의 마지막처럼 맛있게 담배를 피우고 난 뒤 두 사람은 조규홍을 끌어안아 포옹을 하고 창고로 되돌아갔다. 조규홍은 가슴이 먹먹했다. 군무원 동료들은 숨을 죽이고 창고 쪽을 바라보고 있었다. 시간이 멈춘 듯했다. 조규홍은 무슨 말을 해야 할지 할 말도 놓쳤다.

잠시 후 손양섭이 홀로 다시 나타나 조규홍 곁으로 다가왔다.

"이것을 자카르타에 있는 박승욱 동지에게 전해 주게."

손양섭은 이와나미 문고 책 두 권을 건네주었다. 니체의 『짜라투스트라는 이렇게 말했다』와 『인간적인 너무나 인간적인』이라는 책이다. 손양섭이 지니고 다니면서 즐겨 읽던 책이었다. 자카르타에 있는 박승욱은 고려독립청년당 당원으로 본소의 병기계 부서에서 근무하고 있었다. 손양섭과 같은 고향인 충남 사람이어서 막역하게 지내는 사이였다.

"손 동지! 탈출구가 있단 말이야."

조규홍은 부질없다고 생각하면서도 죽음을 앞둔 혈맹 동지에게 해 줄 수 있는 작별인사라고는 그 말밖에 없었다. 그러나 손양섭은 머리를 한 번 끄떡일 뿐 그 눈빛은 결연했다. 손양섭은 다시 창고로 돌아갔다. 잠시 뒤 창고에서 노랫소리가 들려왔다.

삼천만 민족에 광명이 온다
무궁화동산에 꽃도 피련다
우리는 고려독립 우리는 청년 당원
해방의 선봉이다 피를 흘려⋯⋯.

고려독립청년당의 당가 3절이었다. 그 노래는 거룩했다. 당가가 끝나자 잠시 괴괴한 정적이 위생 창고 주위를 감쌌다. 바나나 잎이 바람에 조용하게 흔들리고 있었다. 동료들이 숨을 죽이고 위생 자재 창고 쪽을 바라보고 있었다.

"탕! 탕!"

정적을 찢는 두 발의 총성이 동시에 울렸다. 고려독립청년당 당원 손양섭과 노병한의 죽음을 알리는 거룩한 총성이었다. 조선 군무원들은 모두가 깜짝 놀라는 채 소리를 지르며 제2분견소와 암바라와 성으로 달아났다. 손양섭과 노병한은 서로의 가슴에 총구를 겨누어 방아쇠를 당겼던 것이다. 그리고 손을 잡고 사력을 다해 서로를 끌어당겨 어깨동무를 했다.

#35 포로수송선 탈취

1945년 1월 5일, 이른 아침 자카르타 본소의 전화가 요란하게 울렸다.

"암바라와에서 어제 오후 손양섭, 민영학, 노병한 세 명의 군무원이 총기와 탄약을 탈취하여 일본인들만 저격, 민영학은 자결했고 현재 두 명은 도주, 추적 중이다."

전화를 받은 사람은 자카르타에서 주번 근무를 하고 있던 고려독립청년당 당원 지주성이었다. 비밀로 하라는 일본 상관의 함구령이었지만, 지주성이 아침 식사 중인 김성일에게 곧바로 보고했다.

'오! 하나님, 이게 무슨 날벼락입니까?'

거사를 사흘 앞둔 성일은 피가 거꾸로 솟는 것 같았다. 온몸이 후들후들 떨려서 그냥 멍하니 동지들을 바라보았다. 고려독립청년당 동지들에게 수송선 탈취 계획을 막 꺼내려던 참이었다. 그럴 리는 없겠지만 손양섭 노병한이 혹 생포되어 실토라도 하면 큰일이었다. 사건의 전개방향에 따라 수송선 탈취 계획은 물론이고 당 조직마저 위험에 처할 수 있었다. 암바라와이 혈맹 당원 조규홍과 이상문은 또 어떻게 되었을까?

손양섭은 수모워노 혈맹 때, 수미레 마루호 탈취 거사를 함께하기로 했었고 이를 위해 내일 6일 스마랑에서 도착하기로 되어 있었다. 거사를 위해 와야 할 손양섭 동지가 탈주라니? 무슨 일이 일어났는지 답답하기만 했다.

일제는 조선 군무원들의 반항이 심해지자 새해 들어 자바 섬의 요주의 군무원들에게 말레이(싱가포르)로 전출 명령을 내렸다. 1월 6일 정오 무렵, 반둥에서 전출 명령을 받은 군무원들이 자카르타에 도착했다. 아니나 다를까 반둥의 책임자이자 무법자로 소문난 박창원과 부책임자 오은석이 전출 조에 포함되어 있었다. 이 둘은 모두 혈맹 당원이다. 어떻게 조직한 당인데 찢어지다니 조직 운영의 악재였다.

고려독립청년당원이 여섯 명이나 전출되었다. 이런 판국에 용장 박창원 동지가 본소에 도착하자마자 고열로 의무실에서 치료를 받았다. 한 치 앞을 내다볼 수 없는 상황, 성일은 전출 받은 동지들이 도착하자 자카르타 지역에 있는 동지들을 소집하여 합동회의를 열었다. 회의에 참석한 인원은 모두 아홉 명, 수송선 탈취 거사를 재논의해야만 했다. 거사를 도모하는 것이 당연하다는 동지가 여섯 명이었다. 조직부장 임헌근은 의견이 다른 동지들을 설득했다. 전출과 별개로 대의에 따라 동지들 모두가 탈취 계획에 찬성했다. 바로 행동에 들어갔다.

조직부장 임헌근과 박승욱, 두 사람은 수송선 수미레 마루호로 이송될 포로 상황을 파악하러 달려갔다. 이송될 포로들은 주로 네

272

덜란드군과 영국군이었다. 그들은 농장이 있는 자카르타 교외의 제5분견소에 수용되어 있는 포로들이었다. 그들 중에 일본어 통역을 담당하는 네덜란드인 봉가르틴 대위도 이송 명단에 들어 있었다. 찌마히 훈련소에서 무기고를 담당하고 있을 때부터 봉가르틴 대위와 박승욱은 절친한 사이였다. 임헌근이 봉가르틴 대위에게 수송선 탈취 계획을 솔직히 털어놓았다.

"우리 조선인 군무원들은 해상에서 수송선 탈취를 계획하고 있다. 일본 병사는 1개 분대만 승선하기 때문에 배는 우리 힘으로 제압할 수 있을 것이다. 제압하고 나면 전출자도 힘이 될 것이다. 당신들 가운데는 해군 장교도 있을 테니 일본인 선원이 협력하지 않을 때, 당신들이 필요하다. 일본은 어차피 패망한다. 그날이 언제 올지 알 수 없지만, 우리 함께 탈출하지 않겠는가?"

봉가르틴 대위는 임헌근의 말을 듣고 동료들에게 돌아가서 상당히 오랫동안 상의한 듯했다. 마침내 충분히 승산이 있을 것 같다는 결론을 내리고 계획에 참여하겠다는 회답을 주었다.

다음 문제는 무기 확보였다. 무기 확보는 박승욱이 맡았다. 그는 병기창에 근무하고 있기 때문에 미제 경기관총과 탄약 3천 발을 손쉽게 조달해 냈다. 탈취 계획의 총지휘는 군사부장 김현재가 맡기로 했다. 그러나 제압 전까지 여섯 명의 인원으로서는 불안했다. 인원을 더 늘려야 했다. 그리하여 후보로 박승욱이 추천되었다. 변봉혁도 후보에 올랐다. 변봉혁은 자카르타 분소에 오래 근무한 인물로 민족의식이 매우 강한 사나이였다. 목사인 아버지 밑에서 자결

주의를 배우며 자랐기에 기독교 신앙을 가진 골수 민족주의자라고
할 수 있었다. 또한 성일을 신앙같이 믿고 따르는 충직한 동지였다.
우선 전출자가 아닌 변봉혁이 수미레 마루호에 무단 승선해서 거
사에 동참하기로 결정하였다.

한편 박승욱은 앞으로 점점 중요해질 무기 확보에서 가장 핵심
적인 임무를 수행해야 할 인물이었기에 싱가포르로 가 버리면 남
은 동지들이 지속적으로 활동하는 데 장애요인이 많아 승선에서
제외되었다. 협의를 하던 중에 연합군 포로진영의 상황을 점검하
러 갔던 두 사람이 돌아왔다. 배를 탈취한 뒤의 운항에 대해서는 포
로 중의 한 장교가 책임진다는 확약을 받았다고 두 사람은 신이 나
서 보고했다.

"포로들은 식량과 연료를 걱정하고 있습니다."

임헌근이 말했다.

"전시 수송선 안에는 어느 정도 연료와 식량이 비축되는 것이 통
례다. 염려 안 해도 될 것이다."

성일은 일단 연합군 포로진영과 확실한 연대가 성사된 것에 기
뻤다. 배는 1월 8일 출항하기로 되어 있었다. 수송선 지휘관은 가
사하라 겐고 중좌였다. 이틀 뒤면 출항이었다.

1월 7일 오후, 암바라와에서 세 동지가 모두 자결했다는 소식이
날아왔다. 김성일은 다시 동지들을 소집했다. 그리고 그 자리에서
암바라와의 세 동지가 일으킨 사건을 '고려독립청년당 제1거사'로
규정하고, 다음 날 시행될 수미레 마루호 탈취 계획을 바로 '제2거

사'로 규명했다.

"왜놈들이 입버릇처럼 천우신조를 말하지만, 지금 우리가 진정 천우신조를 바라고 있다."

성일은 신의 가호를 빌었다. 목사의 아들인 변봉혁이 두 손을 모으고 눈을 감으며 모두의 안녕과 거사 성공을 위해 기도를 올렸다. 동지들 모두의 마음에 신의 가호가 절실했다. 박승욱은 고향 친구인 손양섭이 암바라와에서 자결했다는 말을 듣고 충격을 받았다. 독서를 좋아했던 손양섭의 지적이고 의연한 모습이 떠올랐다. 박승욱이 선물한 니체의 문고판을 읽고 또 읽던 모습이 눈에 아른거렸다. 그는 마음을 다잡으며 손양섭 동지처럼 조국을 위해 한 목숨 기꺼이 바치리라 다짐했다. 하루 후면 치러질 거사가 차질 없도록 그가 맡은 무기 조달은 물론 당무에 집중했다.

수미레 마루호에는 1,200명 정도의 포로가 승선하기로 되어 있었다. 군무원 가운데 전출 대상자 30여 명이 자바의 각지에서 도착했다. 그들 중 여섯 명이 당원이었는데 손양섭도 그들과 왔어야 했다. 전출자라도 수송선 탈취에 역할이 많았다. 탈주와 자살에 의문이 갔다.

연합군 포로 수송 담당은 조선 군무원들이 대부분이었다. 일제의 포로 감시는 조선 군무원에게 맡기고 일본 1개 분대가 보조적으로 동행하는 것이 통상적이었다. 거기다 전출자도 있었다. 연합군 포로들까지 함께하기로 했으니 해낼 수 있을 것이다.

1월 8일 결전의 날이다. 이게 무슨 일인가? 군무원들이 딴중 쁘리옥 항에 도착해 보니 가사하라 수송 지휘관 외에도 일본인 장교와 하사관 그리고 일본 병사가 삼십 명도 넘게 있었다. 게다가 가사하라 중좌 지시 아래 하사관들이 직접 부두에서 포로들의 소지품을 검사하고 있었다. 맙소사! 당황스럽고 불안했다. 이 일은 관례적으로 조선 군무원들이 수행하는 일이었다. 수송선 탈취 계획 지휘자인 김현재는 사태가 심상치 않음을 직감했다.

'거사를 포기할까?'

망설였다. 무단 승선하기로 한 변봉혁이 이미 부두에 나와 있었다. 변봉혁은 이날 자바를 떠나면 영원히 돌아오지 않을 각오를 하고 나왔다. 우편물도 책자도 모두 태워 버리는 등 개인 소지품도 모두 없앴다. 어느새 박승욱도 조달한 무기를 가지고 부대에 모습을 드러냈다. 사태가 심각하게 돌아가는 것을 눈치챈 김현재는 그사이 거사를 중지해야 뒤탈이 없겠다고 전원에게 알렸다.

"아직 그렇게 결단할 단계는 아니다."

임헌근이 정색하며 반박했다. 그렇지만 지휘관이 승선해 일부 통솔권마저 없는 이런 상황에서 전속 명령도 받지 않은 변봉혁 동지를 승선하게 할 수는 없었다.

'설사 거사를 강행한다손 치더라도 여기서는 일단 변봉혁 동지는 손을 떼게 해야 시작이 안전하다.'

김현재는 거사는 계속 진행하되 변봉혁이 승선하는 것은 재고하자고 했다. 임헌근은 애초 상의한 대로 탈취 계획을 실행하자고 했지만 상황을 파악할수록 그 역시 심상치 않다는 것을 깨닫고 일단 변봉혁의 승선 제외에 동의했다. 임헌근은 승선을 앞두고 박승욱으로부터 경기관총을 다루는 법을 숙지했다. 자신에게 익숙하지 않은 기관총이었기 때문이다.

어느덧 출항 시간이 다가와 군무원들도 전원 배에 올랐다. 그런데 승선 대상자가 모두 배에 타자마자 일제는 조선 군무원 전원을 짐칸 한 곳에 몰아 태우는 게 아닌가? 출입도 엄격하게 통제되었다. 이건 말도 안 되는 일이었다. 연합군 포로를 감시하는 것이 아니라 졸지에 포로가 되어 감시를 당하는 기분이었다.

작전이 누설된 걸 감지했다. 짐칸에 갇힌 채 밤이 왔다. 갑판으로 나갈 수 없었기에 짐칸에 난 작고 둥근 창으로 별을 보며 항로를 관찰했다. 배가 계획된 항로로 떠나지 않고 자카르타 주위를 빙빙 돌고 있다는 걸 느낄 수 있었다.

배는 자카르타 인근 해역을 밤새 돌기만 하면서 조선 군무원들이 어떻게 행동하는지 기다려 보는 듯했다. 다음 날 아침이 되어서야 배가 앞으로 나갔다. 그러나 수송선 위로 초계 비행기가 날고 있었고 경비병도 감시를 하는 듯 교대로 짐칸을 드나들었다. 당원들은 일본 감시원이 나가자 계획을 실행에 옮기려고 봉카르틴 대위를 통해 의사를 알렸다. 그러나 연합군 포로들은 일본군의 삼엄한 감시로 겁에 질려 있었다. 영국군 장교에게서 연락이 왔다.

"이 작전을 중지합니다. 우리는 당신들의 요청에 응할 수 없습니다."

다시 생각을 바꿔 달라고 간절히 요청했다.

"내가 주의 깊게 관찰해 보니 수송선이 자바를 출발한 이후 초계비행기가 계속 따라오고 있습니다. 이런 상황에서는 무리입니다. 비행기가 공격할 수 있습니다. 탈취에 성공한다고 해도 무선 연락이라도 하는 날이면 바로 격침되겠지요."

답이 왔다. 포로들의 협력을 받지 못한다면 거사는 성공할 가망이 없었다. 당원들은 결국 눈물을 머금고 거사를 포기해야만 했다. 박창원은 11일 싱가포르에 도착했다.

한편, 자카르타에서 목이 빠지게 소식을 기다리고 있었던 김성일, 박승욱 그리고 승선 기회를 놓친 변봉혁 등은 9일이 지나고 10일이 지나도 아무런 소식을 들을 수 없었다. 소식이 없다는 것은 탈취에 성공했다는 뜻일까? 그러나 1월 11일 저녁 지주성이 군 사령부에서 전보를 받았다. 가사하라 중좌에게서 온 전보는 '배는 무사히 도착했다'는 내용이었다.

'배는 무사히 도착했다.'

문맥을 해석할 수 없었다.

'거사를 포기하여 무사히 도착했다는 것일까?'

'거사는 실행했는데 실패했기 때문에 무사히 도착했다는 것일까?'

거사가 예정대로 진행되지 못한 것만은 분명했다. 며칠이 지나도 경과를 알 수 없었다. 그렇다고 동지가 체포되었다는 소식도 없었다. '제2거사는 실패'라는 결론만 내릴 수밖에 없었다.

다시 며칠이 지났다. 박승욱은 우연히 수송 지휘관 가사하라 중좌가 보낸 포로수송 결과보고서를 볼 기회가 있었다. 수미레 마루호 탈취 계획이 누설되었다는 충격적인 사실이 감지됐다. 누군가의 밀고가 있었을 것이다. 그러나 당 조직과 관련된 정보가 누설된 정황이 전혀 나타나지 않았다. 모든 가담자들이 여상하게 근무하고 있었다. 성일과 동지들은 일단 안심했다. 하지만 사태는 그리 쉽게 종결될 것 같지 않다. 일본군 헌병대가 무언가를 탐색 중인 것으로 보아 '고려독립청년당'의 존재가 파악되어 있음이 감지됐다. 당에 처음부터 첩자가 잠입한 것도 아니었다. 성일은 조직의 비밀이 그렇게 빨리 누설된 걸 믿을 수 없었다.

'설마 그 녀석이?'

성일에게 문득 직감이 스쳤다. 믿고 싶지 않았지만 아무래도 당원 심재관을 의심하지 않을 수 없었다. 심재관은 성일과 매우 가까운 사이였다. 입당을 권유한 것도 성일이었다. 심재관은 포로들이 일하는 빵공장에서 관리업무를 담당하고 있었다. 빵공장에서 일하는 포로를 감시하는 일이었기에 포로 감시뿐만 아니라 빵 재료 구매를 위한 외출도 잦아 주머니가 두둑했다. 그러니 헌병들과 접촉할 기회도 많았고 술도 자주 사며 그들과 인맥도 넓었다. 마당발 심재관은 자연스럽게 일본 측의 정보를 듣고 성일에게 전해주어 많은 도움이 됐다.

불안했던 점은 심재관의 애인이었다. 그녀의 동생도 항일운동을 하다가 체포되어 교도소에 있었기에 둘의 연인관계에서는 애국심이 공통분모가 되어 뜨거웠다. 때가 때인지라 암바라와 거사가 회자되면서 심재관의 헌병 친구 중에 한 놈이 접근해 왔다. 심재관의 사생활까지 간파하고 있는 놈이었다. 이들 둘은 서로 정보를 캐는 사이였다. 암바라와 사건 후 조선 군무원들의 정보를 얻고자 심심 찮게 심재관을 불러 술을 사기 시작했다. 하지만 심재관도 정보를 빼서 성일에게 주던 터라 호락호락하지 않았다.

암바라와 사건 이후 며칠이 안 되어 박승욱과 임헌근이 있는 보고르 포로 농장의 연합군들 사이에서 포로 수송선 탈취 계획이 있다는 낭설이 돌고 일본 측에 보고되었다. 이 희미한 연기는 심재관 애인의 동생 부인 측에서 흘러나온 듯했고 일제가 연합군 내에 심어 놓은 첩자를 통해 감지됐다.

먼저 촉각을 세운 건 일본 헌병이었다. 1월 6일 즈음이었다. 경위를 알아보니 포로 수송 이틀을 앞두고 심재관의 애인이 동생의 사면에 도움이 될까 하여 협박인지 거래인지 '수미레 마루호는 아마도 싱가포르에 무사히 도착하지 못할 것'이라는 말을 슬쩍 던진 것이 실수였다. 그 정도의 정보만으로도 암바라와 거사 이후 민감했던 일본군은 수미레 마루호에 촉각을 세우고 만반의 준비를 했던 것이다.

배는 무사히 도착했다. 하지만 일제에게 있어 이 사건은 끝나지 않았다. 헌병은 처음 암바라와 사건 후 조선 군무원을 의심하며 심재관에게 접근했지만 수미레 마루호가 출발할 때까지도 구체적 정보를 얻을 수 없었다. 수미레 마루호가 떠난 며칠 후 심재관과 각별한 사이인 헌병이 술이나 한잔하자며 심재관을 불렀다.

그는 분위기 좋은 곳으로 데려가 술도 사고 여자도 붙여주고 중요치 않은 간부들의 C급 정보도 슬쩍 흘려주면서 관계를 과시했다. 술이 취해서 조선 군무원들의 애환을 달래는 말도 했다. 심재관을 띄우기 시작하자 심재관은 고급 술에 맛이 갔고 그날따라 품에 안긴 아가씨가 예뻐 기분이 좋았다. 수미레 마루호도 싱가포르에 도착했고 거사 계획도 무의미했다고 느꼈는지 입에 물린 재갈이 취기에 잠시 풀려 고려독립청년당에 대해 생각 없이 대충 언급하고 말았다.

헌병은 그 일에 전혀 관심도 없는 듯하였고 여자들과 함께 주체 못 할 정도의 술판을 벌였다. 그날 심재관이 일부를 발설했지만 오고 간 대화로는 조직의 실체는 밝혀지지 않았다. 그러나 헌병은 총령 김성일과 고려독립청년당의 존재를 알았으니 속속들이 캘 일만 남은 셈이었다.

성일은 조직이 발각된 것을 알고 박승욱에게 권총과 실탄을 확보해 책 속을 오려 감추게 하였다. 일단 피신 후 다음 일을 도모하려 했지만 불행히도 그다음 날, 성일은 뎅기열로 앓아 누워 사경을 헤매야만 했다.

"조선 독립 만세!"

저녁이 되자 조선 청년들이 점점 늘어났다. 이튿날에는 마글랑, 블로라, 스마랑에서 온 조선인들이 모여들었다. 1,000명이 넘는 조선 군무원들이 모였다. 해방의 감격은 어디 가고 모인 조선 군무원들 사이에서 친일 행적을 두고 논쟁이 일어나고 있었다. 군중 속에서 이름까지 거명되며 일본인 행세를 했다는 이유로 매질을 당하고 있는 이가 있었다.

"저놈이 조선인이었다고? 맞아도 싸다. 아니 죽여야지!"

성난 군중들 속에서 매를 맞는 건 오가타 소좌였다. 일제의 철수와 함께 떠난 줄 알았던 그가 어디 있다가 끌려 나왔을까? 일제가 철수하면서 오가타가 조선인이란 사실을 폭로하여 팽개치고 간 것이었다. 이때, 고려독립청년당 김성일 총령이 단상에 올랐다. 그는 수미레 마루호 의거 미수로 지금 자카르타 형무소에 투옥되어 있어야 했던 게 아닌가? 성일이 단상에 오르자 고려독립청년당 총령임을 알아보고 모두들 잠잠해졌다.

"우리는 모두가 피해자요. 일제에 의해 희생당한 피해자란 말입니다. 누가 누구를 정죄한단 말이오! 이제 우리가 그리도 바라던 조선의 해방을 맞이했습니다. 우리는 36년간 일제의 지배하에 살았습니다. 우리는 우리 강토를 빼앗기고 소중한 민족의 혼을 빼앗겼습니다. 우리 민족은 남을 생각하는 따뜻한 정이란 것이 있는 민족이었습니다. 넘어진 사람을 밟지 않습니다. 서로 고자질하고 헐뜯고 정죄하는 것은 우리 정서가 아닙니다. 일제가 36년간 그렇게 하도록 했습니다. 그게 일제의 잔재라는 것을 아십니까? 억울하지도 않습니까?"

"맞소!"

무리 속에서 한 군무원이 소리쳤다. 군중들이 잠시 잠잠해졌다.

"민영학, 손양섭, 노병한 열사같이 민족혼이 살아있는 애국청년들이 이를 회복하라고 값진 목숨을 바쳤습니다. 이제 우리는 무너진 나라를 재건해야 할 사명으로 다시 출발선에 섰습니다. 우리는 '연합군 포로감시원'이라는 자격으로 자의와 타의로 이곳까지 왔습니다. 이것이 조선을 위한 것이라 할 수 있나요? 우리는 지난 3년간 이 적도의 나라에서 일제에 철저히 기만당했다는 걸 알아야 합니다. 지원 응모자가 여기에 몇 분 있습니까? 물론 지원자도 있었습니다. 우리는 지원자를 욕할 수 없습니다. 우리가 개돼지처럼 유린당할 때 오가타는 조선인임을 숨기고 동족에게 욕을 먹으면서 조선 군무원에 닥칠 큰 위험을 모두 막아 주었습니다. 사실을 아는 이는 몇 없습니다."

1,000여 명의 군무원들 중에 몇 명이 다시 소리쳤다.

"오가타를 단 위에 세워라!"

오가타가 일본 전범혐의자와 함께 포승줄에 꽁꽁 묶이고 있었다.

"오가타! 저놈을 끌어내라. 자카르타에 보낼 것도 없다. 우리가 처단하자."

조선 청년들이 오가타를 향해 돌을 던지며 소리를 높였다. 군중들의 쌓인 분노가 누그러질 분위기가 아니었다. 연합군이 오가타를 군중들에게서 멀리 분리했다. 오가타의 얼굴은 숙연했다.

"오가타! 저놈은 조선 화냥년까지 노리개로 갖고 논 놈이다."

군중들이 다시 용광로처럼 들끓었다. 다르요노가 절뚝거리며 서영에게 달려왔다.

"누나! 누나! 오가타 아저씨가 위험해요. 김성일 아저씨도 보여요!"

서영이 맨발로 달려 나갔다. 포승줄에 묶인 채 차에 실린 오가타가 서영과 눈이 마주치자 얼굴을 돌렸다.

"화냥년과 눈 맞추는 거 봐라. 저놈을 끌어내라!"

군중들의 목소리가 높아지자 한편에서는

"말을 삼가세요. 저들이 무슨 죄가 있소?"

"아니 무슨 소리야?"

군중들이 다시 요란해지며 술렁이기 시작했다. 연합군이 기관총을 들고 공포탄을 쏘며 전범들이 갈 길을 열었다. 오가타는 일본에서 태어나고 자란 조선인이었다. 일본군은 최후까지 악랄했다. 해방을 맞고 오가타의 역할도 끝났기에 일본군은 오가타가 조선인들에게 미움받도록 공개했다. 오가타도 시인했다. 이용만 당하고 토사구팽 된 것이었다.

일제는 일급전범을 빼돌리고 오가타에게 죄를 씌워 전범재판에 넘겼다. 오가타에게 지난 일들이 주마등처럼 지나갔다. 서영이 처음 암바라와에 왔을 때, 다르요노처럼 옆에 두고 성일의 고려독립청년당 조직 결성을 돕고 싶었다. 이를 알 리 없는 서영의 거절로 꿈이 무산됐지만 나름 서영을 도왔고 죽어가던 명옥을 살렸다. 다르요노 소년을 통해 일제의 정보를 김성일에게 전한 것을 알아주는 이는 없었다. 민영학이 돌아올 걸 알고 무기고에 자바 병사 보초를 한 명만 세웠었다. 조선 청년들에게 공분을 샀지만 후회스럽지 않았다.

오가타와 성일을 두고 매국노라는 사람과 애국자라는 사람들이 나누어졌다. 군중이 술렁이기 시작했다.

"사랑하는 조선의 동지 여러분!"

김성일의 목소리가 다시 우렁차다. 서영이 소리 나는 곳을 향했다. 김성일이었다.

"와와와! 당신도 내려와!"

군중들의 비난이 쏟아진다.

"탕! 타타타앙."

군중의 소란이 멈출 기미가 없자 김성일의 좌우에 서 있던 연합군 헌병이 공중에 공포탄을 쏘았다. 군중이 다시 조용해지자 성일이 연설을 이어갔다.

"나는 지금 일제의 군법에 따라 자카르타에서 형을 받고 있는 고려독립청년당 총령 김성일입니다. 형 중에 오가타가 힘을 써서 연합군의 특별 배려로 오늘도 이곳에 왔습니다."

군중들이 갑자기 조용했다.

"나는 곧 풀려날 것입니다. 이제 우리는 한마음으로 나라를 재건해야 될 때입니다."

"맞습니다!"

군중에서 누군가 용기 있게 소리를 질렀다.

"우리는 어려운 가운데도 나눌 줄 알고 나보다 남을 생각하는 정이란 것이 있는 민족입니다. 누가 조선 소녀들을 화냥년이라 했습니까? 저 소녀들이 왜 화냥년입니까? 옥자의 죽음, 금희의 죽음을 듣고, 보지 못했습니까?"

김성일의 목소리가 더 커졌다. 군무원들이 서로 바라보며 수군거렸다.

"저 어린 여동생들에게 누가 돌을 던진단 말입니까? 그리고 얼마나 많은 우리 동지들이 저 플로레스의 하루쿠, 세람, 마우메레 섬 등에서 포로들과 함께 먹을 것도 없이 열사병으로 죽었습니까? 우리가 전쟁을 일으켜 적에게 죽었으면 한이나 있었겠습니까? 그런 곳에서도 점령자는 위안부 수용소를 만들어 저 불쌍한 소녀들을 성노예로 삼았습니다. 어제 일제가 조선 소녀들을 성노예 시킨 흔적을 없애려고 방공호에 넣고 수류탄을 투척할 때 구해준 사람이 누구입니까? 오가타 아닙니까? 누구를 위해서요? 우리는 지난 3년 동안 고생을 같이하며 버티어 왔습니다. 이제 서로 위로하며 힘이 되어 조국을 재건해야 될 것 아닙니까?"

모인 군무원들이 하나둘 흐느끼기 시작했다.

"동해물과 백두산이 마르고 닳도록 하느님이 보우하사 우리나라 만세!"

무리 속에서 누가 '올드 랭 사인' 곡에 맞춰 애국가를 부르기 시작했다. 감정이 북받쳐 얼싸안고 울기 시작했다. 고려독립청년당 혈맹 당원인 조규홍 동지가 감추어 두었던 태극기를 들고 흔들기 시작했다. 태극기를 보자 어느새 암바라와 성이 울음바다가 됐다.

김성일이 말을 이었다.

"우리는 지난 36년을 꼭 기억해야 합니다. 역사를 잊은 민족에겐 미래가 없습니다. 단재 신채호 선생께서 말씀하지 않으셨습니까? 우리는 이곳 자바에서 당했던 아픈 일들을 기억해서 후손에게 알리고 가르쳐야 합니다. 민영학 동지, 손양섭 동지, 노병한 동지, 그리고 이 자리에 모인 우리 모두는 먼 훗날 대한민국 역사의 주인공들입니다. 우리의 희생이 후손에게 부끄러운 이야기가 되게 하지 맙시다. 우리는 이제 일제의 악랄함을 기억하고 허리띠를 조이고 살아야 합니다. 우리는 모두 독립의 주인공들로서 후손들에게 자랑스러운 조상이 되어야 합니다."

"와! 와! 와! 와!"

군중들이 함성을 질렀다. 무리 중의 한 군무원이 조규홍의 손에서 태극기를 받아 일장기가 걸렸던 게양대에 올리기 시작했다.

"대한독립 만세!"

군중 속에서 만세 소리가 터졌다. 이어 김성일이 대한독립 만세를 다시 선창하자 군중들이 복창했다. 1,000여 명이 모인 암바라와 성의 연병장이 함성으로 떠나갈 듯했다.

'대한독립 만세'를 외치며 성일이 깨어났다. 이틀 만에 깨어난 김성일은 온몸이 땀으로 젖어 있었다. 성일이 깨면서 대한민국 만세를 외치자 지키고 있던 일본 군무원이 헌병을 데려와 포승줄로 묶어 연행했다. 아! 조선의 독립은 아직도 요원하단 말인가? 성일은 다시 입에 자물쇠를 채웠다. 취조관은 알아낸 몇몇 사실로 성일을 겁박했다. 건빵이 입에서 튀어나오도록 맞아도 안 먹었다 해야 하는 게 상책이었다. 다행히 전 혈맹 당원이 입에 채운 자물쇠로 인해 성일을 비롯한 일부 당원만 군법에 따라 처리했다. 김성일은 사형을 면하고 다른 당원들로부터 철저하게 격리되었다.

#37 해방과 자유

소녀들은 모처럼 한가해서 네덜란드 소녀들과 오랜만에 정원에 모여 떠들고 있었다. 참으로 이상했다. 근래 들어 위안소에 병사들이 다녀가는 숫자가 줄더니 낮에는 단 두 명이 왔다. 그것도 한 명씩 따로 따로 온지라 모여 있는 소녀들 앞에서 방으로 가자는 용기가 안 났는지 쭈뼛거렸다. 네덜란드 소녀들과 조선 소녀들이 불쌍하다는 듯 까르르 웃어 주었더니 재빨리 꼬리를 감추듯 달아났다. 소녀들은 처음으로 일본 놈들을 무시해 준 듯해 통쾌했다.

오랜만에 소녀들이 한자리에 모였다. 한솥밥을 먹으며 정이 들었다. 저녁이 되자 건기의 절정인 8월 상현달은 점점 커지고 달이 밝은 만큼 암바라와 성의 그림자도 무겁게 느껴졌다. 얼마 만에 부는 적도의 찬바람인지 조선의 가을이 생각났다.

"푸른 하늘 은하수 하얀 쪽배엔……."

고향에서 부르던 동요가 생각났다.

네덜란드 소녀들도 keroncong 노래를 부르며 일제가 점령하기 전의 세상을 그리워하고 있었다. 병사들이 오지 않는 위안소, 소녀들은 모두들 방문을 활짝 열어 놓았다. 바람도 숨통이 트였는지 부지런히 소녀들의 방문을 드나들며 기왓장 아래 켜켜이 묵은 거미줄을 날려 버리고 있었다. 방을 드나들던 바람은 신이 났는지 일본 병사들이 위안소를 드나들며 구둣발에 닳아 없어진 자그마한 잔디 마당에 쌓인 먼지까지 회오리로 쓸어 청소해 주었다. 싸늘한 밤공기와 휘영청 밝은 달빛이 노니는 마당에서 향수를 달래고 있었다.

그러고 보니 일본놈들이 오지 않는 이유가 궁금했다. 지난 3년 동안 하루도 조용한 날이 없었다. 소녀들이 바라던 평화가 거짓말처럼 찾아오자 소녀들의 마음 한편이 불안했다. 소녀들은 마음을 달래려고 담아 두었던 이야기들을 하나씩 쏟아 놓았다.

암바라와는 적도의 산간지방, 북반구만큼 밤의 흑백이 깊다. 암바라와의 날씨는 완연한 조선의 가을 날씨였다. 조선 소녀들에게 평양과 풍산, 함양, 예천의 추억들이 목화 꽃이 피듯 뭉실뭉실 떠오르게 했다. 고향이 그리운 밤이었다.

마음이 고국에 멎었다. 서영의 고향 집은 꽃이 많아 꽃 부자였다. 서영이 끌려오던 해에도 조선은 흉년으로 춘궁기였지만 서영에게 봄은 언제나 꽃 풍년이었다. 봄이 되자 집 마당에는 꽃잎이 낙엽처럼 쌓이고 서영은 꽃이 아플세라 하인들이 마당을 쓸 때까지 까치발로 조심조심 피해 다녔다. 오월이면 장독대 옆 화원에는 모란, 봉숭아, 백일홍이 붉게 피었고 꽃이 필 때마다 사춘기 소녀 서영의 가슴은 이유 없이 콩닥거렸다.

어머니는 해진 무명한복을 곱게 기워 입으시고 대청마루에 서서 기둥에 손을 짚은 채 늘 도도히 서 계셨다. 그림 같았다. 수시로 드나드는 하인들의 일거수일투족을 바라보시는 어머니의 마음도 꽃이셨다. 하인들이 드나들 때마다 일일이 형편을 기억하시고 딱한 하인들을 챙기셨다. 어머니는 하인들이 몸이 아파 안색이 안 좋아 보이면 꼬치꼬치 물었고, 하인 집에 아이가 태어나면 자신의 손주가 태어난듯 빙긋이 웃으며 기뻐하셨다. 그리고 조용히 불러 바지춤에 돈을 넣어주기도 하셨다. 서영은 이런 어머니의 말없는 사랑과 인품을 배우며 자랐다.

아무 간섭도 없는 적도의 밤은 소녀들에게 고향의 기억을 더 선명하게 했다. 고국을 모르는 네덜란드 소녀들은 일제가 삼켜버리기 전의 스마랑에서 부모님들과의 옛 생활이 생각이 나는지 가로등이 꽃처럼 핀다는 밤거리 풍경을 들려주었다. 소녀들은 오랜만에 이야기로 하얀 밤을 보냈다.

인도네시아를 점령한 지 3년이 훌쩍 지난 1945년 8월 17일 아침이 조용히 밝았다. 위안소 담당 아베가 아침 일찍 잠깐 위안부 수용소를 잠시 다녀가더니 정오가 지나서야 다시 왔다. 그리고 아무 말 없이 성안으로 다시 들어가 버렸다. 위안부 소녀들에게 못된 짓을 골라하던 그 불그락한 얼굴에 핏기도 없었다. 무슨 일이 있나 보다. 아베의 얼굴에 핏기가 없다니? 확성기가 떠들어 대듯 카랑카랑하던 목소리마저 간데없고 거만했던 어깨가 뽕 빠진 옷을 걸친 듯 처져 있다. 오늘은 독을 쏘아 대는 독사가 아니라 뭔가를 숨기고 있는 구렁이가 분명했다. 무슨 일일까?

동이 트면서 건기의 햇살에 드리워진 암바라와 성의 길고 짙은 그림자가 짧아지도록 성안도 조용했다. 조금 전 암바라와 성안에서 엄숙하고 차분한 음악이 흐른 후 나지막한 라디오 소리가 확성기로 흘러 나왔다. 라디오 방송은 병사들을 위한 방송이었기에 평소에 위안부들은 늘 한 귀로 듣고 한 귀로 흘렸다. 따분한 낮에는 건성으로나마 듣기는 했었건만 오늘따라 소리가 낮아 무어라 하는지 알 수 없었다.

그런데 이상했다. 방송이 나오고 위안소 바로 앞 2층에서 일본 병사들의 흐느낌인지 통곡인지 영문을 알 수 없는 울음소리가 들리다가 딱성냥 긋듯 피시식 사라졌다. 오전이 지나도록 위안소를 지나는 그림자도 하나 없어 궁금증이 더했다. 그새 몇 번이나 다녀갔을 아베도 다시 나타나지 않았다. 참으로 이상한 하루였다.

늦은 오후가 되어서야 아베가 위안부들을 불러 모았다. 집합장소는 식당 앞이 아닌 연병장의 일장기 게양대 앞이었다. 그곳은 위안부 소녀들에게 특별한 나들이처럼 라우쁘닝 호수로 단체 목욕을 갈 때 선심 쓰듯 집합시키는 곳이었다. 평소에 닭 모이를 주듯 독기 어린 소리로 집합시키던 곳은 수용소의 좁은 복도 아니면 위안소 옆 식당에서였다.

무슨 일인지 아는 이가 없었고, 영문을 모르는 위안부들은 시큰둥하니 불안한 마음으로 서로 얼굴을 바라보면서 주섬주섬 옷매무새를 고치고 위안소를 나섰다. 보기만 해도 질리는 지옥문 같은 암바라와 북문이 위안부 수용소 코앞에 철벽처럼 버티고 있다. 아치형의 철문이 열리고 위안부들이 들어섰다. 오늘따라 좌우 초소에는 살기등등하던 헌병도 없고 얼빠진 병사 한 놈만 서 있었다.

아베가 말없이 앞장서 가고 있었다. 잘난 척 주적거리던 걸음걸이가 평소보다 느리고 보폭도 짧았다. 군복 바지도 가랑이 천이 구겨져 군기가 빠진 듯했다. 동문 가는 길에 무기고를 지키고 있던 조선 군무원들도 오늘은 어디로 보냈는지 일본 군무원 한 명만 있었다. 성내의 건물 서무과에서는 무슨 서류 분리작업이라도 하는지 일본 병사들이 바쁘게 움직이고 있었다. 부대라도 옮기는 것처럼 무기 운반상자를 털고 서류를 차곡차곡 챙기고 있었다. 쓰레기 소각장에서는 서류와 책을 태우느라 불꽃이 치솟아 종이를 태운 재들이 회색 나비가 되어 암바라와 하늘로 어지럽게 날아오르고 있었다.

네덜란드 위안부 서른 명과 조선 위안부 열 명이 일장기 게양대 앞에 쪼그리고 앉았다. 눈부셨던 정오의 햇살도, 시리도록 푸르렀던 하늘도, 늦은 오후가 되자 색이 바랬다. 석양이 아름다운 것은 노을 때문이다. 오늘은 석양이 찬란하도록 붉으려는지 공기도 맑고 색 바랜 엷은 구름만 조금 떠있다.

이 늦은 오후에 무슨 일일까? 단상에 한 사람이 서 있었다. 오가타 소좌였다. 오랜만에 보는 오가타, 그가 연병장 서쪽에 있는 게양대를 뒤로하고 다리를 떡 벌리고 섰다. 좋은 일인지 나쁜 일인지 오가타의 표정을 읽을 수가 없었다. 악독하기로는 색이 확실한 오가타가 오늘은 엉거주춤한 표정을 하고 있었다. 필연 무슨 중요한 발표를 할 것이라는 직감이었다.

웬일일까? 선이 확실한 오가타만 보면 긴장됐던 것과 달리 오늘은 아니었다. 거만함도 날카로움도 없었다. 열중쉬어 자세의 벌어진 다리 폭도 평소보다 좁고 일본 병사들도 군기가 빠진 듯 각이 없었다.

말문을 열기 전, 오가타 소좌와 후지모리 소좌 모두 입술이 바람 머금은 개구리 볼처럼 부풀어 있었다. 무엇이 심각한지 잠시 다문 입술에 힘을 준 것이 앞니를 지그시 문 모양새였다. 평소 같으면 중대한 일을 발표할 때 후지모리가 단상에 오르지만, 오늘은 오가타가 대신했다. 오가타가 기어이 입을 열었다.

"이제 너희들은 자유의 몸이 되었다. 너희들은 모두 간호복으로 갈아입도록 하라."

위안부 소녀들이 무슨 영문인지 몰라 어리둥절 자신의 귀를 의심했다. 간호복은 또 뭔가? 무슨 소리인지 알아들을 수가 없었다. 네덜란드 위안부들이 서로를 바라보며 웅성거리다가 그제야 이해했는지 입이 벌어져 터져 나오는 탄성을 자신들의 두 손으로 막았다.

"해방이야! 호호!"

눈이 휘둥그레진 한 소녀가 옆 사람에게 소리치다 뚝 그쳤다. 아직은 칼을 찬 일본군 앞이었다. 오가타가 다시 입을 열었다.

"전쟁이 끝났다. 모두 고국으로 돌아가게 됨을 축하한다."

소녀들은 자신들의 귀를 의심했지만 분명히 해방이라 했다. 소녀들은 위안소에 돌아오자 만세를 외쳤다. 서영과 조선 소녀들은 모두 얼싸안고 눈물을 흘렸다. 네덜란드 소녀들도 큰 소리로 떠들고 있었다. 대한독립 만세를 외치고 싶었지만 그러기에는 아직 무서웠다. 소녀들은 수용소 앞 작은 정원에 모였다. 오늘따라 불 타는 듯한 석양이 지기도 전에 달이 떴다. 밤하늘에 상현달이 소녀들을 점점 밝게 비추고 있었다. 해방이라는 말이 믿어지지가 않았다.

다르요노가 싱글벙글 웃으며 홍차와 카사바 튀긴 끄리삑을 가져왔다. 다르요노는 이제 군디 그등 박빡 수용소에 있는 스리 수깐디 누나를 다시 만날 수 있게 되어서 그런지 평소보다 수다가 늘었고 얼굴도 더 밝아졌다. 한편으로는 서영 누나와 헤어질 일이 걱정되

는지 아픈 다리를 절면서도 정원과 식당을 바쁘게 오가면서 부지
런히 음식을 날라 왔고 서영을 그림자처럼 졸졸 따라다녔다.

"서영 누나! 나 오늘 누나와 함께 자도 돼요?"

"그래, 그래, 함께 자자."

다르요노가 해방 소식에 어쩔 줄 몰라 했다. 같이 자자고 대답을
하고 보니 요즘 총각 티가 날 만큼 다르요노가 부쩍 커 있었다. 코
딱지만 한 작은 침대도 걱정이었다.

"누나! 오늘부터는 누나 옆에만 있을래."

"그래, 그러려무나."

아침부터 아베가 오지 않은 이유를 알게 됐다. 이제 누가 간섭할
일이 없어졌다. 지난 3년 동안 자유를 빼앗기고 위안부란 이름으
로 노예로 길들여진 소녀들에게 갑자기 자유란 것이 주어지자 서
영은 무엇을 해야 될지 몰랐다. 네덜란드 소녀들과 조선 소녀들은
해방 소식에 탄성이 나왔고 마음은 날아갈 듯했지만 길들여지지
않고 누려보지 않은 자유 앞에서 어찌해야 할지를 몰랐다.

그나마 자유를 누릴 줄 알던 다르요노가 보란듯이 서영을 식당
으로 데려가 사기 집처럼 나무를 꺾어 불을 지피고 홍차 물을 끓이
기 시작했다. 수동적인 서영과 달리 다르요노는 마음 가는 대로 자
유를 누렸다. 찻잔이 없으니 밥그릇을 누나들의 수만큼 준비하라
고 서영에게 부탁했다. 서영은 자신이 스스로 하고자 했던 것을 다
르요노가 앞장서 시켜주는 것이 기뻤다. 자유 의지로 누군가를 위
해 기쁨을 나누는 일상으로 오랜만에 돌아온 것 같았다. 다르요노

는 서영과 죽이 맞아 남은 음식재료로 튀김을 만드는가 하면 국도 끓이고, 밤이 늦는 줄도 모르고 자유를 즐겼다.

#38 꽃잎이 떨어지다

해방 다음날이었다. 수용소 내의 연합군 포로들도 일본의 항복을 알았지만 자유롭지 못했다. 일본군들은 아직도 패망이 믿기지 않는지 그동안의 악행이 두려운지 위안부 소녀들에게만 자유를 주고 포로수용소 문을 열지 못하고 있었다. 연합군이 와야 인수인계를 하는지 암바라와 성은 아직 총을 든 일본 군인들이 통제하고 있었다.

제2분견소 억류소에 갇혀있던 가족들은 울타리를 부수고 창문을 깨고 뛰쳐나왔다. 암바라와 시와 살라띠가 시에는 사람들이 거리로 쏟아져 나와 세상이 떠나갈 듯했다. 철옹성 암바라와 성만 모든 소식이 차단되고 성문이 폐쇄된 채 조용했다. 위안부 소녀들과 포로들은 연합군이 오기만 기다리고 있었다.

해방이 된 건 확실했다. 아침식사가 끝나자 일본군 병사 몇몇이 공고를 했다. 9시부터 연합군의 장교급 포로들과 위안부들을 한 명씩 호출할 테니 준비하라고 했다. 고관 포로들과 소녀들은 우선 하여 절차를 거치나 보다 생각했다. 소녀들은 모두 싱글벙글 웃으며 시키는 대로 고분고분했다. 이제 괴롭힐 사람도 없고 좋은 소식만 있으려니 소녀들은 호명만 기다렸다.

어제 오가타가 말한 대로 아침 일찍부터 소녀들이 입을 간호복을 나누어 주었다. 소녀들은 간호복을 입는 영문을 몰랐지만 입을 옷도 마땅찮던 차에 싫지 않았다. 옷을 갈아입고 이름이 불리기만을 기다리고 있었다. 간호복과 함께 지급된 하얀 마스크를 쓰고 나니 제법 품위가 있어 보였다.

사료를 담당한다는 일본 병사가 간호복을 입은 소녀들의 사진을 부지런히 찍어댔다. 샌닌바리 공장은 아니었지만 간호복을 입고 찍은 사진을 나눠줄 거라는 기대에 미소로 화장하고 예쁘게 나오려고 활짝 웃었다. 오랜만에 기쁨을 머금어 웃어 보는 행복한 웃음이다. 고향에 돌아가 위안부의 부끄러운 이야기를 숨기고 간호복 입은 사진으로 대신할 수 있었다. 일제가 연합군에게 위안부 소녀들을 간호사로 인계하고 먼 훗날에 증거가 되도록 사료로 남기려는 것이었다. 소녀들이 일제의 간악함을 알 리 없었다.

소녀들은 방 앞에 나와 이름 불릴 차례를 기다리고 있었다. 드디어 일본 병사가 네덜란드 소녀 한 명과 조선 소녀 한 명을 먼저 호명하여 성내로 들여보냈다. 그리고 연합군 간부들도 들여보냈다. 두 소녀는 오가타 소좌의 방 앞을 지나 동문 밖으로 나갔다. 동문을 나서면 우측으로 100m 거리에 처음 이곳에 와서 신체검사라는 이름으로 수모를 당하고 수시로 성병 검사를 받던 진료소가 있다. 해방이 됐으니 다시 그런 험악한 일은 없을 것이다. 승선을 위해 검진을 받으러 가는 것이라 믿었다.

일본 병사가 무장한 채로 포로수용소의 문을 열어 주고 있었다. 포로들이 환호성을 지르며 북문 앞으로 쏟아져 나왔다. 간부급 포로가 시간 간격을 두고 한 명씩 호명되어 소녀들이 가는 곳으로 불려갔다.

"네 이놈들 지금 뭐 하는 거야?"

말이 끝나기 무섭게 일본 하사관이 장교를 군홧발로 밀어 넣고 수류탄을 던졌다.

"천벌 받을 놈들아!"

장교 또 하나가 그렇게 군홧발에 차여 떨어졌다.

"네년도 들어가!"

"으악!"

동문 밖, 외진 곳에서 일제는 추잡스러움을 감추려고 끝까지 악행을 벌이고 있었다.

"미안하오. 영생하시오!"

"퍼엉!"

북문 밖에 대기해 있는 이들은 안에서 무슨 일이 일어나고 있는지 모른 채 호명만을 기다리고 있었다. 상부의 지시에 따라 조선 군무원들을 배제한 채 소수의 일본 군무원들이 극비리에 진행하고 있었다.

"다르요노 군! 지금 일본군이 위안부 누나들을 죽이려 하네! 이 사실을 누나들에게 알려 성에 못 들어오게 하고 이 쪽지를 빨리 연합군에게 전해 주게!"

이를 알아버린 오가타 소좌가 움직였다.

"누나! 누나……!"

"……."

"허억… 헉헉… 아무도 없죠? 지금 안에서 포로들과 위안부 누나들을 죽이고 있어요. 이미 들어간 사람들은 죽었대요. 누나들을 성 안으로 부르면 무슨 수를 써서든 들어가지 말래요."

서영이 식당에서 나와 호명을 기다리려는데 다르요노가 숨이 목까지 차게 달려와 말했다.

"오가타 아저씨가 전해 달래서 왔어요. 저는 연합군에 알리러 가요."

다르요노가 간신히 말을 뱉고 절뚝거리는 걸음을 재촉했다. 그러고 보니 오늘 위안부 소녀들을 아베 대위나 다나카 중위가 인솔하러 오지 않았다.

오가타는 지난 3년 동안 중요 기밀을 외부에 전할 때마다 다르요노를 이용했다. 다르요노 자신도 못 느끼도록. 암바라와 성에서 다르요노는 일본인, 조선인 할 것 없이 누구나 좋아했었다. 빡빡 위안부 수용소에 있는 스리 수깐디 누나의 볼모로 잡혀 있었기에 누구도 다르요노를 의심하지 않았다. 다르요노의 명랑하고 순진한 얼굴을 오가타가 잘 활용했던 것이다. 다르요노를 통한 오가타의 미션은 이것이 마지막일 것이다.

다르요노는 총명해 오가타가 원하는 대로 잘 따라 주었다. 오가타의 정체가 드러나는 이중적 사생활이며 동선까지 다르요노에게 숨기지 않았다. 다르요노는 총명하게 전후 좌우를 잘 판단하는 똑똑한 아이였다. 일제의 내선일체 주장은 조선 기만이었다. 오가타는 다르요노를 보며 자신을 보는 듯했다. 오가타는 다르요노보다 어릴 적에 일제의 정체성을 알았다. 어린 오가타는 그때부터 철저히 조선인임을 숨기고 일본인 행세를 했다.

일본 지휘부 또한 처음부터 오가타가 조선인인 걸 알고 기용하고 이용했다. 일제가 곧 자신을 버릴 것을 안다. 부모님 또한 오가타를 완벽한 일본인으로 키웠다. 일제는 조선인이 아무리 맹세하고 충직해도 일본인으로 인정하지 않았다.

서영에게 다르요노가 알려준 것은 모두 사실이었다. 서류를 태우고 일본 병사들이 증거를 없애는 등 어제부터 수상했었다. 벌써 소녀들이 방공호 안으로 들어가기 위해 하나, 둘 줄을 서 있었다. 소녀들이 어디 있는지 파악해야 한다. 그러고 보니 무슨 일이 있긴 있는 게 분명하다. 해방이 됐는데도 성내에 들어가는 절차는 더 까다로웠고 성문에는 어제와 달리 더 많은 헌병들이 기관총까지 소지하고 있었다.

끝놈이가 벌써 저 앞에서 줄을 서 있다. 서영이 급하게 무언가 빠뜨린 것을 챙겨 주려는 것처럼 끝놈이에게 헐떡거리는 숨 그대로 나아갔다. 줄을 선 연합군 포로들이 서영이 새치기를 한다고 오해하는지 손바닥을 하늘 향해 벌리고 어깨를 들썩이는 서양인 특유의 몸짓으로 삐죽댔다.

"끝놈! 끝놈이, 어서 따라와!"

"왜 그래? 서영?"

끝놈이 서영의 손에 끌려 나오며 물었다. 천연덕스럽게 끝놈이의 팔을 가로채 뒤로 빠지자 연합군 장교들이 윙크를 했다. 돌아오면서 맨 뒤에 줄 서 있는 연순이의 팔도 당겼다. 줄을 섰던 포로들이 그제야 인상 좋게 찡긋 웃어 주었다.

"위험해!"

서영은 조선말로 낮게 말하며 조선 소녀들을 끌고 줄 서기 귀찮아 나중에 들어간다는 듯 모두 방으로 돌아왔다. 군데군데 일본군이 기관총을 들고 서 있었다. 소녀들은 수다를 떠는 척했다. 줄이 끝나면 다시 들어가야 한다. 속이 타들어 갔다.

다르요노를 보낸 오가타가 군복 세탁물을 쌓아 놓고 기다리는 이가 또 있었다. 다르요노를 보냈지만 아픈 다리로 걸음도 늦을뿐더러 행여 연합군과 접촉 실패가 우려됐기 때문이다. 부지런한 세탁공의 수레가 오늘도 생각보다 빨리 왔다.

"하이! 나리!"

세탁공이 이앙을 떨었다.

"이놈아! 오늘은 세탁물이 조금이다. 앞으로 없을 것이다."

오가타는 세탁물 한 뭉치를 짜증내듯 군홧발로 차면서 세탁공을 쫓아내듯 위협했다. 일본 병사들은 때가 때인 만큼 오가타가 귀찮아서 세탁공을 쫓아내는 줄 알 것이다. 오가타 소좌는 일제가 포로와 위안부를 죽이고 있다는 사실을 적어 발로 찬 군복 세탁물 안에 넣어 두었다. 오가타가 바라보는 세탁물을 세탁공이 보았다. 세탁공은 오가타의 사인을 알았다. 발로 찬 세탁물을 엉거주춤 챙겨 하나라도 더 싣는 연기를 하면서 줄행랑을 쳤다. 성문만 나가면 오토바이로 연합군에게 전달할 것이다. 세탁공은 3년 동안 오가타가 원하는 것은 무엇이든 들어주는 충실히 친구였다. 원래 이 시간에 수레가 오는 시간이다. 행여 세탁물 수거를 거를까 다르요노까지도 보냈던 것이다.

"왜 에엥!"

"피이융! 타다다디다팅탕!"

암바라와 성 상공에 폭격기가 떴다. 세탁공이 전달한 게 분명했다. 연합군의 공포탄 사격이 시작됐다. 증거 인멸 살상을 중단하라는 엄포다.

"방공호로 가지 마세요! 가지 마세요! 가면 죽습니다."

폭격 중에 내부에서는 조선인 군무원이, 외부에서는 서영과 조선 소녀들이 큰 소리로 외치기 시작했다. 안타깝게도 먼저 들어간 조선 소녀 세 명이 죽었다. 서영을 포함한 일곱 명만이 해방을 맞이했다. 일본군은 인계전에 많은 기록을 불태우고 증인이 될 연합군 간부까지 죽여 만행의 흔적을 감추려 했지만, 연합군의 폭격으로

302

중단됐다.

1945년 8월 19일 연합군이 드디어 암바라와 성에 입성했다. 조선 소녀들과 네덜란드 소녀들은 미리 지급된 간호복을 입고 연합군에게 인계됐다. 일본군은 중요한 것은 이미 챙겼고 그동안 철수 준비도 마무리했다. 연합군의 움직임도 바빠졌다. 일제가 항복했다고 그냥 철수하는 것이 아니었다. 연합군은 전범 처리를 위해 군인들을 분리하고 있었다.

철수가 시작되자 수송선이 턱없이 부족했다. 일본은 패전국이고 조선은 승전국이라며 조선인 군무원들의 귀국은 조선국 자체 책임이라는 것이다. 일제는 조선인 귀국 문제는 안중에도 없고 언제 돌변할지 모르는 조선 군무원들이라 생각해 끝까지 기밀을 유지하며 조선인들을 배제한 채 철수 작전을 시작했다.

아무것도 모르는 서영을 비롯한 조선 소녀들은 이것저것 챙기며 출국을 준비하고 있었다. 이제 조선 소녀들과 네덜란드 소녀들은 연합군 관할이었다. 일제가 조선 군무원과 소녀들을 속여서 그리고 강제로 끌고 왔지만 버린 것이다. 일제의 기만에 이를 갈았던 자바의 해방군은 그나마 그해 시월, 일본군을 그냥 보내지 못해 스마랑의 라왕세우에서 많은 희생자를 내면서 전투를 벌였다. 그러나 이국에서 해방을 맞은 힘없는 조선 군무원들은 무기고나 창고 열쇠 하나 받지 못한 채 일본군으로부터 버려졌다. 자바인들과 연합군에게 악랄한 일본인으로 취급까지 받아 전범으로 재판까지 받을 일만 남았다. 조선 군속들은 전범의 누명을 벗기가 쉽지 않았다.

버림받은 줄도 모르는 조선 소녀들은 귀국을 기다리며 들떠 있다. 오가타는 누구보다 가슴 뜨거운 진정한 조선인이었다. 이를 보고만 있어야 하는 오가타의 마음이 갈기갈기 찢어졌다. 조선 소녀들은 처음부터 수송선의 귀국 승선자 명단에도 없었고 승선한다고 해도 태평양의 물귀신이 될 일이었다. 이 일을 어찌할 것인가?

이런 사실도 모른 채 하루 또 하루가 지났다. 암바라와의 달도 귀국을 기다리는 소녀들의 마음처럼 부풀어 오르고 있었다. 사흘만 더 있으면 보름이다. 저 달이 지고 다시 부풀어 오를 때면 조국에서 달을 보며 새로운 삶이 시작되리라. 조선 소녀들은 조국에서의 새 삶을 꿈꾸고 있었다.

해방이 되면 사랑하는 성일 아저씨가 데리러 온다 했다. 성일 아저씨도 이제 감옥에서 풀려났을 것이다.

성일 아저씨가 서영을 데리러 올 것이다.

서영은 감격과 함께 두렵고 떨리는 마음으로 해방을 맞았다. 성일 아저씨는 나를 다 이해해 준다. 성일 아저씨와 함께 나를 낳아 주고 길러 준 어머니의 자궁 같은 내 나라 내 강산으로 돌아가서 살리라. 부모님께 용서를 빌고 살리라.

한편으로 다리를 절뚝거리며 졸졸 따라다니던 다르요노를 두고 간다고 생각하니 서영은 마음이 아렸다. 이방 땅 낯선 곳에서 마음에 안식을 주던 유일한 동생이었다.

다르요노가 끄루뿍 재료와 생강 젤리, 자바의 건과 그리고 화려한 벌레 무늬가 그려진 바띡 천도 챙겨 왔다. 부채같이 손잡이가 달린 조그만 가죽 와양도 가져와 일곱 누나에게 선물로 챙겨 주었다. 다르요노가 귀국을 도와주며 바쁠수록 서영의 눈에 그가 밟혔다. 다르요노는 헤어지는 시간이 다가와도 미소를 잃지 않은 천상의 미소를 가진 소년이었다. 안아주고 싶어도 이제는 덩치가 남산만 했다.

일본 군무원들이 철수하기 하루 전날이다. 며칠 전부터 수십 대의 차들이 드나들면서 일본 군무원들과 짐을 실어 날랐다. 서영과 소녀들은 짐을 싸고 안절부절 소식만 기다렸다.

일본 군무원들이 썰물처럼 빠져나가고 연합군이 밀물처럼 들어왔다. 연합군은 어느새 전범재판을 위해 일본으로 귀국하는 군인들을 선별해 연합군 포로가 갇혀 있던 수용소에 감금했다. 많은 조선 청년들도 일본인 신분으로 갇혔다.

오후가 되자 북문 경비도 연합군 헌병으로 교체되었다. 북문 앞에 있는 조선 소녀들은 일본군들이 자신들을 버리고 철수한 것도 모른 채 기다리고 있었다. 그동안 다르요노를 통해 동정을 알려주었던 오가타 소좌마저도 어디로 붙들려갔는지 소식이 끊겨 소녀들은 누가 부르러 오겠지 기다릴수 밖에 없었다. 다르요노가 오가타의 방에 가보니 사람은 없고 집기와 가구가 부서진 채 아수라장이 되어 있었다. 다르요노는 누나들한테 말하지 않았다. 조선 소녀들은 귀국선 승선 소식만 기다리고 있었다.

늦은 오후가 되자 일본군은 어디 가고 연합군 소속의 네덜란드 병사가 왔다. 위안부 명단을 들고 와서 네덜란드 소녀들에게 일일이 악수를 하고 포옹하고 등을 두드리며 그간의 아픔을 위로해 주었다. 네덜란드 소녀들은 바타비아로 간다고 했다. 그동안 정들었던 네덜란드 소녀 소피아도 떠난다. 소피아의 아버지는 네덜란드 장교로 이 암바라와에 갇혀 있었지만, 소피아가 여기 끌려온 사실을 아직까지 모르고 있다고 했다. 오늘 소피아의 얼굴은 목련꽃처럼 활짝 피어 있었다. 서영은 이 기막힌 운명의 소피아가 아버지와 어떻게 만날지, 조선에 있는 아버지를 생각하니 남의 일 같지 않다. 소피아의 아버지는 지금쯤 이곳 어디엔가 있어, 소피아가 곧 달려갈 것이다.

네덜란드 장교 두 명이 조선 소녀들의 수용소로 왔다. 아버지 같은 장교는 네덜란드 소녀들처럼 조선 소녀들에게 일일이 악수를 하고 포옹하고 당신의 볼로 소녀들의 볼을 비벼 주었다. 아버지 품같이 포근했다. 오랜만에 안겨보는 사랑이 넉넉한 가슴에 조선 소녀들은 기어코 울음을 터뜨리고 말았다. 장교들은 일일이 소녀들의 눈물을 닦아주고 볼을 만져주었다. 수용소는 눈물바다가 되고 말았다. 명단이 대조되자 장교가 차분히 입을 열었다.

"아가씨들은 이제 자유의 몸이 되었습니다. 우리가 도와줄 길을 찾아보겠습니다."

우리를 조선에 데리고 갈 사람들은 일본이 아닌가! 네덜란드 사람들이 무엇을 도와줄 거라는 이야기인지 이해를 할 수 없었다.

"언제쯤 출발합니까?"

장교의 말을 명확히 이해하고자 서영이 다시 물었다.

"일본군들은 철수했습니다. 여러분 조선인들은 연합군에 인계됐습니다. 어떻게 될지 모르지만 이제 우리가 돌아갈 길을 찾아 드려야 합니다."

뭔가 이야기가 이상하게 돌아가고 있었다. 일본이 조선 소녀들을 버리고 갔다. 장교가 출국 방법이 없다는 사실을 말하려니 가슴이 먹먹했다. 도울 방법을 고민하고 있다는 말을 반복했다.

소녀들은 돌아갈 방법이 없다는 걸 알고 뼈 없는 해면체처럼 바닥에 허물어져 앉기 시작했다. 사태를 파악한 네덜란드 소녀들이 달려와 목을 안고 울기 시작했다.

"이 일을 어이해 엄마아~ 앙."

연순이는 땅바닥에 주저앉아 신발이 벗겨지는지도 모르고 양말이 해질 때까지 땅을 뻗대고 울다가 쓰러졌다. 끝놈이는 땅바닥에 구르며 흙으로 범벅이 된 채 누워 있었다. 소녀들은 머리를 뜯고 가슴을 쥐어뜯으며 울었다. 조선 소녀들이 하나, 둘 실신하기 시작했다. 네덜란드 소녀들이 식당에서 물그릇을 들고 와서 마시게 했다. 네덜란드 군의관들이 달려왔다. 진정제를 먹이려 했지만 소용이 없었다.

아수라장을 뒤로하고 서영은 수용소로 돌아왔다. 모든 것이 무너졌다. 마음도 뜨고 몸도 떠났던 지옥 같은 수용소방 앞에 섰다. 저승 문턱에서나 자랄 것 같은 시커먼 벤자민 나뭇가지에서 산발한 머리카락처럼 늘어진 뿌리 뒤로 달이 떠오르고 있었다.

"아! 우우우우!"

달빛을 배경으로 자신도 모르는 슬픔의 소리가 늑대의 하울링이 되어 흘러 나왔다. 처절한 울음이었다. 밝은 달이 비치는 자유로운 암바라와의 드넓은 대지는 오늘따라 더 황량했다. 서영이 홀로 벤자민 나무의 검고 푸른 어두운 달빛을 배경으로 서 있었다.

해방이 되자 모두들 다 버리고 자기들 살길만 찾아갔다. 고향 예천의 부모님을 다시 만날 가능성도 없다. 서영의 눈앞이 캄캄해지고 무수한 생각들이 늘어진 벤자민 나무의 컴컴한 그늘 속으로 빨려 들어가고 있다.

끝놈이도 함께 가자는 말도 없이 조금 전 고향의 이웃동네 오빠가 나타나 출국의 길이 있다며 데리고 갔다.

오가타가 어떤 사람인가를 뒤늦게 알았다. 서영이 후회할 시간도 주지 않고 오가타는 전범이 되어 바타비아로 끌려갔다.

벤자민 뒤에서 서영의 기억들을 삼킨 달빛이 살아났다 죽었다를 반복하며 서영의 혼을 빼고 있다. 환영으로 나타난 드넓은 암바라와의 대지에 서영은 날개가 꺾이고 짓밟혀 만신창이가 된 새가 되어 있었다. 전등촉이 수명이 다한 듯 벤자민 뒤로 비치던 환영의 빛마저 꺼졌다.

충격 때문인가 갑자기 앞이 보이지 않는다. 주저앉고 말았다. 지옥의 수용소 방에 더듬더듬 들어갔다.

눈을 떠도 캄캄한 서영의 기억 속에 성일의 기억들이 주마등처럼 짧게 지나갔다.

'지금 당신은 어디 있나요? 이 소녀를 버려두고 당신은 정녕 곧 장 앞만 보고 당신의 길을 걷고 계신가요? 당신에게는 목숨 바쳐 사랑할 조국이 있지만 날개 부러지고 피멍 든 이 가련한 소녀에게 는 당신밖에 없었습니다. 아무것도 보이지 않는 이 어둡고 황량한 곳에 나 홀로 있습니다. 당신이 원망스럽습니다. 사랑했었습니다.'

사랑하지 말았어야 했던 성일 아저씨였다.

나라가 있어야 내가 있다.

해방이 되면 조국을 위해 할 일이 더 많다던 성일 아저씨는 조선 으로 갔나 보다. 해방이 되면 바로 달려온다던 성일 아저씨는 기어 코 오지 않았다.

성일이 지금까지 나타나지 않은 것은 조국을 택함이 분명했다.

다르요노는 서영을 위해 음식을 구해 오겠다고 암바라와 읍내 로 갔다. 서영에게는 아무도 없고 아무것도 보이지 않는다. 더듬더 듬 위안소 방을 들어갔다. 곰팡이 냄새로 칙칙한 방에 홀로 서 있 다. 이제 한 가닥 희망도 없고 살아갈 이유도 없었다. 이 세상 미련 도 없었다. 서영은 시멘트 침대를 더듬어 무명치마에서 끈을 찢어 연결했다. 방 안 탁자 앞에 놓인 앉은뱅이 의자를 가져다 벤자민 나 무 아래에 놓고 올라섰다. 손을 뻗으니 벤자민 가지가 묵직하게 잡 혔다. 벤자민 나뭇가지, 의지할 만큼 든든했다.

보이지도 않는 눈을 감았다. 이 세상의 미련을 버리니 분노했던 마음 뒤편에 고마웠던 기억이 별처럼 반짝인다. "어머님! 아버님! 이 어리석은 불효자식을 용서하십시오." 이 한마디를 마치고 눈을 떴으나 이 세상은 역시 아무것도 보이지 않았다. 서영이 다시 눈을 감았다.

높이 뜬 구름이 되어 어두운 밤하늘일지라도 가벼이 날으리라! 나뭇가지의 기억을 더듬어 끈을 묶어 목을 걸고 의자를 발로 밀었다. 섬광이 번쩍이고 휘영청 밝은 밤하늘엔 검붉은 구름이 몰려와 서영의 눈앞에서 피구름으로 피어올랐다.

8 장

여기가 어디인가? 서영의 귀에 아련히 들리는 단음의 피리 소리,
가믈란 소리, 신덴 노랫소리, 천상의 소리인가? 아련하고 따사롭고
행복했다. 귓전에 쌔근쌔근 잠든 아기의 숨소리가 들리고 있었다.
천국인가 보다.

다르요노 가족들은 서영이 깰세라 모두 조용조용 까치발로 다니
고 있었다. 다르요노가 아이처럼 서영 옆에 쪼그리고 앉아 지켜보
고 있었다. 이렇게 곱고 아름다운 천사가 세상에 있을까? 다르요노
가 서영의 머리카락을 반으로 갈라 가르마를 탔다. 서영이 암바라
와에서 조선이 그리울 때마다 묶던 쪽머리를 땋아주었다. 다르요
노에게 서영 누나는 천사였다. 서영이 아기 배냇짓을 하는 것 같았
다. 암바라와 성에서 보았던 그늘이 보이질 않았다.

무슨 예쁜 꿈을 꾸는지 자면서도 생긋생긋 웃고 있었다. 사흘째
잠에 빠져있었다. 쌀을 갈아서 아침저녁으로 '부부르'라 부르는 자
바의 미음을 먹었다. 행여나 체할까 상체가 높아지도록 까수르 침
대 밑에 베개를 세 개나 고았다. 서영의 고운 꿈이 깰세라 다르요노
는 살며시 미음을 입에 넣었다. 서영 누나는 빙긋빙긋 웃으며 미음
을 잘도 넘겼다. 서영의 미소에 가슴이 콩닥콩닥 뛰었다.

그동 박빡 위안부 수용소에서 돌아온 스리 수깐디 누나가 의자에 앉아 다르요노와 서영을 번갈아 바라보았다. 일본군 위안부 수용소에 있을 때의 슬픈 기억이 살아나는지 서영을 마주하고 조선의 창가처럼 슬픈 자바의 노래 랑감 까라윗딴을 신덴(가수)처럼 구성지게 불렀다. 다르요노도 술링(피리)을 불었다. 서영 누나에게서 배운 '반달'이라는 곡을 들려주었다.

"푸른 하늘 은하수 하얀 쪽배엔 계수나무 한 나무 토끼 한 마리……."

암바라와에서 서영 누나가 한가할 때면 '쎄쎄쎄'라는 놀이로 다르요노와 손뼉을 마주치며 부르던 노래였다. 쎄쎄쎄는 스리 수깐디 누나가 잡혀 가기 전 함께 놀았던 도미까도처럼 재미있었다. 누나의 따뜻한 손을 만질 수 있어 좋았던 놀이였다. 그때 누나가 생각나 다르요노는 서영의 손을 살며시 잡았다. 서영 누나의 손은 천사의 손이었다. 다르요노의 가슴이 또 뛰기 시작했다.

돌이켜 보면 암바라와에서 생활은 서영 누나 때문에 힘들지 않았다. 지난 3년 동안 서영 누나와 지냈던 시간이 주마등처럼 떠올랐다. 서영 누나가 자주 부르던 '울 밑에 선 봉선화'는 스리 수깐디 누나가 부르는 자바의 랑감 까라윗딴보다 더 슬퍼 눈물이 났었다.

다르요노가 랑감 까라윗딴을 불러 줄 때면 서영 누나는 조선의 '창唱'이라는 노래와 같다며 종종 눈물을 흘리곤 했었다. 전쟁도 끝났다. 다르요노는 서영 누나, 스리 수깐디 누나, 어머니, 아버지 그리고 두 동생과 함께 있는 것이 꿈만 같았다.

서영 누나가 바뚜르 마을에 온 지 벌써 일주일이 지났다. 8월 말은 건기지만 해발 3천 미터의 머르바부 산 중턱에 자리한 바뚜르 마을은 오후가 되자 구름이 몰려왔다. 산자락의 도시 살라띠가에서 비가 되어 내리는 구름은 늘 바뚜르 마을에 머물러 있어 온 마을이 베일 속에 잠긴 듯했다. 안개구름이 리마산 전통가옥 안까지 들어와 잠자는 누나가 하늘나라 천사처럼 신비로웠다.

건기의 바뚜르 마을에 구름이 몰려오자 얼음이 얼 듯이 날씨가 차가웠다. 찬 공기에 서영 누나가 깰라, 다르요노는 부엌의 아궁이에 장작불을 피우고 앞마당에 자라는 차 순을 따서 차를 끓였다. 안개가 거실까지 들어와 차 향기와 함께 채워졌다. 차가 우러나는 동안 다르요노는 서영 옆에 앉아 다시 피리로 반달을 연주했다. 꽃이 만개한 천국 마당에 서영에게 익숙한 멜로디가 퍼졌다. 눈을 떴다. 안개 속에 단음의 피리 소리가 명주의 올처럼 떠다니고 있었다. 다르요노는 멜로디 속에서 어느새 서영 누나와의 추억에 잠겨 있었다. 서영은 피리 소리에 마음을 실었다. 고향 예천의 가을밤 은하수에 쪽배가 떠다니듯 안개 속에 반달이 떠다니고 있었다. 서영 옆에 다르요노가 있었다.

서영은 다르요노가 눈치챌까 미동도 하지 않고 다시 눈을 감았다. 한동안 피리 소리에 취해 그렇게 있었다. 마치 다른 세상에 다시 태어난 듯 편안했다. 반달 연주를 끝내고 다르요노가 찻잔에 손을 감쌌다. 따뜻한 찻잔의 온기를 손에 옮겨 살며시 서영의 볼을 감쌌다. 다르요노의 따뜻하고 부드러운 온기가 서영의 볼에 느껴졌

314

다. 서영이 다르요노의 손을 꼬옥 잡고 눈을 떴다.

"누나아!"

서영은 다르요노와 눈을 맞춘 채 말없이 바라보았다. 시간이 정지
된 듯했다. 서영이 다르요노가 거두려던 손을 살며시 당겨 손등에 입
술을 댔다. 다르요노의 심장이 마구 뛰었다. 얼굴이 달아오르기 시작
했다. 그냥 있으면 심장이 터질 것 같았다.

"누나, 차가 따뜻해요. 어서 마셔요."

다르요르는 서영을 안아 일으켜 앉혔다. 서영의 포근한 체온이
다르요노의 가슴에 전해졌다. 다르요노의 심장이 다시 쿵쾅거렸
다. 감정이 들키기라도 하면 어쩌지?

다르요노의 심장박동에 서영의 심장도 뛰기 시작했다. 서영의
마음속에도 무언가 움트고 있었다. 다르요노가 서영을 여자라고
느끼는 것을 알았다. 다르요노가 서영을 와락 안았다. 둘은 그렇게
시간을 멈춰 놓고 한참을 있었다. 서영은 부쩍 커 버린 청년의 품에
서 소년에게서 느끼지 못했던 뜨거운 체온을 느꼈다.

서영에게 바뚜르 전통가옥 리마산의 거실은 다른 세상 같았다.
이런 세상이 있구나! 서영의 영혼이 다시 태어난 새하얀 바뚜르 마
을, 부겐빌레아 꽃잎 같은 핑크빛이 서영의 새하얀 마음에 조금씩
물들기 시작했다. 암바라와에서의 일들이 바뚜르 마을에서 아련해
져 갔다. 다시 태어난 서영의 몸과 영혼에 다르요노가 자리 잡고 있
었다.

'이전 세상의 기억을 지울 수는 없을까?'

서영은 악몽 같은 지난 일들을 지우고 싶었다.

"누나, 식겠다. 차 마시자."

서영은 다르요노의 따뜻한 손을 한 번 더 잡고 싶었지만 놓기로 했다. 서영의 마음으로 다가오는 건 체온보다 따뜻한 다르요노의 마음이었다. 서영은 지난 3년 다르요노에게 많은 사랑의 빚을 졌다. 서영이 다르요노에게 진 빚을 갚기에는 긴 세월이 필요할 것 같았다. 지난 세월이 내게는 상처가 되었지만 다르요노에게는 상처를 주지 않으리라.

"누나가 고마워! 이렇게 일어나 줘서."

"다르요노에게 고맙지."

상처로 익숙한 서영은 아직 사랑의 언어에 둔해 다르요노를 향한 마음을 그냥 고마움으로 대신했다. 굳이 언어가 필요치 않았지만 한마디는 꼭 하고 싶었다.

"내가 힘이 될게."

"누나! 회복되면 자카르타에 김성일 아저씨 찾으러 가자."

"……."

서영은 다르요노가 무슨 말을 하는지 알 수 없었다.

"그리고 누나! 조선에 가는 길도 찾아보자. 누나가 자면서 김성일 아저씨를 많이 불렀어."

서영은 할 말을 잃었다.

"서영 누나! 스리 수깐디 누나 불러 올게."

다르요노가 거실 문을 열고 밖으로 나갔다. 문을 열고 나가자 진한 꽃향기가 거실을 가득 채웠다. 마당에 플라티 꽃이 가득 피어 있었다. 새로운 향기는 다르요노의 향기였다. 밀물처럼 밀려오는 꽃의 향기가 서영의 창가에 날렸다. 플라띠의 새로운 향기가 서영의 마음을 가득 채웠다.

#40 바뚜르 Batur 마을

스리 수깐디는 아픈 과거에 머물지 않았다. 그녀 역시 네덜란드가 축조하고 일본이 강탈한 쁘르워다디의 군디 그둥 박빡에서 위안부로 3년을 보냈다. 중부자바 쁘르워다디 군디의 그둥 박빡에는 스리 수깐디 외에 다섯 명의 인도네시아 소녀가 있었다. 스리 수깐디는 본관 건물에서 일본군 사령관 전용 위안부로 있었다.

짐승도 제 암컷을 양보하지 않는 것이 수컷의 본능이다. 말만 사령관을 위한 전용 위안부였지 외지에서 고관들이 오는 날이면 스리 수깐디에게 목욕을 시키고 살충제를 뿌리듯 이상한 향수를 뿌렸고, 사령관이 출타 중에는 빌려주듯 이놈 저놈 데려가 쓰게 했다. 스리 수깐디는 다른 소녀들에 비하면 그나마 나았다. 군디의 박빡 건물 뒤편 별관에는 암바라와의 조선 소녀 위안부 수용소와 크기와 구조가 똑같은 다섯 칸의 인도네시아 위안부 수용소가 있었다. 별관 사병들 숙소에는 정원이 있고 맞은편 담벼락에 짐승 우리처럼 덧대기로 지은 위안부 수용소가 있었다. 자바의 위안부 소녀들도 하루에 30~50명의 병사들을 감당해야 했다. 차마 기억하기 싫은 3년이었다.

그곳에는 와띠라는 깜찍하고 예쁜 15살의 조그마한 소녀도 끌려왔다. 소녀 와띠는 성노예 생활을 견디지 못해 도망갔다가 여동생과 함께 다시 잡혀 왔다. 와띠는 위안소 앞 정원 잔디밭에서 일본 병사들과 위안부 소녀들이 보는 앞에서 300개가 넘는 못이 튀어나온 판자에 개구리의 두 뒷다리를 잡듯이 공중에 휘둘러 패대기쳐졌다. 와띠는 외마디 비명과 함께 못에 박혀 개구리가 뻗듯 파르르 떨었다. 일본 놈들은 와띠를 못이 박힌 판자 위에서 두 다리를 끌어당겼고 와띠의 온몸에서는 꽂힌 빨대에 피가 뿜어져 나오듯 했다. 정원이 온통 피비린내로 진동했다.

일본군은 와띠가 죽은 후에 시체를 토막 내고 발기발기 난도질해 소녀들이 쓰는 화장실에 버렸다. 도망치면 어떻게 된다는 것을 화장실 갈 때마다 생각나도록 했다. 그리고 끌려온 와띠의 동생이 언니를 대신해야만 했다. 소녀들은 한동안 악몽에 시달렸고 결국 위안부 한 명은 미쳐서 고향으로 보내졌지만 얼마 못 가서 죽었다고 한다.

그 후 며칠이 안 되어 변태짓을 하며 와띠를 괴롭혔던 일본 병사는 밤마다 와띠가 꿈에 귀신으로 나타나 시달리다가 군인 생활을 그만두었다. 군디의 그동 박빡 병영은 자정이 넘으면 밤마다 꿈에 귀신이 나타나 깨는 소동이 일어났다. 결국 일본군은 와띠의 시신을 화장실에서 건져내고 동네 사람들을 시켜 혼을 달래고 장례를 치러 주었다.

위안부였던 스리 수깐디에게 왜 한이 없었겠는가? 스리 수깐디는 낙천적이어서 위안부 생활로 인해 수녀가 되고 싶었던 꿈은 접었지만 자바의 전통음악 가수인 '신덴'이 되었다. 서영은 목숨을 구해 준 스리 수깐디의 동생인 다르요노와의 인연으로 가족이 됐다. 동병상련의 서영과 수리 수깐디는 서로 힘이 되어 상처를 회복하며 살고 있었다. 서영은 스리 수깐디를 따라다니며 자바인으로 살아가는 법을 터득하고 있었다. 스리 수깐디는 원망도 한도 없는지 얼굴이 늘 밝았다.

자바 사람들은 낙천적이었다. 자바에는 애시당초 '한'이라는 말이 없었다. 스리 수깐디에게 과거는 과거일 뿐이고 현재 자신이 얼마나 행복한가를 중요하게 생각했다. 스리 수깐디는 가수로 사는 것에 만족했다. 스리 수깐디가 공연을 나갈 때면 서영은 그림자처럼 따라다녔다. 지방 공연을 마치고 집에 돌아오는 날은 어김없이 다르요노가 절뚝거리는 다리를 끌고 마을 입구까지 나와 서영을 기다리고 있었다. 스리 수깐디는 서영보다 두 살이나 아래지만 생각하고 말하는 게 어른 같았고 서영에게 친구처럼 동생처럼 힘과 위로가 됐다.

자바에도 나무꾼과 선녀 같은 전설이 있었다. 다르요노 자신은 자바에 전래되는 동화 '나왕 울란'에 등장하는 사냥꾼이고 서영을 선녀라고 했다. 서영이 다르요노의 집에 사는 것은 자신이 서영의 날개옷을 훔친 사냥꾼이기 때문이라고 했다. 다르요노에게 서영은 자기를 위해 조선에서 날아온 선녀였다. 사랑의 도심盜心을 가지고 있었다. 서영과 함께 있을 때마다 하나씩 하나씩 서영의 마음을 훔치고 있었다. 암바라와에서부터 줄곧 서영의 마음을 훔쳐 왔다. 서영은 위안부 이력을 가진 이방 여인이었다. 누구에게도 마음을 도둑맞기 싫어 빗장을 걸었지만 시간이 지날수록 다르요노에게 마음을 열었고 마음이 빼앗기고 있었다. 다르요노의 가족들도 열린 서영의 마음에 마구 들어왔다. 서영은 다르요노 가족과 마음이 섞여 세월을 잊고 있었다.

다르요노의 아버지는 30대 중반인 젊은 나이에 동장과 면장의 중간 격인 '루라'로 선출되어 집안일보다는 동네일을 보느라 살라띠가 시에 가는 시간이 많았다. 다르요노의 아버지는 살라띠가에 가는 날이면 산또마끼 성당의 요한 신부님을 만나 선녀 딸이 하나 더 생겼다고 자랑했고 돌아올 때면 서영이 좋아하는 마르따박을 사 왔다. 조선의 국화빵 맛 같았다. 집안일은 다르요노가 도맡았다. 다리가 불편했지만 잠시도 가만 못 있는 성격의 다르요노는 날마다 밭에 나가 괭이로 흙을 일구고 씨를 뿌리고 잡초를 뽑았다.

바뚜르 마을의 농토는 기어올라야 할 만큼 경사가 심해 소를 이용한 쟁기를 쓸 수도 없었다. 바뚜르 땅은 화산재로 이루어진 부드러운 토질이라 당근 같은 뿌리채소는 씨만 던지면 싹이 나 자라고 어린아이도 당기면 쑤욱 뽑혔다. 작물을 옮긴다든지 힘이 필요한 일은 어머니가 했고 부지런함으로 해결되는 일은 다르요노가 다 했다. 스리 수깐디는 공연이 없는 날이 더 많았기에 집에 있는 날은 서영과 함께 농사일을 도왔다. 다르요노는 두 누나와 함께하면 신이 났다.

바뚜르 마을은 사계절이 뚜렷한 조선과 달리 잠깐 지나가는 건기 때가 아니면 언제든 씨를 뿌릴 수 있어 이른 비, 늦은 비에 애태울 필요가 없었다. 천혜의 땅에서 농사일은 고된 노동이 아니라 종교의식처럼 거룩했다. 가족은 거룩한 노동으로 땀 흘린 뒤 찾아오는 개운함을 함께 누리는 행복 공동체였다. 바뚜르 마을은 먹고살기 위해 힘겨운 노동을 하지 않아 좋았다.

밭두렁의 고구마 줄기를 잡아당기면 넝쿨에 고구마가 주렁주렁 달려 나왔다. 줄기를 잘라 그 자리에 다시 꽂아 놓으면 고구마는 또 열렸다. 무도 브로콜리도 감자도 일 년 내내 수확할 수 있었고 필요할 때 파종했다. 많이 심어 봐야 다 못 먹어 버리기에 욕심 낼 필요도 없었다. 마을 사람들은 집을 짓는다든지 자식이 결혼해 돈이 필요할 땐 잎담배를 심었다. 담뱃잎을 말려 놓으면 도시에서 상인들이 와서 사 갔다. 담배 농사는 채소 농사보다 힘들어 큰일을 치를 때만 심었다. 간혹 다르요노 가족도 한 철 동네 사람들이 담배를 심을 땐 함께 심었다. 담배를 심어 목돈이 들어오면 바띡 옷 한두 벌 사고 사원을 멋있게 단장하도록 헌금했다. 마을 사람들은 잎담배

321

판 돈으로 집을 고친다든지 자신들이 섬기는 이슬람 사원과 힌두 사원, 절이나 예배당을 짓는 데 헌금했다.

바뚜르 사람들은 절기 행사와 결혼 등 경사가 있을 때마다 모여 전통춤과 노래를 배우며 익히며 즐겼다. 결혼 잔치에도 이슬람 러바란에도 사람들이 모이면 문화행사가 있었다. 마을에는 일 년 내내 전설과 유래가 있는 축제가 끊이지 않았다.

많은 음식을 장만해 어려운 이웃과 함께하며 돌아가신 조상의 은덕을 기리고 추모하는 사드라난 축제, 가문마다 전해지는 춤이나 노래를 통·반 단위로 취향이 맞는 사람들이 모여 연습하고 젊은 이들은 유행에 맞는 새 시대의 춤을 창조하고 뽐내는 사파란 축제가 있다. 사파란 축제는 자바의 전통을 총망라해 선보이며 함께 어우러지는 축제로 사람들의 마음을 풍요케 했다.

다음은 러바란이다. 러바란에는 쌀과 기름 등 생필품을 준비해 어려운 이웃에게 나누고 조선의 한가위 송편이나 설의 떡국처럼 야자수 새순 자누르를 엮어 쌀을 넣어 찌는 *끄뚜빳*을 만들어 먹는다. *끄뚜빳*에 깃들인 효 사상에 따라 집안 어른들을 찾아가 공경하는 전통은 이슬람의 종교 절기라기보다 자바문화의 미풍양속이 전승되는 명절이었다.

자바에는 많은 문화축제가 있다. 전생에서 잘못 태어나 원한으로 살다가 다음 세상으로 가지 못하고 이 세상에 다시 태어난 '김발'이라는 아이가 있다고 한다. 한 때문에 세상을 삐뚤어지게 살까 봐 굿판을 열어 한을 풀어주는 김발축제가 있었다.

장희빈 같은 못된 왕비를 희롱하는 봉산탈춤 같은 싱아레옥 춤, 식인종 다약족의 춤을 승화시킨 또뻥이렝 춤, 감비옥 춤, 소렝 춤 등 수많은 전통춤들이 다양한 축제를 통해 전승되고 있었다.

와양 그림자극은 압권이었다. 자바의 전통악기 가믈란 연주에 맞춰 입담 걸걸한 변사가 소가죽으로 만든 와양꿀릿이라는 정교하고 화려한 가죽인형으로 힌두 라마야나의 대서사시에 등장하는 수많은 인물들의 이야기를 엮어갔다. 공연은 무대 커튼을 사용치 않지만 여러 장르의 장과 수없이 바뀌는 이야기를 변사가 와양을 흔들어 움직이며 능수능란하게 해학으로 풀어갔다. 수없이 많이 등장해 와양이 변사에 의해 몸살을 당할 즈음 가수 신덴이 등장하여 랑감 까라윗딴으로 사람들의 정서를 구성지게 풀어냈다. 신덴들은 강렬한 캐릭터 화장으로 자신의 얼굴을 감추고 와양의 인물들을 대중에게 노래로 불러냈다.

장르가 바뀔 때마다 짬뿌르 사리 등 조상 대대로 불러오는 자바의 노래를 곁들여 정서를 공감했다. 가수 신덴과 와양의 서사를 풀어가는 변사가 노래와 대사로 라마야나 서사시를 이어갔고, 신덴의 노래가 끝나면 입담 좋은 만담꾼이 여장을 하고 청중을 불러내 마을 사람들이 살아가는 소소한 이야기를 해학으로 풀어갔다. 관객들은 배꼽을 잡고 자지러지고 풍요의 행복은 밤안개처럼 온 산마을에 가득했다. 와양 공연은 여덟 시간이라는 긴 공연으로 밤을 새우며 라마야나 서사시로 혼연일체가 됐다.

닭이 우는 새벽녘이 되어야 공연이 끝난다. 신덴은 공연이 시작되면 생리현상까지도 멈춘다고 했다. 8시간 이상이었다. 와양 공연은 이런 경지까지 도달한 신덴만이 무대에 선다고 했다. 이런 위대한 와양은 문자로 기록되지 않았지만 전수자들의 공연으로 구전되었다. 스리 수깐디는 어느새 이런 와양을 거뜬히 소화해 내는 신덴으로 인정받았다.

와양 공연은 대향연이었다. 와양 공연을 할 때, 공기를 펌프질해 사용하는 커다란 알코올램프는 석유 호야보다 열 배나 밝았다. 대낮같이 밝혀진 무대에서 스리 수깐디가 노래를 부를 때면 동네 총각들은 물론 남녀노소 모두가 자리에서 일어나 열광하며 춤을 추었다. 이런 문화 행사는 한 주가 멀다 하고 열렸다. 바뚜르 마을에서 공연은 특별한 행사가 아니라 일상이었다.

#41 자무 jamu 장수

공연이 있는 날에는 야시장이 열리고 공연장의 입구, 길 좌우편에 좌판이 펼쳐졌다. 좌판에는 낫과 칼, 삽과 곡괭이 다용도의 짱꿀, 도끼 등 농기구를 파는 사람, 가오리연을 파는 사람, 흙을 구워 만든 아이들 빠사란(소꿉놀이)용 토기 그릇을 파는 사람, 자바

의 샐러드인 로삑, 싱콩 튀김, 끄리삑 등 없는 것이 없는 야시장이
었다. 옥수수를 찌고 구워 파는 사람, 골동품 장사뿐 아니라, 돈 놓
고 돈 먹기를 하는 야바위꾼도 있는가 하면 연고용으로 호랑이 고
기를 파는 사람도 있었다. 호랑이 기름으로 만들었다는 호랑이 연
고는 가짜가 많았다. 그러나 바뚜르에서 파는 고기는 눈을 부릅뜬
머리가 달린 호랑이로 저빠라의 무리아 산에서 잡았다고 한다. 얼
룩무늬를 가진 중송아지만큼 큰 호랑이는 몸뚱이 반절은 이미 팔
렸다. 기름 덩어리 호랑이는 몇 달을 장마다 갖고 다녀도 썩지 않았
다. 호랑이 고기를 밤알만큼 떼어 팔았다. 호랑이 기름은 어깨가 결
릴 때든지 상처가 생길 때, 눈곱만큼 떼어 문지르면 효력이 특출해
조선의 이명래 고약 같았다.

좌판에서 가장 인기 있는 곳은 자무 좌판이었다. 자무는 자바의
고산과 밀림에서 나는 진기한 약초를 제조해서 만든 자바의 한약
으로 건강음료다. 공연이 있는 날, 자무장수가 오면 감기 떨어지
지 않는 사람, 몸이 찌뿌둥한 갱년기 여자들, 온갖 증상의 사람들
이 몰려와 자무를 마셨다. 자무는 증세에 따라 그 자리에서 조제
해 주고, 남정네들은 하체가 시원찮다고 너스레를 떨며 정력을 위
한 자무를 찾았다. 자무장수 좌판에 깔아 놓은 돗자리는 짓궂은
남정네들의 음담패설과 세상 살아가는 이야기로 꽃피는 곳이었
다. 공연장의 밤은 좌판마다 북적대는 사람들의 웃음소리로 분위
기를 띄웠다.

서영과 스리 수깐디도 위안부 시절에 망가진 자궁을 회복해

보려고 이것저것 자무를 복용해 보곤 했다. 자무 재료에는 한의사인 아버지가 아꼈던 강황 정향 등 귀한 약재들도 많았다. 서영은 한방의 생약 재료인 자무를 눈여겨보았다. 서영은 공연장에서 자주 만나는 자무장수 수뿌랍띠 아주머니와 친해지면서 처음 보는 약재에 대해 효능과 음용방법, 조제방법까지 물어보곤 했다. 그러는 동안 서영은 어느새 자무장수 아주머니와는 이모처럼 친해졌고 아주머니는 서영에게 자무 제조법을 하나둘 가르쳐 주기 시작했다.

자무의 재료는 강황, 생강, 라오스의 뿌리 식물부터 화산지역에서 자라는 노니 열매, 나무 둥치를 썰어서 만든 뽕나무 같은 빠삭부미, 음식을 요리할 때 향신료로 쓰이는 정향과 육두구, 심지어 음식 맛을 내는 시레이 대, 시리찌나라 부르는 나뭇잎 말린 것과 열대의 탱자인 저룩 니삐스, 계피, 시리 잎, 향기 나는 레몬 잎, 이름도 생소한 나무껍질 등 다양한 약재들이 있었다. 효능도 무궁무진했다. 한약을 연구하듯 자무를 배워 가던 서영은 어느새 자무박사가 되어 갔고 서영의 이런 부지런함과 해박함에 매료되어 수뿌랍띠 아주머니는 서영에게 자무장수를 권했다.

스리 수깐디가 지방 공연을 나갈 때 수뿌랍띠 아주머니는 자무를 나눠주며 팔아보게 했다. 서영이 아버지에게 어깨너머로 배운 의술과 수뿌랍띠 아주머니가 가르쳐준 방법으로 의사 이상으로 효과가 나타나자 시간이 지날수록 서영이 가는 곳마다 단골손님들이 늘어났다.

수리 수깐디의 공연에 편승해 자무를 팔 때면, 조선에서의 추억이 꿈만 같았다. 마을 어귀에 광목 천막을 치고 이수일과 심순애의 가극과 가무를 맛보기만 보여주고 약을 팔아 가극의 결말이 아쉽던 추억. 또 어떤 야바위 약장수가 예천읍의 오일장에 뱀 한 마리를 자루에 넣어 좌판을 벌여 놓고 용이 되기 전 뿔이 솟아나고 있는 이무기라고 보여 줄 듯 말 듯 사람들의 이목을 모아 놓고 약만 팔며 파장까지 가던 사기 약장수의 기억에 웃음이 나기도 했다.

수뿌랍띠 아주머니처럼 등에 지는 대나무로 만든 자무 바구니도 마련했다. 서영은 이제 그럴듯한 자바의 자무장수 여인이 됐다. 영락없는 자바의 자무 파는 여인이었다. 공연을 시작하기 전은 물론 시작 후에도 서영의 좌판에는 아저씨, 아줌마, 할아버지, 할머니 등 손님들이 인산인해를 이루었다. 특히 총각들이 많았다. 지난번 왔을 때 마신 자무로 감기가 금방 뚝 떨어졌다는 둥 서영이 처방해 준 자무로 그날 밤 아내가 기절했다는 둥 짓궂은 남정네들의 정담이 오가며 와양 축제의 분위기를 한층 더 띄웠다. 자무의 효능을 생각하지 않아도 될 젊은 총각들도 서영에게 수작 한 번 걸 요량으로 커피나 홍차 대신 굳이 자무를 주문하는 이들도 있었다.

이렇게 시끌벅적한 날은 준비해 간 자무가 일찍 동이 나기도 했다. 순박한 자바 사람들과 함께하는 생활에는 사람의 향기가 났다. 신바람 나는 일상으로 과거의 아픔을 잊어가고 있었다. 자무가 동이 나면 서영은 홍차와 커피를 파는 옆 좌판 아주머니를 도와주거나 서영에게 말 한마디라도 걸어보려는 순진한 총각들에게 커피를 날라주며 먼저 다가가기도 했다.

커피도 동이 나기 시작했다. 서영은 자바어가 서툴렀기에 총각들이 너도나도 다가와 서영의 손바닥에 손가락으로 자바 말을 써주었다. 손을 만져 보려는 수작을 알고 서영은 한 발 더 다가가 덥석 손이라도 잡아주면 총각들이 지레 놀라 물러섰다. 자바의 청년들은 다르요노처럼 순진하고 착했다. 자무 장사를 시작할 즈음 서영의 나이 스물한 살, 백옥 같은 피부의 서영은 눈이 부셨다. 자바의 시골 사람들은 이 세상에 태어나 서영처럼 곱고 마음씨 착한 아가씨를 본 적이 없다고들 했다. 자바의 청년들은 서영을 하늘에서 내려온 선녀라고 불렀다. 자바의 총각들은 일찍 장가들어 총각이라고 해야 열일곱, 열여덟 살이었다. 어린 총각들은 별빛처럼 초롱초롱 빛나는 서영의 맑은 눈을 마주하지도 못하고 서영이 다가가기만 해도 얼굴이 붉어져 시선을 떨구었다.

한번은 스리 수깐디가 하얀 한복이 너무 아름답다며 자무 장사할 때 서영에게 한복을 입어 보라고 해서 입고 나갔다. 저고리를 입고 끈으로 치마 허리를 동였다. 옷이 날개였다. 날아갈 듯한 서영의 자태에 공연을 보러 온 사람들의 시선이 서영에게 몰렸다. 사람들이 자무 좌판으로 몰려들어 인산인해를 이루어 자무를 팔 수가 없었다. 서영은 그날 이후로 다시는 한복을 입지 않았다. 조선의 소녀 서영이 왜 자바에 사는지 사연을 궁금해하는 이들이 많아졌다. 그럴 때면 스리 수깐디는 서영은 자신과 같은 위안부였다고 당당히 말했다. 서영이 당황해 어찌할 바를 몰랐지만 자바 사람들은 서영의 아픔을 자신의 아픔처럼 생각했고 그 이후로 어느 누구도 서영이 자바에 어떻게 살게 됐는지 물어보는 이가 없었다.

서영을 사랑해 다가오는 청년들도 있었다. 자바 청년들은 서로 마음이 교감하고 뜨거워야 연애를 했고 그마저도 부모의 허락 하에 종교심으로 결혼을 성사시켰기에 이성을 잃고 사고를 치는 이들이 없었다. 서영을 사랑했던 청년들은 시간이 지날수록 서영과 마음을 나누면서 연인이 아닌 친한 친구가 되었다.

스리 수깐디가 지방 공연을 성황리에 마치고 오는 날은 자무장수 서영의 주머니에도 돈이 두둑했고, 옆자리에서 함께 좌판을 폈던 아주머니들이 챙겨주는 지역 특산물과 주전부리로 보따리까지 불룩했다. 서영은 가족들에게 무엇인가를 챙겨갈 수 있다고 생각하니 돌아가는 발걸음이 날아갈 것만 같았다.

서영이 다르요노의 집에 온 지 3년이 지났다. 가족이 되어 살아가는 나날들이 꿈만 같았다. 다르요노도 이제 17살, 어엿한 청년이 됐고 친구들이 하나, 둘 장가들기 시작했다. 서영은 이제 다르요노의 가정에 확실한 큰누나가 되었다. 스리 수깐디는 신덴 가수로, 서영은 자무장수로 서로 죽이 맞아 공연을 나갈 때나 돌아올 때 틈만 나면 와룽이라는 작은 가게에 들러 자바의 서민 커피인 부북을 시켜 놓고 마주 앉아 자매처럼 수다를 떨기가 일쑤였다.

귀갓길에는 다음 공연 준비를 위해 부족한 소품과 의상, 화장품을 사기 위해 가게에 들르기도 했다. 자매는 돈도 있겠다 망설임 없이 화장품과 장신구를 샀다. 스리 수깐디는 화장하는 것을 좋아했다. 화장품 가게에 들르는 날은 새로운 화장품을 소개받아 화려한 색조화장을 했다.

가게를 나올 즈음 스리 수깐디는 서양의 영화배우같이 변해 있었다. 스리 수깐디는 윗대에 네덜란드 피를 받았는지 키가 훤칠했고 이목구비가 뚜렷했다. 화장을 하고 나니 귀족 티가 물씬 풍겼다. 거기다가 자바인들의 선명한 쌍꺼풀과 진한 속눈썹에 탱탱한 피부까지 가졌다. 피부색은 자바인보다 유럽 쪽이어서 이국적이었다.

스리 수깐디는 여자인 서영이 보기에도 가슴이 두근거릴 만큼 섹시하고 매력적으로 아름다웠다. 서영도 호기심이 생겨 오늘은 스리 수깐디에게 얼굴을 맡기고 색조 화장을 부탁해 보기로 했다. 화장이 끝나고 거울을 마주한 서영이 화들짝 놀랐다. 거울이 요술을 부리고 있었다. 거울 속에는 서영이 아닌 다른 사람이 있었다. 거울 속에 나타난 자신을 보고 가슴이 울렁댔다.

'아! 내가 이렇게 아름다웠구나!'

스스로도 놀랐다.

'세상에! 화장이 이토록 사람을 다르게 만들어 놓을 수 있다니.'

세상에 태어나서 이렇게 아름다운 자신을 본 적이 없었다. 꿈을 꾸는 것 같았다. 그러나 서영은 가슴이 두근거려 화장한 모습으로 밖에 나가서 사람들 앞에 설 자신이 없었다. 서영은 얼른 색조 화장을 지우고 고향의 어머니처럼 하얀 분을 엷게 바르고 까맣게 눈썹만 그렸다. 그리고 스리 수깐디가 쓰는 연한 핑크빛 색 화장을 살짝 문질러 발랐다.

"아이구, 이게 누구야? 내 가슴이 다 울렁거리네."

집에 오자 다르요노의 아버지가 두 딸의 멋진 변화를 보고 박수로 좋아하시며 둘을 번갈아 안아 주더니 두 딸의 볼을 당신의 볼로 비벼주셨다. 서영은 아버지의 따뜻한 사랑으로 눈에 이슬이 맺혔다. 서영은 아버지 가슴에 얼굴을 묻고 잠시 머물렀다. 아버지는 서영의 등을 토닥거려 주었다. 서영은 방에 들어와 침대에 앉아 손거울로 화장한 얼굴을 다시 보았다. 오늘에야 비로소 자신이 여자라는 사실과 착하고 아름답다는 것을 알았다. 거울을 보는 서영의 콧노래가 창밖으로 흘러나왔다. 이를 훔쳐보는 한 남자의 가슴이 녹아 들어갔다.

#42 사냥꾼과 선녀

다르요노가 으흠, 으흠 마음을 진정시키는 기척을 하고 방으로 들어와 서영이 옆에 앉았다. 화장한 서영을 가까이서 보자 심장이 마구 뛰었다. 창밖 멀리 안동 산 너머로 붉은 석양빛이, 달아오른 다르요노의 얼굴을 더 붉게 했다 용암을 품은 17살 청년의 가슴이 화산처럼 끓어올랐다.

"누나가 행복하니 나도 행복해."

서영이 행복하니 자신도 행복하다는 말은 다르요노의 사랑 고백이었다. 다르요노는 빨갛게 볼이 달아오른 서영을 향해 있자니 끓어오르는 감정을 주체할 수 없었다. 서영을 바라보는 다르요노의 뜨거운 가슴의 열기가 눈으로 올라 이슬이 되어 맺힐 것 같았다. 감정의 절정이었다.

서영은 다르요노의 마음을 알고 있었다. 다르요노의 마음을 받아들이기로 했다. 서영도 지난 3년 태어나서 받아보지 못했던 사랑을 받으면서 상처 입은 가슴이 치료됐고, 다르요노를 향한 마음이 조금씩 핑크빛으로 물들어 왔었다. 위안부 시절의 자괴감이 사라진 서영의 마음자리에 다르요노의 사랑이 가득 채워졌다.

서영이 다르요노를 조용히 바라보았다. 이제 서영 앞에 있는 다르요노는 아이가 아니라 뜨거운 남자였다. 이 남자라면 행복할 것이 확실했다. 다르요노에게도 서영은 이제 누나가 아니라 이성으로 다가와 있었다. 이 남자를 안아 주지 않으면 심장이 터져 죽을 것 같았다.

서영이 손을 내밀려 하자,

"서영, 사랑해."

다르요노가 서영을 와락 품에 안았다.

"고마워요."

서영은 거칠고 뜨거운 남자의 숨소리에 마취되어 눈을 감았다. 두툼한 입술이 서영의 입술을 덮쳤다. 창밖에는 저녁노을이 온통 산과 하늘을 빨갛게 불태우고 있었다. 서영의 볼에는 뜨거운 눈물이 흘렀다. 다르요노는 불덩이가 되어 서영을 꼭 안고 있었다. 스리 수깐디가 조용히 창문을 닫아 주었다.

결혼을 하고 서영은 남편 다르요노와 함께 스리 수깐디의 공연을 함께 다니며 자무 장사를 계속했다. 한 달에 두세 번씩 족자카르타나 마글랑, 솔로 등의 도시로 나가는 날이면 신혼여행 가듯이 다르요노는 아이처럼 좋아했다. 서영과 다르요노는 동화 속 주인공 같아 뭇사람들의 입에 오르내렸다. 가는 곳마다 사람들은 자바의 사냥꾼과 선녀 이야기 '나왕 울란' 전설을 빗대며 선남선녀가 만나 부부의 연을 맺은 것이 아름답다며 축복해주었다.

오늘은 바뚜르 마을과 가까운 그라박의 뗄로그레조 마을에 공연을 왔다. 당일 돌아갈 수 있는 이웃 동네지만, 마침 보름이라 달도 밝은 데다 이틀 공연이라서 하룻밤을 묵기로 했다. 서영 부부는 어느 곳을 가든지 모르는 사람이 없었다. 서영의 단골이자 오래된 친구들이었다.

부부가 자무를 팔러 오는 날이면 동네 남정네들은 서영이 결혼하고 나니 더 아름다워졌다며 덕담을 해 주었다. 다르요노가 부럽기도 하고 질투도 났다. 보고 또 봐도 보고 싶은 선녀를 만나는 날이었다. 남정네들은 변함없이 공연히 쓰디쓴 자무 한 잔을 주문하고 말을 걸어왔다. 남편 다르요노를 의식해서인지 관심도 없었던 세상 돌아가는 이야기를 물으며 말을 걸어왔다. 서영은 남정네들에게 친절히 이야기해주고 싶지만 세상 돌아가는 것에 대해 아는

333

게 없던지라 대답은 자연히 다르요노 몫이 되었다.

다르요노는 '루라'인 아버지로부터 들은 세상 돌아가는 소식을 박식하게 들려주었다. 사람들은 결혼한 다르요노 부부를 만나면서 화제가 더 다양해졌다. 만나는 사람들은 금세 친구가 되었다. 어떤 이들은 공연에는 관심이 없고 옆 좌판에서 커피를 주문해서 다르요노 부부 좌판에서 이야기를 나눴다. 이야기꽃이 피다 보면 시간 가는 줄 몰랐다. 서영은 이제 다르요노로 인해 사람들에게 더 편안히 다가가는 아줌마가 된 것이 좋았다.

조선의 빨래터에 모인 아낙네들처럼 자무 좌판에 둘러앉아 동네 아주머니들의 수다를 들으며 시름을 잊었다. 사람들의 얘기는 동네마다 별반 다를 게 없었다. 우리 서방이 어떠하네, 어느 집 젖소 부인은 금실이 좋아 아이 젖도 안 뗐는데 벌써 산달이 가깝다는 등 왁자지껄 웃고 떠들다 보면 밤이 언제 깊어지는지도 몰랐다.

공연이 끝나면 동네 사람들이 다투듯 서로 자기 집을 권했다. 전통가옥 리마산이나 조글로의 작은 방에서 밤을 보냈다. 어떤 곳은 대나무 평상 침대가 있었지만 어떤 곳은 맨바닥에 돗자리를 깔아주었다. 잠자리가 바뀔 때마다 다르요노가 팔베개를 해 주고 자장가도 들려주었다. 오늘 뗄로그레조 마을의 리마산 나무침대에 까수르라는 까뿍 솜 매트리스와 얇은 담요까지 챙겨주었다.

밤이 깊어지자 하늘의 별들까지 처마 끝으로 내려와 반짝반짝 손짓하며 서영과 다르요노를 불러냈다. 모두가 잠든 밤 서영과 다르요노는 살금살금 밖으로 나왔다. 밤하늘에는 수많은 별들이 수

놓인 검푸른 별바다였다. 멀리 해발 3,300m 숨빙 산, 그리고 해발 3,152m 신도로 산이 하늘에 닿아 있고, 해발 1,910m 뗄로모요 산 중턱에서 내려다보이는 그라박 작은 읍내는 하늘과 구분도 없이 자욱한 밤안개 속에 호야불이 별빛처럼 깜빡이며 또 하나의 은하수가 되어 있었다. 구름 위에 떠 있는 뗄레그레조 마을은 양푼이보다 더 큰 보름달을 뗄레모요 산 위에 띄워 놓고 안개구름이 베일처럼 가렸다가 벗기고 있어 천상의 신선이 사는 꿈속의 마을 같았다.

"다르요노 씨, 우리가 신선이 된 것 같아요."

서영이 다르요노의 팔베개 한 채 품을 파고들며 말했다.

"아무렴! 당신은 원래 신선이 사는 나라에서 온 선녀잖아. 사람들은 서영을 자무 파는 선녀라 부르던데."

다르요노가 서영의 이마에 입술을 맞추며 말했다.

"참 당신도………."

서영이 가당찮다고 부끄러워 응수했지만 다르요노의 칭찬이 싫지 않았다.

"참 그리고 보니 여기가 옛날에 사냥꾼과 선녀가 살았던 동네야."

"사냥꾼과 선녀가 살았다고요? 조선에는 나무가 귀해서 나무꾼과 선녀 이야기가 전해지고 있긴 하지만요."

"하하하! 자바에는 나무가 지천인데 누가 나무를 해요? 나무꾼이 아니라 사냥꾼과 선녀 이야기로 전해져요. 그리고 보니 선녀가 사냥꾼을 만난 마을에 우리가 묵고 있네."

"어머! 여기도 진짜 그런 전설이 있어요?"

"서영이 이곳 폭포에 내려온 선녀잖아? 내가 서영의 날개옷을 감추었다고 전에도 말했는데, 하하하."

"농담도 너무 과장됐어요. 하기야 날개옷을 돌려주어도 저는 사랑의 빚이 너무 무거워 못 날아갈 거예요. 하기야 사랑 욕심 많은 다르요노란 사냥꾼이 돌려주지도 않겠지만, 호호호호………."

다르요노가 사냥꾼과 선녀 이야기를 들려주었다.

"옛날 옛적에 이 뗄로그레조 동네에 한 사냥꾼이 살았어요. 어느 날 사냥꾼이 사냥을 허탕치고 허기가 져 큰 바위에서 잠이 들었다가 노랫소리에 잠이 깼대요. 그런데 나무 사이로 사람의 목소리라고는 할 수 없는 아름다운 노랫소리가 들리는 거예요. 가만히 다가가 보니 그 노랫소리는 폭포에서 들렸고 거기에는 일곱 선녀가 목욕하고 있었답니다. 사냥꾼은 다가가 선녀의 날개옷 하나를 감추었지요. 날개옷을 잃어버린 선녀는 사냥꾼을 따라와 이 뗄로그레조 마을에 함께 살게 되었답니다."

"어머 어쩜 조선의 전래 동화와 똑같은데요. 호호!"

"응 그래? 더 들어 봐! 그런데 선녀는 신통한 재주를 갖고 있어서, 쌀 한 톨로 식구들의 밥을 지었답니다. 사냥꾼은 사냥을 안 해도 끼니 걱정할 필요가 없었으니 대박난 거죠. 둘은 행복한 나날을 보냈대요. 선녀가 사냥꾼에게 한 가지 약속을 했답니다. '밥을 지을 때 절대 솥뚜껑을 열지 마세요!' 사냥꾼은 그렇게 약속을 했대요. 사냥꾼과 선녀는 알콩달콩 행복하게 살았고 어느새 '나왕 울란'이란 예쁜 딸까지 낳았답니다.

어느 날 아기를 재우고 부엌에서 부부가 밥을 짓고 있는데 아기가 우는 거예요. 선녀가 젖 먹이러 들어간 사이에 밥이 끓어 넘치고 있는 거예요. 사냥꾼은 호기심에 약속을 깜빡 잊고 솥뚜껑을 열고 말았지요. 그러자 선녀의 신통력은 달아나고 선녀는 여느 집 아낙네처럼 뒤주의 쌀을 퍼서 밥을 지어야만 했답니다. 뒤주의 쌀은 점점 줄어들어 바닥이 드러났고 사냥꾼이 뒤주 밑에 감춰 두었던 날개옷이 들통났답니다.

배신감에 선녀는 그날로 날개옷을 입고 하늘나라로 가 버렸죠. 하지만 선녀는 두고 간 딸 나왕 울란을 잊지 못해 뗼레그레조로 다시 내려왔어요. 사냥꾼이 꼴 보기 싫어 집과 가까운 밭에 작은 오두막집을 지어 달라 했고 사냥꾼은 밤마다 딸을 오두막에 데려다주고 바깥에서 먼 바라기로 새벽까지 기다려야 했답니다. 선녀는 밤마다 내려와 나왕 울란에게 젖을 먹이며 하늘나라 왕실 교육을 했어요. 그리고 세월이 지나 나왕 울란이 예쁘게 다 자랐어요. 아니나 다를까 선녀는 하늘로 올라갔고 다시 세상에 오지 않았답니다. 그 후 선녀같이 예쁜 딸 나왕 울란은 마타람 왕국 조꼬 따룹왕의 왕비가 되었대요."

"어머머! 조선의 전설이랑 비슷해요. 그런데 이곳 선녀는 요술하는 게 달라요. 그리고 딸이 왕비가 됐다는 게 재미있어요."

"재밌지? 어때 서영이 이야기 맞잖아?"

"호호호! 어보, 난 요술 못 해요. 다르요노란 사냥꾼이 가짜 선녀를 눈에 콩깍지가 씌어 속은 거지요. 밥도 지을 줄 몰라 밥이 많았다, 모자랐다, 쌀이 잘 익었다, 설익었다 하잖아요. 아무나 그렇게 못 짓거든요. 맞다! 내가 밥 짓는 게 요술이네요. 호호호!"

"서영, 내일 아침 선녀가 내려온 스까르 랑잇 폭포에 가볼까요? 걸어서 10분이면 가는데."

"정말요?"

서영이 호기심에 물었다.

"아무렴. 내가 서영의 날개옷을 뒤주에 감춰두지 않고 다른 데 감춰 두었는데 지금은 돌려줄 수 없지만 내가 죽고 나면 고생할 테니 죽기 전에 돌려주면, 그때 하늘로 먼저 올라가요. 내일 먼저 당신이 내려온 폭포가 맞는지 확인이나 해 두자고요."

장난기가 발동한 다르요노가 서영의 가슴을 간지르며 말했다.

"호호호. 호호호!"

서영이 부끄러워 웃자,

"하하하!"

다르요노도 소리 내어 웃었다. 시리도록 푸른 뗄레그레조의 밤, 멀대 같은 가죽나무에 초롱초롱 걸린 별들이 두 사람의 이야기를 재미있다는 듯 듣고 있었다.

"우리 웃음소리가 너무 컸어요. 밤도 깊어 추워요. 이제 방으로 들어가요."

뗄로그레조의 밤은 그렇게 깊어 갔다.

#43 김발 gimbal 머리 소녀

어제도 서영은 송림을 지나 서낭당 고갯길을 넘듯 떼끌란 마을을 다녀왔다. 떼끌란 가는 길에 쑥쑥 자란 소나무는 서영이 암바라와에서 위안부로 있던 시기에 일본군이 비행기 연료인 송진을 채취하기 위해 심었던 나무들이다. 지금은 숲이 되어 유수 같은 세월로 쌓인 솔잎이 머라삐 화산이 뿜어낸 재와 함께 썩어 서영의 한처럼 층층이 쌓였다.

남편 다르요노 외에 바뚜르 사람들 중에 태평양전쟁의 아픔을 기억하는 이가 없었다. 현재의 넉넉함에 행복해하는 자바인들의 천성은 전쟁의 거름더미 위에서 피어난 꽃처럼 평화로웠다. 서영의 아픔은 암바라와에서부터 함께 해준 남편만이 나눌 뿐이었다. 이제 수없이 오르내렸던 떼끌란으로 올라가는 길도 숨이 찼다.

떼끌란은 바뚜르 마을보다 높은 해발 1,600미터로, 3천 미터인 머르바부 산의 중턱에 자리한 하늘 아래 동네여서 고개를 아프게 뒤로 젖혀야 머르바부 산 정상이 보이는 산비탈 마을이었다. 떼끌란은 150호 정도 살고 있는 자바의 전형적인 산촌마을이었다. 해질 녘이면 서쪽에는 해발 1,726미터 안동 산이 적도의 붉은 노을에 비쳐 실루엣으로 펼쳐지고 아침이면 물안개 자욱이 피는 라우쁘닝 호수를 배경으로 해발 1,910미터 뗄로모요 산이 한복을 입은 조선 여인의 자태로 꿋꿋이 앉아 있었다.

적도의 8월은 건기지만 떼끌란 마을은 하루 종일 베일을 벗기고 씌우듯 구름이 왔다가 사라지는 별천지 마을이었다. 이곳에 좌불하고 지그시 눈 감으면 마음은 천국이고, 눈 뜨면 무릉도원의 한량이 된 듯했다. 서영은 가파른 길을 오르다가 거친 숨을 고르며 무심하게 밭둑에 앉았다. 밤이 되니 동네 앞에 펼쳐진 고원 경작지의 고랭지 채소들이 비취색의 신비로운 빛깔로 숭고함마저 들게 했다.

이 마을 사람들은 불교 가정이 90호, 기독교 가정이 35호, 이슬람 가정이 25호로 어우러져 살면서 모두들 자신의 신이 공의와 선함의 최고봉이라 믿으며 살았다. 또 선함의 경지를 서로의 삶으로 보여주면서 경쟁적으로 아름다움을 실천하고 있는 마을이었다.

이곳은 이슬람 사원과 교회가 마당을 같이 쓰며 서로를 존중했다. 이 마을 공동체 사람들은 성격이 다르고 종교, 사상, 신념이 모두 다르지만, 갈등하기보다 사람 사이의 믿음과 화목이 우선이었다. 서로의 다름을 존중하는 풍토와 다양성 속의 조화가 국가이념인 인도네시아의 '빤자실라'가 뿌리내린 곳이었다. 다양성을 존중하는 이곳에 서영은 이방인으로 드나들지만 낯설지 않았다.

떼끌란에는 웅장한 건물도 없었다. 오지 마을로 현대문명의 흔적이 없어 화려함은 없지만 불편함도 없었다. 땅이 비옥해 계절 없이 씨를 뿌릴 수 있었고 눈 뜨면 하늘이 내린 비에 농작물을 심어 먹고 남을 만큼 거두는 곳이었다. 생산되는 농작물은 외지에서 사가면 사 가는 대로, 그렇지 않으면 거름으로 다시 자연으로 돌려보냈다.

해발 1,600미터의 이 신비한 마을에서는 세 가지 구름층이 있었다. 머르바부 산 정상 위에 떠 있는 구름은 눈물을 모르는 신이 즐기는 평화의 구름이고, 머르바부 산이 머리에 이고 있는 구름은 무거워 서슴없이 비를 내려놓아 발아래에 흩어뿌리기에 마을의 농산물들이 넉넉히 자라 평화를 누리는 정이 많은 사람들 구름이었다.

마을을 두른 구름은 베일처럼 일 년 내내 마을을 춥고 덥게 하며 산자락의 살라띠가 마을에 눈물과 기쁨을 변덕스럽게 뿌렸다. 떼끌란은 조물주가 인간을 만들고 에덴 같은 곳에 나무꾼과 선녀들을 두어 기쁨을 누리게 하다가도, 배신하면 등에 땀을 흘려야 하는 곳이었다.

발아래 드리워져 있는 구름 아래의 세상에서 선녀를 따라 올라온 나무꾼같이 촌티 나는 까무잡잡한 남정네들은 신의 가호 아래 일을 노동이라기보다 신선놀음으로 즐기고 있었다. 작물은 먹을 만큼 심지만 가끔은 스스로의 욕심에 빠져 채소를 더 심기도 했다. 이럴 때면 산 아래 살라띠가에서 채소를 사러 오는 장사꾼을 따라 시장에 가서 세상을 경험하고 왔다.

가끔 남정네들이 겪는 세상 경험은 요지경이었다. 가끔 채소를 팔러 갔다가 '카페'라는 곳에 가서 립스틱 짙게 바른 요염한 여인들을 만나기도 했다. 여인들의 유혹에 끌려 떼끌란에서는 그냥 물만 끓여 우려먹는 홍차 한 잔을 배추 10단 판 돈으로 마셔야 했다. 참

어처구니없는 찻값이었다.

세상 구경을 하고 돌아온 남정네들은 한동안 발정 난 짐승처럼 수컷들만의 언어로 키득대는 날이 있었다. 하지만 누가 뭐라 해도 무릎베개에 귓밥을 긁어주는 선녀 같은 떼끌란의 아내가 안식처였다. 떼끌란을 비롯한 자바의 무슬림들은 종교의 율법보다 전통적 윤리를 우선했다. 이슬람이 많아 부인을 4명이나 둘 수 있음에도 이곳 떼끌란은 일부일처제인 전통을 따랐다.

욕정에 끌려 헛된 곳에 마음 두지 않으면 하늘이 내린 분복으로 행복을 누릴 수 있다는 것을 이곳 사람들은 알았다. 떼끌란 사람들은 가족공동체를 중심으로 자연이 주는 은혜에 감사하는 농자천하지대본을, 농경문화 속에 풍류로 즐기는 전통을 지키며 살았다. 남정네들은 나물 먹고 물 마시며 자신보다 이웃들을 우선 배려하면서 아끼고 사랑하면서 행복을 누렸다.

워노소보에 있는 해발 3,300미터의 숨빙 산과 디엥 고원 그리고 이곳 해발 3,142미터의 떼끌란에는 과학으로 설명할 수 없는 일들이 일어나고 있었다. 김발머리 아이들이다. 자바인들의 유전적 머릿결과 다른 노란색 레게머리 여자아이들이 태어나는데 이를 '김발'이라 불렀다.

김발에는 전설이 있었다. 여인들 중에 전생에서 맺힌 한을 풀지 못하면 혼이 구천에 떠돌다가, 그 화신이 김발 아이로 이 세상에 다시 태어난다는 것이다. 김발 아이는 한이 많아 요구하는 것이 많다고 한다. 떼끌란에는 김발 아이들이 많이 태어나 이 아이들을 위한 김발축제가 많았다.

이곳 사람들은 김발축제를 앞두고 전생에 맺힌 여인의 한을 풀어주는 것이라 생각하여 아이들의 요구는 무엇이든지 들어주는 풍습이 있었다. 아이의 부모는 김발축제를 위해 힘에 부치게 많은 돈을 마련하여 아이들의 초경 전에 김발축제를 치렀다.

김발머리 축제의 삭발 의식은 마을 공동체의 축제다. 축제 때는 다른 지방에서도 관광객들이 몰려와 어울리고 춤으로 한바탕 축제를 연 뒤에 함께 음식을 나누었다. 이곳 사람들은 김발이 전생에 한을 미처 다 풀지 못하고 간 것에 대한 미안함을 공동체 모두가 갚아야 한다고 생각했다. 이들의 믿음대로 김발머리 아이들이 삭발식 축제를 하고 나면 김발머리가 다시는 나지 않고 괴팍하던 아이들도 온순하게 성장한다고 한다.

의식 전에 김발 아이들에게 꼭 들어줘야 하는 요구가 있다. 옛날에 한 김발 아이가 축제를 앞두고 아비의 목숨을 요구한 적이 있었다. 요구를 들어줄 수 없으니 당연히 김발축제를 열지 못했고 김발 아이는 부모와 이웃들에게 마음을 열지 못해 자라면서 부랑아가 되어 마을을 떠났다고 한다. 그 아이는 어느 도시에 가서 평생 집시로 살면서 또 한생을 그렇게 살다 갔다고 한다. 그 아이가 다시 이곳에 태어나 목숨이 아닌 다른 것을 요구해 이생을 편안히 살다가 다시 김발로 태어나지 않기를 바라고 있다. 떼끌란에는 대가 바뀌면서 김발이 줄어들고 있었다. 마을 공동체의 김발에 대한 섬김 때문이라 믿고 있었다. 전생에 맺힌 김발의 한이 얼마나 사무쳤기에 다시 태어나서도 한을 풀지 못하고 살다 갔을까?

서영은 조선에 있을 때, 불교와 윤회를 믿었다. 행여 을순이가 김발 아이로 떼끌란에 다시 환생하지 않았을까 하여 김발 아이를 바라보는 마음이 남달랐다. 피붙이 하나 없는 한 많은 세월을 이방의 땅에 살고 있는 서영에게 김발은 미신이라도 좋았다. 아무것도 없는 산신당에 돌 하나 세워 놓고 허상이라도 그저 내가 바라는 것이 이루어지기를 바랄 뿐이었다. 이 마을에 태어난 김발 아이 중에 을순이가 있어 서영이 그 한을 풀어 주고 싶었다. 어제도 서영은 서낭당 고갯길 같은 솔숲을 지나 떼끌란 마을의 김발 아이 아만다를 품에 안고 눈을 맞추며 친구가 되어 놀다 왔다.

서영은 아만다를 품에 안을 때마다 마음이 아팠다. 열세 살, 을순이가 이곳 위안부로 끌려와 성노예 생활이 시작되고, 하루를 견디지 못해 죽었다. 서영은 을순이 생각에 골몰하며 아만다에게서 눈을 떼지 못했다. 김발머리 아만다는 빤히 내려다보는 서영의 눈을 마주하고,

"할머니, 아만다가 예뻐요?"

하고 물어 왔다.

"그럼! 아만다는 이 세상에서 제일 예뻐. 을순이 같아!"

"그런데, 할머니 을순이가 누구야?"

서영의 남다른 관심과 사랑을 아는 아만다는 엄마에게 부리지 못하는 응석과 억지를 서영에게 곧잘 부렸다. 그리고 아만다는 무엇을 보상받기나 해야 하는 듯 늘 서영에게 보채고 생떼를 썼다. 서

영은 고분고분 순종하는 다른 집 아이들보다 오히려 생떼 쓰는 아만다가 좋았다. 을순이가 아만다처럼 떼라도 쓰고 자신의 뜻대로 서영을 따라오지 않았더라면 서영의 가슴이 이렇게 찢어지도록 아프지는 않았을 것이다. 착하고 순해서 서영을 따라왔던 것이 아닌가! 서영은 을순이에게 지은 죄를 아만다를 통해 사죄하고 싶었다. 아만다는 친할머니보다 서영을 좋아하고 따랐다.

오늘도 아만다의 트집이 시작됐다.

"할머니 아만다는 꼭 갖고 싶은 게 있는데, 엄마가 안 사줘. 엄마 참 나쁘지?"

"아 그래? 엄마가 돈이 없어 그렇지. 그게 뭘까? 내 새끼!"

서영은 아만다의 말이 떨어지기가 바쁘게 아만다의 머리를 쓰다듬으며 물었다.

"그럼 할머니가 사 줄 거야?"

아만다가 서영의 말을 놓치지 않으려고 다그쳐 물었다.

"그럼! 내 새끼가 누군데?"

서영이 아만다의 엉덩이를 토닥이며 말했다.

"무궁화 머리핀!"

아만다가 답했다.

"헉!"

서영은 심장이 얼어붙는 듯 온몸이 마비됐다.

'무궁화 머리핀!'

서영이 놀라 아만다를 품에 안은 채 굳어 버렸다. 서영의 눈앞에 무궁화 꽃 머리핀을 꽂고 죽은 을순이의 얼굴이 아만다의 얼굴 위에 겹쳐졌다. 서영의 얼굴이 파랗게 질려 놀라는 모습을 보자 아만다가 서영을 다그쳤다.

"할머니! 할머니? 왜 그래?"

아만다가 놀라서 넋 나간 서영의 눈을 올려다보며 불렀다.

"서영 언니! 서영 언니!"

아만다의 목소리는 을순의 소리가 되어 서영에게 환청으로 들렸다.

"할머니! 할머니!"

아만다가 서영의 가슴을 두드리며 어쩔 줄 몰라 하는 소리에 서영은 정신이 들었다. 아만다는 그제야 화색이 도는 서영의 얼굴을 보고 생떼를 부린 것을 후회하는 듯했다.

"아냐, 아냐, 할머니가 모레 올 때 꼭 사 올게."

서영은 혼비백산했던 정신을 가다듬었고 아만다의 머리를 쓰다듬으며 한동안 눈을 떼지 못했다. 생떼 쓴 걸 후회하는 티 없이 맑은 아만다의 눈동자 속에서 서영은 을순이를 찾으려 했다. 서영은 하염없이 눈물이 흘렀다. 세월 속에 묻었던 응어리가 터져 걸쭉한 연고를 짜듯 두 눈에 피눈물로 흘렀다. 을순이가 미치도록 보고 싶었다. 꼭 껴안은 아만다의 얼굴에 오버랩되었던 을순이가 눈에서 떠나지 않았다.

"쏴아!"

머르바부 산 정상에서 내려온 솔바람이 서영의 마음을 흔들어 놓고 휘리릭 마당의 가랑잎을 휘저어 산 아래로 내닫는다. 바람이 떠나는 곳으로 서영의 마음과 눈길이 따라갔다.

"저곳인데……."

서영은 자신도 모르게 암바라와 쪽으로 사라지는 바람을 붙잡으려는 듯 허공에 손을 휘저었다.

"여보, 밤바람이 찬데 들어오지 않고요?"

바람이 리마산 목벽을 두드려서 깨웠는지 남편 다르요노가 컥컥한 가래 기침 소리로 서영을 찾았다. 요즘 들어 무척이나 수척해진 서영을 걱정하는 소리가 리마산 두터운 목문 사이로 비집고 나왔다. 서영은 순간 흐트러진 마음을 정리하듯 두 손으로 치맛자락을 걷어 무릎 사이에 모아 넣고 매무새를 고쳤다.

"네, 곧 들어가요."

세월은 이제 이 리마산에 남편과 서영, 시어머니만 남겼다. 나이가 들면 어린아이가 된다더니 당당했지만 자상했던 시어머니는 응석꾸러기 어린아이가 되었다. 누구보다 마음이 착하고 너그러웠던 시어머니는 서영을 한 번도 나무라지 않고 다독거려 주었다. 서영이 열여덟 살에 다르요노를 따라 이곳에 와서 결혼한 이후 모든 게 서툴렀다. 이방의 여자로 이곳 사람들과 생각이 달랐던 서영을 포근한 품으로 맞아 주셨는데 어느덧 구순이 지났다.

시어머니가 잠들 때마다 아기처럼 베갯잇을 토닥토닥 두드리면서 더 젊어지셨다고 거짓말했다. 시어머니는 정말 더 예뻐졌다. 자

장가를 부르듯 칭찬으로 노년의 외로움을 달래고, 자카르타로 시집간 둘째 딸과 살라띠가에 사는 큰 시누이 스리 수깐디의 동정을 예쁘게 들려드리면 아기처럼 잘도 잤다. 귓밥을 간질이듯 큰시누이가 가르쳐 준 랑감 까라윗딴을 어설프게 불러 드려도 잘 잤다. 잠든 시어머니가 예쁘기만 했다.

서영이 받기만 했던 시어머니의 사랑을 노년에 깨달았다. 받은 사랑에 비하면 천분의 일도 안 되지만 시어머니를 모시며 다소나마 사랑의 빚을 돌려 드릴 수 있어 감사했다.

서영은 스스로 생각해도 위안부 때 받은 상처로 마음 한구석엔 늘 피해의식이 있었다. 그래서 불행하다고 생각했던 것을 부인할 수 없었다. 스스로 누군가를 위해 희생하는 기쁨과 행복이 무엇인지 몰랐던 서영이 뒤늦게 시어머니를 통해 배웠던 것이다. 자신을 희생해서 누군가를 사랑하는 것이 얼마나 행복한 일인지 알았다.

요즈음 남편 다르요노도 폐결핵 후유증으로 밭에 나가는 일마저 힘들어졌다. 식사와 잠자리까지도 서영이 봐주고 가끔 대소변 보는 일도 챙겨야 했다. 남편 수발을 하면서 서영 자신이 남편을 얼마나 사랑하고 있는지 스스로 놀랐다. 그동안 남편 다르요노가 서영에게 주었던 마음처럼 그 마음의 일부라도 돌려주면서 스스로 얼마나 행복해하고 있는지를 알았다. 시어머니와 남편에게 빚진 사랑을 조금이나마 갚을 수 있는 시간에 감사했다.

남편 다르요노는 자식을 낳아 대를 이어야 하는 장손임에도 불구하고 아이를 가질 수 없는 이방 여인을 사랑하였고, 불편한 몸이

지만 농사를 지으며 부모님 모시고 욕심 없이 살아온 효자 남편이었다. 시어머니는 다리가 불편한 아들을 다른 자식보다 더 사랑했고 위안부였던 며느리까지도 아들이 사랑하는 여인이라는 이유로 친딸 이상으로 챙겼다.

다르요노 부부는 밭농사를 지으며 염소를 열여섯 마리나 키우고 있었다. 다르요노는 농사일과 자신의 뒷바라지로 고생하는 서영의 노년이 안쓰러워 키우고 있던 염소를 팔려고 했지만 서영이 오히려 만류하여 기르고 있었다. 염소젖은 결핵을 앓고 있는 남편의 기력 회복에 좋기 때문이었다. 조선에 있을 때, 서영의 할아버지도 결핵을 앓았다. 어머니께서 염소젖을 손수 짜서 정성껏 끓여 드시게 하여 할아버지가 회복하신 적이 있었다.

서영은 오늘도 염소젖을 짜서 끓였다. 강황보다 좋다는 적생강을 씻어 아궁이에 굽고 칼집을 내어 우려낸 차에 적설탕을 타서 남편의 머리맡에 놓아두었다. 남편은 취침 중에도 마른기침이 잦아 물을 찾기에 물 대신에 준비했다. 특히 화산재가 쌓인 살라띠가 고랭지에서 자란 적생강의 효능은 조선의 인삼만큼 좋았다.

적생강은 꿀과 함께 복용하면 좋지만 이 마을 남정네들은 아렌나무에서 고로쇠 물처럼 채취하는 아렌수를 정력제로 마셨다. 서영은 꿀 대신 정력에 좋다는 '굴라 아렌'이라는 야자수에 흑설탕을 타서 먹으면 기력 회복은 물론 기침이 멎게 할 수 있겠다는 생각에서 늘 준비히였다.

남편 다르요노가 잠이 들었는지 기척이 없자 서영은 테라스 의자에 그대로 앉아 있었다. 멀리 위안부 수용소가 있었던 암바라와 성 뒤편, 반둥안 마을에 불빛이 반짝였다. 서영은 깊은 밤만큼 깊은 상념에 잠겼다.

지난달에는 서리가 내렸다. 여태까지 살아온 이곳 사람들조차 처음 보았다는 서리는 어쩌면 태평양전쟁에 위안부로 끌려온 조선 소녀들의 피맺힌 한일 것이다. 긴 세월이 흘렀지만 서영은 오늘도 암바라와의 기억을 지우지 못하고 자바의 고택 리마산의 테라스에 홀로 앉아 있었다.

작열하던 태양이 지고 가빴던 숨을 고르고서야 맞이하는 고즈 넉한 밤, 이방인은 홀로 자바의 숨결을 느꼈다. 자바의 밤 검푸른 하늘에서 달무리의 물보라는 신의 은총처럼 내리고 서영의 젖은 눈망울은 대지의 이슬로 떨어져 이방에 떠도는 원혼들의 한을 달 랬다.

아! 자바에는 잠들지 않는 신神들과 잠들지 않는 비밀이 갇혀 있었다.

아리랑

9 장

#44 살라띠가의 가뭄

　길가의 알랑이라는 띠풀은 조선의 겨울에서처럼 누렇게 타들어 갔고 바람이 불어 리마산 전통가옥 지붕에는 먼지가 화산재처럼 하얗게 쌓였다. 여느 해 같으면 다른 곳은 비가 안 와도 머르바부 산 중턱의 바뚜르 마을은 종종 구름이 산허리를 감싸고 비를 뿌려 가뭄이란 걸 몰랐는데, 2년 반 전부터 지금까지 비 한 방울 오지 않았다.

　안개 속에 그려내는 옅은 옥색의 밤풍경은 어디 가고 날아다니는 먼지는 밤에도 지붕에 쌓여 화산재를 덮어 쓴 것 같았다. 생애 처음 겪는 가뭄이었다. 집 앞 계곡에 살던 민물 게마저도 가뭄에 뱀 허물처럼 허옇게 나자빠져 있고, 우물까지 말라 2km 이상 떨어진 마을 공동 샘까지 걸어가서 물을 길어 와야 했다. 서영이 자바에 산 지 40년, 이런 적은 없었다.

　내일이면 오겠지 모레면 오겠지 하고 기다린 비는 내리지 않았다. 우기 때 조금 모아 두었던 건초마저 바닥난 지 오래였다. 건초까지 떨어지자 이웃들은 나뭇가지를 베어 잎을 따다 가축에게 먹였다. 이제 온 마을의 나무는 가지조차 없다. 22마리의 염소는 한 마리, 두 마리 팔다 보니 이제 세 마리만 남았다. 밭작물의 소산으로도 먹고 남던 것이 이제 염소를 판 돈으로 외부에서 먹거리를 사와서 연명해야 했다. 바뚜르에 돈으로 살아가야 하는 생활이 시작됐다. 사람들은 염소 팔고 소 판 돈까지 훔쳐갈까 문을 잠갔고, 밤에는 마실 가는 일도 없었고 불도 일찍 꺼졌다.

돈이라는 구리 동전과 종이 쪼가리가 소진되자 두려움이 몰려왔다. 40년 가까이 고생이란 것을 몰랐던 서영은 각박해진 동네에 덩그러니 서 있는 것 같았다.

"여보 어떡해요? 이제 먹을 것도 없는데……."

우물이 마르듯 서영의 마음도 말랐다. 마음 바닥에 깔렸던 위안부 시절의 아픔이 다시 드러났다. 서영의 눈에 이슬이 맺히기 시작했다. 다르요노는 서영을 잘 알았다. 서영의 눈물은 가뭄 때문만이 아닐 것이다. 서영의 얼굴에 전에 없던 상흔이 드리워져있다. 서영과 다르요노 부부 사이에 돈 문제는 있어본 적이 없었다. 돈 때문에 언제 힘든 적이 있었던가? 돈이라는 것은 각박한 도시에서나 많을수록 좋은 것이었다. 다르요노는 난감했다.

고민 끝에 다르요노가 자카르타에 다녀왔다. 자카르타로 시집간 여동생 스리 까르띠니에게서 서영의 옷도 선물 받고 동생이 준 논으로 쌀도 사 왔다. 도회지를 처음 구경한 다르요노는 번화한 자카르타의 이야기보따리를 서영에게 풀어 놓았다.

자카르타 시내에는 해방 후 한국의 건설 회사들이 많이 진출해 있었다. 땅그랑이라는 공항 가까운 곳에 바뚜르 사람들이 보지도 못한 멋진 신발을 만드는 공장도 들어서고, 한국 사람들이 많이 와서 살고 있었다.

'아! 그러고 보니 자바 산골에서 반세기가 흘렀구나.'

서영은 남편 다르요노와 자바에서 보낸 40년 신선놀음에 도낏자루 썩는 것도 모르고 살았다. 그러고 보니 조선 사람을 만난 것도 까마득한 40년 전의 일이었다.

남편은 가끔 살라띠가에서 외부 이야기를 들었지만 서영이 아파할까 일본에 관한 이야기나 조선 이야기는 입에도 담지 않았다. 태평양전쟁의 위안부 기억은 꽃과 나뭇잎들이 피고 지고 떨어진 평화 속에 쌓여 있었다.

다르요노가 자카르타를 다녀와서 한 한국 사람 이야기는 서영의 마음에 풍파를 일으켰다. 남편의 이야기를 듣고 서영은 조국 한국이란 나라가 잘산다는 걸 알았고 한국에 갈 수도 있다는 생각이 들었다. 머르바부 산 위로 비행기가 하얀 구름의 꼬리를 남기며 북쪽으로 날고 있는 걸 보면서 언젠가부터 조선에 가고 싶다는 생각이 들었다.

#45 보름달

"으앙! 흑흑흑……."

갑자기 서영이 통곡했다. 서영은 남편이 전한 이야기를 듣자 한국에 대한 그리움이 강둑이 터진 것처럼 밀려와 고향의 부모님이 미치도록 보고 싶었다. 혹시 자카르타에 살고 있을지도 모르는 김성일 아저씨도 보고 싶었다. 금희도 끝놈이도 옥자 언니도, 보고 싶은 얼굴들이 눈앞에 몰려왔다.

"서영! 서영! 갑자기 왜 그래요?"

다르요노가 놀라 서영의 어깨를 흔들며 물었다. 40년 동안 함께 살며 처음 보는 모습이었다.

"여보! 나도 자카르타에 가보고 싶단 말이에요."

서영의 울음은 자신도 모르는 한이었다. 서영은 아이처럼 어깨를 들썩이며 더 큰 소리로 엉엉 울기 시작했다. 서영의 오열하는 모습에 다르요노는 멍하니 입을 벌리고 있었다. 그러고 보니 다르요노가 지난번 자카르타에 갈 때 서영에게 지나는 말처럼 함께 가자고 했지만 안 간다고 했던 것은 토라져서 거절한 반어법이었다.

"미안해요. 잘못했어요. 내가 순진한 건지 바보인 건지 그런 것도 모르고……. 서영! 이제는 마음에 묻어 두지 말고 가고 싶으면 가고 싶다 말하고 하고 싶은 게 있으면 하고 싶다 말하며 살아요."

다르요노가 미안하다며 서영을 달랬다.

"여보! 그게 잘 안 돼요."

자바 사람들은 웬만한 일이면 혼자 삭이는 사람들이었다. 서영도 자바 사람이 다 되어 솔직히 말 못 하는 게 몸에 배었다. 서영의 쌓였던 서러움과 한이 산사태처럼 한꺼번에 쏟아져 내렸던 것이다.

서영이 두말 않고 따라나섰다. 스마랑 기차역에 왔다.

"서영! 우리 신혼여행 가는 것 같아요."

다르요노는 서영과 처음으로 긴 여행을 한다. 신혼여행을 가는 것 같아 가슴이 마구 두근거렸다.

"어머! 저기 노을 좀 봐요!"

서영이 소녀처럼 호들갑을 떨었다.

자카르타행 밤차를 타는 기차역 너머 하얀 모래사장 위로 붉은 노을이 지고 있었다. 열대의 육지 바람과 바닷바람의 시원함이 오차 없이 교차했다. 서영과 다르요노가 좌석에 앉자 열차는 부~웅 기적의 긴 꼬리를 남겼다. 꼬박 12시간을 달려야 자카르타 감비르역에 도착할 것이다. 기차가 스마랑 시내를 벗어나자 자바의 능선 자락에는 어설픈 이발사가 가위질한 듯 옥수수 밭이 펼쳐졌다. 그 사이로 어둠이 연무처럼 깔렸고 능선 너머 넓은 들판 저 멀리에는 농가의 등불이 반딧불처럼 하나 둘씩 켜지기 시작했다. 얼마나 달렸을까? 깜깜했던 창밖 풍경이 달빛에 환했다.

고요했던 40년이란 긴 세월, 행복에 묻혀 있던 자신을 깨워 문득 유리에 비치는 차창 밖의 앳된 서영을 응시했다. 서영이 끌려왔던 그날도 오늘처럼 달 밝은 밤이었다. 달빛에 비친 서영의 얼굴에 어둠의 그림자가 드리워지고 군홧발 소리가 귀에 쟁쟁했다.

　서영에게 8월의 달밤은 보색의 세상으로 바뀌어져 달빛은 검었고 마음은 시리고 아렸다. 40여 년 전, 암바라와의 악몽에 빠져드는 서영을 깨우듯, 기차 안의 선풍기 바람이 검은 달빛에 비친 서영의 머리카락을 휙휙 헝클어 마구 얼굴을 때렸다. 그러나 서영의 회상은 멈추기는커녕 브레이크 고장 난 자동차가 낭떠러지로 떠밀리듯 암바라와의 기억에 이끌려가고 있었다.

#46 찌삐낭 형무소

　자카르타의 거리는 별천지였다. 서영이 1942년 9월 14일 처음 딴중 쁘리옥에 도착했을 때는 자카르타의 변두리만 스쳤을 뿐이었다. 서영이 살고 있는 같은 자바 섬에 이런 곳도 있었구나! 자카르타에는 중국 사람, 말레이 사람, 유럽 사람, 파푸아, 술라웨시, 수마트라, 깔리만탄, 플로레스 등 다양한 사람들이 살고 있었다. 쓰는 말도 입는 옷도 가지각색이었다. 모두들 자유로웠다.

서영을 샌닌바리 공장에서 일하게 해 준다며 성노예로 팔아버린 일제의 앞잡이 예천 이장이 장황하게 말했던 신문물이란 것이 여기에 있었다. 서영이 사람을 잘못 만나 다른 한편의 세상에서 살았다. 돌이킬 수 없어 허무한 것이 인생이었다.

어린 시절 조선의 예천이 더욱 그리워졌다. 스리 까르띠니 시누이의 말로는 한국은 해방된 후, 잘사는 나라가 되었다고 한다. 그리고 한국인들이 인도네시아에 많이 와서 산다고도 했다. 자카르타에도 한국 사람이 살지만 여기서 한 시간 반 거리에는 신발공장이 있어 많은 사람들이 일을 하고 있다고 했다. 한국인들은 성일 아저씨나 서영처럼 속아서 왔거나 끌려온 것이 아니라 한국이 잘살게 되어 자금을 투자하고 사업을 위해 온 것이라고 했다.

'아 그렇다면 성일 아저씨를 만날 길이 있겠구나!'

성일 아저씨를 만나야 했다. 성일 아저씨를 만나면 한국인 회사를 소개받을 수도 있을 것이다. 취직만 하면 비가 올 때까지 살아갈 수 있다. 지금은 돈이란 것이 필요했다.

시어머니는 자카르타로 오는 길에 살라띠가 시내로 시집간 스리 수깐디 시누이 댁에 잠시 부탁하고 왔다. 비가 올 때까지 돈이 있어야 한다. 자카르타는 돈을 벌기도 쉽고 화장품이며 좋은 옷을 사 입기도 좋은 곳이라고 들었다.

하지만 자카르타에서는 움직일 때마다 돈이 너무 많이 필요했다. 굴비 꾸러미에서 굴비가 빠져나가듯 염소를 판 돈이 금세 쑥쑥 빠져나갔다. 도시에서는 모든 것을 돈으로 해결해야만 했다. 잠이야 시누이 집에서 자면 되지만 집만 나서면 인력거를 타야 하고 음식도 모두 사 먹어야 했다. 바뚜르 마을에서는 그저 뜨거운 물만 끓이면 마실 수 있는 홍차마저도 돈을 주고 사 마셔야 했다. 염소 판 돈 한 마리 값이 또 반이나 사라졌다.

햇살이 작살처럼 내리꽂는 더위에 베짝이라는 인력거를 타고 김성일 아저씨가 형을 살았다는 찌삐낭 형무소에 도착했다. 사방이 높은 벽으로 둘러싸여 있고 벽 위에는 철조망이 쳐져 있는 형무소 앞에 서자 40년 전, 암바라와 성이 생각나 소름이 돋았다. 1942년 9월, 처음 암바라와 성 앞에 섰을 때의 공포감이 몰려왔다.

형무소 입구에는 그때 서 있던 헌병까지 있었다. 일본 헌병이 아니라 인도네시아 헌병이다. 다르요노가 헌병 앞에 다가가자 다르요노와 동행한 서영이 한국인임을 알고 씩 웃으며 거수경례를 하고 친절하게 맞이해 주었다. 다르요노처럼 인상이 순한 헌병이었다. 그리고 한 직원이 사무실로 안내했다. 다르요노에게 직원이 용건을 물었다.

"40년 전 이곳에 조선인 포로감시원 김성일이란 사람이 갇혀 있었다고 들었어요."

서영이 성일 아저씨 소식이 급해 직접 물었다.

"인도네시아 말을 정말 잘하시네요. 아니 자바 말까지……. 이곳에 계셨던 그분이 친척이셨나요?"

"……."

서영은 뭐라고 답할까? 잠시 말을 주저했다.

"그때 일을 알아보려고 멀리 한국에서 오신 것 같은데, 지금 여기는 기록이 없어요. 우리도 잘 모르는 역사 속의 일들인 걸요."

직원은 오래된 일이라 몰라 죄송하다며 아는 것이 없다고 말했다. 다르요노가 차분히 다시 말했다.

"아녜요. 이분은 제 아내입니다. 그 시절 일본에 의해 끌려온 위안부였고요. 지금은 살라띠가에 살고 있어요. 그때 김성일이란 조선인이 일본군의 군무원 신분으로 와서 제 아내가 위안부로 고생할 때 많이 도와주셨던 잊을 수 없는 분이라서 찾아왔습니다."

다르요노는 혹시 무슨 단서의 말이 나올까 서영에게는 아픈 과거인 줄 알면서도 직원이 이해하도록 위안부 이야기를 자세히 설명했다. 직원은 새로운 사실에 측은한 눈길로 고개를 끄덕이면서도 그런 자료는 알 길이 막연하고 도움이 되지 못해 어찌할 줄 몰라 했다.

직원이 홍차 두 잔을 내어와 권하며 혹시 도움될 일이 있을까 다르요노 이야기를 더 듣더니 말했다.

"그때 전범 재판을 인도네시아 군부가 한 것이 아니라 네덜란드가 주관했어요. 그래서 전범 재판기록은 네덜란드가 갖고 있습니다. 제가 알기에는 그 모든 기록은 전쟁기록연구소인 NIOD에 있는데 현재 네덜란드에 있는 걸로 알고 있어요. 그 시절을 지내 온 원로 분들의 전언에 의하면 조선인들이 일본인들의 죄를 뒤집어쓰고 억울하게 판결을 받고 사형도 됐다고 합니다. 지금 여기 계신 분들은 그 정도만 알 겁니다."

"아! 그렇군요! 감사합니다."

다르요노는 김성일을 찾는 것이 막연하다는 것을 인식하고 차를 마시면서 자바인 특유의 친화력으로 방문 목적과 상관없는 일상의 가벼운 이야기를 나누고는 정중하게 합장하며 예의를 갖추고 뒷걸음으로 찌삐낭 형무소를 나섰다.

아버지

10 장

전범 혹은 영웅

히로시마에 원자폭탄이 투하되면서 일제는 항복했다. 조선인 군무원들은 고향으로 돌아간다는 기쁨에 가족들에게 줄 귀국 선물을 준비했다.

조선에 없는 색과 무늬로 그려진 화려한 비단 바틱 천이었다. 고향 집 벽의 횃대 보로 쓸 것이다. 여러 색의 씨줄과 날줄로 베틀에서 짠 수마트라 천이며 낭까, 살락, 망고, 바나나 등 열대 과일 말린 것과 조선에서 볼 수 없었던 보석과 남양의 진주, 포로감시원 생활 가운데서도 짬짬이 그린 남국의 풍경 그림과 일기장, 제복을 입고 찍은 사진 등을 챙겼다.

귀국 통지서를 손에 쥔 1,400여 명의 조선 군속들이 자카르타 딴중 쁘리옥 항으로 달려 나왔다. 4년 전, 딴중 쁘리옥 항에 도착할 때만 해도 금의환향할 것이라고 기대에 부풀었지만, 감시원 생활은 꿈꾸었던 것과 달랐다. 일제의 야욕에 의해 일으킨 전쟁에 이용당해 공연히 선량한 포로들만 학대한 것이 후회스러웠다. 이렇게 떠나는구나 생각하니 허무했다.

3년 반의 포로감시원 생활과 해방 후, 조선에서 알지 못했던 일제의 이중성과 잔악성을 알게 됐고 철저히 기만당했다는 서글픈

진실만 안은 채 귀국선에 올라야 했다. 금의환향은 아니더라도 해방된 조국에서 부모형제들을 다시 만난다 생각하니 독립조국에 대한 기쁨과 고향에 대한 그리움으로 잠을 설쳤다.

일제가 버리고 간 조선인들을 포로였던 연합군이 도와주다니 미안함과 고마움에 눈물을 흘렸다. 어떻게 돌아가야 할지 막막한 상황에서 1차 귀국자 명단에 오른 것에 감사했다. 이제 주객이 전도되어 연합군이 감시원이 됐다. 승선이 시작됐다. 신분을 꼼꼼히 대조했다.

"뿌우~ 우우웅!"

귀국선의 긴 뱃고동 소리가 심금을 울리며 딴중 뿌리옥 항을 떠나고 있었다. 귀국선이 항구에 매인 닻줄을 걸었다. 자바 섬과 악연의 끈이 풀리고 있었다. 멀어지는 자바 섬을 향해 손을 흔들었다. 구슬 같은 눈물이 뱃전에 뚝뚝 떨어졌다. 이 아름다운 자바 섬에 남긴 것은 수많은 연합군과 조선 군무원이 죽었다는 슬픈 진실뿐이었다.

귀국선이 에메랄드빛 바다를 하얗게 가르며 힘차게 대해로 나아갔다. 바다가 점점 짙푸르러지기 시작했다. 조선이 자유를 되찾았다. 이제 다시 아름다운 금수강산을 빼앗기지 않으리라! 그리고 나라를 재건하리라. 군무원들의 나라 사랑하는 마음도 푸른 대해처럼 짙어갔다.

귀국선이 싱가포르 항에 다다랐다. 군무원들은 돌아갈 부산항을 생각하느라 싱가포르 항에 접안하는 것에 관심이 없었다. 4년 전,

희망으로 부풀었던 때 보았던 추억의 작은 쪽배들이 눈에 보였다. 바구니에 줄을 달아 담배를 내려 열대 과일과 바꾸어 먹던 일들이 생각났다.

"모든 조선인들에게 알린다. 하선 때 신분증과 소지품, 모든 화물을 갖고 내리길 바란다."

짐을 챙겨 하선하라는 안내방송을 했다.

'다시 승선할 텐데, 화물은 왜?'

무슨 일일까? 포로수송선이라도 접안하는 듯 선착장에는 무장한 수많은 군인들이 삼엄하게 도열해 있었다. 배가 정박하자 무장한 연합군들이 우르르 배로 올라와 조선인들이 한 명도 남지 않도록 짐승 떼 몰듯 하선몰이를 했다. 대합실에 들어서자 모두를 전격 체포했다. 이유도 모른 채 '창이 수용소'와 '오트럼 수용소'로 끌려갔다. 그리고 명단과 대조하더니 전범을 분리했다. 항일운동조직인 고려독립청년단도 예외가 아니었다. 일본군 신분으로 연합군에게 전범 재판을 받는다는 것이었다.

놀란 청년들이 우리가 왜 일본군이냐고 항의했지만 소용없었다. 많은 사람들이 영국군과 호주군에 의해 전범 용의자들로 분류되어 어디론가 끌려가고 있었다. 속수무책이었다. 영국군과 호주군의 분류에서 전범 혐의를 면한 군속들이 안도의 숨을 내쉬었다. 수송선이 다시 출발했다.

수송선의 방향이 이상했다. 악몽을 꾸는 건지 조선인들에게는 태평양전쟁이란 영화는 아직 끝나지 않았고 필름은 소리가 끊긴 채 거꾸로 돌아가는 듯 수송선이 뒷걸음질을 하고 있었다. 아니? 다시 자카르타로 돌아가고 있었다. 조선 군무원들은 패닉에 빠졌다.

망연자실했다. 이를 어이해야 한단 말인가? 수송선이 딴중 쁘리옥 항에 닿자 이번에는 기다리고 있던 네덜란드군에게 인계되고 또다시 전범 색출이 시작됐다. 일본은 패전국이면서도 정부의 지시 아래 착착 철수를 하고 있는데 대한민국은 이런 사실도 몰랐을 것이다. 알고 있다 해도 할 수 있는 힘도 없었을 것이다.

미국이 투하한 원자폭탄에 의해 대한민국이란 국호만 해방됐다. 자고 나니 우연히 해방되었던 것이다. 조선 군무원들은 분명 일제의 신분으로 왔지만 일제는 자국이 패전국이란 이유로 무책임하게 연합군에게 떠넘겼고 연합군은 전범 색출에만 열을 올리고 있었다.

조선 군무원들은 기관차 없는 객차에 몸이 실린 듯 이리저리 끌려다니고 있었다. 딴중 쁘리옥 항으로 돌아와 다시 전범으로 분류된 군속들은 자카르타 시내의 '찌삐낭 형무소'와 '글로독 형무소'에 수감되었다.

이 두 곳에는 이미 많은 조선인들이 수감되어 있었다. 감시원이 갑자기 포로가 되어 이국의 감옥 바닥을 한숨으로 파야 했다. 원통함에 바닥을 손바닥으로 두들겨 본들 무슨 소용이 있으랴! 강제로 끌려온 자가 전범이 되어 타국의 감옥에 버려져 있었다.

일제는 항복하자마자 발 빠르게 전범이 확실한 자의 명단을 작성해 최대한 빼돌렸고 네덜란드군은 전범을 놓치지 않으려고 일제가 전범으로 흘린 조선 군무원들을 잡아들였다. 귀국 통지서를 발

급한 것은 도주를 막는 덫이었다.

연합군은 먼저 수천 명의 포로가 동원되어 무참히 죽은 플로레스의 비행장 건설에 관여한 1급 조선 포로들의 명단을 확보하고 긴급 체포했다. 최창선, 박준식, 박성근, 변종윤 등은 귀국통지서를 받고 달려와 승선도 하기 전에 전격 체포됐다. 350년의 긴 세월 동안 네덜란드가 인도네시아 열도 대부분을 식민 통치하면서 그들이 구축해 놓은 요새들을 일제에 빼앗기고 일제의 꼭두각시가 된 조선 군무원으로 하여금 인도네시아인들에게 반백인 정서를 부추겨 포로들을 학대케 했다. 3년 반 동안 조선인들 손에 의해 비행장 건설에 동원되어 수많은 포로들이 죽었다. 반목의 정서를 비료처럼 뿌린 반백인의 정신은 3년 반 동안 자바인들을 친일로 만들었다. 네덜란드는 조선인을 일본인과 분리하지 않았기에 조선인들이 어떻게 징용된 건 상관없었다. 수많은 자국군 포로가 처참하게 죽었다는 사실과 일본에 대한 미움만 남았다.

인도네시아 사람들은 350년 네덜란드에 지배받고 3년 반 일제의 지배를 받았지만 해방 후 조선과 달리 먹고사는 데 궁하지 않았다. 거기다 인도네시아는 포로 전범 재판을 하지 않았다. 조선은 단일국가로 있다가 36년 지배받고 해방되었지만 힘도 없고 주도권도 없었다. 그러나 인도네시아는 넓은 열도에 수많은 민족과 언어 그리고 다른 문화를 갖고 독립 해방을 맞았기에 콩이니 팥이니 가릴 형편이 아니었다. 거대한 통합국가를 만들 사명 앞에 섰다.

인도네시아의 민족성은 긴 역사 속에서 복수하고 단죄하는 것보다 그들이 자행했던 역사를 문화로 포용해 승화시켰다. 외세 침략은 결국 풍요를 빼앗아 가기 위한 것이었다. 일제는 자신들이 점령해 놓고 자신들의 돈으로 일제를 위해 일하라는 고임금 흥정으로, 연합군 포로에게 악행을 대행하도록 했다. 하지만 인도네시아 사람들은 자존심 외의 물질에 유혹되어 기만당하지 않았다.

역사를 거슬러 올라가 일제와 네덜란드 식민 시절을 제외하면 드넓은 열도의 왕국들은 수많은 외세의 침략을 거뜬히 물리쳤다. 외세에는 적대감보다 유대감으로 상인들이 갖고 온 타종교와 타문화를 자신의 문화로 승화해 나라를 번영시켰다. 부에 유혹되기보다 문화를 발전시켜 즐겼다. 문화발전이 곧 번영이었고 마자파힛 왕국처럼 이렇게 번영한 해상왕국의 영향력은 세계로 뻗어 나갔다. 이 자취가 남겨진 인도네시아 열도는 옛 문화의 보물창고다.

인도네시아는 해방이 되고도 역사 속에서 그랬듯 잘잘못을 가려내는 전범 재판에는 관심을 두지 않았다. 문화를 사랑한 민족은 옛 역사 속에서 인도네시아를 융성케 했던 문화, 즉 인도 문화를 중심으로 '인도네시아'라는 인도 문화 중심 연합 국가를 세우는 데 주력했다. 승화 문화에 길들여진 이들은 일제가 주입한 반목의 무의미한 정서를 배제하고, '독립'과 '자주'라는 국가 중심의 단단한 단일 공동체를 만들어내는 데 주력했다. 인도네시아 사람들은 수많은 외세에 짓밟혔으면서도 표면적으로 미움과 반목이 없었다. 이 민족성은 내면을 승화하여 미래로 가야만 대국이 되는 나라다. 다양성 속의 조화라는 위대한 '빤자실라' 이념을 제창해 냈다. 거대한 연합국가 공동체를 만들어내기에 충분했다. 그 중심에 승화된 문화가 내재되었기에, 교회에서는 양복과 넥타이를 매어야 하고 유럽식 음악을 불러야 하는 점령지 문화를 배제한 독선과 달랐다.

인도네시아인들은 불교와 힌두교, 이슬람 등의 외래 종교를 받아들여 인도네시아 문화로 부흥시켰다. 이 정체성은 상대에 대한 열림이었고 남의 것을 내 것처럼 아끼는 착한 정체성이었다. 합중국이란 의미의 '네시안' 공동체, 인도네시안 정신을 창출해 공감대를 형성해 낸 것이다. 첫 번째로 영토부터 세계 4번째 대국을 이루었다.

인도네시아는 이슬람을 받아들여 세계 최대 이슬람 국가를 이루었지만 전통문화의 영향으로 대부분 일부다처를 거부한다. 자바에서는 실제 일부일처가 대부분이다. 이슬람 절기도 라마단이라 부르기보다 러바란으로 더 많이 일컫는다. 효 문화가 근본인 러바란 정신을 정례화하여 부모를 공경하고 존중하는 유교문화와 가깝다. 인도네시아의 포용과 존중의 문화는 결과적으로 강성 이슬람도 녹여냈다. 이슬람이 자바 문화와 융화하며 어느 나라의 이슬람보다 독특한 이슬람 종교 부흥을 이루어냈고, 그 열매로 세계 최대 이슬람국가를 만들어냈다. '네시안'적 포용문화는 태평양전쟁 후 위대한 국가를 탄생시켰다. 인도네시아 문화는 미래를 꿈꾸고 나아가게 하는 부드럽고 강한 능력을 가지고 있다. 초대 대통령 붕까르노를 시작으로 '다양성 속의 조화'라는 '빤자실라' 이념은 적도의 열도를 하나의 공동체로 묶어 미래의 대국으로 가는 레일 위에 확고히 올려놓았다.

일제에게 식민지를 빼앗겼던 네덜란드가 재점령을 시작하자 일제는 인도네시아의 독립을 돕기 시작했다. 네덜란드가 350년간 인도네시아를 통치하면서 3년 반 통치한 일제처럼 잔악하지는 않았다. 그렇다 하더라도 문화마저 오만과 독선으로 융화하지 못하므로 기독교는 점령자의 종교로 남았다.

일제는 점령기간 동안 인도네시아에 대동아공영과 반백인 정서를 심었다. 네덜란드가 일본에 대한 보복성으로 전범 재판을 하려 함을 간파한 일제는 소리 없이 움직였다. 일제는 인도네시아에 반일 정서가 싹트기 전에 친일 모드를 만들었기 때문에 어차피 죽을 극악 전범들을 네덜란드에 대항한 인도네시아 독립전쟁에 투입하기로 했다.

유유자적해 보이는 잔잔한 호수 아래 백조의 물갈퀴가 바쁘게 움직이듯 일제는 각 분견소에 조용하고 빠르게 지시를 내렸다. 패전 5일 만인 1945년 8월 20일, 일본 육군성 포로관리부는 포로 또는 억류자를 학대했거나 이들에게 악감정을 사서 노출된 전범들의 신변 안전을 위해 우선 타 지역으로 신속히 전출시켰다. 그래도 불안한 전범들은 은밀한 곳에 숨겼다. 그리고 이들을 설득했다.

그리고 일제는 느닷없이 멀지 않는 날에 패전을 설욕하는 인도네시아 재점령을 선언했다. 어차피 죽을 전범들이 대본영을 위해 재점령의 밑거름으로 희생되어주길 바랐던 것이다. 이는 적중했다.

세상 사람들은 이 황당한 선전 포고를 패망국의 망언 정도로 생각했고, 이해 못 할 아리송한 말이었지만 일본은 패전과 동시에 인도네시아 재점령 계획을 행동으로 옮긴 것이었다. 그리고 먼 훗날 일제가 인도네시아의 경제를 장악하는 데 성공했다.

첫 행동으로 일제는 반네덜란드 정서에 재점화하고 친일 정서를 키우며 인도네시아 독립을 도왔다. 네덜란드는 전범 재판이 시작되기 전, 혐의자를 색출하기 시작했다. 그냥 죽게 할 수는 없었다. 전범들이 독립전쟁에 참여해 인도네시아의 독립영웅이 되면 인도네시아 경제침략의 초석이 될 것이었다.

인도네시아는 카이로선언 후 외세를 몰아내고 열도를 통합할 꿈을 꾸었다. 1945년 10월 27일부터 11월 20일 민병대가 영국을 상대로 벌이는 독립전쟁인 수라바야 전투에 무기를 지원했다. 한편 중부자바에서 벌어진 암바라와 전투(1945년 10월 20일~12월 15일)에서는 영국군이 독립군의 저항 없이, 주둔한 일본군을 무장 해제하여 암바라와 지역을 점거할 수 있었다. 그러나 11월 말에는 일본군이 독립군을 지원하면서 영국군이 물러나게 되었다.

일제는 인도네시아가 완전한 독립연합국을 이루어내기 전, 일본인 전범을 이용한 독립영웅 만들기 프로젝트를 충분히 이루어낼 수 있었다. 계획을 실행에 옮기기 시작했다. 일제는 전범에 해당하는 사람들을 파악하고 전쟁 참여자가 확정되자 이들을 인도네시아 독립군에 밀어넣고 전쟁에 필요한 무기까지 공급했다.

국제정세를 보면 네덜란드가 자바를 재점령할 수 없던 것은 명약관화였다. 방관하던 연합군 미국도 네덜란드의 재점령 불가에 쐐기를 박기 시작했다. 인도네시아가 온전한 독립국을 이뤄 낼 것은 확실했다. 일제가 독립전쟁에 투입시킨 전범들이 무려 800명에 이르렀다. 이들이 독립영웅으로 둔갑해 친일 정서만 만들어주면 성공이었다.

우선 '반둥 불바다' 사건을 비롯하여 전 국민적 저항의 불길이 심했던 서부자바 독립전선의 심장에 일제는 많은 전범들을 수혈했다. 계획대로 일제의 전범들은 대부분이 서부자바 지역 독립전쟁에 참전하였다가 전사하였고 극히 일부만 포로로 잡혀 처형됐다. 일제가 전범 재판을 피할 수 없는 조선 포로감시원 35명까지도 투입시키는 데 성공하였다.

조선 군무원 양칠성은 3,000명의 연합군 포로를 동원시켜 플로레스 지역 비행장을 건설했다. 이때 많은 포로들을 희생시켜 그도 전범 재판을 피할 길이 없었다. 이런 양칠성도 인도네시아 독립전쟁에 가입시켜 영웅으로 만들어냈다. 미래에 대한민국과 인도네시아가 동반자가 될 때 큰 도움이 될 것이라 생각했다. 양칠성은 일제의 패전은 상상도 못 한 채 자바 섬에 돌아왔다.

양칠성은 1915년 전북 완주군 삼례면에서 태어나 어려서 부모를 여의고 형과 함께 작은아버지 밑에서 혹독한 가난 속에 불행하게 자랐다. 작은아버지마저 여의고 의지할 곳 없었던 그가 스물두 살에 사랑하는 여인과 결혼해 두 아들까지 얻었다. 지긋지긋한 가난에서 벗어나 가장으로서의 책임을 다하려고 포로감시원 길을 택했다. 양칠성은 피붙이 두 아들을 형에게 맡겨야만 했다. 충성을 맹세하고 악착같이 일했다. 두 아들을 위해 월급을 꼬박꼬박 보낼 수 있었다.

그러나 양칠성이 떠나고 첫 월급을 보내기도 전에 가난을 못 견딘 아내가 떠나 버렸다. 허무했다. 귀국해도 함께 살 아내가 없었다. 하늘이 무너진 양칠성에게 조선인을 닮은 마나도 여인 린쩨가 다가왔다. 둘은 사랑에 빠졌고 아들 에디자완까지 낳았다. 악착같이 고국의 아들에게 월급을 보내 교육시켰다.

오로지 가난에서 벗어나고자 하는 일념으로 마우메레 비행장 건설현장에서 일했다. 포로들은 물론 조선인, 일본인 가릴 것 없이 영양실조와 풍토병으로 죽어 나가는 지옥에서 살기 위해 눈에 들어온 참혹한 현실에 눈 감은 채 일사각오로 살아남았다. 마우메레에서 포로들에게 그렇게 할 수밖에 없었던 아픈 기억을 지워가며 행복한 나날을 살고 있었다.

여자는 자기를 알아주는 사람을 위해 화장을 하고, 남자는 자신을 알아주는 이를 위해 목숨을 바친다. 지난 3년 반, 감시원으로 일하는 동안 그를 인정해 주고 늘 힘이 되어 주었던 너무나 인간적인 일제의 상관 아오키 상사가 있었다. 아오키 상사는 양칠성에게 진짜 사나이의 삶을 살게 해 주었다. 아오키는 양칠성을 누구보다 믿어 주었고 월급까지 올려 주었다.

양칠성은 시절을 잘못 만나 전쟁 중에 살아가지만 삶에 애써 의미를 부여하려고 노력했다. 시절을 탓해 자신을 내팽개치지 않았고 자신을 고귀하게 여겼다. 남아로 태어나 나름 자기를 알아주는 상전과 충성을 맹세할 나라가 있었고, 이제 자바에는 자신을 믿으며 행복해하는 여우 같은 부인과 자식도 있었다.

그런데 일제가 항복이라니? 어떻게 살아야 할지 양칠성에게 대일본제국의 패망은 허무하기만 했다. 일제가 패망하자 아오키 상사는 찌마히 분소의 전범 재판 대상인 조선인 35명과 일본인 800명을 인도네시아 '빵에란 민병대'에 편입시켜 대항 전선을 준비했다. 양칠성이 민병대의 공동 부대장을 맡는 조건까지 성사시키고 소총 140정과 다량의 실탄, 의약품까지 지원받아 빵에란 부대에 자신도 자진 소속했다.

전쟁이 끝나자 일제의 육군 포로관리부에서 중형이 불가한 이들을 전령, 피신시켰지만 근무지 전령이 되었더라도 전범을 찾아내는 건 시간문제였다. 갑자기 다가온 일제의 항복으로 양칠성도 전범 재판을 피할 수 없었다. 이런 양칠성에게 귀국선 탑승 통지서가 민회로 왔다.

귀국에 대한 마음은 털끝만큼도 없었던 양칠성은 이러지도 저러지도 못하고 있었다. 그때 비행장 건설현장에서 함께 고생했던 박성근이 찾아왔다. 박성근이 양칠성에게 귀국 탑승 통지서를 내밀었다.

"자네와 나는 네덜란드 법정에 전범으로 설 것 같아. 귀국 통지서를 받았으니 어서 귀국하게!"

사색이 된 얼굴로 박성근이 말했다.

"뭐라고요? 그럼 우리는 어떻게 되는 겁니까?"

양칠성이 반문했다. 박성근의 얼굴에 드리워졌던 어둠의 그림자가 양칠성의 얼굴에도 드리워졌다. 박성근은 전범 재판의 결과가 어떨지 알고 있는 듯 말했다.

"그러니까 귀국선을 타라니까."

박성근이 짜증 아닌 짜증을 내며 양칠성에게 버럭 소리를 질렀다.

"……."

양칠성은 기가 막혀 할 말을 잊고 박성근의 얼굴만 보고 있었다.

"친구들에게 무슨 잘못이 있던가? 자네들에게 큰 죄를 짓게 되어 내가 할 말이 없네!"

그때 아오키 상사의 충복 오츠케가 들어오며 말했다. 셋은 찻잔을 앞에 놓고 식어 가는 줄도 모른 채 말이 없었다. 마우메레 바닷가의 하얀 백사장에서 시체를 묻을 구덩이를 파지 못해 표면의 흙만 긁어 묻고 니파 야자수 잎으로 덮어 놓은 시체들에게서 밤마다 귀신이 나올 것만 같았던 장면들이 떠올랐다.

'죗값을 이렇게 치르는구나.'

양칠성의 마음이 혼란스러웠다.

"천황 폐하가 무조건 항복을 했다는 것이 사실인가?"

양칠성이 긴 침묵을 깨고 천황의 항복을 부인하듯 되물었다. 오츠케는 유구무언이었다.

"천황폐하가 항복했다는 것이 사실이냐고?"

양칠성이 고성을 질러댔다.

"나도 못 믿겠네!"

오츠케 대신 박상근이 애써 진실을 회피하듯 대답했다. 항복의 사실에 대해 못 믿겠다는 것이 아니라 항복을 부정하고 싶다는 듯 박상근도 억지를 부렸다. 받아들이고 싶지 않았던 것이다.

"귀국하지 않으면 우리는 죽는 겁니까?"

양칠성은 자신의 운명을 부정하다가 죽음이란 무서운 단어를 끄집어냈다.

"……."

다시 오랜 침묵이 흘렀다.

"저보고 어찌하란 말입니까? 못 돌아갑니다. 이 땅에서 죽겠습니다. 죽어도 못 갑니다."

양칠성은 귀국선을 탈 생각이 없다고 잘라 말했다.

"동지들 생각하면 잠이 안 온다네."

양칠성과 동갑내기로 친구처럼 지냈던 오츠케였다. 그는 양칠성이 귀국을 포기하면 어찌 된다는 것을 알고 있었다.

"……."

오츠케가 양칠성에게 무슨 말을 할 수 있을까? 거짓말을 하면 금방 얼굴이 빨갛게 되는 사람이었다. 오츠케는 목소리 큰 양칠성과 함께 있으면 늘 얼굴이 빨갛게 되어 말더듬이처럼 버벅거리는 친구였다. 오츠케는 순한 성격으로 양칠성과 달리 일제가 전쟁에 미쳐있는 것이 불만이었지만, 상부의 명령에 충실해 대일본제국을 위해 몸과 마음을 다 바쳐 일했다. 양칠성과 박성근은 오츠케와 가까워지면서 아오키 앞에서 일제에 충성을 맹세한 사이였다.

"오츠케! 우리는 천하통일을 꿈꾸던 자랑스러운 황국신민이잖아. 천황이 어떻게 원자폭탄 하나에 항복한단 말인가? 내선일체, 일본과 조선은 하나, 우리의 다짐처럼 영광의 그날을 볼 때까지 끝까지 싸워야 하는 것 아닌가?"

양칠성은 억지를 부려서라도 항복을 부정해야 했다. 양칠성은 고향을 떠날 때 죽을 각오로 포로감시원에 지원했다. 오로지 일제의 아시아 통일을 믿고 살았다. 차라리 전장에 나가 죽으라 하지, 천황의 무조건 항복이라는 말이 너무 황당했다. 사나이로 태어나 맹세에 따라 죽는 것은 영광이었다. 양칠성은 군인칙유 정신에 충실했고 황국신민으로 맹세했다.

오츠케가 무슨 말이라도 좀 하길 바랐다.

"……."

말 못 하는 오츠케도 허무하기는 마찬가지였다. 자랑스러운 황국신민의 한 사람으로서 맹세했건만 허망한 현실에 할 말을 잃었다. 대동아공영과 천하통일의 허황된 꿈에 양칠성을 비롯한 피 끓는 조선의 청년들이 얼마나 많이 희생됐던가? 일본이 항복하자 서부자바 가룻 지역에는 향토방위의용군(PETA)으로 복무한 일본군들이 할복하려 한다는 정보가 일제의 육군성 포로관리부에 접수됐었다. 육군성 포로관리부는 '목숨을 내던지지 말고 같은 아시아 민족이 함께 힘을 모아 서구의 식민통치 세력에 대항해 인도네시아 독립을 위해 헌신하자'는 새로운 대의명분을 발 빠르게 하달시켜 놓았다.

"이렇게 허무하게 항복할 것 같으면 포로들을 죽여 가며 비행장 건설은 왜 한 거냐?"

양칠성은 오츠케에게 기어코 대답을 듣고 싶다는 듯 답답한 심정을 토로했다.

"칠성 친구! 그나저나 여기서 우리는 살 수가 없어. 인도네시아는 아직 주도권이 없잖아! 네덜란드가 전후 관리를 할 거야. 그들에 의해 전범 재판을 받을 것이고……."

겨우 입을 연 오츠케가 다시 말을 끊었다.

"그래, 나보고 어쩌란 거야?"

양칠성이 오츠케를 다그쳤다.

"친구! 우리가 살아가야 할 앞길이 문제야!"

두 조선 친구를 만나러 오기 전 오츠케는 아오키 상사가 양칠성 같은 처지의 조선 군무원명 35명과 일본인 800여 명이 이미 뜻을 같이해 빵에란 조직에 투입시킨 사실을 양칠성에게 알려주길 부탁했었다.

오츠케는 얼굴이 빨개져서 자신은 이미 반둥의 빵에란 부대로 들어가기로 한 사실을 털어놓았다. 오츠케도 양칠성과 박성근처럼 전범을 피할 길이 없었기 때문이다.

박성근은 양칠성의 살길은 조선으로 몰래 귀국하는 길밖에 없다며 귀국을 종용했다. 오츠케는 얼굴이 더욱 빨개져서 귀국선을 타는 것도 위험하다고 솔직히 말했다.

"무슨 소리야? 나는 귀국 통지서만 받으면 무조건 귀국하네!"

박성근의 귀국 의지는 확실했다.

"그럼 나는 조국에도 안전히 못 돌아가니 나도 인도네시아 독립 전쟁에 가담해 죽으란 말이야?"

양칠성의 작살같이 날리는 직언에 오츠케의 얼굴이 화끈거려 시선을 어디 두어야 할지 안절부절못했다.

"나로서도 일본의 항복은 우리들에게 너무나 허무해! 그리고 일본인의 한 사람으로 이제나마 자네들에게 용서를 구하네. 조선에 대해서도 죽을죄를 졌네."

오츠케가 무릎을 꿇고 자기는 독립전쟁에서의 죽음을 택했다고 울면서 사별 인사를 하고 있는 것이었다.

"자네가 왜? 왜 그래야 하는데?"

양칠성은 감정을 억제하지 못해 호통을 치다 스스로 무너져 내리듯 바닥에 주저앉고 말았다.

"어차피 죽을 목숨, 내가 지은 죄를 속죄하며 인도네시아 독립을 위해 죽겠네. 자네들이 살 수만 있다면 자네들을 위해 죽고 싶네. 부디 용서하게나."

"아니 이럴 거면 마우메레에서 포로들에게 무릎을 꿇었어야지. 왜? 왜? 왜 못 했어?"

양칠성은 고래고래 소리를 질렀다. 그리고 오츠케에게 안겼다.

"다시 한번 용서하게나. 그래도 일본이 인도네시아 독립을 위해 싸우겠다니, 나 자신이라도 사죄하는 마음으로 아오키 상사처럼 인도네시아 독립을 위해 죽겠네.”

한동안 침묵이 흘렀다. 대본영이란 어마어마하고 차디찬 빙하가 무너져 내리면서 속세의 모든 선과 악을 시시비비 없이 큰물에 담그듯 했다.

“아오키 상사가 그랬어. 자네에게 안녕의 소식이 있길 바랄 뿐이라고. 부디 용서하게. 이게 나의 마지막 인사일지 모르네.”

오츠케가 칠성을 안은 채 독백처럼 작별 인사를 구했다. 그때 양칠성이 오츠케를 부둥켜안고 벌떡 일어섰다.

“나도 인도네시아 독립을 위해 죽겠네!”

“…….”

사나이들은 다시 눈을 맞춘 뒤 서로를 포옹하고 하염없는 눈물을 흘렸다. 인도네시아 독립을 위해 싸우다가 최후까지 천황폐하 만세를 외치며 죽을 것이다.

‘내 더러운 몸이 이 땅의 흙이 되고 흘린 피가 또 다른 생명을 살리는 피가 되길 바랄 뿐이다. 행여 먼 훗날 조선의 한 그루 무궁화가 이 땅에 심겨진다면 내 썩은 분신이 토양분이 되어 아름답게 꽃피길 바랄 뿐이다.’

오츠케가 이심전심으로,

“친구! 나는 믿네! 조선인들이 언젠가 인도네시아에 뿌리를 내릴 결세. 자네의 희생 위에 무궁화 꽃이 피겠지.”

양칠성은 마음을 정하고 오츠케의 두 손을 꼭 잡았다. 박성근은 분위기 파악이 안 된 듯,

"오츠케! 자네는 구라 같은 소설을 쓰는군! 암튼 두 사람의 건투를 비네. 나는 가족들이 있는 고국으로 가겠네!"

박상근은 고향에서 죽겠다며 귀국을 택했다. 오츠케는 박상근을 와락 끌어안았다. 오츠케는 박상근의 앞날이 두려웠다.

하지만 양칠성의 결심이 헛되지 않을 것이다. 네덜란드의 재점령은 없다. 일본은 패망했지만 일본이 인도네시아에 머지않아 화려하게 되돌아올 것을 믿고 있었다. 일본의 지원을 받고 있는 인도네시아 독립군 세력은 붕까르노를 중심으로 전쟁 승리 후 완전한 그들의 독립 국가를 세울 것이다.

#48 전범 재판

제1차 세계대전 후부터 점령지의 주권을 존중하고 재점령하지 않기로 한 카이로선언이 단파 방송을 통해 전 세계 식민지국가에 알려지기 시작했다. 카이로선언으로 국제정세는 약소국들이 자주 독립을 하는 전환기가 됐다. 일제는 전 세계 공동의 적이 되었다. 자바를 점령하고 2년 후인 1944년 3월부터, 패전의 불안에 싸인 일제는 포로수용소와는 별도로 가족 억류소까지 만들기에 이른다.

자바 섬에는 연합국 포로와 피가 섞인 2세, 3세의 가족이 11만 명에 달했다. 일제는 가족들까지도 반란의 위험요인으로 보고 억류시켰다. 가족들이 반란에 가담하면 걷잡을 수 없다고 생각했기 때문이다. 뿐만 아니라 일제는 인도네시아인들에게 다시 대동아공영을 환기시켜 네덜란드인들이 입었던 군복을 입히고 총칼을 들려주어 지난날의 상전들에게 보복케 했다.

아무리 상전벽해가 된 세상이라지만 이런 치욕을 당한 네덜란드인들은 이를 갈았다. 그리고 해방이 됐다. 돌려줄 기회가 왔다. 전범 재판에서 윗선을 찾아내야 했다.

전범 재판은 이듬해 개정되어 엿가락처럼 늘어지고 늘어져 3년 4개월 만인 1949년 12월 14일, 자카르타 법정에서 마지막 선고를 내리는 것으로 폐정되었다. 조선인 군속들은 네덜란드인들의 대일본 감정에 대한 동네북이었고 재판을 기다리는 긴 세월은 피를 말렸다. 마음고생, 몸 고생으로 형무소 내에서 체중이 40kg 이상 빠져 피골이 상접한 사람들도 있었다.

전범 재판에서 총 448건, 1,038명이 기소되었고 236명이 사형 판결을 받았다. 이 중에는 조선인 4명, 대만인 2명이 포함되었고 유죄 선고를 받은 705명 중 64명이 조선인이었다. 네덜란드 법정에서 내려진 236명이라는 사형 선고 숫자는 전 세계 전범 재판 기록 중에서도 가장 많은 숫자였다.

사형이 내려진 박성근의 죄질이 너무 황당했다. 박성근이 마우메레 비행장 건설을 마치고 자바로 돌아와 네덜란드 민간인 억류소를 관리할 때였다. 포로 가족들은 원래 대저택에서 식모들까지 두고 임금같이 살던 자들이었다. 이제 자신들이 다니던 성당의 부대시설과 자녀들이 다니던 학교 교실에 감금되었다. 그 수가 몇만 명이었다. 억류소는 철조망이 전부로 감시가 허접했지만, 포로수용소에 잡혀있는 가장과 상호 볼모가 되어 도망갈 수도 없었다. 스마랑 제2분견소인 암바라와 성 요셉 성당의 경우 20명이 수업하는 한 교실에 달랑 수도꼭지 하나만 달아 놓고 80명을 수용했다. 수만 명의 억류자를 소수의 조선 포로감시원이 관리해야만 했다. 살인적인 업무였다.

박성근은 억류자들을 이틀에 한 번씩 샤워를 시켰다. 말이 샤워지 오리 떼를 몰듯 정해진 시간에 가족들을 샤워장으로 몰아넣는 일이었다. 인원이 너무 많다 보니 처음의 짠한 마음은 어느새 짜증으로 변했다. 가족 중에는 아이들이 많았다. 자유롭게 자란 서양 아이들은 통제가 쉽지 않았다.

그중에 별난 개구쟁이 아이 하나가 있었다. 공동으로 쓸 물이 저장된 물통에 흙발로 들어가 구정물을 만들어 놓은 것이었다. 박성근이 들고 있던 나뭇가지로 말썽꾸러기 놈의 볼기짝을 살짝 때린 것이 전범 재판의 화근이 됐다. 수많은 사건 중의 하나로 기억도 없었다. 그런데 그 녀석이 네덜란드군 고관의 아들이었던 것이다. 이 일이 발단이 되어 박성근의 죄는 꼬리에 꼬리를 물어 들춰졌고 알지도 못하는 죄까지 추가되어 사형에 이르렀다. 재판은 변호인도 없이 사형으로 판결됐다.

조선인 출신 군속 중에 전범 처형 제1호인 박성근이 자카르타 글로독 형무소에서 사형을 당한 날은 1947년 1월 5일, 아침 7시였다. 동료들이 경악했을 뿐 아니라 일본 사람들이 보기에도 가혹했다. 사형 전날 우인 대표인 고려독립청년당 혈맹 회원 이상문과 그의 동료 박성순, 군정간부 종무부 촉탁인 고이데 가톨릭 신부, 그리고 대부 자격의 마베치 일본군 육군 소장 등 4명이 함께 박성근을 면회했다. 마베치 소장은 종전 당시 제16군 예하 독립혼성 제27여단장으로서 서부자바 수까부미의 뻴라부한 라뚜 항구에 사령부를 두고 서부자바 방위를 책임지고 있었다. 박성근이 전범 재판을 받은 자카르타 전범 재판소가 서부자바 관할이었던 까닭에 지역사령관이었던 마베치 소장에게 소식이 전해졌던 것이다. 마베치 소장이 박성근의 대부로 나섰다.

　　한 달 전인 1946년 12월, 일본군 한 사람이 이곳 글로독 형무소에서 전범으로서 첫 사형되고 새해가 되어 조선인 박성근이 두 번째의 사형이 된 것이다. 박성근은 침통한 표정으로 마베치 소장을 바라보며 말을 꺼냈다.

　　"각하! 이번에 사형을 선고받았습니다. 저는 이미 4개월 전부터 각오하였기에 별로 동요하지 않습니다. 조선인이지만 일본인 신분으로 죽습니다. 당당한 남자로 죽겠습니다. 나라 이름을 더럽히지 않고 죽겠습니다. 부디 안심해 주십시오."

　　의미심장한 말을 남겼다.

　　"상문 형, 조선인으로서 조국에 심려를 끼쳐 드려 염치가 없습니다. 담배 한 개비만 얻을 수 있겠습니까?"

다음 날이 사형집행일이라 인도네시아인 간수가 허락했다. 담배를 맛있게 피운 박성근은,

"상문 형, 모든 것은 운명으로 받아들이겠습니다. 그러나 내 삶이 개운치 않습니다. 마지막 나의 양심은 조국의 완전한 자유와 독립을 바라고 있습니다. 제가 할 말은 이것뿐입니다. 조국의 완전한 독립! 오로지 그것 하나만을 위하여 피를 흘리며 싸우다 죽어간 선배들의 뒤를 부끄럽게 따르겠습니다. 부디 고국에 돌아가시거든 제가 못 한 조국 사랑에 더 분투하고 노력하여 주시기 바랍니다."

박성근은 일제에 충성한 사람이다. 조국에 관해서는 약간 선이 어지러운 말을 남겼다. 고이데 신부가 몇 달 전 박성근이 네덜란드 민정장관 반 묵Van Mook에게 상신한 탄원서에 대한 답신을 가져왔다.

〈박성근 귀하,

귀 청원인의 탄원은 관계기관을 통해 다방면으로 책임 있는 조사를 실시하였으나 해당되는 사유가 불충분하므로 귀관의 청원은 이에 기각하는 바입니다.

화란 민정장관 비서실장〉

내일 사형인데 있으나 마나 한 쪽지였다. 고이데 신부의 노력도 허사였다는 진실을 말해주려는 것일 게다. 고이데 신부는 박성근

의 영혼을 위해 기도했다. 철창 안이 숙연했다. 박성근은 벌써 죽을 것을 알았고 고이데 신부로부터 영세를 받았다.

다음 날 형장에 도착하자 박성근은 사형 집행 지휘관인 팬 스수드 소령에게 정중하게 거수경례를 붙이고 위관장교가 인솔하는 11명의 사격수들에게도 정중하게 인사를 했다. 박성근이 보여준 마지막 모습이었다. 고이데 신부는 그의 원죄를 사해 줄 것을 하느님에게 빌고 영생의 축복을 비는 종부성사의 의식을 베풀었다.

박성근이 마지막 소원으로 스수드 소령에게 한 가지 허락을 청했다.

"대한민국 만세! 대한민국 만세! 대한민국 만세!"

하룻밤 사이 박성근이 변했다. 스수드 소령의 허락을 받은 박성근은 침착하고 큰 목소리로 '대한민국 만세'를 삼창했다. 이어 눈가리개도 없이 사격수 앞에 선 박성근은,

"주 예수 그리스도여 내 영혼을 거두소서! 성모 마리아는 나를 위하여 비소서! 마리아 성총의 모친이여! 인자의 모친이여! 나를 원수로부터 호위하시고 이 죽는 때에 나를 받아들이소서!"

거룩한 기도를 마치고 거룩한 얼굴로 11발의 총탄 세례를 받으며 천상에 입성했다. 박성근의 모습이 사형 집행자들의 가슴에 새겨졌다. 1947년 1월 5일 자카르타 시내 글로독 형무소에서 조선 군무원 사형수 제1호 박성근의 사형 일기다. 7개월 후인 9월 5일, 최창선, 박준식, 변종윤 세 사람이 같은 장소 같은 시간에 총살형으로 처형됐다. 전범은 점점 늘어날 것이다.

변종윤은 충청북도 청주 출신으로 어릴 때 부친을 여의고 일찍부터 소년가장이 되어 할아버지를 모시며 농사를 짓고 살았다. 그는 타고난 리더십으로 마을 청년단장을 맡을 정도로 통솔력을 지니고 있었다. 어느 날 변종윤에게 군수, 면장, 주재소 소장이 함께 찾아와 포로감시원 지원을 종용하였다. 마을청년단의 리더인 변종윤을 솔선수범시키면 나머지 할당 인원을 쉽게 채울 수 있을 것이라는 계산이었다. 변종윤이 무거운 마음으로 밥상을 사이에 두고 할아버지와 마주 앉았다.

"군수 말을 거역하고 안 갈 수 있겠느냐? 가지 않으면 식량배급이 끊어질 게 뻔한데, 잘 생각해서 결정하거라."

변종윤은 할아버지 얼굴을 바라보다가 밥맛이 떨어져 밥상을 물렸다. 속도 없고 뱃가죽, 얼굴 가죽만 두꺼워 배만 채우면 되는 참 철없는 노인네다. 배급이 끊어진다는 늙은 할아버지의 말이 슬펐다.

'그래 내가 가야 누구보다 마음 착한 마누라 마음고생 덜 시키고 자식도 밥 굶지 않는다.'

가련한 아내와 세 살 된 재롱둥이 아들 광수를 남겨두고 1942년 9월, 변종윤은 자바 땅을 밟아야만 했다. 처음 배치받은 동부자바 수라바야 분견소에서 2천여 명의 포로를 관리했다. 일제의 악행이 점점 지나치고 있었다. 일제에게 포로는 이제 식량 축내는 골칫덩어리가 아니라 노동력이었다. 이듬해 1943년 3월경 포로들 일부는 태국 태면 철도 건설현장 인력으로 수송되고, 또 일부는 일본 본

388

토로 수송되었다. 남은 300여 명은 동부 제도인 플로레스의 마우메레 섬 비행장 건설공사에 동원되었다.

변종윤은 동료보다 나이도 많고 통솔력이 있어 30여 명의 조선인 군속들의 반장을 맡게 되었다. 변종윤은 비행장 건설이 끝나고 자카르타로 돌아와 종전을 맞았다. 가족에게 보내려고 돈을 꽤 많이 모았다. '재자바 조선인민회'에서 집단생활을 하며 귀국의 날만 학수고대하고 있었다. 3개월간의 기다림 끝에 드디어 귀국 통지서가 민회로 날아들었다.

귀국 통지서를 받은 조선 군무원들은 기뻐 어쩔 줄 몰랐다. 4월 13일 자로 민회도 공식 해산하고 가족에게 가져갈 선물 준비하랴, 정든 사람들과 작별인사를 하랴 정신없었다. 드디어 귀국선에 승선하는 날이 밝았다. 하지만 귀국 통지서가 전범 체포의 유인책임을 누가 알았으랴?

간밤을 뜬눈으로 새우고 딴중 쁘리옥 항에 나가 차례를 기다리던 변종윤에게 연합군 헌병들이 조용히 다가와 신분을 확인하고 사무실로 안내하더니 쥐도 새도 모르게 연행했던 것이다. 변종윤은 곧상 글로독 형무소에 수감있다. 거기에는 이미 동료인 최창선, 박준식도 같은 방법으로 잡혀 와 있었다. 모두가 비행장 건설 당시의 반장들이었다.

재판이 시작됐다. 변종윤은 아무리 기억을 더듬어 봐도 포로를 학대한 적이 없었다. 마우메레의 열악한 현장은 감시원이나 포로나 다 같이 살아남아야 했다. 감시원은 감시원 역할로, 포로는 힘든 노역을 견뎌내야만 살아남는다. 개인적으로 원한을 살 만한 일은 없었다. 반장으로 일본군 상관에 충성한 것이 전범으로 찍힌 사유라고 생각했다.

고향에 계신 가족을 생각하니 억울했다. 변종윤은 탈옥을 시도하였다. 몰래 들여온 쇠붙이를 갈아 열쇠를 만들어 감방 문을 쉽게 열고 나가는 데까지는 성공하였으나, 건물 출입문 자물쇠를 줄칼로 절단하는 작업 도중에 발각됐다. 연로한 어머니와 청상과부가되어야 할 고운 아내, 이제 다섯 살이 되었을 아들 광수 생각에 불면의 나날을 보냈다. 그는 감옥에 갇힌 자신의 모습을 담은 사진과편지를 고국의 가족에게 보내면서 구명을 위한 진정서를 관계자에게 보내도록 부탁도 해 보았지만 모두 허사였다.

사형을 선고받은 최창선의 아버지는 목사. 떠나올 때, 악하게살지 말고 주를 위해 목숨을 바칠 것을 기도하며 어디서든 형제를섬기는 데 최선을 다하라며 그의 영혼을 이미 주님께 부탁했었다. 최창선은 아버지의 소망대로 살지 않고 마우메레에서 큰 월급에기대했던 것이 후회스러웠다. 최창선은 목사의 아들로서 세상 마지막 떠나는 길에서 해야 할 것은 두 동료에게 예수를 전도하는 일이었다. 다행히 두 동지들이 예수를 믿는 신앙 고백을 했다. 감사했다. 세상은 허무했지만 천국 소망을 가진 두 동료와 천생 길을 함께간다니 그나마 기뻤다.

마우메레 비행장 건설현장에서 일제의 늪에 빠져 돈만 보았고포로들의 입장에 서지 못했던 죄를 자백하고 회개했다. 일본을 위해 기도했다. 저들이 하나님을 몰라 무지로 지은 죄를 부디 용서해 달라며 기도했다.

사형대 목기둥 앞에 섰다. 살아온 세월 세상에 기댄 것이 원망스러워 마지막 순간이라도 작은 기둥에 기댈 이유가 없었다. 기둥에서 반 발 앞으로 나섰다. 이제 눈을 감으면 우리의 본향 하늘나라다. 최창선이 눈을 감고 찬송가를 불렀다. 동료들도 눈을 감고 따라 불렀다.

"내 주의 보혈은 정하고 정하다. 골고다의 보혈로 날 정케 하소서!"

"타 다다다 탕탕!"

총성이 천성으로 울러 퍼졌다.

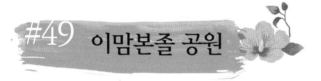

#49 이맘본졸 공원

서영의 바람이 호사스러운 것인지 하늘은 성일과 만남의 길을 열어주지 않았다. 찌삐낭 형무소를 나오면서 김성일의 행방이 묘연하다는 이야기를 듣자 서영의 얼굴이 형무소의 담 그늘만큼 다시 어두워졌다.

김성일은 해방이 되기 전 1945년 1월 8일 고려독립청년당이 주도했던 '수미레 마루호 탈취 거사'의 미수로 일본군정의 재판을 받고 찌삐낭 형무소에서 형을 살았다. 해방이 된 45년 9월 풀려났고 조선인들이 결성한 '재자바 조선인민회'에서 잠시 활동했다. 하지만 해방이 되자 자바의 조선인들은 조선의 재건과 이방인으로서 어떻게 살아 나갈지 비전을 나누기보다 누가 친일이었네, 누가 인민회 회장으로 부적합하네, 갈등이 심화될 조짐이었다. 자유의 몸이 된 성일이 조선인민회에 잠시 몸을 담고 있다가 자바에 있는 서영을 찾아갈 준비를 하던 중이었다. 자카르타의 화교 항일 동지 오동이, 김구가 챙겨 준 태극기를 전하러 왔다. 태극기를 받아 가슴에 품자 잠자던 충정이 다시 뜨겁게 살아났다.

자바 섬에 오기 전, 서대문 형무소에 근무하면서 일제의 정체성을 알았고 사직서도 안 쓰고 근무 이탈을 해 막연한 독립운동의 꿈을 가지고 상해에서 김구를 만나 독립운동을 위한 공부를 했었다. 독립운동은 충심으로만 할 수 있는 게 아니라는 걸 배웠고, 김구로 인해 동남아를 무대로 항일운동을 하겠다는 꿈을 꾸었다. 항일 조직 기반을 다지면 김구와 연계하기로 약속했었다. 김구가 태극기를 보낸 것을 보면 고려독립청년조직도 알고 암바라와 의거, 수미레 마루호 의거도 아는 듯했다. 성일은 오동에게서 해방 후 국제 정세와 대한민국의 혼란한 상황을 들었다. 조선인 포로감시원 수송선 브리스 베인호 안에서 동지들과 일제의 패전을 내다보며 '제비가 봉황의 뜻을 어찌 알리요'라며 독립 후 조국 재건 설계를 하며 나라를 위해 몸 바치기로 했었다. 성일은 자신과의 약속을 지키기로 했다. 남은 젊음은 무대를 옮겨 조국에 바치기로 재다짐했다.

전언에 의하면 김성일은 '조국을 위해 아직 할 일이 남았다'라는 짧은 말을 남기고 오동과 함께 중국으로 떠났다고 한다. 이후 행적을 자세히 아는 이 없었다. 김성일이 떠나자 조선인들 사이에서는 화교의 딸과 결혼을 해서 떠났다는 둥 풍문도 돌았다.

'그래. 김성일의 그늘이 있는 이 찌삐낭 형무소에서 빨리 서영을 벗어나게 해야겠다.'

다르요노가 서영의 손을 잡고 밖으로 달려 나왔다. 찌삐낭 형무소를 나오니 자카르타 시내는 영화의 장면이 바뀐 듯 딴 세상처럼 붐볐다. 버스와 지프차가 바쁘게 다니는가 하면 온갖 골동품을 파는 노점 좌판이 벌어져 있다. '로띠~ 로띠~' 외치며 자전거를 세발자동차처럼 개조한 인력거의 페달을 밟고 고무 클랙슨을 눌러대며 빵을 파는 빵장수, 지게 작대기 같은 대나무 끝에 대소쿠리를 매달아 람부탄이며 망고, 바나나 등 열대과일을 파는 사람 등 다양한 사람이 붐비는 평화로운 향연의 거리였다. 다르요노도 이국에 신혼여행이라도 온 듯 밋진 풍경들을 즐겼다. 다르요노가 베짝이란 인력거를 보더니 서영의 손을 덥석 잡아 베짝에 모셨다. 사람 구경, 풍물 구경, 건물 구경, 유람하면서 거리를 돌았다.

베짝이 멈추자 다르요노는 다시 한동안 먼 하늘을 보고 생각에 잠기다가 말했다.

"서영, 이맘본졸 공원으로 가볼까요?"

"거기가 어딘데요?"

"거기 한국회사 사무실이 많대요."

자카르타에서 택시대용 중거리 이동 수단인 바자이를 타고 한국인 건설회사 사무실들이 운집해 있다는 이맘본졸 공원으로 갔다.

'아! 여기가 이맘본졸 공원인가?'

깔끔하게 늘어선 단정한 유럽풍 고딕건물과 클래식 가로등, 도심 속 딴 세상의 한 고급 주택가였다. 벤치에는 머리가 희끗희끗한 네덜란드 노부부가 서로 얼굴을 만지며 대낮인데도 입술을 맞추며 낮 뜨거운 장면을 보여 주고 있었다. 노골적인 서양인들의 사랑 방법인가 보다.

노부부를 보자 서영은 시선을 어디에 둘지 몰랐다. 서영은 문득 자신이 촌뜨기라는 생각이 들었다. 공원 주위 네덜란드식 저택 앞에 '까끼리마'라는 작은 손수레에 인도네시아인들이 볶음면과 볶음밥을 팔고 있는 풍경이 눈에 들어왔다. 서구풍 분위기와 어울리지 않는 수수한 바띡 옷차림의 인도네시아 사람들이지만 타인을 개의치 않았다. 화려한 유럽풍의 고급무대에 들어와 아랑곳하지 않고 까만 얼굴의 가난한 배우들이 까끼리마를 갖다 놓고 인도네시아 서민들의 수다 떠는 일상을 공연하고 있었다. 순수한 인간적 내면을 완벽하게 연기해 내고 있어 서영이 감동을 받았다.

공원에 산책 나온 관객들이 '까끼리마'의 음식들을 사 먹기도 했지만 저택에서 제복을 입고 나온 회사 직원들이 단골 관객들이었다. 80년대 들어 외국기업들이 대거 진출하면서 빌딩이 부족해지자 저택들을 무역회사 사무실이나 건설회사 사무실 용도로 쓰고 있었다. 이맘본졸은 우수기업들의 사무실이 들어와 있다고 한다.

직원들은 모두 통일된 회사 제복을 입고 있었다. 서영은 아무 옷이나 입고 스스럼없이 음식을 팔고 있는 인도네시아 사람들에게 마음이 쏠렸다. 저 건물 중에 한국인 건설업체들도 있을 것이다.

서영을 벤치에 앉혀 두고 다르요노가 주저 없이 저택 중에 경비초소가 있고 넓은 주차장이 있는 곳으로 다가갔다. 남편 다르요노는 살라띠가의 바뚜르 산골에 있을 때와 달랐다. 살라띠가 일상에서 보지 못했던 남편의 능동적 면모는 사내장부다워 새삼 자랑스러웠다.

남편이 들어가는 저택은 대문이 반쯤 열린 것으로 봐서 사람들의 출입이 많은 곳인 듯했다. 다르요노가 경비와 무어라 한동안 협상을 하는 듯하더니 서영에게 오라는 손짓을 했다. 남편 다르요노가 짐작했던 한국 건설업체 사무실이 맞는가 보았다. 오늘 다르요노의 절뚝거리는 걸음걸이는 측은해 보이기보다 당당해 보여 존경스러웠다.

"서영! 들어가 봅시다."

다르요노는 기대감에 들떠 있었다. 서영이 새삼 놀란 것은 다르요노는 처음 만나는 사람임에도 금세 사람들의 마음을 열었다. 경비가 사무실에서 사람이 나오기로 했으니 기다리라고 했다. 40년 만에 조선 사람을 만난다고 생각하니 가슴이 두근거렸다. 서영 부부는 경비의 안내에 따라 대기실에 들어섰다. 경비는 대기실까지만 안내하고 나가버렸다.

대기실 중간에는 작은 사각탁자를 사이에 두고 1인용 의자 세 개와 3인용 장의자 하나가 서로 마주하고 있었다. 1인용 팔걸이의자에는 조선에서 가지고 왔는지 그네 타는 모습의 십자수가 놓인 조선 방석이 깔려 있어 심쿵했다. 탁자에는 껍질째 볶은 땅콩과 토기 재떨이가 놓여 있었다. 다르요노가 긴장한 서영의 마음을 풀어주려고 땅콩 껍질을 까서 장난스럽게 입에 넣어주려 했지만 눈을 흘겨 손사래를 쳤다.

기다리는 동안 오피스 보이가 홍차를 내어왔다. 이어 비서인지 스물네댓 되어 보이는 인도네시아 전통 옷 바띡을 깔끔하게 차려입은 비서 청년이 한국 사람으로 보이는 중년 신사를 안내하며 정중한 자세로 앞장서 나왔다. 이 회사 중년 간부인가 보다. 무뚝뚝해 보이는 쉰 넘은 한국 남자는 의자에 앉아 등을 기대듯 다리를 꼬고 양쪽 팔을 팔걸이에 얹은 채 비스듬히 배를 내밀고 앉았다.

"어떻게 오셨어요?"

오랜만에 들어보는 조선말이다. 중년 남자가 무뚝뚝한 어조로 묻자 말이 끝나기가 바쁘게 비서로 보이는 청년이 미소를 얼굴에 가득 채워 인도네시아 말로 통역을 했다.

"저기요……."

서영이 오랜만에 쓰는 조선말이어서일까. 자신도 모르게 망설이듯 말끝을 흐렸다. 서영은 비서에게 한국말로 답하며 통역이 필요 없다는 말을 하려던 것이었다.

396

"제가 말씀드리겠습니다."

서영이 말끝을 흐리는 걸 보고 남편이 끼어들었다. 다르요노는 서영이 쑥스러워 쭈뼛거리는 걸로 알고 서영이 오게 된 사연을 소상히 설명했다.

"여기 있는 서영은 제 아내입니다. 1942년 태평양전쟁 때 인도네시아의 중부자바 암바라와에 조선인 위안부로 끌려왔다가 일본이 패전하자 일본 사람들이 버리고 갔고, 저와 인연이 되어 자바 땅에 살게 되었습니다. 아시다시피 인도네시아는 가뭄이 심하고 특히 저희들이 사는 살라띠가는 더 심해 한국 업체가 인도네시아에 진출했다는 소리를 듣고 아내가 자카르타로 일자리를 찾아왔습니다."

남편 다르요노가 차분하고 깔끔하게 서영이 하고자 하는 골자를 잘 말해 서영은 더 할 말이 없었다. 비서가 다르요노가 한 말을 한국말로 통역했다.

"잠깐만 기다리세요."

중년 남자가 말문도 트기 전인데 곧장 안으로 들어가 버렸다. 그리고 잠시 후 다시 나오더니 탁사 위에 봉투 하나를 내밀었다.

"이게 무엇입니까?"

서영이 물었다.

"작지만 이거 받으세요. 아주머니께서 하실 적합한 일도 없지만 저희는 나이 든 여자 분들은 채용하지 않아서요. 죄송합니다."

중년 남자는 무뚝뚝했으나 정중했다. 그리고 서영을 아래위로 훑어보며 무슨 쓴 말을 할 듯 미간이 조금 찌푸려졌으나 말을 아끼는 듯했다.

"참 재수 없으려니 어째 화냥년이 다 찾아온다냐?"

서영이 무슨 말인지 알 수 없는 말을 내뱉는 이가 있어 뒤를 돌아보았다.

"일본 놈들 밑창 빨다가 이제 아주 병신 놈까지 꼬여 아예 화냥질까지 하고 사는 년도 있네!"

언제부터 와 있었는지 서영의 뒤에 서 있던 60대로 보이는 남자가 내뱉는 말이었다. 아까부터 다르요노의 말을 다 들었는지 거침없이 악담을 내뱉었다. 서영의 얼굴이 붉다 못해 창백해졌다. 그 남자는 그 정도에서 말을 멈추지 않았다.

"전무님, 이런 여자를 왜 들이세요? 재수 없게!"

나이 든 남자는 터진 주둥아리라고 고성에 막말로 입을 닫을 줄 몰랐다.

"죄송합니다. 바빠서 이만 들어가 보겠습니다."

전무가 미안했던지 돈이 든 봉투를 서영 앞으로 조용히 내밀어 탁자에 붙여 놓듯 눌러 두고 들어가자, 무지막지했던 그 남자는 고개를 돌려 가래침까지 틱틱 뱉으며 씩씩거리다가 따라 들어갔다.

인도네시아 비서가 당황하였는지 서영과 다르요노에게 연신 굽실굽실 인사를 하고 탁자에 놓았던 비서 메모장을 챙겨서 따라 들어가 버렸다. 남편 다르요노는 이 험한 분위기가 무슨 상황인지 몰라 어리둥절해 있었다. 서영은 온몸이 풀려 넋을 잃었다. 다르요노는 무슨 일인지는 몰라도 남자의 분위기와 서영의 모습에 당황해 급히 서영의 어깨를 보듬어 안았다. 그때 비서가 다시 나왔다. 연신 죄송하다는 말을 반복하며 험악했던 분위기를 수습하려고 안절부절못했다.

다르요노는 한국말을 몰랐기에 비서에게 차분히 상황을 물었다. 비서가 쭈뼛쭈뼛 설명해 주었다. '화냥년'이란 한국말은 처음 들어 뜻을 모르지만 어쨌든 서영이 재수 없고 더러운 여자라고 하더라는 말을 전해 주며 자신도 당황스럽다고 했다.

둘의 대화를 듣는 동안 서영은 쌓였던 설움이 북받쳐 올라왔다. 위안부 시절의 아픔이 되살아나고 살라띠가에서 지나 온 세월들이 주마등처럼 떠올랐다. 서러웠다. 눈물이 하염없이 뺨을 타고 흘러내렸다. 실신 직전인 서영을 다르요노가 성치 않은 다리로 둘러업었다. 다르요노가 어찌 업고 왔는지 서영을 가까스로 공원 벤치에 앉혔다. 서영은 소리도 못 내고 미어지는 가슴을 쥐어뜯으며 울었다.

방금 그 남자가 위안부였던 서영을 무시했던 것이 분명하다. 다르요노는 서영의 인생이 너무 가여웠다. 얼마나 마음이 아플까? 다르요노는 우는 서영을 말리지 않았다. 맘대로 울지도 못했던 바뚜르 마을이었을 것이다. 언제 한 번 마음껏 울어 볼 날이라도 있었던가? 그 세월이 너무 미안했다.

"그래 밈낏 울이라!"

다르요노는 서영을 울게 두고 조금 떨어진 벤치에 앉았다. 그 세월의 공허함을 누가 어떻게 채워 줄 수 있단 말인가? 다르요노는 한국 사람들이 야속하다기보다 자신이 서영에게 못 해준 게 미안했다. 지난 세월 자신은 선녀같이 착하고 고운 서영이 있어 행복했다. 상처 입은 위안부 여인들, 스리 수깐디 누나와 서영, 아픔을 제대로 헤아려 주지 못한 것에 대한 미안함에 어찌해야 할지 몰랐다.

스리 수깐디 누나는 그나마 성격이 외향적이라 감정을 쉽게 볼 수나 있었지만 서영은 선녀처럼 날개도 펴 보지 못하고 사냥꾼 같은 자신에게 몸과 마음을 도둑질 당하고도 자신은 사냥꾼에게 사랑을 빚진 자라며 남편이 불편해할까 봐 자신의 감정을 눈곱만큼도 드러내지 못했었다. 고목처럼 썩었을 서영의 가슴을 생각하니 다르요노는 목이 메었다.

그때 멀지 않은 벤치에서 한국인으로 보이는 30대 중반의 남자 하나가 서영을 빤히 지켜보고 있었다. 이 먼 적도의 땅에 쉰 넘은 한국 여자가 인도네시아 남자와 함께 있는 것이 신기한지 두 사람을 처음부터 유심히 지켜보고 있었던 것이다. 이를 눈치챈 다르요노가 그에게 다가갔다. 조금 전 사무실에서 만난 한국 사람과 다르게 착하게 생긴 인상으로 보아 행여 도움이 될까 하여 말을 걸어 보았다.

"실례합니다. 저는 중부자바 살라띠가라는 곳에 사는 다르요노라고 합니다. 외람된 말씀이지만 좀 여쭙고 싶습니다."

"무슨 일이신지?"

다르요노는 어떻게든 좋은 한국 회사를 다시 찾아 서영이 샌닝바리 공장에서 일하고 싶었던 것처럼 일을 통해 활동의 날개옷을 입히고 싶었다. 자신이 일한 보수를 남편에게 갖다 주어 서영이 말했던 사랑의 빚도 갚게 해 그 영혼을 자유롭게 해 주고 싶었다.

"혹시 한국 여자 분이 취직할 회사가 있을까 해서요."

"한국 여자 분이라면, 누굴 말씀하시는 건가요?"

"저기 있는 저 사람은 제 아내이고 한국 사람인데 나이가 있어 그런지 취직이 어려워요."

"아니? 인도네시아분이 한국 여자분 취직 부탁을……. 그리고 저렇게 나이 드신 한국 여자 분이 부인이라니 이해가 안 가서요?"

삼십대 후반으로 보이는 젊은 한국 사람은 50대 한국 여자가 인도네시아 사람과 어떻게 부부 연이 됐는지 의아해 연신 서영과 다르요노를 번갈아 훑어보았다. 그러고는 다르요노에게 자세한 사연을 물었다. 다르요노는 태평양전쟁으로 끌려온 위안부 서영에 대해 자세히 설명해 주었다.

"뭐라고요? 조선인 일본군 성노예 위안부라고요?"

세월이 많이 흘러서인가. 한국의 젊은이들은 태평양전쟁 때 끌려온 조선 포로감시원 청년들의 역사를 모르고 있는 듯했다. 그 젊은 사람은 태평양전쟁에 대해서는 자세히 알고 있었지만 이 먼 적도의 땅에 위안부는 무엇이며 그것도 인도네시아에 조선 위안부 이야기가 있었다니 무슨 해괴한 일이냐는 듯 의아해했다. 젊은이는 소설 같은 다르요노의 이야기에 하나라도 놓치지 않으려는 듯 귀를 세웠다. 젊은이는 사실을 믿지 않는 듯했다.

살라띠가에서는 스리 수깐디 누나가 일본인들의 행악을 이야기할 때면 모두들 자신의 일인 양 위로해 주었다. 하지만 한국 사람들은 서영에게 일어난 일들을 듣고 재수 없다는 둥 거지처럼 돈을 주고 내쫓았다. 다르요노는 이해할 수 없었다. 다르요노가 서영이 일제에 당한 일을 이 젊은이에게 입에 거품이 고일 만큼 열변을 했지만 동정의 반응은 없었다.

젊은 청년은 서영을 동정하기보다 잘 구성된 소설을 듣기라도 하는 듯, 이 기이한 이야기에 관심을 가졌다. 그러나 이해가 안 되는지 그저 고개를 끄덕이며 들어주는 것 외에 사실을 믿지 않는 듯했다. 순간 다르요노는 자신이 철벽 앞에서 떠들고 있다는 생각이 들었다. 서영을 앞혀 놓고 공연히 동정 팔이 사기를 치는 것 같아 머쓱했다.

갑자기 누가 입에 재갈이라도 물리기라도 한 듯 갑자기 다르요노의 입이 닫혔다. 다르요노 생각에 위안부 이야기를 더 장구하게 하다가는 그 젊은 사람마저도 취업을 위해 꾸며 낸 이야기로 오해하겠다는 생각이 들었다. 다르요노가 서영에게 고개를 돌렸다. 일장 연설을 하는 동안 서영이 허무한 눈빛으로 다르요노를 보고 있었다. 서영은 부질없다는 듯 어깨를 늘어뜨린 채 다시 허공만 응시하고 있었다. 삼십대 후반의 젊은 한국 사람은 주재원으로 신발공장에 온 듯했고 취직을 결정할 만한 직책의 나이도 아니었다. 다르요노는 공연히 열을 올린 것이 후회스러웠다. 그 젊은이는 이 기이한 이야기를 뇌리에 남기려는지 카메라 앵글이 움직이듯 서영과 다르요노의 모습을 다시 아래위로 훑었다. 그리고 시선을 떼지 않았다. 그러고는 무언가 의문이 생기는 듯 고개를 갸우뚱거렸다.

"하나만 더 여쭤 보겠습니다."

다르요노가 다시 물었다.

"네. 무엇을요?"

"화냥년이 무슨 뜻입니까?"

"누가 화냥년이라 하던가요?"

"조금 전 저기 회사 사람들이 제 아내보고 더러운 화냥년이라 그랬어요."

"뭐라고요?"

한국 청년은 서영에게 화냥년이란 소리를 했단 말에 경악스러워 말문이 막혔는지 입을 다물지 못하고 있었다.

"송충이는 솔잎을 먹고 살아야지."

서영이 늘 말했었다. 다르요노는 이제 자카르타에는 다시 오지 않기로 했다. 그날 밤 서영과 다르요노는 스마랑행 기차에 올랐다. 이제 죽어도 남편과 함께 살라띠가의 산골 바뚜르 마을에서 죽으리라. 자바의 햇볕 따스한 토담집 대나무 평상에는 아직 황혼의 아들을 기다리는 어머니가 계시고, 늙은 소불알처럼 늘어진 망고와 누런 야자수가 해진 적삼으로 긴 팔 드리우며 맞을 것이다. 누가 자카르타에 오라 했던가? 이제 다시는 오지 않을 것이다 드넓은 머르바부 산의 오지랖에서 욕심 없이 살리라. 서영은 어느새 머르바부 산이 길게 늘어뜨린 늦은 오후의 그늘에 앉아 있다.

  '머르바부, 당신이 내 마음을 놓지 않아 당신 품에 살고 있습니다. 당신에게서 꿈을 잉태하고 낳았습니다. 그리고 이제 당신의 꿈을 키우는 행복한 여자가 되었습니다. 당신의 여인으로 살면서 시간을 잊고 나이도 잊었습니다. 아침부터 저녁까지 호미질하고 당신의 마음에 씨를 뿌립니다. 당신의 여인으로 내 이름은 잊었지만 당신의 품에서 날마다 깨어나는 행복을 지키렵니다. 당신의 마음을 일구고 당신의 마음을 넓히다 당신의 품에 영원히 잠들겠습니다.'

암바라와

후기

#1. 사기 사건
#2. 소설 『암바라와』를 쓰면서

　2년 전 일이었다. 자카르타의 어떤 인권운동가라며 서영의 시누이 스리 수깐디에게 연락이 왔다. 태평양전쟁 당시 인도네시아의 위안부 중에 일본 정부의 보상을 받지 못한 사람들을 일본의 민간 인권단체에서 얼마라도 돕겠다며 연락이 왔다는 것이다. 스리 수깐디가 바랐던 것은 물질적 보상이 아니었다. 일본의 진정한 사과였다. 그전에도 일본의 몇몇 민간단체에서 연락이 왔었지만 스리 수깐디에게 사랑의 목을 맨 열 살 연하 남편 시딕으로 인해 먹고사는 데 불편이 없었기에 거절했었다.

　하지만 5년 전부터는 달랐다. 누나를 돕던 동생 다르요노가 결핵으로 오랜 세월 투병 끝에 죽고, 두 살 위인 자식 없는 서영 올케는 자기 몸 간수하기도 힘들다. 세월은 열 살 연하인 남편마저도 칠순을 훌쩍 넘긴 노인을 만들어 놓았다. 남편 시딕이 하던 막노동마저 오래전에 그만두었고 자식도 없는 스리 수깐디는 이제 누군가의 도움 없이 살 수 없는 지경이 되었다. 이웃의 도움을 받는 것도 하루 이틀이지 부담스러웠다.

　이런 스리 수깐디의 사정을 꿰뚫은 어떤 자가 서영을 찾아왔다. 인권운동가라고 했다. 연세가 있으시니 이럴 때는 도움을 받는 것이 이웃에 누가 되지 않는 것이며, 아베정부가 위안부 역사를 부정하는 것을 일본의 민간단체들이 시인하는 것이라 했다. 아무리 일본이 밉더라도 그들 후손들의 사죄하는 마음을 받음으로써 스리 수깐디 할머니가 산증인이 되어 그 기록을 후세에 남겨야 한다는 알쏭달쏭한 이야기를 했다.

일본 정부의 진정한 사과 없이 돈을 받는 게 싫었지만 당장 이웃에게 짐이 되니 용기를 내어 따라나섰다. 수까부미, 수라바야, 살라띠가의 인도네시아 마지막 생존 위안부 할머니 세 분이 인권 운동가라는 사람을 따라 일본으로 갔다.

초청한 일본의 인권단체가 베푼 호의는 따뜻했다. 고급 호텔에서 관광도 시켜주었고 정성이 깃든 선물까지도 받았다. 일본의 인권단체에서 인솔한 인권운동가에게 꽤 많은 현금을 전해 주며 영상과 사진도 찍었다. 세 할머니는 자존심도 상했고 먼저 세상 떠난 위안부들에게 죄스러웠다. 그러나 스스로 입에 풀칠도 못 해 남에게 피해를 주는 것보다 낫다 싶어 마음을 억누르며 자카르타로 돌아왔다. 그런데 자카르타의 수까르노 하따 공항에 입국하여 짐을 찾으려 할 때 짐이 보이지 않았다. 인권운동가라는 사람도 보이지 않았다. 개인 짐은 물론 현금이며 통장으로 입금된 위로금마저 모조리 챙겨 도망가고 없었다.

살라띠가로 돌아온 스리 수깐디는 몸져누웠다. 그 일 이후로 스리 수깐디는 거동도 못 하게 되었다. 스리 수깐디는 이제 더 이상 살고 싶은 생각이 없었다. 서영은 사기사건 후에도 잘 버티던 스리 수깐디의 몸이 갑자기 쇠해졌다는 소식을 들었다. 서영은 잔병 없이 건강한 자신이 고마웠다. 남편도 없는 자신을 하나님이 데려가지 않은 것에 불만이었으나, 이제 서영이 스리 수깐디를 도울 수 있기 때문이었다. 스리 수깐디는 몸이 쇠하기 전까지는 아무리 어려워도 당당했고 용기를 잃지 않았었다. 서영은 남편을 여의고 스리 수깐디에게 의지했었다.

서영도 여든일곱의 꼬부랑 할머니가 되었지만, 2년 전부터 자무 장사를 다시 시작했다. 스리 수깐디 시누이를 돕기 위해서였다. 서영은 교회를 다녀 본 적도 없지만 시누이 스리 수깐디의 삶을 통해 예수의 사랑을 알았다.

예수의 사랑은 값 없이 주는 것이라 했다. 서영은 이제까지 사랑을 받기만 했다. 늙어서야 이제 예수의 사랑을 실천하는 것 같아 기뻤다. 사랑을 빚진 자로서 다 늙어 쓸모없을 줄 알았던 자신이다. 자무를 만들 줄 알기에 시누이를 도울 수 있었다.

가까이 지내던 지인들에게 필요한 건강 자무를 팔았다. 서영은 이제 허리가 굽어 여러 가지 자무가 담긴 대바구니를 지고 다닐 수 없었다. 자무를 투명 비닐봉지에 담고 노란 고무줄로 묶어서 집집마다 배달해 주었다. 이웃들은 비닐봉지 고무줄을 풀어 그릇에 부어 마시면 되었다. 자무장수로 세월을 보낸 서영은 어느 할아버지는 어떤 자무, 어느 아저씨는 어떤 자무가 몸에 좋은지를 잘 알고 있었다.

자무를 온종일 다니며 팔았다. 파는 것이 아니라 사실은 맡기는 것이나 다름없었다. 이웃들 중에는 서영의 시아버지 덕을 입은 사람들이 많았기에 그의 딸인 스리 수깐디에게 생활비를 보태 준다는 마음으로 팔아 주었다.

서영은 자무 장사를 시작하고 더 건강해지고 돈도 생겼다. 떼끌란에는 혼기가 지난 김발 소녀 아만다가 있지만 자주 가지 못했다. 이제 자무 장사를 빌미로 자주 아만다를 만나러 갈 수 있어 기뻤다. 맑고 밝고 예쁘게 훌쩍 자란 아만다는 어느새 암바라와에서 죽은 을순이보다 훨씬 컸다. 혈육같이 여겼던 아만다까지 멀리 시집가 버리면 서영이 무슨 낙으로 살까? 시집가기 전에 자주 볼 것이다. 누구에게 무엇을 나눈다는 것은 기쁨이었다.

남편 다르요노를 만난 바뚜르의 인생은 그만하면 족했다. 다르요노도 결핵을 앓아 골골하면서도 장수했고 서영 자신도 건강하게 살고 있다. 아만다가 시집가기 전에 서영은 열심히 자무를 팔기로 했다. 몇 푼 안 되는 돈을 알뜰살뜰 모아 오늘도 아만다가 머리에 쓸 질밥(히잡)도 사다 주었다. 손녀 같은 아만다를 만나러 가는 게 낙이었다.

스리 수깐디의 남편 시딕도 서영에게 미안하다며 장사를 시작했다. 노동을 할 수 없으니 시장에서 찐 땅콩을 팔았다. 행인들이 거지로 오해하고 무시해도 개의치 않고 비가 내려도 시장에 나갔다. 행인을 붙들고 땅콩을 파는 그의 나이도 벌써 일흔다섯이었다.

서영은 얼마 안 되는 돈이지만 스리 수깐디 시누이에게 현금을 보내 도움을 주었다. 바뚜르 마을에 지천인 과일과 채소를 스리 수깐디 시누이가 와서 가져가든지, 아니면 이곳에 와서 함께 살면 좋으련만 스리 수깐디는 서영에게 누가 된다 해서 오지 않았다. 먹거리는 간혹 이웃들이 살라띠가에 갈 일이 있으면 부탁했지만 그것도 한두 번이었다. 현금을 보냈다.

그렇게 서영과 이웃의 사랑으로 연명하던 스리 수깐디의 집에 2017년 12월 13일, 살라띠가에 사는 한국 사람 한 명이 찾아왔다. 그는 자신을 '사산'이라고 소개하며 인도네시아의 조선 위안부에 대해 자세히 알고 싶은 게 있어 왔다고 했다. 뒤늦게 암바라와에 조선 위안부 수용소가 있었다는 사실을 알게 됐다는 것이다. 그의 얘기로는 고인이 된 정서운 할머니가 암바라와에서 성노예 생활을 했다가 한국에 돌아갔다는 사실을 생전에 고백했다며, 이 사연을 2014년 자카르타 한인 포스트 정선 대표가 한국의 뉴스 채널 YTN에 소개해서 알게 되었다는 것이다.

사산 선생의 말에 의하면 암바라와에 조선 위안부 13명이 끌려왔고 10명이 해방을 맞았고, 해방되던 날 일제가 위안부 흔적을 지우려 3명을 죽였고 7명이 극적으로 살아남았다고 했다. 2008년 한국에서 돌아가신 故 정서운 할머니의 육성 증언을 바탕으로 자바에 남은 6명 중 한 사람이 80년대 자카르타의 이맘본졸 공원에 나타났는데, 그녀가 살라띠가에 산다고 해서 찾고 있단다. 그 할머니가 살고 계신지 어떻게 세상을 살다 갔는지 스리 수깐디를 통해서 들을 수 있을까 하여 온 것이었다.

스리 수깐디는 연로한 데다 2년 전 자카르타 인권운동가란 브로 커에게 사기당한 후유증으로 거동이 불편했고 종종 혼수상태에 빠 졌다. 사산 선생이 찾아온 그날도 스리 수깐디는 의식이 없었다. 사 산은 스리 수깐디 집과 멀지 않은 살라띠가의 음쁠락 마을에 살고 있으니 스리 수깐디 할머니가 회복되면 조선 소녀들의 이야기를 들으러 다시 오겠노라며 돌아갔다.

그 후로 스리 수깐디는 다시 일어나지 못했고 일주일 뒤인 2017 년 12월 20일 향년 85세의 일기로 세상을 떠났다. 서영은 스리 수 깐디가 세상을 떠나자 자무를 팔아야 할 이유가 없어졌다. 암바라 와에서 위안부의 참상을 조선에 알리고 싶던 꿈도 못 이루었다. 이 제 하나님이 불러 따라나서면 좋겠다.

8월의 달이 또다시 훤하게 밝은 밤, 오늘도 서영은 바뚜르 마을 리마산 앞 테라스에 앉았다. 테라스 앞에는 옛날 암바라와 성, 서 영의 방 앞에 피어 있던 부겐빌레아 꽃이 가시를 꼭꼭 감춘 채 달빛 아래 천상의 빛으로 피어 있다. 저 멀리 암바라와 성은 밤안개 속에 불빛만 깜빡이고 있다.

#2 소설 『암바라와』를 쓰면서

이 소설을 쓰기 위해 참고한 자료들은 독립기념관의 사이트 김 인덕, 김도형 저 『1920년대 이후 일본·동남아지역 민족운동』과 군 무원들이었던 당사자들과 가족들이 직접 증언한 인터넷상의 자 료, 김종익이 번역한 '우츠미 아이코'와 '무라이 요시노리' 공저 『적 도에 묻히다』를 인용했다. 또한 최근에 발행된 『인도네시아 한인 100년사』의 '해방 전후 한인사'에 기록된 부분도 일부 참고하였다. 자료가 기록마다 조금 다른 부분들은 〈사산자바문화연구원〉에서 현장을 탐문해 가장 근접한 사실을 토대로 필자의 재량으로 기술 했음도 밝힌다.

소설 『암바라와』는 고려독립청년당 이활(본명 이억관) 총령과 위안부 故 정서운 할머니를 중심으로 썼지만 주인공은 실명을 쓰 지 못했음을 양해해 주기 바란다. 남자 주인공 김성일의 모델이 된 이억관의 숭고한 희생정신과 희생의 무게에 비해 역사적 자료가 충분치 못해 소설적 요소가 갖춰지도록 다른 포로감시원의 사실적 이야기를 주인공의 스토리로 엮었다. 용서를 구한다. 소설의 구성 상 선열들의 이야기를 다 기록하지 못한 점도 마음이 아프다. 민영 학 열사의 이야기는 그나마 스토리 구성요소가 분명하여 실명으로 다루었지만 일부 전개 과정에서 재미를 위해 작가적 상상이 조금 더해졌음을 양해해 주기 바란다.

적도의 조선 위안부들의 애환과 故 정서운 할머니의 증언을 제외한 역사는 기록마저도 짧게 언급되어, 어린 소녀들이 먼 이국땅에 끌려와 한 많은 삶을 살다 간 가슴 아픈 이야기를 아는 이도 없었다. 그나마 이 역사가 드러난 것은 인도네시아 위안부 중의 한 명인 故 정서운 할머니가 생존해서 대한민국에 생환한 사실이 뒤늦게 알려져 위안부들의 애환을 캐는 실마리가 됐다. 그러지 않았으면 영원히 역사의 뒤안길에 묻힐 뻔했다.

경남 하동 출신의 故 정서운 할머니는 적도의 나라 자바 섬 암바라와의 위안부였다는 사실을 2004년 영상으로 남기고 세상을 떠났다. 해방 직후 대한민국 사회적 통념은 위안부에게 화냥년이라는 오명을 씌웠기에 죄인처럼 자신을 숨겨왔던 것이다. 긴 세월이 흐른 후 80년대 후반부터 대한민국에 민주화와 함께 인권의 바람이 불었고, 90년대 들어서야 위안부 문제가 조명됐다. 적도의 위안부 역사는 2008년에야 비로소 故 정서운 할머니로부터 알려졌지만 세상은 무관심했다.

그 후 2014년 자카르타의 「한인포스트」 정선 대표가 故 정서운 할머니의 육성 파일을 확보하고 YTN에 현장을 보도하면서 암바라와 위안부 수용소는 극적으로 다시 세상에 알려졌다. 당시 공중

413

파가 이를 조명하는 듯했으나 이도 잠시, 세상의 관심은 또 멀어져 갔다. 그 시절 위안부 이야기를 접한 필자도 인도네시아에 사는 동포로서 그녀들이 눈물 흘린 현장을 죽기 전에 꼭 한번 방문해 꽃 한 송이라도 헌화해야겠다는 마음이었지만 먹고살기에 바빠서 잊고 있었다.

필자는 2015년 시인으로 등단, 문인으로 활동하며 생계의 터전을 중부자바의 살라띠가로 옮기게 되었다. 그러면서 적도의 위안부 문제에 관심을 갖게 되었다. '사산자바문화연구원'이라는 법인을 설립하여 자바문화를 연구하던 2017년 어느 날, 살라띠가에서 연구원의 부원장이자 나의 사업 파트너인 수나르에게서 암바라와 성이라는 거대한 유적을 안내받았다. 그리고 인도네시아어로 일본군 위안부를 일컫는 '주군 이안푸jukun ianfu'라는 인도네시아 위안부 이야기도 듣게 되었다.

그리고 연구원에서 21km 떨어진 암바라와에는 아직 조선 위안부 수용소의 현장이 남아 있다는 사실까지 알게 되었다. 꼭 한 번 찾아봐야 했던 곳이다. 「한인포스트」 정선 대표가 현장 위치를 확인해 주었고 역사의 깊은 곳까지 연구하는 계기가 되었다.

전 세계에서 암바라와에 유일하게 남아 있는 조선 위안부 수용소는 우리 정부가 꼭 보존하고 기려야 할 역사적 교훈이 있는 유적이다. 이에 필자가 인터넷을 서핑하고 언급된 정황과 자료들을 토대로 대한독립열사의 의거 장소도 찾아냈다. 무관심 속에 외면되어 유실되어가고 있던 이곳에서 또 다른 성과를 얻게 된다. '고려독립청년당'이라는 적도의 항일독립운동 조직이 결성되었던 현장이다. 이를 계기로 '암바라와 의거'를 일으킨 후 진압군에 쫓기다 대퇴부에 총탄을 맞고 당의 비밀을 지키기 위해 자신의 가슴에 방아쇠를 당기고 장렬히 전사한 열사가 있었다는 구체적 사실도 알게 됐다.

보훈처 기록과 구전으로 전해지던 '고려독립청년당'의 조직 장소인 취사장, '암바라와 의거' 열사인 손양섭, 노병한, 민영학이 부켄 기관총과 탄환 2천5백 발을 탈취했던 무기고, 민영학 열사의 자결지인 옥수수 밭, 그리고 손양섭과 노병한 열사가 서로 총부리를 겨누어 자결했던 위생 창고 자리를 인도네시아 한인동포로서는 최초로 필자가 탐방해서 현장을 세상에 공개했다. 그리고 마지막 남아 있는 현지인 증인도 만났다. 당시 의거 목격자인 위나르디 winardi, 1935~ 옹을 만나 그때의 상황을 생생하게 채록했다. 그리고 이날 고려독립청년당 결성지와 무기고, 자결지를 다시 확인하는 성과를 얻었다. 이후 수십 번 딤빙의 결실인 사진을 2019년 「한인포스트」에 삼일절 100주년 특집, 4면 전면 화보로 인도네시아 한인사회에 최초 공개했다.

임바라와 성의 위안부 수용소 사진은 2018년 7월 1일~6일 대구시립중앙도서관에서 「이태복 시인의 적도 사진전」이라는 이름으로 대한민국에서 처음으로 전시되어 매일경제 및 여러 언론에 공개됐다. 독립열사 의거 현장 사진과 독립군 결성지 사진 역시 2019년 8월 13일~15일, 인도네시아 한인문화회관에서 전시회를 열어 세상에 알렸다. 이 시점에 한국일보 고찬유 기자가 필자가 함께 암바라와 현장을 취재하여 광복절 특집기사로 다루면서 기자상을 수상하는 기회가 됐다.

이 소중하고 안타까운 역사가 세상에 나왔을 때 반일 이슈는 요란했지만, 정부는 실체에 대해서는 외면했다. 다행히도 동포들이 독립군 결성 현장과 위안소를 찾기 시작했다. 이에 필자는 적도의 조선 위안부와 조선 포로감시원들의 역사를 소설로 써 세상에 알리기로 했다.

조선인 포로감시원들은 태평양전쟁 중에 끌려왔지만, 나라를 구하기 위해 고려독립청년당을 조직하고 의거를 일으키다 장렬히 산화했다. 조선 청년들의 구국정신과 희생, 그리고 위안부들의 애환을 후손들이 기려주기를 바란다. 그리고 그들이 조국의 독립을 위해 몸과 마음을 바친 정신을 기억하고 만대에 이어 가기를 바란다.

자유 대한민국은 반전체주의이며 반제국주의이다. 독립열사와 같은 순국정신으로 진정한 자유 대한민국을 굳게 세우고 지켜야 할 것이다.